Le Deuxième Visage

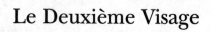

Joshua Gilder

Le Deuxième Visage

ROMAN

Traduit de l'américain
par Marie-Lise Marlière

Albin Michel

COLLECTION « SPÉCIAL SUSPENSE »

À ma femme, Anne-Lee

Une cicatrice est indélébile. C'est pourquoi un spécialiste de chirurgie esthétique adroit cherchera à la dissimuler – dans le pli d'une paupière, sous un sein, à la naissance des cheveux ou derrière l'oreille. Si vous avez la chance de posséder une bonne constitution génétique, la cicatrice sera presque invisible à l'œil nu. Mais elle est toujours là. Elle ne disparaît jamais.

Prologue

C'est Stern qui m'a conseillé de tenir un journal, de consigner par écrit ce dont je me souviens et ce qui m'arrive.

« Sortez tout ce qui vous passe par la tête. Notez-le. Vous avez besoin d'*objectiver* les choses, Jackson. »

Voilà ce qu'il m'a dit. « Objectiver » est l'un de ses mots favoris.

Stern est mon psychiatre, mon psy. C'est aussi mon collègue, il fait partie de l'équipe pédagogique de l'hôpital où je travaille, raison pour laquelle je peux me permettre de le voir, l'administration subventionnant la thérapie des internes qui en éprouvent le besoin. Sans doute estiment-ils que c'est une prudente précaution. La médecine est une profession stressante.

« Pas question que vous montriez votre journal à quiconque », a-t-il ajouté.

Il serait uniquement réservé à nos séances. Seul Stern en prendrait connaissance. Mais maintenant, ce n'est plus possible. Les choses sont allées beaucoup trop loin.

Je me rappelle qu'au début, quand j'ai commencé cette thérapie, j'ai cru que Stern allait me délivrer de cette peur constante, de ce passé qui me poursuit et qui est encore capable de me rattraper et de me tirer en arrière. Comme l'un de ces mauvais rêves, quand on est aux frontières de la conscience et qu'on cherche à se réveiller. Cette thérapie serait la porte qui me conduirait dans le monde où les autres semblent habiter, celui où les gens ordinaires vivent

11

des existences normales. Un jour viendrait, me disais-je, où je serais capable de passer cette porte et d'être libre. Au lieu de cela, semaine après semaine, elle se contentait de me ramener à Stern, l'homme qui dissèque froidement les âmes, affalé dans son fauteuil comme s'il n'en avait jamais bougé, comme une gargouille veillant sur une sombre cathédrale.

Stern croit que j'ai choisi d'exercer la médecine pour tenter, d'une façon symbolique, de me rapprocher de mon père, un chirurgien spécialiste du cœur, mort, ô ironie, à la suite de problèmes cardiaques. Quelque temps après avoir abandonné notre famille et sa femme, ma mère, une folle devenue trop encombrante pour lui. Il est tout à fait possible que Stern ait raison et pourtant, je crois qu'en cela comme pour tout le reste, il passe à côté de l'essentiel.

« À mon avis, c'est plutôt ça. »

Je voulais lui expliquer. Alors, je lui ai raconté une histoire qui remontait à l'époque où j'étais étudiant en médecine et, où, pour la première fois, j'avais assisté à une démonstration de microchirurgie. Un type qui buvait de la bière avec ses copains avait décidé d'expérimenter la puissance de sa nouvelle scie électrique ; elle lui avait très proprement tranché deux doigts de la main droite. Heureusement, ses compagnons de beuverie avaient suffisamment repris leurs esprits en voyant ses doigts voler pour les ramasser, les envelopper dans un T-shirt et mettre le paquet sanglant dans une glacière en même temps que ce qui restait du pack de six Coors. Il fallut huit heures pour les remettre en place, et le plasticien responsable de l'opération resta penché tout ce temps sur le microscope qui lui permettait de réunir les tendons presque invisibles, les artères et les veines.

« C'est comme si je cousais ensemble des bouts de fil », commenta-t-il.

Quant à moi, c'est à peine si je fis un mouvement. Je restai là, fasciné. Et pourtant, je ne pouvais voir tout ce qui se passait à travers la foule d'étudiants et d'internes qui étaient arrivés au bloc pour suivre le travail du chirurgien. Pour moi, c'était une sorte de miracle qu'on pût remettre en place les doigts de cet homme, lui rendre son intégrité.

Il était donc possible d'aller à l'encontre du destin, de rectifier les erreurs. On pouvait avoir une seconde chance.

C'est sans doute ce que j'ai cherché à avoir. Une seconde chance.

Il est bon de croire, d'avoir foi en quelque chose. Stern, malgré son air détaché, son attitude objective et l'image cynique qu'il aime à donner de lui-même, est en fait un croyant. C'est un disciple de la réalité, il croit en elle et en ses pouvoirs curatifs. Il considère comme une évidence que nous pouvons et que nous devons nous réconcilier avec les choses telles qu'elles sont, un processus qu'il assimile au « progrès ». Comme son « Maintenant, nous progressons, Jackson ». Voilà pourquoi il tenait à ce que je me mette à écrire.

« Mettez tout ça par écrit. Sortez-le du royaume de la peur et des fantasmes, revenez à la réalité, au concret, trouvez ce qui peut vous aider à vivre. »

Elle est presque touchante, cette foi qu'il a dans la réalité, du genre : plus nous y croyons et mieux nous nous portons. « *Objectivez* », me dit-il, comme si c'était une façon d'améliorer les choses. Comme si c'était possible. Mais je n'y crois plus. Récemment, j'en suis même venu à me demander si ce n'était pas un moyen de les faire empirer.

1

L A lame coupait précautionneusement la peau translucide qui recouvrait son œil. Des petites gouttes de
sang formaient comme des bulles le long de l'incision.

Je pris la pince et je tirai la peau en arrière – délicatement, comme si je pelais un grain de raisin – tout en glis-
sant dessous le bistouri pour détacher le tissu conjonctif et
le maintenir en place. L'infirmière passa derrière moi avec
un cautère électrique destiné à brûler les vaisseaux qui saignaient. Il produisit un son bref et violent – comme les
appareils qu'on suspend dans les jardins pour électrocuter
les moustiques –, suivi d'un grésillement et d'une odeur
de chair brûlée.

« Miam-miam ! s'écria Henning. Un barbecue ! »

Henning était un interne de première année. Il était
brillant, apprenait vite, mais, comme beaucoup d'autres
étudiants en médecine, il avait le nez plongé dans les livres
depuis sa plus tendre enfance et sa vie sociale en avait
souffert.

Une dernière incision et la peau se détacha : en forme
de croissant, comme un quartier de lune. Je plongeai le
bistouri à la verticale dans le muscle entourant le globe
oculaire ; Henning fit « Aïe », ou quelque chose d'approchant, et respira profondément. Un tissu graisseux apparut
entre les lèvres de la coupure.

« Henning, dis-je, tenez-lui le bras. J'ai l'impression
qu'elle essaie d'attraper le bistouri. »

Pour une opération relativement courte comme celle-ci,

15

la patiente est sous sédatif, mais n'est pas anesthésiée. De cette façon, elle ne sent rien, mais ses nerfs réagissent à la douleur.

Henning et l'infirmière lui abaissèrent de force le bras et l'immobilisèrent sous une sangle en velcro. Pendant ce temps, l'anesthésiste lui injectait un autre « cocktail » dans la tubulure de l'IV. En moins d'une minute, elle s'était de nouveau calmée.

« C'est une de vos vedettes de cinéma ? » demanda Henning.

En réalité, c'était une actrice potentielle, depuis environ trois décennies, mais sûrement pas une star. Pour cette raison, elle était venue se faire opérer dans le service des internes où l'on payait un peu moins cher que chez un médecin non conventionné. L'intervention avait pour but de faire disparaître les poches qu'elle avait sous les yeux et d'accorder ainsi à son ambition une dizaine d'années supplémentaires.

« Ouais, répondis-je, c'est Marilyn Monroe. De retour pour se faire faire son trente-septième lifting.

– Elle n'a pas l'air si mal, Marilyn », rétorqua Henning.

Les véritables stars allaient toutes chez Brandt, le Dr Peter Brandt, le grand maître de la chirurgie esthétique ici, au San Francisco Memorial : les acteurs d'Hollywood des deux sexes échappant aux médias de L.A., les femmes des hommes politiques de Washington cherchant à effacer les traces de trop nombreuses campagnes, trop de stress et trop de malbouffe, et, de plus en plus, un grand nombre d'étrangers, des nouveaux riches qui dépensaient leur argent pour « occidentaliser » les traits révélateurs de leur ethnie.

Tous ces gens avaient fait de Brandt l'un des chirurgiens esthétiques les mieux payés du pays. Récemment, il avait attiré l'attention du public avec sa nouvelle entreprise, une start-up, Genederm, une société de biotechnologie capable d'obtenir de la peau en laboratoire à partir de manipulations génétiques. Ce qui avait contribué à le médiatiser encore davantage. En tant que premier assistant de Brandt, j'étudiais sous sa direction dans le cadre d'une bourse de recherche de deux ans et je profitais de son aura et des rumeurs, toutes vraies, selon lesquelles il avait usé de son influence pour m'obtenir cette situation très convoitée au Memorial Hospital.

« Ah, Jackson..., commença Henning, tandis que je me déplaçais pour travailler sur l'autre œil.

– Oui ?

– Vous pouvez m'avoir un rendez-vous avec notre patiente ?

– Elle a deux fois votre âge, Henning.

– Je n'ai pas de préjugés. De toute façon, je l'ai vue quand on la préparait. Elle est vachement sexy.

– Désolé, Henning. Le serment d'Hippocrate. Nous ne sommes pas censés faire à nos patients ce qui pourrait leur nuire. »

L'opération se déroulait méthodiquement. Je suturai le haut, puis je descendis en coupant le long de la ligne presque invisible entre l'extérieur de la paupière inférieure et les cils. Henning, qui paraissait m'observer attentivement, s'absorba bientôt dans d'autres pensées. L'anesthésiste, assise près de son appareil, lisait un livre. Les infirmières avaient cessé de s'agiter, un grand calme régnait soudain dans la salle d'opération.

D'une certaine façon, un travail délicat me libère l'esprit. Ces jours-ci, je pensais surtout à Allie.

Je la connaissais depuis peu quand j'avais pris la décision de la demander en mariage. J'avais essayé une fois, alors que nous étions à la plage, en luttant désespérément pour que les mots sortent. En vain. Je ne sais si Allie avait perçu mon trouble, mais elle ne le montra pas. Elle resta assise là, tranquillement, les yeux tournés vers la mer, les genoux remontés sur la poitrine, entourés de ses bras, et ses pieds nus qui allaient et venaient finirent par disparaître dans le sable.

Et moi aussi, j'étais assis là, regardant fixement son extraordinaire chevelure que le vent faisait voler autour de son visage. Mais elle, d'un geste vif, la saisissait et cherchait à la rejeter en arrière. Elle avait une masse de cheveux qu'elle semblait ne pouvoir maîtriser. Elle s'en plaignait et ne manquait pas d'emporter avec elle de la laque, où qu'elle allât. C'était l'un des aspects de sa personnalité que j'aimais, cette façon qu'elle avait de vouloir toujours dompter ses cheveux avec de la laque, puis d'y renoncer et de les cacher sous un bonnet, une énorme touffe de boucles dépassant derrière comme une queue de cheval. Ou encore, quand elle voulait paraître plus sophistiquée, elle portait un foulard étroitement serré sur la nuque. C'était l'air humide de San Francisco, prétendait-elle, qui lui donnait cette chevelure impossible. Un jour, alors que nous étions en ville et que ses cheveux étaient particulièrement indisciplinés, nous passâmes par hasard devant une boutique Hermès. J'entrai et j'achetai un foulard. Il était marron clair, décoré de petits ballons rouges qui donnèrent à Allie un air innocent, presque celui d'une écolière. Ensuite, elle ne l'avait plus quitté.

Je fis le dernier point de suture au coin de l'œil de la patiente et l'infirmière coupa les fils avec des ciseaux.

« C'est presque fini », dis-je à voix haute.

Henning se réveilla en sursaut. Comme tous les internes de première année, il avait trouvé le moyen de rattraper son retard de sommeil debout près d'une table d'opération. Il leva une main pour se frotter les yeux, mais se rendit compte qu'il portait des gants stériles. Il se contenta donc de secouer énergiquement la tête pour se réveiller.

« Mettez-lui des compresses froides sur les yeux pour les empêcher de gonfler et accompagnez-la en salle de réveil. Je dois m'en aller.

– Oui, patron. C'est d'accord. »

L'instrumentiste me lança un regard surpris – d'habitude, j'étais le dernier à sortir du bloc –, puis elle s'approcha de Henning pour l'aider à poser les compresses. Une infirmière me dénoua ma blouse et m'en débarrassa.

« Vous lui remettrez des compresses froides quand vous passerez la voir ! » criai-je à Henning en quittant bruyamment la salle.

Avec un peu de chance, je serais auprès d'Allie dans moins d'une heure.

Elle m'attendait dans mon appartement comme nous en étions convenus, surprise de me voir arriver si tôt. Elle n'était pas encore prête, ce qui me ravit. J'aimais m'étendre sur le lit et la regarder s'habiller et se maquiller ; ce regard d'intense concentration que suivait un petit froncement de sourcils dans le miroir, quand elle avait fini. La voir se glisser dans sa robe (elle en apportait généralement une à son travail quand nous sortions plutôt que de retourner chez elle, dans son appartement de Berkeley, à l'est de la baie), ou bien rentrer son chemisier dans son jean et remonter la fermeture éclair me donnait plus de plaisir que de la regarder se déshabiller. Des gestes ni spécialement érotiques, ni particulièrement gracieux, simplement pratiques, naturels et féminins. J'en étais arrivé à mémoriser ces mouvements, la façon dont elle mettait ses chaussures en boutonnant son chemisier, dont elle réussissait à introduire ses pieds en même temps qu'elle faisait un pas vers son sac à main. Elle se tournait ensuite vers moi et m'annonçait qu'elle était prête. Parfois, quand j'étais en retard, qu'un brouillard humide s'était installé sur la ville, je ne revenais pas avant minuit. Allie enfilait alors son pantalon, rentrait à l'intérieur la chemise de nuit dans laquelle elle avait dormi et passait une veste en cuir. Nous marchions jusqu'au petit restaurant où je commandais pour moi une bière et un hamburger, pour elle des beignets d'oignon et un milk-shake, peu importait qu'elle eût été profondément endormie quelques minutes plus tôt.

J'étais sous la douche, je me débarrassais de l'odeur d'hôpital qui collait à mes mains et à mes cheveux. Le bruit était assourdi, presque noyé dans celui de l'eau. Trois bips brefs, un appel aigu qui aurait bien pu m'échapper. Mais il n'en fut rien.

2

J'OUVRIS mon vestiaire et fouillai dans mes vêtements à la recherche du bip. J'appuyai sur le bouton. L'appel venait du Central. Ils auraient dû se dire que j'avais quitté l'hôpital et qu'on ne pouvait pas me joindre. Je n'étais plus de garde et je n'avais pas à répondre.

Je m'approchai automatiquement du téléphone mural et appelai le Central.

« Dr Maebry à l'appareil. De quoi s'agit-il ? »

C'était sans doute la femme que je venais d'opérer. Les calmants ne faisant plus d'effet, elle avait besoin d'être rassurée. Je passerais la voir en quittant l'hôpital et je serais au volant dix minutes plus tard.

« C'est les urgences, dit une voix. L'hélicoptère amène un trauma de Marin. Des brûlures graves et des lacérations. Lieberman a besoin de vous. »

Merde !

« Pourquoi ici ? Pourquoi pas dans le comté de Marin ? Ils ont un service de traumatologie.

– Apparemment, il y a eu un carambolage à cause du brouillard sur l'autoroute, au nord de la baie, et ils sont débordés. »

Je regardai ma montre. Presque six heures et demie.

« Et Anderson ? » C'était l'autre interne plasticien du Memorial. « Il n'est pas censé être de garde maintenant ?

– Il est encore au bloc. Il fait une rhinoplastie.

– Seigneur ! Il a commencé à deux heures ! »

20

Anderson était le seul à mettre plus de quatre heures à refaire un nez.

« De toute façon, Lieberman vous réclame, vous et personne d'autre. »

J'avais d'abord choisi les urgences avant de me lancer dans la chirurgie esthétique. Lieberman, le patron des urgentistes, avait apprécié cette démarche et nous avions travaillé ensemble à deux reprises. Tout s'était bien passé.

« C'est agréable de savoir qu'on a besoin de vous.

– Ils ont déjà atterri, reprit le standardiste. Ils l'amènent en traumato », ajouta-t-il, et il raccrocha.

Je pris aussitôt un set stérile et je m'en équipai. Une fois dans le couloir, je pensai aux vêtements qui collaient à mon corps humide (je n'avais pas eu le temps de me sécher), aux chaussons verts jamais à la taille de mes chaussures de sport, à mon rendez-vous manqué avec Allie et au nombre de fois où je détestais mon métier. J'ignorai l'ascenseur et descendis par l'escalier de secours, trouvai un raccourci entre les bâtiments et traversai l'aire de chargement des ambulances.

Plus tard dans la soirée, ça allait chauffer aux urgences, quand les fêtes du samedi soir atteindraient la phase de l'ébriété agressive, quand on sortirait les couteaux et que les vieilles rancunes se régleraient à coups de flingue. Mais pour le moment, l'ambiance était paisible, ou presque, les garçons de salle allaient et venaient sans se presser pour préparer la nuit. Je me souviens très nettement de tout : la femme en jogging debout près du guichet des admissions, un bébé dans les bras (était-elle arrivée en courant à l'hôpital ?). Le surfeur assis dans un box, ses dreadlocks encore mouillées, une entaille sur le front, les yeux fixés sur la seringue que tenait l'interne. Les infirmières bavardant devant un café pendant que je me dirigeais vers le service de traumatologie.

J'étais encore à l'extérieur lorsque je perçus le tourbillon invisible qui entoure les accidentés. Il vous emporte dans une série d'actions et de réactions qui se suivent sans interruption – machinalement, pour ainsi dire – jusqu'à ce qu'il vous dépose, le regard trouble, désorienté, sur l'autre rive. J'en étais arrivé à redouter cette sensation, c'était l'une des raisons pour lesquelles j'avais renoncé à pratiquer la médecine d'urgence : cette peur permanente de ne pouvoir maîtriser la situation et de voir, aussi bon que vous soyez et malgré les efforts fournis, tout aller soudain mal, très mal. Je devrais appeler Allie, pensai-je, lui dire que je serais en retard. Mais je n'en avais pas le temps et, déjà, mes pieds m'avaient mené à l'intérieur.

L'odeur aigre de l'essence et de la cendre mouillée pénétra dans mes narines, celle qui se dégage toujours des corps brûlés.

Lieberman présidait. Une présence calme, solide ; il évoquait, me sembla-t-il, les photos d'astronautes en apesanteur, chacun de leurs mouvements réfléchi, délibéré, comme s'il exigeait la plus grande concentration. Huit ou neuf personnes entouraient la table. Les infirmières s'activaient, appliquées ; elles installaient les monitorings, plaçaient un brassard sur le bras de la victime pour contrôler sa tension artérielle. L'interne des urgences parlait à Lieberman ; sur le côté, à l'écart du groupe de gens qui s'agitaient, j'aperçus un autre interne, le teint plutôt verdâtre. Je me rendis compte que nous étions en août, le commencement de la rotation. Il faisait ses débuts.

« ... hyperventilation, un empoisonnement probable au monoxyde de carbone. Elle a vomi, on l'a intubée... »

Les ambulanciers se tenaient derrière Lieberman et lui communiquaient à toute allure les informations essentielles.

« Les blessures au cuir chevelu ont beaucoup saigné. Traumatisme crânien possible. On va lui mettre une minerve. Elle est dans le coma. Pas vraiment surprenant. »

Lieberman donna une série d'ordres tandis qu'une infirmière testait les paramètres vitaux et que l'interne passait dans l'IV une solution saline.

« Nous allons poser une sonde au cas où elle se remettrait à vomir, dit Lieberman. Et on va essayer de faire quelques clichés ici », poursuivit-il d'une voix forte en tournant la tête vers la salle de radio. D'abord les cervicales. Je veux savoir si ses vertèbres ont été endommagées avant de la retourner. »

L'interne se pencha sur la patiente pour mettre en place

la sonde ; le manipulateur s'approcha de l'autre côté de la table et amena la caméra au-dessus du cou de la blessée. Lieberman recula afin de lui laisser suffisamment de place ; c'est alors qu'il me remarqua.

« Maebry ! Ravi que vous soyez là. Je veux que vous examiniez ces brûlures... Non, dit-il en s'adressant au manipulateur. Je veux d'abord la tête et ensuite le thorax. Recherchez des côtes cassées. » Puis, se tournant de nouveau vers moi : « Et toutes ces lacérations. Et les fractures de la face. Constatez par vous-même. »

Il fit un geste en direction du visage de la femme, une masse sanglante si gonflée et défigurée qu'elle n'avait plus rien d'humain.

Les infirmières découpaient ce qui restait de ses vêtements et détachaient de son corps les fragments les plus importants, laissant apparaître les bords graisseux des blessures, le sang coagulé et des morceaux de tissu et de chair calcinés. Il était difficile de distinguer les uns des autres. Les brûlures s'étendaient sur le côté gauche du thorax et remontaient jusqu'au cou. L'oreille semblait avoir été partiellement brûlée, mais le manipulateur qui se trouvait devant moi m'empêchait de bien voir.

« Qu'est-ce que c'est ? demandai-je. Un accident de voiture ?

– Non, répondit l'un des ambulanciers. On l'a trouvée sur un chantier, à Marin. Probablement une bagarre de clodos. »

Autrement dit, un couple de SDF qui ne peut plus se supporter ; l'un d'eux devient fou, tabasse l'autre et met le feu pendant qu'il dort. Ce n'est pas rare.

« Il n'y a pas de SDF à Marin, remarqua une infirmière.

– Il y en a partout, rétorqua l'ambulancier. De toute façon, on dirait que quelqu'un l'a roulée dans un tapis et y a mis le feu. Et qu'il l'a aussi arrosé d'essence, d'après l'odeur.

– Cette femme n'est pas une clocharde, dit l'infirmière en découpant le bas nylon qui avait en partie fondu et collé à la peau. Regardez ses chaussures. » Elle en ôta une et montra du doigt la marque à l'intérieur. « Gucci. »

Une infirmière du Central passa la tête et fit savoir à Lieberman qu'on avait besoin de l'interne ailleurs.

« Pas question ! s'écria-t-il en faisant non de la tête. Impossible. Je refuse absolument.

– Désolée, monsieur, on nous envoie des blessés du carambolage de Marin et nous manquons de personnel. »

Lieberman accusa le coup sans pour autant cesser de secouer la tête.

« Ouais, ouais, ouais ! D'accord. » Il consulta les scopes. « Son état est stationnaire pour l'instant. Allez-y », ajouta-t-il en faisant signe à l'interne de sortir. Il se tourna alors vers moi. « Vous vous souvenez de ce que vous avez appris en médecine d'urgence, Maebry ? »

Le manipulateur déplaça la caméra du cou vers la poitrine ; je m'approchai afin d'examiner les blessures de la tête. D'après le gonflement, j'estimai que le traumatisme avait probablement eu lieu plusieurs heures auparavant. Le côté gauche, celui où je me trouvais près de Lieberman, était le plus atteint : les os, aussi minces qu'une coquille d'œuf, qui soutiennent l'œil avaient été broyés et l'œil était profondément enfoncé. L'os du nez était brisé, lui aussi, et la chair elle-même était déchirée, lacérée.

Le front était barbouillé de sang, mais, à première vue, ne semblait pas fracturé. C'était bon signe : le cerveau pouvait ne pas avoir subi le pire des traumatismes. Je me penchai pour observer l'autre côté du visage, le moins gonflé. Pas de fracture, seulement des lacérations mineures ; toutefois, je ne pouvais en être sûr, car il était recouvert d'une couche épaisse de débris et de sang coagulé, de couleur brune maintenant, comme si la victime avait été couchée sur ce côté. Le sang s'était figé dans l'œil et avait formé des caillots dans les cheveux. Je remarquai, sans même y penser, la beauté de cette chevelure. Un foulard était tombé de sa tête, et le sang en séchant l'avait collé contre son visage. J'écartai délicatement le morceau de tissu raidi pour examiner ce qu'il y avait dessous.

« Putain, il n'y a pas été de main morte ! » remarqua Lieberman près de moi.

Le foulard était de couleur marron clair, décoré de petits ballons rouges.

24

Les infirmières relevaient les paramètres vitaux, un staccato de chiffres, hypnotiques à force de se répéter. J'essayais de me concentrer, mais c'était comme si cette scène reculait au fond de ma conscience. Très loin, là où je ne voulais pas la suivre. Lieberman demandait au manipulateur de radiographier le bassin de la victime, ainsi que son bras droit. Il était question d'une fracture compliquée.

Il arrive souvent que l'esprit ne voie pas ce qu'il ne veut pas voir, ce qu'il ne peut pas se permettre de voir. Il se ferme et refuse de traiter l'information. On regarde, on cherche à donner un sens, mais l'image qui se présente devant vos yeux n'en a aucun... jusqu'au moment où vous remarquez un détail, un petit indice visuel, comme un foulard avec des ballons rouges. Alors, l'angle sous lequel vous considérez les choses se transforme et reprend brusquement sa place.

Le côté droit était moins enflé. Je regardai les traits que j'avais si souvent contemplés, chaque courbe, chaque ligne, chaque expression que j'avais confiées à ma mémoire. L'infirmière s'approcha, une éponge à la main, et se mit à nettoyer le sang et les corps étrangers.

Ce n'est pas Allie, me disais-je. Ce ne peut pas être elle. Une simple patiente, une étrangère, une urgence de plus. Dans quelques heures, j'en aurai fini ; j'oublierai tout et retrouverai Allie à la maison. Elle m'attend déjà. Elle m'attend à la maison, furieuse car, une fois de plus, je suis en retard. Je l'imaginais, assise dans le grand fauteuil en rotin, vêtue de deux sweat-shirts, aux pieds des socquettes de laine, enveloppée dans une couverture parce que le brouillard était épais et qu'elle avait facilement froid, surtout aux pieds. Ils étaient toujours froids ; quand, la nuit, les miens rencontraient les siens sous le drap, ils me donnaient le frisson. Il lui arrivait parfois de se lever et de faire couler dessus de l'eau chaude pour les réchauffer ; nous restions alors assis et nous bavardions. Toute la nuit, parfois, jusqu'à ce que la fatigue nous empêche de continuer.

Je compris qu'il me fallait l'appeler le plus vite possible. Il fallait que je quitte cette salle et que j'utilise le téléphone du secrétariat. Il fallait que je lui parle, maintenant.

J'entendais tout de loin, comme dans un tunnel. Le réanimateur réclamait quelque chose. Lieberman prononçait mon nom à mon oreille. Des voix hurlaient.

De plus en plus fortes, de plus en plus violentes, comme la panique qui montait en moi. J'essayai de lever les yeux, je sentis que Lieberman m'étreignait le bras. Quelqu'un jura en me repoussant.

« Maebry ! Dégagez ! Pour l'amour du ciel, Maebry ! »

C'était comme si on me posait une question, sans arrêt, toujours la même, mais je n'arrivais pas à trouver la bonne réponse. Je n'avais qu'une seule pensée : c'est impossible, il faut que je l'appelle, il le faut. J'ai quelque chose d'important à te dire, Allie. Quelque chose de très important. Comment faire ? Me sera-t-il possible désormais de te le dire un jour ?

3

L ES voix de nouveau, qui transmettaient un message urgent. Leur ton me l'indiquait.

Des chiffres. On énumérait des chiffres. Sans doute la tension artérielle, pensai-je.

« ... cent dix... cinq... elle baisse... »

Adossé au mur, je regardais les gens devant moi comme s'ils jouaient une pièce dont j'étais incapable de suivre l'intrigue. Lieberman s'agitait, les infirmières ôtaient à la hâte ce qui restait de vêtements sur le corps d'Allie et enlevaient le drap dont elles l'avaient couverte par pudeur.

« Elle fait une hémorragie ! cria Lieberman. Vous le voyez ? Vous voyez du sang ?

– ... quatre-vingt-quinze... elle baisse toujours.

– Rien, docteur. Pas de sang. Je ne vois rien.

– Rien ici.

– OK, OK ! Et les radios ? » Lieberman les réclamait d'une voix puissante. « Vous les avez, ces putains de clichés ? hurla-t-il en se tournant vers la porte par où avait disparu le manipulateur. Je veux une radio de sa colonne vertébrale avant de la soulever ! »

Une infirmière sortit en courant ; quand elle revint, elle secouait négativement la tête.

« Pas de clichés ? Bravo ! Bien, très bien, super ! » Il retrouva son calme. « Bon, on ne peut pas attendre. De toute façon, il faut qu'on la bouge. »

Deux infirmières s'avancèrent et placèrent leurs mains sous le corps inerte. Elles le soulevèrent à moitié tout en

27

le faisant rouler pour que Lieberman, accroupi, pût tâter son dos et y déceler la présence de sang.

« Rien ici. »

Les infirmières remirent le corps à plat. Lieberman commença à palper l'abdomen à la recherche d'une hémorragie interne.

« ... quatre-vingt-dix... quatre-vingt-cinq...

– Qu'est-ce qui se passe, bordel ? »

Je jetai un coup d'œil et j'aperçus l'interne qui, comme moi, s'était éloigné de la table. Absurdement, je crus qu'il venait de prendre un bain. Ses cheveux mouillés collaient à son front et une tache sombre de transpiration marquait le devant de sa blouse.

« La tension baisse toujours.

– L'ECG ?

– Normal, monsieur.

– Vous êtes sûre ?

– Normal, monsieur. »

Lieberman se tourna brusquement vers le scope qu'il fixa avec une intensité telle que mon regard suivit le sien. Tout était absolument normal. Les impulsions électriques traversaient le cœur à un rythme régulier, exactement comme elles devaient le faire, mais le muscle refusait de battre.

Lieberman voulut saisir son stéthoscope, se rendit compte qu'il ne l'avait pas à son cou ; il se pencha alors et appuya son oreille sur la chair brûlée, du côté gauche de la cage thoracique.

« On a l'impression d'être sous l'eau », remarqua-t-il.

Ses mains avancèrent vers le cou de la victime qu'elles explorèrent à la recherche de la veine jugulaire.

« Le sang reflue. » Il me chercha des yeux. « Maebry ? »

J'essayai de me concentrer.

« Maebry ? Qu'en pensez-vous ? Une tamponnade ? Je ne vois rien d'autre. »

Oui, me dis-je, il a probablement raison ; le cœur a saigné dans le sac qui l'entoure, augmentant lentement la pression et se comprimant lui-même jusqu'à ce que mort s'ensuive.

« Oui », m'entendis-je répondre, comme si je sortais d'une transe.

Lieberman n'avait pas attendu ma réponse. Il avait déjà demandé une aiguille. Une infirmière lui mit dans la main une seringue pendant qu'il cherchait entre les côtes d'Allie le bon endroit.

« Doucement, doucement », se dit Lieberman à voix haute tout en poussant la pointe de métal à travers la peau, sous le sternum, la guidant vers le cœur. Je voyais ses mains trembler. « Doucement. Là. J'y suis. » Il perça le sac gonflé et le sang jaillit dans la seringue. Nous attendions tous que l'infirmière relève à haute voix la tension artérielle.

Le silence s'éternisait.

– Elle baisse, monsieur.

– Quoi ?

– Elle baisse... de plus en plus.

– Nom de Dieu ! »

Au même moment, nous entendîmes le signal d'alarme de l'ECG.

« Plus rien ! » cria l'infirmière.

Le cœur d'Allie avait cessé de battre.

Lieberman se mit à appuyer violemment sur sa poitrine.

« On va le faire redémarrer, les gars ! Maebry ! hurla-t-il. Venez nous donner un coup de main ! »

Au son de sa voix, je me précipitai. Il était debout sur la table, penché au-dessus d'elle. L'infirmière avait préparé le chariot d'urgences. Comme un automate, je pris les électrodes et les plaçai de chaque côté de la cage thoracique. Je comptai jusqu'à trois à voix haute pour donner à chacun le temps de s'écarter ; Lieberman sauta une seconde avant que je ne presse le bouton. Tous les muscles du corps d'Allie se contractèrent sous l'effet du courant électrique qui les traversait.

« Rien, déclara l'infirmière en charge de l'ECG.

– Encore ! Plus fort ! »

Je comptai de nouveau jusqu'à trois et appuyai sur le bouton. La jambe droite d'Allie se contracta et donna un coup de pied convulsif qui fit bouger la table. Deux infirmières se saisirent de la jambe et la remirent en place.

« Rien.

29

– Encore ! Pleins gaz ! cria Lieberman.

– Un, deux, trois. »

J'appuyai sur le bouton et attendis.

« Rien. Pas de réaction.

– Adrénaline ! » L'infirmière tendit la seringue à Lieberman qui fit l'injection. « Encore ! Allez-y ! »

Rien. Aucun effet.

« Encore ! »

À chaque secousse, le corps d'Allie se tordait et sa jambe gauche était projetée à l'extérieur de la table. Lieberman cria aux infirmières de l'attacher avec une sangle, mais elles n'en avaient pas le temps ; elles cherchèrent désespérément à l'immobiliser pendant que Lieberman continuait de lui masser régulièrement le cœur entre les décharges. Je comptai encore jusqu'à trois avant d'appuyer sur le bouton. Je perdais la notion du temps. Combien de fois avions-nous répété cette scène, comme une chorégraphie ? « Un, deux, trois. Maintenant ! Un, deux, trois... » Une danse précise comme une horloge dont les ressorts se seraient lentement détendus.

J'entendis Lieberman dire, derrière moi, que cela suffisait, que l'ECG était plat, qu'elle était morte. Je devais arrêter ; les infirmières, qui s'étaient écartées, n'essayèrent même plus de remettre la jambe sur la table, elles la laissèrent pendiller au bord.

J'envoyai une nouvelle décharge, et encore une autre, et chaque fois le corps d'Allie tressautait convulsivement en un macabre simulacre de vie, et chaque fois l'infirmière regardait l'ECG et disait : « Rien », mais maintenant, au son de sa voix, je comprenais : « Arrêtez, c'est inutile. »

« Laissez tomber, Jackson. » Lieberman avait cessé de masser. « C'est fini. »

Je levai les yeux comme si je venais de sortir la tête de l'eau. C'était une impression que j'avais déjà ressentie quand j'étais aux urgences, en salle d'opération : l'intense concentration, si vive qu'elle en devenait presque palpable et qui, l'instant d'après, se dissolvait en une sorte d'indifférence. Certains regardaient encore Allie, mais sans grand intérêt ; d'autres s'en étaient détournés, ils accomplissaient les gestes, mais leurs mouvements étaient détendus. « C'est fini. » Voilà ce que disaient leurs yeux, leur voix, la façon dont ils se tenaient. Ils ne pensaient qu'à libérer la place pour le prochain patient. Quant à celle-ci – Allie –, c'était de l'histoire ancienne et, déjà, ils l'oubliaient.

« L'ECG est plat, Jackson, il n'y a plus rien à faire. »

Lieberman se tenait près de moi, les bras le long du corps. Sa voix exprimait son soulagement. Il avait essayé. Il avait fait de son mieux.

« C'est inutile.

– Qu'on me passe le set à thoraco. Je vais ouvrir. »

Personne ne bougea. La main de l'infirmière s'écarta du plateau et son regard alla de moi à Lieberman.

« Ça ne va pas marcher, insista celui-ci. C'est inutile, Jackson. On arrête tout. »

Je tendis la main et m'emparai du bistouri.

« Ce n'est pas dans le protocole, Jackson ! »

Sans tenir compte de sa remarque, je fis une grande incision de haut en bas sur le thorax. Je pris ensuite la scie circulaire et coupai le long du sternum. Elle produisit un bruit aigu quand elle attaqua l'os.

« Son cœur ne va pas se remettre à battre, ça ne s'est jamais vu ! cria Lieberman.

– Donnez-moi l'écarteur ! » hurlai-je.

Le regard de Lieberman, d'abord posé sur moi, alla ensuite de l'infirmière à Allie.

« D'accord ! Bonne idée ! On y va ! »

Il avait accepté. L'infirmière lui tendit l'écarteur qu'il m'aida à faire pénétrer dans le thorax d'Allie et à ouvrir. Je repoussai la paroi lisse et rose du poumon et vis le cœur inerte.

« Je vais le faire », proposa Lieberman.

Mais j'avais déjà pris le cœur dans mes mains. Je pressai le muscle pour faire passer de force le sang dans les veines, et je comptais dans ma tête de façon à respecter un rythme que je voulais ni trop lent, ni trop rapide.

Lieberman se fit apporter les électrodes internes afin de stimuler directement le cœur.

Un, deux, trois. Je comprimai le cœur d'Allie entre mes doigts. Un, deux, trois. Je recommençai, obligeant le sang à circuler. S'il le faut, je passerai ma vie à le faire, me disais-je. Elle ne va pas mourir. Elle ne le peut pas. C'est impossible.

Lieberman me demanda de m'écarter. Il tenait les électrodes et allait provoquer un choc électrique directement sur le cœur.

« À mon tour, Jackson ! »

J'avais le cœur d'Allie dans mes mains. J'attendis avant de presser une fois encore le muscle entre mes doigts. Je voulais tant lui rendre la vie.

Allie, l'implorais-je en silence, *je t'en prie...*

J'allais faire un pas en arrière quand je sentis un sursaut, comme le premier mouvement du bébé dans le ventre de sa mère. Le bout de mes doigts encore sur le cœur, j'en sentis un second, plus fort.

« J'ai quelque chose, monsieur », signala l'infirmière.

Le scope enregistrait des battements, faibles et irréguliers, comme s'ils pouvaient cesser à tout moment. Et puis plus forts, plus puissants.

« OK, dit Lieberman. OK. »

Je reculai au milieu des linges ensanglantés et des restes éparpillés des emballages stériles, le regard fixé à l'intérieur du thorax béant sur le cœur d'Allie qui battait dans sa cavité. Vigoureux, régulier, obstiné. Le rythme de la vie.

4

Début avril, presque quatre mois avant. Le temps était chaud pour cette époque de l'année, le ciel clair et, tandis que je roulais sur la péninsule, le vent qui soufflait de l'océan courait dans l'herbe haute comme un peigne gigantesque, faisant naître des vagues d'un vert lumineux qui balayaient et franchissaient les collines environnantes.

Genederm, la société de biotechnologie que présidait Brandt, fêtait son cinquième anniversaire chez l'un des associés. J'avais été retenu par une opération, d'où un retard de plusieurs heures, mais la maison, vaste et moderne, toute de verre et d'acier, nichée au pied des Woodside Hills, était encore envahie par de nombreux invités. À peine arrivé, j'aperçus Brandt à l'autre bout du séjour, il dominait un cercle d'individus lambda et s'entretenait avec un homme vêtu lui aussi d'un costume. Sa femme, Helen, était à ses côtés. Comme d'habitude, avec son visage aux proportions parfaites, elle paraissait trop belle pour ce cadre banal et ses lèvres légèrement écartées trahissaient son manque d'intérêt. Elle me remarqua, me sourit et me fit un clin d'œil, mais j'étais bloqué par des corps, des coudes et des verrres à vin. Je ne tardai pas à me trouver entraîné par le courant vers l'autre extrémité de la pièce. Je franchis une double porte vitrée et, une fois sur la pelouse, cherchai un endroit où me faire servir à boire.

La propriété s'étendait sur un terrain en pente douce qui se terminait, environ deux cents mètres plus loin, par un bouquet d'eucalyptus géants dont l'écorce s'écaillait. Le soleil couchant projetait leurs ombres longues sur la pelouse où je me trouvais. J'entendis des rires et des voix féminines.

« Plus fort ! Plus fort ! Ne t'arrête pas ! »

Je vis deux femmes – proches de la trentaine, me semblat-il – penchées sur un tonnelet de bière. L'une d'elles surveillait la jauge de pression, l'autre actionnait vigoureusement le bras de la pompe. Je m'avançai vers elles.

« Vas-y ! Plus fort ! Ne t'arrête pas maintenant ! Continue de pomper !

– Je ne peux pas ! Je suis crevée !

– Encore un peu ! Pas question que je m'y mette !

– Justement ! À toi de jouer maintenant ! »

La fille qui pompait s'écarta. Elle rejeta en arrière la mèche de cheveux que la sueur collait à son front et tendit un gobelet en plastique.

L'autre se redressa ; la canule à la main, elle la dirigea vers sa voisine.

« On dirait que tu as besoin de te rafraîchir ! » s'exclama-t-elle en appuyant sur le levier. Elle fit gicler la bière sur le visage de son amie et toutes les deux s'esclaffèrent un peu plus.

Trop excitées pour moi, pensai-je. J'aurais sans doute tourné les talons si la fille à la canule ne m'avait remarqué.

« Salut ! » me cria-t-elle.

Je me présentai tandis qu'elle tentait en vain de paraître sobre.

« Je m'appelle Paula », dit-elle.

Son amie, qui avait pris le tuyau, était occupée à remplir son gobelet. Elle but une gorgée, puis leva les yeux. Je remarquai la mousse blanche sur sa lèvre supérieure.

« Et moi, Allie. »

Ses lèvres s'arrondirent en un grand sourire que soulignait la bière.

Il y eut un moment délicat quand je me rendis compte que je tendais la main pour serrer la sienne alors qu'elle tenait encore le gobelet. Le sourire d'Allie s'élargit un peu plus. Elle avança sa main gauche, s'empara de celle que je lui avais offerte et la secoua d'un air espiègle, sans la lâcher pendant qu'elle ajoutait : « Ravie de vous rencontrer, euh... ?

– Jackson, Jackson Maebry, précisai-je sans avoir la moindre idée de ce que je pouvais dire d'autre.

– Ravie de vous rencontrer, Jackson Maebry », reprit-elle en me secouant de nouveau la main.

Elle avait des yeux verts à l'éclat changeant et sa peau était si pâle qu'elle rayonnait au reflet des lumières de la maison.

« Je vous offrirais bien une bière, mais ce n'est que de la mousse. Paula l'a gâchée en pompant trop fort. »

Elle me lâcha la main pour lancer de la mousse en direction de son amie.

« Je travaille avec le Dr Brandt au Memorial, expliquai-je sans vraiment y être obligé, incapable que j'étais de trouver un sujet de conversation.

– Vive le grand et glorieux Brandt ! » déclama Paula d'une voix forte en portant le gobelet à ses lèvres avant de s'apercevoir qu'il était vide. Allie en fit autant, mais un peu plus de mousse coula sur ses joues. Le soleil couchant soulignait la courbe de ses hanches sous sa robe légère.

« Je suppose que, d'une façon ou d'une autre, nous travaillons tous pour Brandt. Paula et moi, nous bossons à Genederm. Relations publiques. »

Paula essaya encore de boire dans son gobelet vide.

« Je crois que nous avons tous les trois besoin de quelque chose de liquide. Qu'est-ce qui vous dirait, Jackson ? De la bière ? Du vin ? C'est bien la Californie ! Nous n'avons pas d'autre choix. »

J'optai pour la bière.

« Vous deux, restez là, poursuivit-elle. Il y a de la bière en bouteille là-bas, dans la maison. »

Elle s'éloigna vers les portes vitrées. Je me tournai vers Allie. Il nous fallut quelques secondes avant de comprendre qu'elle nous avait laissés seuls.

Allie baissa les yeux et, d'un geste emprunté, remit à sa place l'une des bretelles de sa robe.

« Je n'ai jamais rien compris à ce machin, remarqua-t-elle en montrant le tonnelet de bière. Probablement parce que je n'ai pas suffisamment fait la fête quand j'étais à la fac. »

Pendant un moment, elle me parut tout à fait sobre, presque triste. Le changement fut si soudain que je me mis à rire. En me voyant, ses yeux s'ouvrirent tout grands et, de nouveau, elle sourit.

« Mais, comme vous le voyez, je me rattrape ! » ajouta-t-elle.

Ses cheveux blonds bouclés étaient retenus par trois ou quatre barrettes et des peignes, de ceux, en plastique et de couleurs vives, qu'on vend dans les drugstores et qui auraient paru ridicules sur n'importe qui d'autre. De grosses gouttes étaient encore accrochées au duvet de sa lèvre supérieure. D'autres étaient tombées sur son cou et formaient une petite mare dans le creux de sa clavicule.

« Je m'en suis mis partout ? » demanda-t-elle en me regardant.

Je compris alors que je la fixais depuis un moment.

« Un peu. Vous avez renversé de la bière. »

Je tendis la main et essuyai son cou du bout des doigts.

« Qu'est-ce que vous faites ? »

En parlant, elle fronça les sourcils d'un air courroucé. Qu'avait-elle bien pu croire ? Mais aussitôt, elle éclata de rire.

« Vous rougissez ! »

Je sentis la chaleur envahir mes oreilles.

« Il fait trop noir pour voir si quelqu'un rougit, objectai-je.

– Pas à ce point. De toute façon, je le devine. » Elle leva une main vers mon visage qu'elle effleura. « Vous êtes brûlant. »

Elle avait parlé doucement, en m'adressant un sourire complice. Elle laissa sa main sur ma joue un court instant. Trop court.

« Je crois que j'ai besoin de cette bière, dis-je en frottant l'endroit où je sentais encore son contact.

– Alors, nous ferions mieux d'aller près de la piscine », déclara-t-elle.

Elle s'approcha gracieusement de moi et me prit le bras. De nouveau, elle semblait ne pas être ivre. Comme elle est changeante, pensai-je.

36

« Paula a sans doute été retenue par ses invités, expliqua-t-elle en me tirant légèrement. Elle nous a probablement oubliés. C'est elle l'hôtesse, vous savez. La châtelaine. »

Après avoir traversé la pelouse qui se terminait par quelques marches, nous nous dirigeâmes vers les hautes herbes du champ que l'air du soir mouillait déjà. Allie s'arrêta, posa une main sur mon épaule pour garder l'équilibre pendant qu'elle ôtait ses chaussures. Elle les tint négligemment, d'un doigt passé dans les lanières, et me guida de l'autre main vers la piscine, à une bonne distance de là, de l'autre côté de la maison.

« Cet endroit appartient à Paula ? demandai-je en estimant le nombre de millions qu'elle valait. Elle paraît terriblement... jeune. »

Allie se mit à rire.

« Plus que vous ne croyez. En réalité, elle est un peu plus âgée que moi, elle a vingt-neuf ans, du moins à ce qu'elle prétend. C'est la femme de Brian Luff, l'argent qui finance Genederm. Elle en pince pour les types jeunes. Les vieux aussi. Tout ce qui a une apparence raisonnablement humanoïde, si vous voulez savoir.

– Le mari de Paula est *plus jeune* qu'elle ? demandai-je, ne me sentant pas dans le coup.

– Il a créé un logiciel ou quelque chose comme ça pour le compte de la Bourse du commerce et il a gagné un paquet de fric.

– C'est ce que je vois. »

D'autres invités flânaient dans les allées de la propriété. Nous les observâmes tranquillement pendant que le soleil finissait de disparaître au loin, derrière la crête des montagnes. Les ombres étirées des eucalyptus avaient pris une teinte plus sombre et peu à peu elles furent absorbées par l'obscurité générale. Un court instant, le ciel au-dessus de l'horizon resta brillamment éclairé par le soleil couchant, puis il se fondit rapidement dans les ténèbres. Allie fut parcourue par un léger frisson, je me rapprochai d'elle.

Nous regagnâmes la maison illuminée.

Allie, la première, prit la parole :

« Donc, vous travaillez pour Peter au Memorial ? Le Dr Brandt », ajouta-t-elle en constatant ma surprise.

Je n'avais pas l'habitude de rencontrer des gens qui l'appelaient par son prénom.

Je lui parlai de mon travail, elle me raconta le sien ; elle organisait des interviews pour Brandt et elle était chargée de la presse chez Genederm. J'écoutais sa voix plutôt que ce dont elle parlait, saisissant à peine les mots qui m'effleuraient, doux et légers comme ses cheveux, suffisamment proches de moi, si je me penchais vers elle, pour en sentir le parfum.

« Qu'est-ce qui vous a fait choisir la chirurgie esthétique ? » demanda Allie.

Je soupirai intérieurement. C'était une bonne question. Je me l'étais souvent posée, généralement accompagnée d'une autre, sous-jacente : « Pourquoi perdre mon temps et mon argent dans une formation destinée à flatter la vanité de certains, alors que tant d'autres ont véritablement besoin de se soigner et qu'ils ne savent à quelle porte frapper ? » Je n'avais pas envie d'être sérieux, aussi lui répondis-je comme je le faisais d'habitude, avec un clin d'œil : « Le fric. »

Elle ne rit pas, et pour cause, ma réponse n'avait rien de drôle.

« Je plaisantais, précisai-je, conscient d'avoir fait un faux pas.

– Oh ! »

C'était le moins modulé de tous les « oh » qu'il m'avait été donné d'entendre, pareil au bruit sourd d'une porte qu'on referme.

Je pris une profonde inspiration avant de lui donner la bonne raison, en commençant par mon père chirurgien et la façon dont j'avais assumé, sans trop y penser, la vocation de médecin ; comment j'avais pratiquement terminé mes études avant de me demander ce que je foutais là ; comment j'avais décidé de tout laisser tomber et, finalement, comment je m'étais rendu compte qu'il était trop tard pour changer d'orientation ; comment, enfin, j'avais débuté mon internat en médecine d'urgence et abandonné en deuxième année.

Il me vint à l'esprit que je donnais de ma personne une description plutôt négative, celle d'un être faible et indécis. Bref, une femmelette. C'était l'une des raisons pour lesquelles je n'aimais pas parler de moi. Trop peu flatteur.

« Pourquoi avez-vous quitté les urgences ? » demanda Allie.

Parce que je n'en supportais plus la pression, me dis-je. « Trop de gens mouraient. »

C'était vrai aussi. Du moins, proche de la vérité.

Elle me jeta un coup d'œil sceptique, au cas où j'aurais de nouveau plaisanté.

« Pas à cause de moi, m'empressai-je d'ajouter. Ou de ce que je ne faisais pas. En réalité, j'étais plutôt bon. On finit par sauver pas mal de vies. C'est génial. Mais les autres... C'est tout simplement la nature de ce travail.

– C'est la nature de la vie. Du moins, vous avez essayé d'y faire quelque chose.

– Oui, c'est ça l'avantage.

– Je croyais que les médecins avaient l'habitude de voir mourir les gens.

– Peut-être certains. Moi pas. D'ailleurs, poursuivis-je d'un ton enjoué, cherchant à rendre la conversation plus légère, en chirurgie esthétique, les patients ne meurent pas. Généralement.

– En voilà une bonne nouvelle ! » Cette fois, elle s'était mise à rire. « Mais, est-ce l'unique raison ? »

Je sentis la pression légère de sa main sur mon bras, une façon de m'encourager à poursuivre.

Alors, je lui en dis plus. Cet homme à qui on avait recousu les doigts et le miracle que m'avait paru être cette opération. Ce qu'on était capable de faire : donner une seconde chance, rectifier les erreurs, contrarier le destin.

« Ça ne vous paraît pas un peu grandiloquent ? » demandai-je à Allie, craignant une nouvelle fois d'avoir fait fausse route. D'abord une mauviette, ensuite un chirurgien prétentieux.

« Quoi donc ?

– Prétentieux. Vous savez, le genre de ceux qui cherchent à jouer le rôle de Dieu ou quelque chose d'approchant.

– Oh ! dit-elle, comme si ses pensées s'étaient évadées très loin. Vous savez ce qu'on dit : si vous avez l'intention de jouer à Dieu, vous avez intérêt à connaître les règles du jeu. »

Nous nous trouvions alors au bord de la terrasse et la piscine dessinait un rectangle bleu-vert au milieu de la foule.

« Nous y voici », constata Allie, soudain pleine d'entrain et de bonne humeur. Elle me lâcha le bras et fit un geste en direction du bar, à environ dix mètres et quelques vingt ou trente personnes plus loin. Mais ce geste, je m'en rendis compte sans aucun plaisir, signifiait aussi que notre conversation avait pris fin. Nous avions atteint le but de notre petite promenade et elle avait accompli son devoir.

« Il y a un bar ici. Vous pourrez vous faire servir une bière si vous en avez envie. »

On me congédiait. Aucun doute là-dessus.

« Génial. »

Je fis l'effort de ne pas paraître déçu et j'allais dire : « Ravi de vous avoir rencontrée », quand je m'aperçus qu'Allie ne m'avait pas quitté des yeux et souriait. Apparemment, elle avait découvert quelque chose de drôle.

« Qu'y a-t-il ? Je rougis de nouveau ?

– Non. C'est tout simplement que vous êtes si... si... quel est le mot exact ?

– Je n'en sais rien. Beau ? Charismatique ? Sexy ?

– Pas vraiment, répondit-elle en secouant la tête.

– Je m'en doutais. »

Elle se mit à rire.

« C'est votre visage et ce qu'il exprime. Vous avez l'air si agité, si – quel est donc le mot ? » Elle tapa du pied d'énervement. « Comme si vous changiez tout le temps...

– Insaisissable ?

– Oui, c'est ça ! » Elle parut ravie d'avoir enfin trouvé le mot qu'elle cherchait. Elle le répéta à mi-voix : « Insaisissable. »

– Vous savez, commençai-je, ce qui est ironique dans ce que vous venez de dire, c'est que... » Mais je n'eus pas l'occasion de terminer ma phrase : « C'est que, en fait, je pensais la même chose de vous », parce que, au même moment, un visage rond et souriant apparut près de nous.

« Brian ! » s'exclama Allie en se précipitant pour enlacer

40

le corps replet auquel appartenait cette tête. Les yeux bouffis de l'homme semblaient révéler qu'il avait l'habitude de fixer un écran de contrôle ; même ce soir-là, il louchait sur le monde réel. La robe d'Allie se pressa contre le petit cheval de polo brodé sur sa chemise, tandis que les lèvres de la jeune femme s'avançaient à la rencontre de sa joue.

« Brian, je te présente Jackson », annonça-t-elle. Elle se dégagea un peu tout en gardant un bras gracieusement passé autour de sa taille. Elle le tenait serré contre elle. « Jackson, je vous présente Brian dont je vous ai parlé. Jackson est le premier assistant de Peter au Memorial.

— Oh, génial ! » s'écria Brian qui, après avoir fait passer une bouteille de bière de sa main droite dans la gauche, me tendit sa main libérée et secoua énergiquement la mienne à plusieurs reprises.

Il me parut plus jeune que ce à quoi je m'attendais, un gamin, heureux de la semi-étreinte d'Allie et, en même temps, embarrassé, comme gêné par la jolie tête qui reposait maintenant sur son épaule.

Sans doute se comporte-t-elle ainsi avec tout le monde, pensai-je, amicale à la limite du flirt. Cela ne veut rien dire. Pas avec Brian, il est marié. Pas avec moi.

Je n'avais pas pris part à leur conversation et je me rendis soudain compte que Brian me parlait :

« Qu'est-ce que vous en pensez ? Combien ?

— Combien quoi ?

— La liposuccion ! » Brian saisit à pleines mains le bourrelet qu'il avait à la taille et contempla le renflement ainsi obtenu. « À combien estimez-vous ce qu'on peut aspirer ? Deux litres ? trois ?

— Plutôt un demi-litre. Peut-être un peu plus.

— C'est tout ? Si vous ponctionnez un demi-litre de graisse, vous gommez la consommation de bière de toute une vie. C'est le miracle de la médecine moderne, mon vieux ! » Il finit sa bière. « Bon. Et ce que vous aspirez, ça ressemble à quoi ? Autrement dit, est-ce que c'est liquide ?

— Pas exactement. C'est plutôt figé. Comme de la graisse de poulet.

— Vraiment ? La graisse d'un poulet cuit ou cru ? »

Allie ôta sa tête de l'épaule de Brian et se redressa.

41

« C'est fascinant, les gars. J'adorerais rester avec vous pour poursuivre cette conversation, mais je crois que j'ai mieux à faire, me repoudrer le nez !

– Te repoudrer quoi ? demanda Brian.

– C'est une façon de parler, mon chou ! » Elle éclata de rire. « On s'en sert chez les gens *bien élevés* pour évoquer certains liquides du corps humain. »

Après qu'elle l'eut serré une dernière fois dans ses bras, elle nous lança un bref « À plus ! » et s'éloigna. Mon regard la suivit machinalement jusqu'à ce que sa silhouette se perdît dans la foule.

« Une fille sympa, remarqua Brian qui, lui aussi, ne l'avait pas quittée des yeux. Elle est en manque de copain, ajouta-t-il, l'air songeur. D'un vrai copain. » Son regard se fixa sur la bouteille vide qu'il tenait à la main. « Et j'ai envie d'une autre bière, compléta-t-il, comme si cette association d'idées lui semblait naturelle. Et vous, Jackson ? Vous n'avez plus rien à boire. »

Je le suivis au bar où nous descendîmes deux bières chacun avant que Brian ne fût réclamé par d'autres invités. J'en pris une troisième et me glissai sur le côté sans m'éloigner. Je cherchai mollement quelqu'un de connaissance, quand j'aperçus, hélas, Anderson, un interne comme moi. Il parut ravi de me voir.

« Belle réception », dit-il en s'avançant vers moi.

Il s'approcha trop près, comme à son habitude. D'une certaine façon, il était à la fois petit et dégingandé, les membres constamment en mouvement, comme s'il ne savait pas où les mettre.

« Alors, comment va la star de la salle d'op ? »

C'était le surnom qu'il m'avait donné, et il m'appelait ainsi même devant d'autres médecins. Plutôt gênant.

« Salut, Anderson ! » Je voulus reculer, mais je me trouvai bloqué par le bar. « Comment va ?

– À chier ! s'exclama-t-il. Brandt me casse les couilles, sans arrêt et pour n'importe quoi. Ce n'est pas comme toi, patron ! Tout ce que tu fais, il trouve ça bien. Mais je ne dis pas ça pour me plaindre. »

J'attrapai une autre bière tandis qu'il me donnait des détails sur ses malheurs :

42

« Ce que je veux dire, c'est qu'il est fou de rage parce que la plaie de sa patiente s'est infectée et qu'il a fallu l'hospitaliser de nouveau pour lui filer un tas d'antibiotiques. Mais ce n'est pas ma faute.

– Sûrement pas, lui accordai-je.

– Je lui avais dit de ne pas enlever les pansements.

– C'est vachement injuste.

– Sûr ! confirma-t-il, déstabilisé parce que je lui avais volé son texte. C'est sacrément *injuste*, voilà ce que c'est. »

Nous fûmes soudain dérangés par des éclats de voix venant de la piscine, suivis de « Youpi ! » et de « Ho ! Hisse ! ». Quand je parvins à voir, j'aperçus Allie debout au milieu de ce tapage. Ses vêtements et ses cheveux étaient trempés et elle étreignait ses épaules, soit par pudeur – sa robe d'été était presque transparente –, soit parce qu'elle avait froid. Je supposai qu'elle était tombée à l'eau ou qu'elle avait sauté. Les gens rassemblés autour d'elle bavardaient bruyamment ou riaient. Un homme chercha à l'envelopper dans une veste sport, mais elle la repoussa d'un geste rageur. Il ne parut pas le remarquer – il était aussi ivre que les autres – et fit une nouvelle tentative.

« Ne me touche pas, espèce de trou-du-cul ! » cria-t-elle en lançant la veste par terre.

Brusquement, elle fit un pas en avant et poussa une femme qui se tenait au bord de la piscine. À la façon inefficace dont les filles poussent, les bras tendus. La femme oscilla, mais ne tomba pas. Allie revint à la charge, des deux mains. Cette fois, elle avait les poings fermés. Son adversaire resta debout, s'efforçant de rire, mais elle était manifestement choquée. Elle haussa les épaules, rejeta en arrière une mèche de cheveux. C'était Paula.

« Salope ! »

Allie lui cracha ce mot au visage, à voix basse, mais avec conviction. Peu après, Brian arriva avec une serviette dont il lui couvrit les épaules et il la raccompagna jusqu'à la maison. Allie tirait violemment sur les peignes en plastique enchevêtrés dans ses cheveux mouillés. Les spectateurs se dispersèrent. Ils rejoignirent les autres invités et les cris se changèrent aussitôt en un brouhaha assourdi.

« Ouah ! Un crêpage de chignon. On n'en voit pas assez souvent », remarqua Anderson.

Je me décidai à partir. Je dis au revoir à Anderson qui roulait encore des yeux ronds au souvenir de la scène à laquelle il venait d'assister et grommela « Hein ? Oh, bien sûr, Jackson ! », et j'allai faire un tour à la salle de bains avant de prendre le volant.

Je m'aspergeais le visage d'eau froide tout me demandant quelle serviette j'allais utiliser – les vraies ou celles en papier qui faisaient riche mais n'absorbaient rien – quand j'entendis des voix à travers la porte de la pièce voisine. C'était Brian qui cherchait à réconforter une Allie en pleurs. Je fermai le robinet, mais je ne pus distinguer ce qu'ils disaient, seulement quelques mots concernant leur état : ils avaient trop bu et ça irait mieux dans la matinée. Je m'essuyai les mains sur mon pantalon et sortis tranquillement.

Je ne sais pourquoi, je ne rentrai pas à la maison. Je m'approchai du bar et attendis mon tour. Je pris deux bières et traversai la pelouse, derrière la piscine, où je trouvai un hamac suspendu entre deux orangers. Je m'assis au bord de la toile et me balançai d'avant en arrière en me demandant ce que j'attendais et pourquoi je ne prenais pas congé. Je bus une bière et commençai l'autre. J'avais décidé de partir à la fin de la chanson quand je m'aperçus que la musique passait en boucle et ne finirait probablement jamais. Mais je n'en restai pas moins assis là, le dos rond, buvant ma bière à petites gorgées, les yeux fixés sur le sol. J'étais dans cette position depuis un moment lorsque je vis deux pieds nus s'arrêter devant moi.

« On vous a désigné pour être mon chauffeur personnel. »

Je levai les yeux. Allie tenait deux verres, ses cheveux étaient encore mouillés et elle portait un jogging qui devait appartenir à Paula.

« Je suppose donc que vous ne pouvez pas boire ça. »

Elle leva l'un des verres et avala son contenu en quelques gorgées.

« C'est Brian qui l'a fait, remarqua-t-elle, l'œil vague, en considérant le verre vide. Nous avons forcé la cave à liqueurs. Je ne sais pas ce qu'il y a dans ce truc-là, mais il dit que celui qui en a bu plus d'un n'a pas le droit de conduire pendant une semaine. Celui-là, c'était mon deuxième. En avant pour le troisième ! »

Elle leva l'autre verre, but une gorgée ; son sweat-shirt remonta sur ses hanches et en découvrit le contour.

« Vous attendez quelqu'un ? demanda-t-elle.

– Moi ? Non, je...

– Poussez-vous. »

Je sentis son corps se glisser tout près du mien. Une fois assise, elle se pencha en arrière et souleva les pieds. Le hamac, qui s'était mis à se balancer, nous fit rouler ensemble, maladroitement. Elle s'appuya contre mon épaule, puis elle se tortilla, les jambes toujours pendantes, tant qu'elle n'eut pas trouvé une position confortable. Quand le hamac cessa de bouger, nous étions tous les deux au milieu, l'un contre l'autre. Elle leva alors son verre et but en soupirant. Miraculeusement, il était encore à peu près plein. Moi, j'avais renversé presque toute ma bière sur mon veston.

« Son équilibre, voilà ce qu'une dame doit toujours garder, déclara-t-elle en buvant une gorgée. Je suis tombée dans la piscine. C'est pour ça que je porte ce froc. »

Elle fit claquer l'élastique du pantalon.

« J'ai vu. Qu'est-ce qui s'est passé avec Paula ?

– Vous avez remarqué ? » Elle fit une grimace. « Plutôt gênant.

– Désolé. Ce ne sont pas mes affaires.

– Pas grave. C'est moi qui me suis donnée en spectacle. Je tiens pourtant à préciser que Paula, qui paraît à peu près normale, est en fait gravement perturbée.

– Hum... Ce ne serait pas plutôt le contraire ?

– Quoi ? Quel contraire ? De toute façon, c'est ma faute si les choses ont dérapé. J'avais sans doute trop bu. Ou pas assez. »

Elle finit son cocktail, tendit les bras par-dessus sa tête et laissa tomber son verre dans l'herbe.

« Il reste de la bière ?

– Un peu. »

Je lui donnai la bouteille et nous demeurâmes ainsi, allongés, sans rien dire.

« Donc, c'est d'accord. Vous me raccompagnez ?

– Bien sûr. »

Elle se rapprocha encore de moi, toujours en se tortillant. Je déplaçai mon bras de façon à lui entourer les épaules. Elle leva la tête pour m'aider.

« Beaucoup mieux », soupira-t-elle. Après un long silence, elle ajouta : « En fait, je t'ai menti. Je ne suis jamais allée à l'université.

– Oh ?

– Ça te choque ?

– Beaucoup. »

Elle tourna la tête vers moi pour me regarder en face.

« Tu as eu beaucoup de filles à la fac ?

– Non, pas vraiment.

– Tu travaillais trop ?

– Ce serait une bonne excuse.

– Et au lycée ?

– J'étais du genre timide.

– Hmm..., murmura-t-elle en soupirant.

– Je crois que tu es la petite amie que j'ai toujours voulu avoir. »

Je l'avais dit en plaisantant, mais j'eus soudain peur qu'elle le prît mal. Je me demandai aussitôt quelle était la bonne façon de le prendre.

Elle laissa passer un moment avant de répondre : « C'est gentil. »

Alors que je pensais qu'elle n'allait plus rien dire, elle ajouta : « Je veux être la copine que tu n'as jamais eue quand tu étais au lycée. »

De nouveau, un silence, et puis simplement : « Jackson. » Un moment plus tard, elle répéta mon nom, « Jackson », comme si elle s'essayait à le prononcer. Bientôt, je sentis son corps se détendre et sa poitrine se soulever et s'abaisser au rythme profond et régulier de sa respiration. Un instant après, elle ronflait doucement, le bord de ses narines vibrant à chaque expiration.

Je lui pris la bouteille des mains et la posai dans l'herbe.

Je serrai Allie plus fort contre moi. Pour ce que j'en savais, c'était peut-être ma dernière chance.

Les invités finirent par se disperser, les conversations et les rires s'éloignèrent de la piscine, comme enveloppés dans de petits paquets et emportés plus loin. Environ une demi-heure après que mon bras eut été privé de toute sensation, Allie se réveilla et souleva la tête.

« Où sont-ils passés ? » demanda-t-elle, la vue encore trouble.

Je l'aidai à se lever et à s'avancer en vacillant vers la maison. Il ne restait que quelques traînards, tous fonctionnant au ralenti. Brian était étendu sur le canapé, les yeux fermés ; sa tête ronde, renversée en arrière sur les coussins, évoquait un boulet de canon. Il se réveilla quand je m'assis près de lui, dit « Hé, Jackson ! », me donna une tape sur le genou et se rendormit. Allie disparut. Elle allait chercher ses chaussures et revint les mains vides. Elle se coinça sur le canapé entre Brian et moi.

D'après ce que je crus comprendre, Paula et elle s'étaient réconciliées comme le font les femmes, même après la pire des disputes, et elles étaient redevenues bonnes copines. Paula apporta une de ses paires de baskets et s'agenouilla pour les lui mettre. Allie lui caressa les cheveux d'un geste langoureux pendant que l'autre lui nouait ses lacets.

« De si beaux cheveux raides, soupira Allie en lui effleurant la joue cette fois. Tu es si bonne pour moi, Paulie. »

Quand Paula eut fini, elle se leva en disant qu'elle allait revenir. En effet, un instant plus tard, elle était de retour, une grande tasse à la main qu'elle tendit à Allie.

« Qu'est-ce que c'est ?

– Du kahlua. Tu aimeras ça. Vas-y, bois !

– C'est du café », protesta Allie, mais elle but.

Paula se rendit dans la cuisine et en rapporta deux tasses, une autre pour Allie et une pour moi.

Avant que nous partions, notre hôtesse tint à ce que ses derniers invités fissent la connaissance de sa fille âgée de trois ans. Allie me prit la main et nous suivîmes la petite troupe. Nous montâmes à l'étage et entrâmes dans la chambre sur la pointe des pieds, sans allumer la lumière.

Nous entourions l'enfant cachée sous les couvertures, à peine visible dans le triangle de lumière dispensé obliquement par le couloir. Les femmes roucoulèrent devant une si mignonne petite, puis elles se retirèrent à pas de loup. Nous nous retrouvâmes dans l'entrée pour nous dire au revoir.

En nous raccompagnant, Paula me prit à part.

« Prenez bien soin d'elle, déclara-t-elle en suggérant bien plus que le simple trajet du retour.

– Bien sûr, dis-je.

– Vous faites un si beau couple », ajouta-t-elle en aparté, mais suffisamment fort pour qu'Allie et Brian l'entendent tout en échangeant un baiser d'adieu sur le pas de la porte.

Nous roulâmes en silence sur l'autoroute déserte qui menait à la ville et nous l'avions déjà quittée lorsque je demandai à Allie son adresse.

« Berkeley, répondit-elle.

– Nous avons raté la bretelle.

– Aucune importance. »

Elle avait repris ses esprits, assise bien droite sur le siège, les jambes croisées au niveau des chevilles et les mains posées sur les genoux. L'air d'une jeune fille rangée.

« Une belle petite, la fille de Paula, remarquai-je.

– Hum. » Elle haussa évasivement les épaules. Je pensais que nous allions parler d'autre chose, quand elle ajouta : « Tu sais, ce n'est pas la fille de Brian.

– Quoi ?

– Eh bien, c'est peut-être sa fille, mais Paula n'en est pas certaine. Elle avait une liaison quand elle est tombée enceinte, ce qui laisse le choix. Si tu veux mon avis, la petite ne ressemble pas beaucoup à Brian.

– Tu plaisantes ?

– Non, pas du tout. »

Elle se mit à rire, mais d'un rire encore plus bref que le mien.

« Est-ce qu'il le sait ?

– Bien sûr que non. » Puis, se tournant vers moi : « Et toi, tu ne dois pas lui en parler.

– Mon Dieu ! Je connais à peine ce type. Qu'est-ce que tu veux que je lui dise : "Hé, Brian, vous avez fait tester l'ADN de votre fille récemment ?" » Allie ne répondit pas. « Mon Dieu ! répétai-je. Et elle lui a tout caché depuis trois ans ?

– Presque quatre, si tu comptes la grossesse. »

Il y avait quelque chose de tellement prosaïque dans la façon dont elle s'exprimait. Sa voix était opaque, comme le ciel bas au-dessus de la ville.

« Comment peut-on vivre avec un pareil secret ? »

Elle ne répondit pas. Je jetai un coup d'œil vers elle pour tenter de deviner l'état d'esprit dans lequel elle se trouvait, mais son visage était tourné vers la fenêtre. Tout ce que je pus voir fut son reflet imprécis dans la vitre obscure.

5

Pendant plusieurs minutes, je gardai les yeux fixés sur les ténèbres avant de m'apercevoir que j'étais réveillé. Le corps d'Allie, enveloppé comme d'un linceul, gisait devant moi, éclairé par la lumière jaune des réverbères qui filtrait à travers les stores. L'infirmière de garde devait m'avoir vu dormir et elle avait éteint. Je me levai et rallumai. À ma montre, il était cinq heures et demie, onze heures environ depuis qu'on m'avait appelé aux urgences. Une éternité.

Je revins au chevet d'Allie et vérifiai ses paramètres vitaux. Tension artérielle, respiration, oxygénation du sang, tout fonctionnait à peu près normalement. La fréquence cardiaque : 115. Rapide, mais acceptable.

Allie était là, quelque part sous toutes ces lésions. Inconsciente, Dieu merci ; son esprit s'était retiré au plus profond d'elle-même, là où il n'y a ni conscience ni douleur. Nous devrions être à la maison, tous les deux, au lit, dans mon appartement, moi tout contre elle, l'observant comme je le faisais souvent, la lumière du matin éclairant petit à petit son visage. Parfois, quand elle dormait, je suivais du bout des doigts les traits si fins de son visage, cherchant à me convaincre, rien qu'en les effleurant, que tant de beauté était réelle.

Le respirateur geignait chaque fois qu'il chassait dans ses poumons son souffle mécanique, puis il y avait un petit bruit sec et plus rien quand la machine se remplissait d'air.

Je tendis la main pour toucher de nouveau son visage. Il était maintenant complètement méconnaissable. La tuméfaction des chairs s'était accentuée, de sorte que sa tête paraissait trop grosse pour son corps ; ses traits étaient déformés d'une façon grotesque quand ils n'étaient pas cachés sous la surface dure, luisante, violacée de la peau meurtrie. Une série de points de suture noirs couraient à partir de son nez, le long de sa lèvre supérieure et sous les compresses qui couvraient ses brûlures. D'autres lignes noires s'entrecroisaient près de son œil gauche et sur son front. Le travail d'une main sûre, pensai-je. D'une manière ou d'une autre, une partie de mon esprit avait pris la relève et accompli ce pour quoi il avait été préparé.

Dès que son état s'était stabilisé, nous l'avions amenée au bloc où un chirurgien, spécialiste du cœur, avait recousu les perforations de son muscle cardiaque, tandis qu'un orthopédiste enlevait les esquilles d'os du sternum. On ne pourrait opérer les os brisés de son visage que lorsque les chairs auraient désenflé. En revanche, il me fut possible de suturer les lacérations de façon à rapprocher la peau déchirée dans le but de favoriser la cicatrisation. Les infirmières débridèrent les zones brûlées, enlevèrent en les grattant les couches de chairs mortes jusqu'à ce que le sang coulât, signe qu'elles avaient atteint le tissu vivant. Sur les brûlures au troisième degré, les plus graves, la peau neuve ne repousserait jamais. Seuls des bourrelets cicatriciels les combleraient, durs et rigides.

Quand les plaies eurent été préparées, je demandai qu'on m'apportât plusieurs paquets de peau réfrigérée, prélevée sur des cadavres, dont nous disposâmes des bandelettes en travers des plaies et que nous recouvrîmes de compresses. Au bout d'un certain temps, la peau des cadavres se détacherait et tomberait ; jusque-là, elle protégerait les chairs à vif de toute infection. L'orthopédiste nettoya et réduisit la fracture compliquée du bras qu'il maintint à l'aide d'une plaque d'acier. L'os s'était fendu en deux et avait percé la peau à quelques centimètres du coude, probablement cassé lui aussi, pensais-je, quand Allie avait tenté de se protéger des coups qui pleuvaient sur son visage. Une image s'imposa à mon esprit, celle d'Allie se recroquevillant devant son agresseur, ses cris de plus en plus faibles jusqu'à ce qu'enfin, inconsciente, elle se tût.

J'avais vu de terribles blessures aux urgences, mais les pires étaient généralement causées par les accidents de voitures : les corps extraits des tôles tordues, la violence impersonnelle, involontaire. Dans le cas d'Allie, elle était personnalisée, effroyablement intime. Chaque coup avait été voulu. Combien en avait-il fallu avant qu'elle perdît connaissance ? Combien d'autres encore pendant qu'elle gisait par terre, inconsciente ? Quelle rage pouvait bien avoir poussé un être humain à accomplir ces gestes, encore et encore ? à ne pas s'arrêter en entendant sa victime crier au secours ? Quelle sorte de fureur, terrible, incontrôlée ?

L'appel d'un autre médecin grésilla sur l'interphone, me ramenant brutalement au présent. Le danger le plus grand que courait Allie maintenant était lié à ce qui allait se passer dans sa tête. Le scanner n'avait révélé aucune lésion interne ; cependant, les coups qu'elle avait reçus avaient atteint le cerveau, pareil au jaune d'un œuf secoué dans sa coquille, et il enflait exactement de la même façon que sa peau. Le neurochirurgien avait percé dans son crâne un trou grâce auquel nous avions pu installer une jauge permettant d'enregistrer la pression interne. L'écran indiquait une augmentation constante. On avait administré à Allie des diurétiques et on l'avait mise sous oxygène de façon à maîtriser le gonflement. Mais ni l'un ni l'autre ne paraissaient faire de l'effet. Ou du moins, pas suffisamment.

Comme je l'avais fait toutes les heures, je soulevai sa paupière droite – elle avait l'œil gauche complètement fermé – et je braquai une lampe électrique sur son globe oculaire pour tester les réflexes. Normalement, l'iris devait se contracter comme l'objectif d'un appareil photo. L'absence de réaction indiquerait une augmentation de la tension intracrânienne. Je dirigeai le rayon lumineux sur sa pupille qui esquissa un mouvement à peine sensible, pareille à un animal blessé sur une autoroute. Si le gonflement persistait, son cerveau allait être écrasé contre la paroi interne du crâne, comme dans un étau, et personne, ni moi ni un autre, ne pourrait rien y faire.

Je vérifiai les paramètres vitaux une fois encore et sortis de la salle.

Il y avait un endroit où je voulais aller. Je me rendis dans le bureau des infirmières.

L'infirmière de garde leva les yeux, abandonnant les papiers qu'elle avait devant elle, et me sourit.

« Une longue nuit ? demanda-t-elle, pleine de sollicitude.

– Oui », répondis-je d'une voix qui me parut creuse et sèche, à peine audible. Je me raclai la gorge avant de répéter : « Oui. Une longue nuit. »

Je jetai un coup d'œil sur l'alignement des écrans d'ordinateurs chargés de transmettre les paramètres vitaux des patients de l'USI. Tous étaient allumés, ce qui signifiait que l'unité de soins intensifs était pleine, probablement les blessés du carambolage qui avait eu lieu sur l'autoroute de Marin. C'est pourquoi Lieberman avait accepté de me confier Allie. Il pouvait ainsi se charger des blessés dont l'état était encore plus critique.

« Je descends à la radio. Si quelque chose se passe pendant ce temps, vous me biperez ?

– Certainement, monsieur.

– Quoi que ce quoi.

– Promis. »

L'ascenseur monta, accompagné d'un cliquetis métallique et les portes s'ouvrirent en grinçant. J'appuyai sur le bouton et descendis au sous-sol. Je passai devant la porte de la morgue et en franchis une autre au-dessus de laquelle était écrit RADIOLOGIE/DOSSIERS. La première salle était vide, mais, derrière, je découvris le technicien de garde assis dans un fauteuil, les pieds sur le bureau, des écouteurs sur les oreilles et les yeux clos. Je lui mis la main sur l'épaule. Il sursauta, posa les pieds par terre et ôta les écouteurs sans enthousiasme. Il n'avait pas l'air content.

« J'ai besoin de consulter le dossier Sorosh. »

Il fit mine de regarder sa montre et s'avança à pas lents vers les classeurs alignés le long du mur.

« J'suppose que c'est vachement urgent, hein ?

– Le dossier Sorosh. » Je dus épeler le nom. « Alexandra Sorosh.

– Quand est-ce qu'elle est entrée ?

– Hier soir. Samedi. Admise aux urgences vers dix-huit heures trente. »

Il repoussa un tiroir, revint à son bureau et fouilla dans une pile de dossiers, apparemment pas mieux rangés que les miens.

« On a fait le scanner vers dix-neuf ou vingt heures. »

Il lui fallut chercher encore avant de trouver le dossier d'Allie. Je jetai un coup d'œil sur les radios.

« J'ai besoin du scanner.

– Si je ne le trouve pas, c'est qu'on ne l'a pas encore sorti. Il doit être encore dans l'appareil. »

Je le suivis dans la petite pièce occupée presque entièrement par un ordinateur, où je m'étais trouvé la nuit précédente, pendant que Lieberman et le neurochirurgien de garde essayaient de voir ce qui se passait dans la tête d'Allie. Par la fenêtre, on apercevait la table sur laquelle on l'avait allongée et le trou béant du scanner dans lequel on avait introduit sa tête.

L'ordinateur s'alluma. Le technicien cliqua sur le menu et la tête d'Allie apparut sur l'écran. Trente lignes environ découpaient l'image, indiquant les nombreuses coupes transversales que le scanner avait prises. Je demandai au technicien si je pouvais le remplacer et je réussis à descendre verticalement, de coupe transversale en coupe transversale, jusqu'à l'endroit le plus endommagé, l'os broyé de la joue et de l'orbite gauche.

« Bon Dieu, ça doit faire mal ! s'exclama l'homme en se penchant sur l'écran, les yeux écarquillés. Qu'est-ce qui lui est arrivé ?

– Elle a été agressée, répondis-je en m'efforçant de ne pas imaginer la violence étalée devant moi.

– Par qui ? Mike Tyson ? » Bêtement, il en siffla d'admiration. « De toute façon, le mec qui a fait ça, il devait bander sérieux pour elle.

– Pauvre type », grommelai-je à mi-voix.

Je me concentrai davantage sur ce que je faisais, passant en revue les images jusqu'à ce que j'arrive à celle de la mâchoire inférieure.

La veille, j'avais remarqué quelque chose, Lieberman aussi. Des taches lumineuses à peine visibles sur le scanner. Une ligne pâle qui traversait le maxillaire, suggérant une fracture. Ce qui avait plus particulièrement attiré son attention, c'était une forme indistincte, juste à côté.

« On dirait qu'il y a de la quincaillerie de ce côté-là », avait-il remarqué.

Malgré la loupe qu'il tenait au-dessus de cette forme, une ombre légère dont il ne comprenait pas l'origine obscurcissait la zone. Le radiologue lui-même n'en savait pas plus.

« C'est peut-être un artefact », avais-je suggéré, pensant à une image fantôme, un phénomène artificiel produit par le scanner. Aussi avancée que soit la technologie, elle n'est pas parfaite, et la lecture d'un scanner nécessite une grande expérience. Il arrive souvent qu'on ne sache pas d'une façon certaine ce qui se passe dans le corps d'un patient tant qu'il n'est pas opéré. Seulement alors, le chirurgien voit de ses propres yeux.

Quel que fût le cas, la fracture – s'il y en avait une – n'avait pas été déplacée. Les os étaient encore alignés. De toute façon, nous n'allions pas réduire les fractures de la face le soir même. Aussi étions-nous rapidement passés à d'autres blessures, celles qui exigeaient une intervention immédiate. À présent, j'avais le temps de me concentrer sur l'image et je fis en sorte que l'ordinateur la grossît. Cette manipulation prit du temps et le technicien, de plus en plus impatient, quitta la pièce en me demandant de la fermer à clé quand j'aurais terminé.

Je n'avais encore aucune certitude. La chose qui m'intriguait pouvait, en effet, être de la « quincaillerie », comme l'avait appelée Lieberman, une plaque métallique destinée à maintenir en place un maxillaire fracturé. Mais elle serait apparue beaucoup plus clairement au scanner, un carré blanc bien délimité. Or cette image était trouble, elle se confondait avec les ombres.

Je cliquai de façon à retrouver les images précédentes et à cibler l'autre côté de la mâchoire. De nouveau, une tache lumineuse, peut-être une autre fracture, au même endroit, mais à droite cette fois. Les ombres étaient encore plus épaisses et la forme moins distincte.

Allie avait peut-être eu un accident. Une fracture de la mâchoire dont elle ne m'avait rien dit. Ces taches qui émettaient une lumière à peine visible étaient cependant trop symétriques – de chaque côté de la mâchoire inférieure – et trop droites, trop parfaitement cicatrisées. Une fracture normale n'aurait pas été aussi lisse, l'os « cicatrise » à peu près comme la peau. Il y aurait eu des calcifications tout autour, des bosses et des bourrelets, comme deux morceaux d'acier qu'on réunit par une soudure. Là, les fractures étaient nettes, elles me rappelaient les coupures obtenues par la scie électrique ultrarapide qu'utilisent les orthopédistes et les plasticiens pour couper un os. Mais si elle avait subi une opération, les chirurgiens auraient été obligés de maintenir les os en place à l'aide de plaques de métal, or on n'en voyait aucune. Il n'y avait que ces images fantomatiques, indéchiffrables.

Deux explications seulement étaient possibles : un accident ou une opération importante. Mais ni l'une ni l'autre n'étaient plausibles, ni l'une ni l'autre ne concordaient avec ce que je voyais sur l'écran. Et si elle avait eu un accident, si elle avait subi une opération, pourquoi ne m'en avait-elle jamais parlé ?

Quel est ton secret, Allie ? me demandais-je. Comment se fait-il que, pendant que je veille sur toi qui es dans le coma, j'ai l'impression que tu m'échappes ?

J'éteignis l'ordinateur et regardai l'image se dissoudre en une brillante étoile au centre de l'écran, puis disparaître avec un bruit sec.

6

Je mis deux pièces de vingt-cinq *cents* dans la machine et appuyai sur le bouton. Je regardai le liquide brunâtre – du café noir – tomber goutte à goutte dans le gobelet en carton que j'emportai au service courrier. Je fouillai parmi les prospectus, les avis et les annonces qui encombraient ma boîte aux lettres tout en buvant. Rien de personnel, à l'exception d'une carte de Krista, une ancienne petite amie, infirmière à l'hôpital. Je sus qu'elle venait d'elle en reconnaissant l'écriture grande et sinueuse sur l'enveloppe. Cela, et le fait qu'elle déposait un mot dans ma boîte une fois par semaine. La carte représentait la baie de San Francisco, une vue prise d'un restaurant que nous avions fréquenté à plusieurs reprises. Au dos, elle avait écrit : « Je pense à toi. Toujours. »

Je m'en débarrassai en même temps que du reste, pris un autre café tiède au distributeur et me dirigeai vers le téléphone. Je composai le zéro.

« Le standard.

– Ici, le Dr Maebry. J'ai laissé un message hier soir pour le Dr Brandt. Je demandais qu'on me le passe s'il appelait.

– Oui ?

– C'est simplement pour vérifier.

– Il n'a pas appelé, docteur.

– Je crois qu'il assiste à un congrès à L.A. Vous êtes sûre qu'il n'a pas laissé un numéro ?

– Il n'est pas de garde. Nous avons celui du médecin qui le remplace. Vous le voulez ?

– Non. Vous m'appellerez si vous l'avez au bout du fil ?

– C'est noté, docteur. »

Après l'avoir remerciée, je raccrochai.

Je n'avais aucune raison valable d'être aussi pressé de lui parler. Les problèmes complexes soulevés par le cas d'Allie étaient tous en rapport avec son cœur et son cerveau, et Lieberman s'en sortirait très bien. J'avais laissé un message pour Palfrey, le chef du service de neurochirurgie, afin qu'il passe la voir au cours de ses visites matinales. On avait maîtrisé le problème des brûlures, elles risquaient de la défigurer, mais elles ne mettaient pas sa vie en danger. Il n'en restait pas moins que je voulais parler à Brandt, revoir avec lui le cas Sorosh. Trouver du réconfort auprès de lui.

« Vous l'idolâtrez, m'avait dit Stern, mon psy, au cours d'une de mes premières séances.

– Je le *respecte*. »

Il avait agité la main pour écarter ma réponse.

« Il y a plus que cela, Jackson. La façon dont vous parlez de Brandt. Vous y mettez une sorte de vénération, comme s'il était un dieu. »

Je lui avais répondu que c'était ridicule, mais quand Stern développait une de ses théories, peu lui importait ce que je disais. C'était à ses yeux de la « résistance » ou encore du « déni », une attitude dans laquelle je m'étais engagé si loin que c'en était devenu « malsain ». Selon sa théorie du moment, Brandt représentait à mes yeux l'image du père, il s'était « substitué au père qui vous a abandonné et qui, disons (petite toux nerveuse)... est mort ».

Stern avait peut-être raison, mais je n'allais pas abonder dans son sens. « Résistance », pourquoi pas ? En revanche, je détestais la sensation qu'il faisait naître en moi selon laquelle tout se substituait à autre chose et rien n'était ce qu'il paraissait être. Je l'avais suivi dans le labyrinthe de son raisonnement et j'en étais sorti comme j'y étais entré – si ce n'est que je m'étais encombré d'une théorie de plus, l'une de celles qui donnaient tant de satisfaction à Stern, mais me laissaient plus vide qu'au commencement.

Je bus une autre tasse de café et composai le numéro

personnel de Brandt. Après plusieurs sonneries, une femme décrocha.

« Ouais ?

– Mrs Brandt ?

– Merde alors ! Qui... »

Elle parlait d'une voix si pâteuse qu'on aurait pu croire qu'elle se gargarisait avec les mots.

« C'est Jackson. » Il lui fallut un moment pour saisir mon nom. « Jackson Maebry. Je travaille à l'hôpital avec le Dr Brandt... »

Je l'entendis grommeler et se retourner dans son lit. « Bien sûr ! Le protégé. » C'était le petit nom d'amitié qu'elle m'avait donné le premier soir où j'avais dîné chez eux.

« J'espère que je ne vous réveille pas. »

Je regardai ma montre. Il était à peine sept heures, un dimanche matin.

Elle chercha à s'éclaircir la gorge, sans résultat.

« Bon, je ne suis pas tout à fait réveillée, mais si vous faites vite, je pourrai me recoucher et me rendormir pour faire passer tout ça.

– J'ai besoin de parler au Dr Brandt.

– Désolé, Jackson, l'avenir appartient à ceux qui se lèvent tôt, mais il n'est pas ici. »

Au bout du fil, j'entendis un froissement et le bruit d'un verre. Mon interlocutrice but, puis elle poussa un discret soupir de soulagement, comme si ce qu'elle venait de prendre faisait déjà de l'effet. Sa voix était moins rauque quand elle reprit :

« Il est à Los Angeles, je crois. Un congrès sur ce qui l'intéresse, la peau. Il y passera tout le week-end. Je ne l'attends pas avant tard dans la nuit, ou demain matin. Je ne sais pas exactement.

– Avez-vous son numéro ou, du moins, celui de son hôtel ? C'est urgent.

– Ouais, ça l'est toujours. » Elle but encore. « Je n'ai pas ce numéro, Jackson. Je ne le suis pas à la trace, ces derniers temps. À l'hôpital, peut-être ?

– Ils ne l'ont pas. Il est peut-être sur l'agenda de sa secrétaire, mais elle le tient soigneusement enfermé pendant le week-end. Écoutez, s'il vous téléphone, voulez-vous avoir l'obligeance de lui demander de m'appeler à l'hôpital ?

– C'est peu probable. Mais s'il le fait, vous pouvez compter sur moi. Qu'y a-t-il de si urgent ?

– C'est une patiente. Elle a eu un accident. » Pas de réaction. « Alexandra Sorosh, ajoutai-je. Elle travaille à Genederm. Aux relations publiques. Vous avez dû la rencontrer ici. C'est une amie et... » Et quoi ? Je ne savais pas trop. « Je... je pensais seulement que le Dr Brandt devait être mis au courant. »

Toujours aucune réaction. Je l'imaginais en train de chercher de l'aspirine, ou une autre bouteille de ce qu'elle buvait, le récepteur égaré parmi les draps et la couverture.

« Allô ! Mrs Brandt ? »

J'allais m'excuser encore pour l'heure matinale et raccrocher quand elle se manifesta de nouveau :

« Quelle sorte d'accident ?

– En fait, il s'agit d'une agression. Quelqu'un l'a attaquée. » Un autre silence. « Hier, dans la journée, poursuivis-je. On l'a amenée aux urgences vers dix-huit heures trente. J'étais de garde... »

J'entendis un coup sec, le bruit d'un goulot de bouteille abaissé trop vite, heurtant le bord d'un verre.

« Merde !

– Je... j'étais de garde, répétai-je, quand on l'a amenée. Elle a un trauma crânien grave, des fractures des côtes et du sternum ; un fragment d'os lui a percé le cœur, provoquant une tamponnade. Une sorte de crise cardiaque. Actuellement, son état est stationnaire, mais l'œdème...

– Vous me faites chier, Jackson ! Je ne suis pas un de ces putains de docteurs. Elle est vivante ?

– Oui, excusez-moi. Elle a passé la phase critique. On l'a transportée à l'USI. » Aucun commentaire. Je n'étais pas certain de devoir poursuivre, je ne savais même pas si elle m'écoutait. « Mrs Brandt ? »

De nouveau, un long silence, et puis, je l'entendis raccrocher.

7

Ceci se passait environ un mois après que j'eus rencontré Allie pour la première fois.

Ce vendredi soir, je rentrai tard de l'hôpital ; en théorie, pas trop tard pour sortir, mais je m'étais endormi tout habillé et, quand je m'étais réveillé le lendemain matin, vers dix heures, Allie était déjà prête ; elle me tirait par le bras en se plaignant de mourir de faim. Quand j'eus passé un short, un T-shirt et mis des mocassins, elle me traîna deux rues plus loin jusqu'à notre petit restaurant où je la regardai manger, comme d'habitude, un cheeseburger et des beignets d'oignon accompagnés cette fois d'un Coca Light. Après, nous partîmes à pied en direction du Golden Gate Park et là, nous nous allongeâmes sur la vaste pelouse – moi, du moins, car Allie resta assise – à côté d'un chêne géant. On sentait au loin l'odeur de la mer.

Quelques couples étendus sur des couvertures parsemaient l'herbe et plus loin, près de la route, une famille nombreuse, des Hispano-Américains, s'était installée pour pique-niquer. Ils avaient apporté un matériel si impressionnant que je me demandais comment ils avaient bien pu transporter tout cela. Ma « semaine » de garde à l'hôpital s'était prolongée : dix jours pendant lesquels les opérations s'étaient succédé, les heures de récupération suffisant à peine à procurer une bonne nuit. J'avais l'intention de poser ma tête sur les genoux d'Allie, à l'ombre – elle s'était tournée pour que ses épaules fissent un rempart au soleil –, et de dormir le plus longtemps possible.

Au moment où elle installait ma tête sur ses cuisses de la façon la plus confortable possible, j'aperçus sur sa cheville un dessin colorié qui fut caché dès qu'elle croisa les jambes.

« Qu'est-ce que c'est, Allie ?

– Quoi, Jacko ? »

Elle m'appelait « Jacko » quand elle était de bonne humeur. Elle réservait mon prénom aux conversations sérieuses ou, avec une inflexion complètement différente, aux moments de tendresse.

« *Ça.* Sur ta cheville. Un tatouage ? »

Elle leva la jambe et la tourna vers moi de façon à me faire admirer sa cheville.

« Tu aimes ? Je l'ai fait faire hier. C'est un cœur entouré de fil de fer barbelé avec, marqué en dessous, "nana à motards". »

Sans lever la tête, je ne le voyais pas nettement, mais ça m'avait plutôt l'air d'un papillon, le tatouage classique.

« C'est un papillon, non ?

– Pas exactement. C'est une *libellule.* Mignon, non ?

– Je ne peux pas croire que tu te sois fait tatouer. Qu'est-ce que tu diras à tes petits-enfants quand tu auras soixante ans et que tu devras répondre à leurs questions ?

– Ils penseront que leur grand-mère était une dame bizarre, un peu folle. De toute façon, tu peux le supprimer comme tu l'as fait pour ce type, tu sais bien, le catcheur. »

Elle faisait allusion à l'un de mes patients, un catcheur professionnel qui s'était fait hospitaliser pour qu'on efface le nom de sa première femme tatoué sur son avant-bras. Au bout d'un an, il était revenu avec un autre nom au même endroit. Il avait expliqué qu'il voulait qu'on le fasse disparaître parce qu'il allait se remettre avec sa première épouse.

« Cette intervention n'a rien d'agréable, Allie. La cicatrisation prend des mois et, qui plus est, elle laisse des traces.

– Ne dramatise pas, Jacko, ce n'est pas un vrai tatouage. C'est une peinture spéciale. Je l'ai fait faire du côté de Haight et ça tient quinze jours. À condition de ne pas se laver.

– Très joli.

« – J'en ai un autre, tu sais. Mais je ne te le montrerai que si tu es gentil. Ici, en haut de ma jambe. » Elle se pencha sur moi, souriante, la tête à l'envers. « Tu veux voir ? »

Cette fois, je me soulevai tandis qu'elle remontait lentement sa robe et ouvrait les jambes. Là, aussi haut qu'il était possible à l'intérieur de sa cuisse, il y avait un autre « tatouage ». Un cœur avec deux amours qui voletaient de chaque côté et tenaient une bannière dorée sur laquelle était écrit « Jackson ».

« Un peu trop chargé, constatai-je.

– C'est tout ce que tu trouves à dire ? » Elle repoussa ma tête. « Quand je pense que j'ai fait marquer ton nom ici, au fer rouge ou presque...

– Je croyais que c'était seulement de la peinture.

– D'accord, je l'ai fait peindre, mais ce n'est pas une raison pour le trouver "un peu trop chargé" ! Décidément, tu n'es vraiment pas romantique !

– C'est beau, dis-je en me rapprochant. Beau. Seulement, il faudrait que je le voie de plus près. »

De nouveau, elle repoussa ma tête, rit et baissa sa robe.

« Couche-toi, vilain garçon ! Je te laisserai regarder plus tard. Allonge-toi et dors. Tu devrais te reposer après la semaine que tu as eue. Tu vas bientôt en avoir besoin. »

Je posai de nouveau ma tête sur ses genoux.

« Tu sais...

– Oui ?

– Je voulais seulement dire que je trouve le dessin vachement compliqué.

– C'est moi qui en ai eu l'idée. J'ai fait le croquis de ce que je voulais.

– Bravo ! Mais je pense à autre chose. Il a fallu du temps pour... heu... peindre.

– Effectivement. Presque une heure. J'en ai profité pour boire des piña coladas. Ils ont un bar là-bas et même des vidéos si on a envie d'en regarder. C'est vraiment *super*.

– Super, répétai-je. Mais, dis-moi, qui était le... l'artiste ?

– Je ne me souviens plus du nom de cette fille.

– Une fille ?

– Oui, une fille. »

Elle rapprocha ses jambes.

« Elle était *tellement* mignonne ! ajouta-t-elle avec un soupir. Elle a dit qu'elle allait si bien travailler que je reviendrais et qu'elle m'en ferait un autre gratis. Et où je voudrais.

– Quelle allumeuse, cette Allie !

– Seulement avec toi, Jacko. Seulement avec toi. »

Elle fit courir ses doigts dans mes cheveux et parla de ce que nous allions faire pendant nos deux jours de congé. Elle avait l'intention d'acheter de la coriandre fraîche pour le dîner qu'elle voulait préparer (quand je lui eus dit que je détestais la coriandre, elle changea son menu). Ensuite, nous sortirions, nous irions danser dans le nouveau club dont elle avait entendu parler. Allie adorait danser, et moi, j'aimais la regarder.

« Et autre chose aussi », ajouta-t-elle.

J'acquiesçai aussitôt.

« Peut-être que nous pourrions après aller à la plage et faire trempette ?

– Nous n'avons pas pris nos maillots, remarquai-je, à moitié endormi.

– Nous nous baignerons en sous-vêtements, personne ne fera attention.

– Excellente idée. Mais tu n'en portes pas », me rappelai-je soudain.

Les yeux mi-clos, j'aperçus des enfants qui couraient sur la pelouse et s'avançaient vers nous. C'était l'un de ces moments de pure félicité qui précèdent le sommeil, quand les sons s'éloignent de plus en plus, puis semblent se détacher de leur source et traverser l'esprit comme de la musique.

« Attends, ne bouge pas. » Je sentis le bout de son doigt sur ma paupière.

« Là », dit-elle. Je levai les yeux. « Un cil pour faire un vœu. »

Je soufflai sur le cil et me rendis compte qu'elle avait soufflé en même temps que moi.

« Je croyais que je devais faire un vœu.

– Pas question ! Tu pourrais arracher tes propres cils et faire des vœux à tout moment.

– Oh ! »

64

J'installai confortablement ma tête et me laissai gagner par le sommeil.

Je dormais presque quand je me sentis traversé par une vague d'angoisse, j'eus l'impression de tomber. Je me réveillai en sursaut et le corps d'Allie se raidit sous le mien. Des hurlements retentirent à mes oreilles, comme si on venait de déclencher une sirène. En tournant la tête, j'aperçus le visage déformé d'un enfant, une rangée de dents irrégulières dans une bouche aussi largement ouverte qu'une bouche peut l'être. Ma première réaction fut de l'étonnement : comment un bruit pouvait-il atteindre une telle puissance ?

Je me rendis compte alors que j'avais remarqué cette fillette de loin. Elle appartenait à la famille hispano-américaine et elle était trisomique. Un peu plus tôt, elle avait tournoyé dans l'herbe, ses nattes à l'horizontale comme des pales d'hélicoptère. Maintenant, elle continuait de hurler d'une voix aiguë en s'arrêtant de temps en temps pour avaler de l'air à pleine gorge. Sa mère se précipita vers elle et releva le corps pantelant. Elle s'excusa auprès de nous et éloigna sa fille en lui murmurant pour l'apaiser « *Mi angelita, mi angelita*. Ne pleure pas, mon petit ange. »

Je m'étendis de nouveau et taquinai Allie :

« Qu'est-ce que tu lui as fait ? Une grimace ?

— Ce n'est pas drôle », me répondit-elle avec une froideur soudaine.

Elle se leva si brusquement que ma tête heurta le sol. À mon tour, je me mis debout.

« Que s'est-il passé ? »

Sa réaction m'avait déconcerté.

« Comment le saurais-je ? » me répondit-elle d'un ton sec.

Elle brossa ses vêtements d'une main nerveuse et écarta une mèche de cheveux de son visage sans y parvenir.

« On y va.

— À la plage ?

— Non, à la maison. Je veux rentrer à la maison. »

Elle s'éloigna sans m'attendre, je courus après elle. Elle avançait d'un pas vif et nous nous trouvions au coin du parc quand je pus la rejoindre et l'obliger à se tourner vers moi. Ses joues étaient inondées de larmes.

« Qu'y a-t-il ? »

Pas de réponse.

« Qu'y a-t-il ? répétai-je. Raconte-moi. »

Près de la rue, le soleil était chaud, l'air immobile. Un pin solitaire projetait une ombre effilée sur le trottoir sans procurer la moindre fraîcheur.

« Cette enfant est trisomique, Allie. Je suis sûr que tu n'as rien fait.

– Je le sais, Jackson. »

Trois adolescents portant chacun une planche passèrent près de nous, bouche bée devant cette scène dont ils avaient perçu l'émotion ; ils s'éloignèrent en riant. Allie détourna les yeux et essuya ses larmes.

« Rentrons, Jackson. Je t'en prie. »

Je lui pris la main et nous marchâmes côte à côte sur le trottoir brûlant, le long des maisons de Sunset District. Mon appartement était sombre, Allie se mit en boule sur le lit défait. J'allai chercher un verre d'eau et le lui offris. Elle le refusa d'un signe de tête.

« Tu veux une bière ? »

De nouveau, elle fit non.

Je m'étendis près d'elle et je lui caressai les cheveux.

« Tu m'aimeras toujours, dis, Jackson ?

– Oui, toujours.

– Quoi qu'il arrive ?

– Quoi qu'il arrive.

– Tu n'es pas forcé, tu sais.

– Oui, je sais.

– Je veux dire, si un jour tu veux cesser. Cesser de m'aimer. Ce ne serait pas grave.

– Allie... »

Elle se mit à sangloter, les mains agrippées à ma chemise, la tête contre ma poitrine. Elle pleura longtemps, son corps tremblant contre le mien. Quand elle n'eut plus de larmes, nous restâmes allongés l'un contre l'autre en silence, jusque tard dans l'après-midi, ses mains étreignant toujours ma chemise.

« Peut-être que nous pourrions aller au cinéma.

– Peut-être, répondit-elle d'une voix neutre.

– Ou peut-être marcher le long de la plage à la tombée du jour et aller au cinéma.

– D'accord.

– On va regarder le soleil se coucher, acheter un cheeseburger et des beignets d'oignon, et ensuite on va au cinéma.

– Ce serait sympa, admit-elle d'une voix neutre.

– Et on va acheter des Twizzler. On en mordra les bouts, comme ça, tu pourras t'en servir comme d'une paille pour boire ton Coca. »

C'est ce qu'elle faisait de temps en temps. Sa bouche sourit, mais ses yeux gardèrent leur tristesse.

J'écartai une mèche de son front.

« Alors, dis-moi. Quel vœu as-tu fait ?

– Un vœu ?

– Avec mon cil. Qu'est-ce que tu as souhaité ?

– C'est un secret, Jackson, répondit-elle d'une voix lasse et comme lointaine. Avec les secrets, c'est justement comme ça. On ne peut les dire à personne. »

8

JE me trouvais encore dans la salle réservée aux médecins, regardant d'un œil vague par la fenêtre, quand mon biper me tira soudain de mon inertie. Je me levai d'un bond en renversant mon café et appelai le Central. Je craignais qu'il ne s'agît d'Allie.

« Maebry à l'appareil. L'appel vient de l'USI ?

– Non. Du standard. »

Soulagement. Mon cœur reprit peu à peu son rythme normal.

« Un certain lieutenant Rossi demande à vous voir. Il appartient à la police du comté de Marin. On l'a fait monter dans votre bureau. »

Fini, le soulagement. J'avais espéré que la police s'adresserait directement à Lieberman sans s'intéresser à moi. Je pris un autre café avant de décider que je n'en voulais pas et de le jeter dans la poubelle du hall. Je parcourus environ quatre cents mètres de couloirs avant d'atteindre les bureaux des chirurgiens. La lumière était éteinte dans la grande salle, au-dessus des bureaux des secrétaires, mais j'aperçus le policier par la porte ouverte menant à la pièce qui m'était réservée. Il se tenait debout devant la fenêtre.

C'était un homme de forte carrure. Son corps semblait remplir l'espace minuscule et ses larges épaules étaient visiblement à l'étroit dans son veston sport à carreaux marron acheté, de toute évidence, chez un spécialiste des grandes tailles. Il avait la tête levée, comme s'il regardait le plafond, quelques centimètres au-dessus, pour s'assurer qu'il tiendrait bien dessous. Une peau noire luisait à travers les cheveux coupés ras. J'allumai le plafonnier.

« Bonjour ! »

Il se tourna vers moi. Il tenait un nébuliseur en plastique qu'il appliquait contre son nez. Les sourcils levés, il était en pleine inhalation.

« Bonjour ! dit-il à son tour en retirant l'embout de sa narine. Je m'appelle Rossi. Le lieutenant Rossi. »

Son large visage était éclairé par des yeux d'un bleu profond. C'était la première fois, pensais-je, que je voyais un Noir avec des yeux bleus. En tout cas, d'un tel bleu.

« J'espère que vous ne m'en voulez pas d'être entré. La porte était ouverte.

– Bien sûr que non. Aucun problème. Je suis le Dr Maebry. »

Il faisait un pas en avant pour me serrer la main quand il se rendit compte qu'il tenait encore son spray. Il le transféra dans son autre main, tendit de nouveau le bras en travers du bureau et manqua d'écraser ma main quand il la prit dans la sienne.

« Désolé, j'ai un rhume terrible. » Il introduisit l'embout dans sa narine et aspira. « C'est cette putain de ville. Je ne peux pas m'habituer à son climat.

– D'où êtes-vous ?

– De Toronto, avoua-t-il avec un rire bref. Mais au moins, à Toronto, vous savez ce qui vous attend. »

Il y avait une chaise unique destinée aux visiteurs et elle était couverte de dossiers. Je les empilai et, ce faisant, j'en laissai tomber quelques-uns. Il m'observa en silence tandis que je les ramassais et les ajoutais à un autre tas sur mon bureau. Je lui proposai de s'asseoir, il fit craquer le siège sous son poids.

Après avoir rangé son nébuliseur, Rossi sortit de sa poche de poitrine intérieure un portefeuille en cuir et un bloc-notes qui parurent minuscules dans sa main.

« Une simple formalité », déclara-t-il en ouvrant le portefeuille. Il le tendit pour me le faire voir. « Nous sommes censés nous assurer qu'on nous identifie sans erreur possible. »

D'un côté, une photo avec son nom ; de l'autre, une

plaque de métal. Je n'en avais vu jusqu'alors que dans les films, mais celle-ci avait l'air parfaitement authentique. Je fis un signe de tête, il rangea son portefeuille.

« Je voulais vous parler de... » Il jeta un coup d'œil sur son bloc-notes. « L'affaire Sorosh. L'agression et les voies de fait qu'on vous a amenées hier soir.

– Je ferai tout pour vous aider.

– J'appartiens au commissariat de Marin et je suis chargé d'enquêter sur cette affaire puisque l'agression a eu lieu dans notre juridiction. À moins que la victime ne meure ; dans ce cas, la crim prendrait la relève. Et, bien entendu, s'il y a eu viol, les spécialistes des délits sexuels seront dans le coup. Et il y aura des tas d'assistantes sociales dans le secteur. Mais je suppose que vous avez l'habitude de ces faits divers.

– Oui. Non. Pas vraiment. Pas comme ça.

– On m'a dit que vous étiez présent aux urgences.

– C'est exact.

– Donc, vous étiez de garde.

– Pas exactement. Ici, nous n'avons pas de chirurgien plastique en permanence. C'est le cas dans la plupart des hôpitaux. Si nous en avons besoin, nous appelons le médecin de garde ou quiconque est disponible. Moi, j'étais disponible.

– Vous étiez aux urgences quand on l'a amenée ?

– J'y suis arrivé quelques minutes plus tard. »

Il prit dans son bloc-notes une série de polaroïds qu'il se mit à consulter rapidement.

« Pas exactement le genre de chose qu'on a envie d'encadrer et d'accrocher au mur », commenta-t-il.

Je me rendis compte qu'il s'agissait des photos d'Allie prises dans la salle de traumatologie.

« Est-ce que c'est ressemblant ? » demanda Rossi en me tendant les clichés.

Je les regardai pour la première fois. Le flash et les couleurs agressives de ce film bon marché donnaient aux blessures un aspect encore plus catastrophique. La pièce se mit à tanguer. Je reposai précautionneusement les photos sur la table.

« Oui, c'est tout à fait ça.

– C'est une infirmière qui les a prises ou bien un policier en tenue ?

– Une femme policier, celle à qui on a remis les prélèvements vaginaux. »

Fréquemment pratiqués aux urgences, ces prélèvements sont destinés à rechercher la présence de sperme dans le vagin et d'autres indices pouvant attester un viol.

« Ouais. » Il consulta de nouveau son bloc-notes. « Le labo est fermé le dimanche, mais nous devrions avoir les résultats des examens demain ou mardi, tout dépend de ce qu'ils ont comme travail en retard. Avez-vous remarqué des blessures suggérant un viol ?

– Non, je ne crois pas. Désolé, mais je me suis intéressé à autre chose. »

En réalité, j'avais quitté la salle en plein examen. Il y avait trop longtemps qu'Allie et moi avions fait l'amour pour qu'on pût découvrir quelque chose. Dans le cas contraire, je préférais ne pas y penser.

« Vous devriez en parler à Lieberman, il était responsable de l'équipe de traumatologie.

– D'accord. Le Dr Lieberman. Je suppose qu'il va arriver un peu plus tard. » Rossi consultait de nouveau son bloc-notes. « J'ai besoin de lui parler. En attendant, vous pouvez peut-être me raconter ce que vous savez des blessures. »

Il étala les photos du bout des doigts sur le bureau.

Je pris une profonde inspiration avant de commencer :

« La... patiente a de multiples contusions sur la face, la tête et le cou, avec des fractures apparentes sur l'os frontal. Autrement dit, ici, au-dessus de l'arcade orbitaire ou, si vous préférez, au-dessus des yeux. Son maxillaire et son zygoma – plus simplement, tout le côté de son visage – montrent aussi des fractures multiples, de même que la cavité osseuse de son œil qui semble partiellement détruite. »

Rossi, le visage impassible, m'écoutait énumérer la longue liste des blessures ; de temps en temps, il prenait des notes, parfois en comprimant la large arête de son nez et en louchant, comme si cela pouvait l'aider à se déboucher les narines.

« À votre avis, à quand remontent ces blessures ? demanda-t-il lorsque j'eus terminé.

– Elles sont relativement récentes, à en juger par la tuméfaction. D'après l'aspect des meurtrissures, je dirais qu'elles remontent à six ou sept heures, pas plus.

– Oui, oui. C'est tout à fait ce que je pense. » Il posa son stylo, extirpa de nouveau son spray et inhala le produit. « En réalité, je ne crois pas que ce soit un rhume. Je crois que je suis accro à ce truc.

– Possible. Vous devriez essayer de ne plus y toucher pendant quelque temps.

– C'est sûr. Donc, cette agression a probablement eu lieu dans l'après-midi. Dans quel état se trouve-t-elle maintenant ?

– En ce qui concerne le cœur, elle se maintient. Elle a fait un arrêt cardiaque aux urgences, mais on l'a récupérée. Le cœur n'a pas souffert. Il paraît solide. Le plus gros problème, c'est que nous ne savons absolument pas s'il existe des lésions cérébrales.

– Ouais, le coma. Savez-vous quand elle en sortira et quand je pourrai lui parler ?

– J'espère dans un jour ou deux, mais on ne peut rien prévoir. »

Je m'abstins d'ajouter : « Pas même si elle va s'en sortir. »

« Et puis, il y a un autre problème. Dans quel état se trouve la personne qui sort du coma ? Animal ou légume ? C'est bien ça ?

– Oui, c'est exact. »

Intérieurement, j'eus un mouvement de recul. C'était l'une des choses auxquelles j'avais essayé de ne pas penser. Allie pouvait sortir du coma, mais ne plus pouvoir parler, ou marcher ou se nourrir.

« L'une des infirmières, je crois qu'elle fait partie de l'équipe de traumatologie... » Rossi consulta ses notes. « Elle a dit aux policiers en tenue que vous paraissiez connaître la victime. Elle a précisé que vous l'appeliez par son prénom. Allie, c'est ça ?

– Oui... » Le bleu intense de ses yeux me troublait. Je me passai la main dans les cheveux en m'efforçant de me concentrer. « Nous nous connaissions. »

Rossi garda le silence, il attendait une explication plus complète.

« Allie travaille chez Genederm au service des relations publiques. C'est une société de biotechnologie installée à Palo Alto. Le Dr Brandt, qui est ici à la tête du service de chirurgie esthétique, est l'un des fondateurs de cette firme. Nous nous sommes rencontrés lors d'une soirée donnée par Genederm, il y a quelques mois.

– Brandt ? J'en ai entendu parler. C'est bien le type qu'on voit à la télé ? "Le plasticien des stars" ?

– On l'interviewe souvent.

– Avez-vous une idée de ce qu'elle faisait dans Mercurtor Drive ?

– Je ne sais même pas où ça se trouve.

– Dans le comté de Marin. On construit deux nouvelles maisons dans l'un des plus importants lotissements. Sûr que ce sera cher. Savez-vous si elle avait l'intention d'en acheter une ?

– Je ne crois pas. Elle ne m'en a jamais parlé.

– D'après son permis de conduire, elle vit actuellement de l'autre côté de la baie, à Berkeley.

– Elle y loue un appartement. Au début, Genederm s'était installé à Berkeley, près du campus. »

Rossi tapota ses poches à la recherche du spray, il aspira comme l'homme qui suffoque inhale de l'air.

« Si j'en crois son permis de conduire et les renseignements de la Sécurité sociale, elle a vingt-sept ans et elle est née à Carpendale, en Californie.

– C'est exact. »

En réalité, je ne savais pas où elle était née. Nous n'en avions jamais parlé.

« Des parents ? de la famille ?

– Non. Elle est fille unique. Ses parents sont morts il y a quelques années. »

Allie ne parlait presque jamais de sa famille. C'était tout ce que j'en savais.

« Admettons. » Rossi tourna rapidement les pages de son bloc-notes. « Y a-t-il autre chose que vous sachiez et qui puisse m'intéresser ? »

Je me demandai si je devais lui en dire plus sur Allie et

moi, mais cela ne me parut pas judicieux et je ne tenais pas à ce que notre liaison fût mêlée à cette histoire.

« Non, je ne vois vraiment rien d'autre. Je voulais seulement savoir... » J'hésitai à lui poser ma question. « Avez-vous une idée de ce qui est arrivé ?

– Pas encore. De toute façon, il s'agit d'une agression. » Tout en parlant, Rossi récupérait les photos éparpillées sur la table. « Sans doute pas avec un couteau. Les blessures sont trop irrégulières. Je suppose que l'agresseur l'a frappée avec un outil trouvé quelque part sur le chantier, peut-être un marteau à pied-de-biche ou un morceau de métal déchiqueté. En ce moment, nous possédons au labo plusieurs objets sur lesquels nous recherchons des empreintes. Le bras cassé correspond au geste qu'elle a fait pour essayer de repousser l'attaque. Mais l'arme devait être sacrément lourde, ou alors elle a frappé au bon endroit. Ce n'est pas facile de casser un bras, même celui d'une femme. »

J'aurais pu affirmer que, lui et moi, nous nous représentions la scène, mais que ce n'était pour Rossi qu'une curiosité professionnelle.

« Et les brûlures ? Les ambulanciers ont parlé d'un tapis.

– Il semble que celui qui l'a agresssé l'ait roulée dans quelque chose comme une carpette qui se trouvait sur le chantier, puis arrosée d'essence. Il avait l'intention évidente de détruire les preuves, autrement dit le corps, mais il n'est pas resté suffisamment longtemps pour s'assurer que le feu avait pris. Il a sans doute paniqué et il s'est enfui. De nos jours, la plupart des tapis sont ignifugés – c'est réglementaire, et c'est ce qui a probablement sauvé la vie de la victime. Autrement, elle aurait été... »

Il haussa les épaules.

« Avez-vous une piste ?

– Nous interrogeons les ouvriers qui l'ont trouvée, mais, apparemment, ils ne sont pas dans le coup. Un vol ? Peu probable. On a récupéré son sac à main sur les lieux avec deux cents dollars en espèces. » Une fois encore, il haussa les épaules. « Il y a un tas de psychopathes en liberté. »

Après l'avoir contemplé un instant, il renonça à se servir de son inhalateur.

« Eh bien, merci de m'avoir reçu. »

Il rangea son bloc-notes, ses photos et le spray dans la poche de sa veste et, quand il se mit debout pour prendre congé, j'eus l'impression qu'il occupait toute la pièce.

« Encore une chose, ajouta-t-il au moment où je me levais pour lui dire au revoir. À votre connaissance, est-ce qu'elle avait des ennemis, quelqu'un qui aurait pu lui faire subir ce qu'elle a enduré ?

– Non, absolument pas. »

L'idée me parut absurde.

« Bien. Tenez, voici ma carte au cas où un détail vous reviendrait. »

Il me la tendit. Le temps d'y jeter un coup d'œil et il avait déjà passé la porte. Il s'arrêta alors et tourna la tête.

« Je peux toujours vous joindre ici ?

– En général, oui. Le standard peut m'appeler chez moi en cas de besoin. »

Il traversa le hall d'un pas lent et régulier, et disparut.

Je me tournai vers la fenêtre. Un épais brouillard purgeait le jour de toute sa lumière. Mon bureau donnait sur l'entrée de l'hôpital, des hirondelles volaient paresseusement dans l'air humide et se perchaient sur les supports métalliques de la marquise en verre qui abritait l'allée menant à la porte principale. Chaque été, elles étaient quelques-unes à pénétrer sous la marquise, désorientées, croyant pouvoir reprendre leur essor. Je les voyais se heurter au toit vitré et s'abattre sur le sol, étourdies ou mortes. Les visiteurs enjambaient précautionneusement les petits cadavres jusqu'à ce que le service d'entretien les balayât. J'avais adressé plusieurs notes à l'administration suggérant qu'on voulût bien trouver une solution à ce problème. En vain.

J'ouvris le tiroir de mon bureau et fouillai parmi les papiers et les stylos, les chèques annulés et les formulaires d'assurance des malades que je n'avais pas remplis. Sous des photos éparpillées, au milieu des clichés « avant et après » de certains de mes patients, je découvris tout au fond une photo d'Allie que j'avais prise peu de temps après notre première rencontre. Elle revenait d'une réunion de travail et je ne me rendais pas compte, à cette époque, de la beauté de cette fille dans son tailleur à rayures, au décolleté profond, qu'elle portait sans chemisier. Je l'avais fait poser près de la voiture, avec son porte-documents, et elle roulait les yeux pour me dire que c'était idiot et qu'il fallait que je me dépêche de prendre cette putain de photo. Ce jour-là, ses cheveux étaient retenus en arrière par des peignes, découvrant ses petites oreilles délicates et l'ovale de son visage ; dans cette lumière, ses traits avaient quelque chose de fragile et d'éphémère.

Je cherchai au fond du tiroir et j'en sortis la petite boîte où se trouvait la bague de fiançailles que je lui avais achetée. J'ouvris l'écrin, pris le bijou et le rangeai dans mon portefeuille.

Mon regard se tourna de nouveau vers la fenêtre et je vis Rossi qui traversait le parking à grands pas ; sa masse imposante se déplaçait aisément, avec assurance et la certitude que rien ne serait assez fort ou assez fou pour se mettre sur son chemin. Je ne parvenais pas à me débarrasser de l'image de cet homme assis en face de moi – ses yeux bleus qui remarquaient tout sans jamais changer d'expression. À cette pensée, je fus parcouru d'un léger frisson.

Quand il eut traversé le parking, il monta dans une vieille Ford Taurus qui paraissait deux fois trop petite pour lui. Il mit un moment avant de démarrer, puis il s'éloigna de la même façon qu'il marchait : calmement, posément, comme s'il avait tout son temps.

Une hirondelle voleta sous la marquise ; affolée, elle se heurta à la vitre. Je tirai le cordon de mes stores et les fermai.

9

Il était neuf heures du matin passées quand je descendis
à l'USI.. L'équipe avait changé, l'infirmière de garde
aussi. Je lui expliquai que j'étais le médecin chargé de la
patiente de la chambre trois.

« Oui, docteur. On m'a donné des instructions vous
concernant. Je dois vous appeler si je constate une notifi-
cation.

– Bien. Merci.

– Il n'y a rien de nouveau depuis mon arrivée. Diane est
l'infirmière qui s'occupe des chambres trois et quatre. En
ce moment, elle change les pansements.

– Maintenant ? J'avais demandé à être présent.

– Peut-être qu'elle voulait seulement s'avancer. »

Je jurai entre mes dents et me rendis aussitôt dans la
chambre d'Allie. Vêtue de la blouse ordinaire, celle que je
supposai être Diane était penchée sur le lit ; elle commençait à ôter les compresses des brûlures. Or le règlement
exige que l'on porte des vêtements stériles.

« Vous changez les pansements ? » demandai-je en ten-
tant de maîtriser ma colère.

Elle leva les yeux. Je me rendis compte qu'elle cherchait
à m'évaluer. Étais-je un médecin ou un interne ? Dans
quelle mesure devait-elle accepter mon autorité ? L'un de
ses sourcils bien épilés s'arqua.

« Bien sûr.

– Vous devriez porter une tenue stérile. Les brûlures
s'infectent facilement.

– Je n'ai pas reçu d'ordres à ce sujet, répondit-elle en secouant la tête d'un air de défi, sans qu'un seul de ses cheveux se déplaçât.

– Je les ai rédigés moi-même hier. J'ai aussi écrit que je tenais à être présent. De toute façon, vous devriez voir par vous-même que ce sont des brûlures du troisième degré. Nous ne sommes pas au Bangladesh ; ici, on appelle ça un change stérile.

– Je ne... je... On a beaucoup de travail ce matin. Le service est plein, vous l'avez sûrement remarqué, et je n'ai pas eu le temps...

– Génial ! Si les brûlures s'infectent et provoquent une septicémie, vous pouvez en être sûre, je signalerai que vous n'avez pas eu le temps de vous conformer au protocole.

– Vous n'avez pas à me parler de cette façon ! » s'offusqua-t-elle.

Je pris une profonde inspiration et fis de mon mieux pour me ressaisir.

« OK. À partir de maintenant, des changes stériles. D'accord ? »

Elle détourna les yeux sans répondre.

« Écoutez. Pourquoi n'iriez-vous pas chercher une blouse stérile ? Nous ferions le change ensemble. De toute façon, je veux examiner les blessures. »

Sans dire un mot, elle me contourna et sortit.

Je m'approchai du pied du lit, décrochai le tableau de surveillance et consultai la feuille de soins. Il était bien marqué « Changes stériles, deux fois par jour ». J'avais même souligné le mot « stériles » et j'avais indiqué que je devais être présent pour pouvoir examiner les plaies, une fois les compresses enlevées.

Je couvris les brûlures d'Allie avec celles qu'on lui avait ôtées et pris sur le chariot, dans le couloir, une tenue stérile que je passai. Diane s'était changée et bavardait avec l'infirmière de service comme si nous avions tout notre temps.

« Prête ? » demandai-je.

Elle se tourna vers moi, l'air renfrogné, et entra dans la chambre, la tête baissée, comme une écolière récalcitrante qui accepte à contrecœur la réprimande du maître.

J'enlevai lentement et précautionneusement les compresses et j'examinai les blessures. Les brûlures du bras, de même que celles du flanc et du sein, étaient pour la plupart des brûlures du second degré. Les cloques, qui éclataient déjà, découvraient la chair à vif. Nous allions laisser ces plaies se guérir toutes seules, mais la peau ne reprendrait jamais son aspect normal. Les brûlures du troisième degré étaient moins étendues que je ne l'avais craint. Elles se concentraient essentiellement sur les épaules, le cou et le côté de la tête. La peau de cadavre dont nous les avions protégées avait fait ce qu'on attendait d'elle : les tissus avaient commencé à se séparer, la couche inférieure avait pris un aspect gris et parcheminé, tandis que les extrémités calcinées des vaisseaux sanguins tachetaient la surface. L'oreille, elle aussi, avait été sévèrement brûlée et endommagée. Impossible de dire ce qu'on pourrait en sauver. Le moment venu, nous couperions les peaux mortes et tenterions de réparer le mieux possible les zones atteintes avec de la peau prélevée sur d'autres parties du corps. Nous serions vraisemblablement obligés de lui refaire une oreille, soit totalement, soit partiellement.

Diane nettoya les plaies et les tamponna avec une pommade antibactérienne. Quand les nouvelles compresses furent posées, je pris ma torche électrique et tirai en arrière la paupière droite d'Allie. Le réflexe était plus hésitant qu'avant. Je contrôlai les scopes : la tension intracrânienne augmentait encore.

« Le réflexe rétinien est lent », constatai-je.

Diane le nota sur la feuille de surveillance, puis elle raccrocha le tableau au pied du lit.

Je lui dis merci. Avec un bruit sec, elle ôta ses gants et sortit.

À l'exception de l'USI, l'hôpital vivait au rythme placide du dimanche ; la plupart des visiteurs erraient dans les couloirs, portant des fleurs et des paniers de fruits, traînant des enfants qui tenaient des ballons où était écrit « Prompt rétablissement ». Je n'avais qu'Allie comme patiente et je passai la journée dans mon bureau sans même m'occuper de ma paperasserie. Je faisais un saut à l'USI presque toutes les heures et j'appelais le standard si souvent qu'au bout d'un moment la standardiste n'attendit même pas ma question pour me faire savoir que Brandt n'avait pas appelé.

Il était approximativement l'heure du dîner quand j'eus l'idée de faire mon numéro personnel au cas où il aurait essayé de me joindre chez moi. Le répondeur se mit en marche et j'entendis ma voix : « Ici, Jackson Mae... » Je composai mon code et la bande se rembobina avec un ronronnement qui parut ne jamais finir. Il dura une quinzaine de minutes. J'avais le cœur serré.

Il se pouvait qu'il y ait eu un tas de messages, mais c'était peu probable, rares étaient les gens qui m'appelaient chez moi. Les quelques personnes que je connaissais à San Francisco étaient des internes de l'hôpital. Nous nous réunissions de temps en temps pour boire une bière, mais nous n'avions pas grand-chose en commun, excepté l'isolement partagé que nous imposait notre travail, et nous ne parlions que de médecine ou nous commentions les rumeurs de l'hôpital. C'était sans intérêt ; d'ailleurs, nos emplois du temps étaient si chargés que nous en avions rarement l'occasion.

La bande s'arrêta brusquement et la pendule automatique annonça « Samedi, 6 h 30 », c'est-à-dire peu de temps après mon départ pour l'hôpital, la veille. Comme je m'en doutais, c'était un appel de ma mère. Elle téléphonait de chez elle, mon ancien chez-moi, à Princeton dans le New Jersey. Elle avait commencé à parler avant le bip, et la première chose que j'entendis fut un déluge de mots, une cascade ininterrompue sans même une pause pour respirer. Elle était en pleine phase maniaco-dépressive.

Elle y était périodiquement sujette, la plupart du temps quand elle ne prenait pas ses médicaments. Ma mère avait alors un « épisode », comme disait Stern, et ce genre de coup de fil était en général un signe avant-coureur. Si nous pouvions la convaincre de se soigner, elle se calmait ; parfois, cependant, rien ne l'arrêtait sur cette pente descendante. Il fallait l'hospitaliser jusqu'à ce que les remèdes eussent agi et que le mal fût jugulé. Provisoirement. Jusqu'à la crise suivante.

Elle parlait comme si j'étais là, au bout de la ligne, et elle monologua durant plusieurs minutes avant de s'apercevoir que quelque chose n'allait pas.

« Jack ! Jack ! Tu es là ? »

Mais elle n'attendit pas la réponse et continua de débiter ce qu'elle avait à me dire. Il était question, comme toujours dans ces cas-là, des voisins sur qui elle faisait une fixation paranoïaque : ils la surveillaient, ils l'épiaient par les fenêtres, ils la regardaient se déshabiller. Chaque fois que cela se produisait, je cherchais désespérément une réponse rationnelle afin de calmer son angoisse, je lui expliquais que la maison des voisins se trouvait à plus de vingt mètres de la sienne et qu'en été les buissons bouchaient la vue, mais elle soutenait qu'ils pouvaient la voir. Quand je lui suggérais de fermer ses rideaux, elle sautait sans marquer la moindre pause à un autre motif de récrimination.

Cette fois, il s'agissait des enfants des voisins qui, elle en était convaincue, se faufilaient dans son jardin et y faisaient leurs besoins. Elle les avait vus un soir, ils s'enfuyaient en courant et, quand elle était descendue, elle avait trouvé la chose. C'était leurs parents qui les y obligeaient. Leur but était de forcer ma mère à déménager parce qu'ils étaient jaloux d'elle et qu'ils voulaient sa maison.

« Je les ai entendus en parler, disait-elle. Ils croient que je ne le peux pas, mais ils laissent leur fenêtre ouverte le soir et je les entends de mon lit. »

J'avais beaucoup de mal à supporter cet état de choses. Je voyais son visage, les rides qui s'étaient accentuées avec la maladie alors même que sa peau avait comme rétréci sur son crâne. Elle avait toujours été petite et mince d'une façon typiquement WASP, mais, pendant des années, je l'avais soupçonnée de souffrir d'anorexie, et les cigarettes qu'elle fumait machinalement les unes après les autres – je l'entendais aspirer au bout du fil – l'avaient desséchée et fragilisée.

« Ils veulent me chasser de ma maison, et c'est tout ce qui me reste depuis que ton père m'a quittée. »

Elle se lança alors dans une diatribe contre la « petite

81

amie » de mon père, la femme qu'il avait épousée après son départ et son divorce. Il y avait de cela presque dix-huit ans et elle en parlait encore comme si cela venait d'arriver. Je l'entendis crier de nouveau : « Jack ! Jack ! » ; sans doute croyait-elle que j'avais passé tout ce temps assis, à l'écouter. Elle avait cessé de m'appeler Jackson depuis quelques mois. Nous avions reçu une éducation très conventionnelle, mon frère, ma sœur et moi. Nous appelions nos parents Père et Mère. Eux, de leur côté, ne nous avaient jamais donné de diminutifs. Mais maintenant, ma mère avait remplacé Jackson par Jack, et elle parlait d'elle-même en s'appellant Lilly, le surnom qu'on lui avait donné au collège, comme si elle minaudait.

Le stylo à bille que je tenais se cassa net entre mes doigts. En baissant les yeux, je me rendis compte que j'avais couvert le bloc où je notais mes messages de traits épais, anguleux, tracés et retracés, pareils à des incisions les unes sur les autres, jusqu'à ce que la feuille fût presque entièrement noircie. Je retirai brusquement ma main, mais un morceau de stylo vint avec, le bout déchiqueté du plastique planté dans mon index. Je l'arrachai et, comme je n'avais rien pour m'essuyer, je barbouillai le papier du sang qui jaillissait.

Le monologue se poursuivait, mais je n'avais aucune envie de l'écouter ; j'attendis simplement que ma mère eût fini. Alors, aussi soudainement qu'elle avait commencé, elle s'arrêta et je n'entendis plus que les faibles parasites d'une ligne occupée et sa respiration irrégulière. Elle devait avoir oublié de raccrocher, distraite par l'un des fantômes qui hantaient son esprit. J'attendis un moment, pensant qu'elle allait peut-être de nouveau soliloquer ; finalement, écœuré, je reposai brutalement l'appareil sur son support.

10

« C<small>E</small> n'est pas grave de détester votre mère », m'avait affirmé Stern un jour. Nous discutions de l'un de mes souvenirs les plus anciens : Mère dans une longue robe d'été traversait la véranda et s'avançait vers moi qui, assis par terre, jouais avec mes cubes. Elle se penchait et j'ouvrais tout grands les bras au moment où elle allait me prendre dans les siens ; au même instant, je me rendais compte qu'elle ne me regardait pas, que son visage était vide de toute expression. Quelques secondes plus tard, elle m'appuyait sur sa hanche avant de me laisser glisser sur le sol et de reprendre sa marche vers la porte qui donnait dans le jardin.

« Nous ressentons tous ce genre de choses », déclara Stern.

Pas si sûr.

Plus tard seulement, je commençai à comprendre ce qui se passait chez nous ; pourquoi, en particulier, Père était rarement à la maison. D'abord, je romançai son absence : c'était un héros, un chirurgien du cœur. Il sauvait des vies humaines ; les heures passées à travailler prouvaient qu'il se dévouait pour ses patients et qu'il était indispensable à l'hôpital. Ce fut alors qu'on lui intenta un procès pour faute professionnelle : il aurait été responsable de la mort d'une jeune cardiaque.

Rétrospectivement, je présume que l'accusation était sans fondement. En effet, quelques années plus tard, on arriva à un règlement à l'amiable. Mais, je ne sais pourquoi, Mère s'était mis dans la tête qu'il était coupable, elle s'emportait contre lui et l'accusait d'avoir tué la fillette. Qu'elle fût devant l'évier ou préparât le dîner du dimanche (la seule soirée que Père passait à la maison), nous – Père, mon frère, ma sœur et moi – attendions pendant ce qui nous paraissait des heures que Mère nous servît. Encore maintenant, je ne sais toujours pas ce qu'elle faisait dans la cuisine, derrière les portes battantes. Invariablement, le rôti de bœuf ou d'agneau était brûlé, noirci, racorni, presque immangeable. Nous attendions patiemment à table, en faisant comme si tout était normal. C'est alors que nous entendions le cliquetis de la vaisselle et les cris de Mère qui hurlait : « Comment as-tu pu ? Comment as-tu pu ? La pauvre petite ! »

La scène s'était souvent reproduite au fil des ans et j'en connaissais par cœur le scénario. Les deux ou trois premières fois, je me précipitai pour voir Mère jeter par terre la cuillère à sauce ou la louche, ou tout autre objet qu'elle tenait à la main, porter ses bras à son front et pleurer sans larmes. Bien plus tard, quand je vis Vivien Leigh jouer le rôle de Blanche DuBois dans la version cinématographique d'*Un tramway nommé désir*, je me dis : c'est exactement comme ma mère.

Père cherchait à la calmer. Dans ces moments-là, il ne se mettait pas en colère. Il parlait d'un ton posé, rassurant, comme s'il n'était pas concerné. Comme un professionnel, un médecin. Seulement plus tard, quand il la faisait monter dans la chambre, nous entendions du vacarme et des cris aussi bien de l'un que de l'autre. Des portes claquaient, Mère hurlait d'une voix hystérique : « Tu l'as tuée ! Assassin ! Éloigne-toi de moi ! » Père se bornait à dire : « Oh, Lilly, *s'il te plaît*, j'en ai assez de tout ça ! » Pourtant, après plusieurs mois passés dans ces conditions, il avait changé. Il s'était mis à vociférer : « Ferme-la, tu veux ? Ferme-la, c'est tout ce que je te demande ! »

Bizarrement, certaines choses vous remplissent de honte plus que d'autres. Ces mots, par exemple, plus que les folles accusations de ma mère : Père disant « Ferme-la, tu veux ? », réduit à délaisser son noble maintien pour un comportement infantile. J'en ai la chair de poule quand j'y repense. À cela et à l'image ultime : le rôti carbonisé que je sortais alors du four. Je préparais pour mes cadets du lait et des céréales, et je raclais le rôti brûlé et le jetais dans la poubelle. Jamais je n'ai parlé à quiconque de cet épisode final. Pas même à Stern. Je lui ai raconté tout le reste, ou presque, mais je n'ai jamais pu évoquer le rôti devant lui.

« La schizophrénie, ce n'est pas un diagnostic définitif, Jackson. J'ai parlé à son médecin. Il n'en est pas absolument sûr.

– Et en ce qui concerne le traitement qu'il lui donne ?

– Il essaie de couvrir toutes les possibilités. »

Nous passions la plus grande partie de notre temps à discuter de ce problème : dans quelle mesure le comportement de ma mère était-il symptomatique d'une schizophrénie ? Dans quelle mesure pouvait-il être attribué à une simple hystérie, à une névrose ou à tout autre trouble psychologique ?

« L'hystérie est souvent très proche de la schizophrénie, affirmait Stern.

– Elle entend des voix.

– Oui, c'est bien un symptôme. Sans aucun doute. »

Ce point était d'importance, car la schizophrénie est très probablement héréditaire. Si ma mère était schizophrène, c'était une question de génotype – de combinaisons aléatoires dans le patrimoine génétique, une affaire de chance. M'avait-elle ou non transmis ces gènes ? J'avais étudié l'histoire de la famille du côté de ma mère : une vieille famille WASP qui semblait compter plus que sa part de femmes fragiles, « neurasthéniques » comme ma mère, et d'hommes originaux qui n'avaient pas fait grand-chose de leur vie et qui, pour la plupart, étaient morts seuls, dans des logements sales et miteux. Combien parmi eux seraient, de nos jours, catalogués comme schizophrènes ? De cela, je n'avais aucune certitude, mais j'avais calculé que mes chances d'hériter de cette maladie atteignaient cinquante pour cent.

« Vous avez déjà passé les années les plus dangereuses », me disait Stern.

Il essayait d'être rassurant, mais la vérité qu'il ne pouvait

cacher, c'est qu'il n'en savait rien. Et si j'avais cette maladie, ni lui ni personne d'autre ne pourraient rien y faire.

« La plupart de ceux qui sont atteints de schizophrénie
ont leurs premières crises à l'adolescence ou quelques
années plus tard. »

Mais pas tous. Elle pouvait « s'épanouir », pour utiliser
le terme bizarre qu'employait Stern, à tout moment
– comme une fleur vénéneuse dont la graine germait lentement en moi. C'est cela qui m'effrayait et qui me poussait
à persévérer, à chercher auprès de lui le réconfort, même
si je savais qu'il ne pourrait me l'apporter.

11

CE soir-là, vers huit heures, je descendis à l'USI pour jeter un coup d'œil sur Allie. En passant devant le poste de surveillance, l'infirmière de garde m'informa que le Dr Brandt se trouvait « auprès de la patiente ». De la porte, j'aperçus sa haute silhouette penchée sur le lit d'Allie.

« Bonjour, docteur Brandt ! »

Je fus submergé par le soulagement que me procura sa présence. Je n'étais plus seul pour gérer cette situation, il allait y mettre bon ordre.

« Jackson, j'ai appelé chez moi et j'ai eu votre message, me dit-il en guise de salut. J'ai pris l'avion dès que j'ai pu. »

Quand il eut levé la tête, il rejeta en arrière les boucles de cheveux blancs tombées sur son front. Il avait les traits tirés et ses yeux exprimaient une profonde anxiété. Je ne l'avais vu qu'une fois dans cet état, un jour où il avait eu de très mauvaises nouvelles à annoncer à l'un de ses patients.

« Il n'était sans doute pas nécessaire de vous déranger. » Je m'approchai du lit. « Mais j'ai pensé que vous deviez être tenu au courant. Elle travaille à Genederm et...

– Bien sûr. Vous avez eu raison de me prévenir. »

Debout l'un près de l'autre, nous contemplions Allie. Un seul signe de vie, la couverture qui se soulevait légèrement au niveau de sa poitrine chaque fois que le respirateur insufflait de l'air dans ses poumons. Je fus tenté de lui parler de notre liaison. C'était un atout dont j'aurais pu me servir, mais je craignis qu'il ne voulût me décharger de ce cas, de peur que mon état émotionnel ne m'empêchât de me comporter en professionnel.

« Elle est dans le coma depuis le début ?

– Elle était inconsciente quand on l'a trouvée. » Je consultai les scopes. « Son œdème est inquiétant. Le cœur est bon et tout le reste paraît stable. Mais la tension intracrânienne est élevée et elle continue de monter. »

Il regarda le monitoring.

« Merde ! dit-il à mi-voix. Et je suppose que les neurochirurgiens ne peuvent rien y faire ? »

C'était plus une constatation qu'une question. Pourtant, je fis non de la tête.

« Vous avez prévenu Palfrey ?

– J'ai appelé son bureau. Il sera de garde à partir de demain.

– C'est peut-être un lieu commun, soupira Brandt, mais on ne s'attend jamais à ce que ce genre de choses arrive à des personnes de connaissance. Est-ce qu'on sait qui... A-t-on une idée de ce qui s'est passé ?

– Nous avons eu la visite d'un policier. Je lui ai parlé. Ils n'ont pour l'instant aucune piste.

– Mon Dieu ! » murmura-t-il en hochant la tête.

Il se redressa, respira à fond et me donna une tape affectueuse dans le dos.

« Eh bien, nous ne pouvons rien faire de plus », dit-il.

Il me conseilla de rentrer chez moi et de dormir un peu ; j'en avais besoin, semblait-il. Il me rappela aussi que je devais l'assister pour une opération prévue le lendemain matin.

Le soleil se couchait sur l'océan quand je traversai le parking. Je montai dans ma voiture qui, chose étonnante, démarra du premier coup. Je passai par les rues tranquilles de Sunset District et m'arrêtai devant mon immeuble, à deux rues de la plage. Généralement, j'aimais ce moment de la soirée, quand le brouillard qui monte de l'océan n'a pas encore atteint le sommet des collines, quand le ciel est clair et l'air d'une légèreté parfaite. Ce jour-là, il me semblait dépourvu de toute substance, comme si la ville avait été évidée ; et les immeubles, les voitures qui roulaient et les gens qui marchaient dans les rues ne faisaient qu'accentuer cette vacuité.

On appelle ce quartier Sunset District parce qu'il est situé du côté ouest de la péninsule de San Francisco, là où les collines abruptes de la ville s'aplanissent pour former une sorte de selle qui s'ouvre sur le Pacifique. Lorsque je m'étais installé, Sandra, ma propriétaire, m'avait emmené dans la chambre de ce logement, un garage contigu à sa maison qu'elle avait aménagé en deux pièces. Il lui avait d'abord servi d'atelier de sculpture, mais, étant à court d'argent, elle avait décidé de le louer, « avec vue sur mer », comme disait l'annonce. Elle m'avait indiqué un coin de la pièce et m'avait montré par la fenêtre un carré d'eau visible entre les immeubles voisins.

« Par là, vous pouvez voir le soleil se coucher. Du moins en été. Plus tard, c'est bien trop au sud. Le 7-Eleven bouche la vue. »

Souvent, allongé sur mon lit après une garde de vingt-quatre heures ou plus, trop fatigué pour ôter mes chaussures, mais trop abruti pour dormir, j'attendais l'apparition du soleil. Il allait être dans toute sa plénitude quand il arriverait au coin de la boutique, son bord en équilibre sur l'eau pendant un très bref instant avant de sombrer et de disparaître en quelques secondes, ne laissant de visible que l'image bleue, tremblotante, de la télévision de l'autre côté de la ruelle, invariablement réglée sur *La Roue de la fortune*. Les autres soirs – les plus nombreux –, un brouillard épais qui se manifestait trop tôt m'empêchait de voir quoi que ce fût. Même la barrière en bois, devant la fenêtre, n'était plus qu'une ombre. J'allumais alors mon radiateur à pétrole qui soufflait un jet d'air chaud dans la pièce et je m'installais dans mon fauteuil en osier comme si j'étais assis devant une cheminée. Une fois mon logement réchauffé, je pouvais retrouver mon lit.

Je garai ma voiture dans la rue et parcourus les quelques mètres qui me séparaient de ma porte. J'entendis le vieux vinyle usé de Sandra qui jouait *Whitebird* dans la maison mitoyenne. C'était une enfant des années soixante, mais maintenant, les seules drogues qu'elle prenait arrivaient par cubiteneurs de trois litres d'une infâme piquette. Derrière les rideaux, les lumières n'étaient pas encore allumées et ne le seraient probablement pas ; il était presque neuf heures et je supposai que Sandra en avait déjà fini avec sa sculpture et qu'elle était étendue sur son lit, ivre morte.

Je trouvai mon appartement exactement comme je l'avais laissé, et c'est bien ce que je redoutais : le lit fait négligemment, le T-shirt d'Allie roulé en boule près d'un oreiller, comme elle l'avait laissé la dernière fois où elle avait dormi ici. Sous les couvertures au fond du lit se trouvaient, j'en étais sûr, les socquettes de laine qu'elle repoussait maladroitement de ses orteils quand nous faisions l'amour et que sa circulation se rétablissait enfin. Il ne me parut pas juste que tout fût ainsi inchangé. Comme si maintenant rien n'était différent.

L'écran de veille de mon ordinateur déroulait à l'infini, sans états d'âme, ses formes géométriques dans l'obscurité. Par habitude, j'ouvris le réfrigérateur et en examinai le contenu : un morceau de pizza qui avait rétréci de moitié depuis qu'il s'y trouvait, un carton de lait et une boîte de céréales que je devais avoir, par inadvertance, rangée avec le lait. Je n'avais rien mangé depuis plus d'une journée et je me dis, d'une façon abstraite, que je devrais interrompre mon jeûne. Mon esprit envisageait de prendre un bol et une cuillère, de verser des céréales dans le lait et de m'asseoir pour dîner, cependant, je ne fis pas un geste. J'entendis alors frapper à ma porte et une voix de dix ans m'appeler.

J'avais oublié Danny.

« Salut, Jack ! »

La porte s'ouvrit brusquement et la silhouette du jeune garçon traversa la pièce sur son skateboard, la casquette à l'envers, une chemise de base-ball bien trop grande pour lui pendant sur ses genoux. Il sauta de la planche, posa violemment son pied sur l'arrière et attrapa l'avant d'une main.

Danny était le fils de Sandra. On ne parlait jamais du père et, de toute façon, il ne semblait plus compter. Quand Danny voyait ma voiture garée devant la maison, il lui arrivait d'entrer à l'improviste et nous regardions un match à la télévision.

« Qu'est-ce qui se passe, Jack ? »

Il s'affala sur le canapé, sa planche à la main, puis il ramassa la télécommande et se mit à zapper.

« Tu ne veux pas regarder un match ? »

Je refermai la porte du réfrigérateur.

« Où sont ton casque et tes protections ? » demandai-je d'un ton que je voulus autoritaire.

Un jour, je l'avais surpris descendant une colline escarpée à près de cinquante à l'heure, je l'avais emmené en voiture acheter une panoplie complète : un casque et des protections des genoux, des poignets et des coudes. Pour je ne sais quelle raison, il avait toujours refusé de mettre celles des poignets et des coudes, mais je croyais qu'il portait les autres.

« Je les ai laissés dehors.

– Bien sûr ! »

Il trouva le match et se mit aussitôt à injurier le lanceur de l'équipe qu'il ne soutenait pas.

« C'est important, poursuivis-je.

– Oui ! Oui ! »

Le batteur ayant mis la balle dehors, Danny se répandit en une série de qualificatifs propres à son âge.

Je renonçai à le sermonner et m'assis près de lui.

« Est-ce qu'Allie va arriver plus tard ? »

Il avait parlé sans quitter l'écran des yeux, comme s'il n'y avait pas de quoi en faire une histoire. Un gamin de dix ans se maîtrisant suffisamment pour prendre un air dégagé.

« Non, Allie ne viendra pas ici ce soir. »

Il chercha à cacher sa déception, mais son visage le trahit. Il se mit à zapper sans but précis.

« Que dirais-tu d'une pizza ?

– Ouais ! »

Son regard s'éclaira.

« Veux-tu aller nous en acheter une chez Raimondo ? »

La boutique de Raimondo se trouvait assez loin, de plus il ne livrait pas à domicile, mais, à notre avis, ses pizzas étaient meilleures. Je lui donnai un billet de vingt dollars.

91

Il laissa tomber son skate, sauta dessus et roula en direction de la porte.

« Pizza ! » hurla-t-il, et il sortit.

« Mets ton casque ! » criai-je.

Cela faisait maintenant quatre mois que Danny connaissait Allie, depuis qu'elle avait pris l'habitude de venir régulièrement à la maison. La première fois qu'ils s'étaient rencontrés, il avait sonné à la porte, surpris de la trouver fermée alors que ma voiture était garée dehors.

« Bonjour ! En quoi puis-je t'être utile ? » avait-elle dit en ouvrant la porte.

Il avait haussé les épaules, agacé par son ton condescendant, et il l'avait regardée comme si elle était une intruse.

« Est-ce que Jack est là ? »

M'ayant aperçu, il était passé devant Allie, mais il s'était arrêté, hésitant à s'avancer vers moi. Elle lui avait dit d'entrer. Nous allions nous mettre à table, un dîner spécialement préparé par Allie, mais elle avait deviné les liens qui nous unissaient, Danny et moi, et l'avait invité.

« C'est d'accord. »

Il n'avait presque rien dit pendant le dîner, répondant aux questions d'Allie par monosyllabes. Mais plus tard, au cours de la soirée, sur le canapé devant la télévision, il s'était animé. D'abord assis comme seuls les enfants savent le faire, pareil à une poupée gauchement installée là où on l'avait placée, les bras raides le long du corps, adossé un peu à l'écart. Mais il s'avéra qu'Allie s'y connaissait en base-ball. Elle était même parvenue à impressionner Danny. À la fin du match, il s'était penché vers elle et s'était endormi sur son épaule.

Nous étions devenus, en quelque sorte, des parents de substitution. Avec moi, il jouait au dur, mais après ses deux premières visites en présence d'Allie, il s'était attaché à elle et tenait absolument à s'asseoir à ses côtés. Une fois, nous l'emmenâmes assister à un match à Candlestick Park. Au retour, dans la voiture, il la laissa prendre sa main. Je me rappelle l'avoir vu lever les yeux vers elle – j'ai oublié ce qu'elle disait – et se mettre à rire. Ce n'était pas son rire macho, à la Arnold Schwartzenegger, ou son rire narquois quand un copain tombait de sa planche – « T'as pas de couilles, gros nain ! » –, c'était un rire normal. Je compris alors – et ce fut pour moi une surprise – qu'il était facile de rendre un enfant heureux.

J'avais espéré trouver un moyen d'apprendre la nouvelle à Danny, mais, quand il revint avec la pizza, je n'avais toujours rien imaginé.

« Quel est le score ? »

Il jeta la boîte près de moi sur le canapé et commença à en déchirer le couvercle. En même temps qu'il s'appropriait une part de pizza, il s'intéressa de nouveau au match.

« Danny, commençai-je, Allie ne va pas venir ce soir.

– Ah bon ? » fit-il, la bouche pleine de pizza, et pourtant, l'air plutôt sarcastique, comme s'il me faisait remarquer : « Sans blague ? Mais tu me l'as déjà dit ! »

Toutefois, il me parut sur ses gardes. Quand les adultes se répètent, c'est généralement pour annoncer de mauvaises nouvelles.

« Ce que je veux dire, c'est qu'elle ne va pas bien. »

Il me regarda et cessa de mâcher. La façon dont il me fixait aurait pu être comique dans d'autres circonstances, les yeux écarquillés et la bouche si bourrée de pizza qu'il ne parvenait pas à la fermer complètement.

« Qu'est-ce que tu racontes ? Elle est malade ? Elle a attrapé froid ?

– Non, Danny, elle est blessée. »

Le regard du gamin exprima son affolement. Comment avais-je pu parler ainsi sans prévoir la portée de ce que j'allais dire ?

« Elle est à l'hôpital, mais ça va aller. Elle va se remettre. »

Je fis un immense effort pour prononcer ces mots, comme s'ils m'arrachaient la bouche, mais, dès que je les eus dits, ils me parurent inconsistants, incroyables.

« Nous prenons bien soin d'elle. Elle va se rétablir. »

Une fois de plus, je me répétais.

« À ton hôpital ? demanda-t-il un moment plus tard.

– Oui, elle est au Memorial.

– Je peux aller la voir ? »

Il n'en était absolument pas question.

« Ce n'est pas encore le moment, Danny. Peut-être un peu plus tard. »

Il ne réagit pas. Au bout d'un moment, je vis sa pomme d'Adam monter et descendre quand il avala.

« Plus tard, quand elle se sentira mieux. Je te le promets. »

Il ne discuta pas, il garda les yeux baissés sur la part de pizza à moitié mangée posée sur ses genoux. J'eus l'impression d'avoir rompu un des liens qui nous unissaient. Je voulais le rassurer, mais, d'une certaine façon, je savais que tout ce que j'allais dire le rendrait plus soupçonneux à mon égard.

« Je vais te mettre à la porte, Danny. Je n'ai pratiquement pas dormi depuis deux jours et je suis épuisé. »

Je me levai et posai ma main sur sa tête, mais il ne fit pas un mouvement. Il ne me regarda pas, dit simplement OK. Je m'allongeai sur mon lit, de l'autre côté du meuble qui séparait les deux pièces, sans même prendre la peine de me déshabiller. Un moment plus tard, je l'entendis éteindre la télévision et refermer la porte derrière lui.

Pour la première fois, il était parti avant la fin d'un match. Était-il rentré chez lui ? Il détestait le faire avant d'être certain que sa mère serait complètement inconsciente jusqu'au matin. Généralement, je le trouvais pelotonné sur le canapé le lendemain, sa veste en guise de couverture. Même quand Allie restait plusieurs jours à la maison, il occupait le canapé, enveloppé cette fois dans une vraie couverture. Et nous, nous faisions l'amour sans bruit, pour qu'il n'entende rien. Je me souvins d'avoir plaisanté : « C'est comme ça quand on a des gosses ? » Elle avait mis sa main sur ma bouche et l'y avait laissée pendant qu'elle me disait de me taire ; son regard furieux ne s'était adouci que lorsqu'elle avait posé la tête sur l'oreiller et s'était endormie contre moi.

Cet oreiller dans lequel j'enfonçai à mon tour ma tête et qui sentait encore l'odeur d'Allie, celle de son sommeil, si différente de celle de son travail, quand elle rentrait à la maison vêtue d'un tailleur, ou de celle qu'elle avait après avoir fait sa gymnastique ou passé une journée avec moi à la plage. Elle me jurait qu'elle utilisait toujours le même parfum, pourtant il me semblait toujours différent. Comme tout ce qui la concernait, il était difficile à saisir.

Je soulevai ma tête de l'oreiller et me retournai sur le dos. J'avais refusé de l'admettre, mais, à la vérité, quelle que fût mon intimité avec Allie, il y avait toujours une partie d'elle-même qu'elle évitait de me révéler. Je songeai aux nuits interminables que nous passions au lit où, comme deux enfants, nous parlions jusqu'à l'aube. La nuit était notre univers particulier où rien d'autre n'existait, ne comptait, hormis nous. Nous avions maintes et maintes fois parlé, mais je ne l'avais jamais entendue évoquer son passé, à l'exception de quelques détails anodins.

Je ne le lui avais pas demandé parce que je savais intuitivement qu'elle n'y tenait pas. Cependant, ses réticences me troublaient et je craignais de découvrir quelque chose qu'il me serait difficile de surmonter. Et à cause de cela, je ne l'avais jamais percée à jour. J'avais laissé échapper trop de choses concernant sa vie et sa personnalité, et maintenant elles pourraient bien m'échapper définitivement.

Je m'assis dans mon lit, sachant qu'il était vain d'attendre le sommeil. Dans l'obscurité, sur la table d'angle, la lumière de mon répondeur clignotait. Heureux de me changer les idées, je tendis le bras et j'appuyai sur le bouton. C'était la fin du message de ma mère. La bande s'était arrêtée quand j'avais raccroché. J'entendis de nouveau sa respiration difficile et le bruit qu'elle avait fait en cherchant quelque chose à l'autre bout de la ligne. J'attendis la fin du message en éprouvant une satisfaction perverse, comme si chaque instant était une preuve supplémentaire de l'état dans lequel elle se trouvait. Il faudrait que j'appelle mon frère pour lui demander de prendre des nouvelles de notre mère et je savais qu'il refuserait. Il ne s'occupait d'elle que contraint et forcé, ou s'il avait besoin d'argent.

J'étais sur le point d'appuyer sur le bouton d'arrêt et d'effacer ce fichu message quand se produisit un cliquetis à l'autre bout et le bourdonnement de la bande vierge. Mère devait avoir compris qu'elle tenait toujours le récepteur et elle avait raccroché. Normalement, le répondeur aurait dû s'éteindre, mais au moment où je me recouchais, j'entendis un autre bip et la voix de l'appareil qui annonçait : « Samedi... 7 h 29... »

Allie parlait :

« Bonjour, Jacko ! Où es-tu ? Décroche. »

C'était sa voix du matin, plus douce que d'habitude et d'une octave plus basse. Elle devait m'avoir appelé dès que ma mère avait raccroché. Et je ne m'étais pas aperçu qu'il y avait un second message.

« Salut, bébé ! C'est moi. Ta seule et unique. Ta déesse dispensatrice de plaisirs terrestres. Tu te souviens ? » Elle attendit, pensant que j'allais décrocher, puis elle continua : « J'en conclus donc que tu n'es pas là. Déjà au boulot. J'espérais te choper avant ton départ. » Sans doute avait-elle prononcé ces derniers mots en faisant la moue, je le devinai à sa voix, mais elle reprit son sérieux : « Je voulais te parler, mon p'tit pote. Je voulais te dire de ne pas t'en faire. Tu t'en fais trop parfois, tu le sais ? »

Parfaitement immobile, je retenais ma respiration.

« Tu n'as vraiment pas de quoi être jaloux. C'est seulement... C'est une belle bague, mon chéri. Et tu étais si mignon... »

Mignon. Le mot me choqua.

« Non, c'est bien ce que je veux dire. Je sais que tu détestes ce mot. C'était merveilleux. Mais je ne suis pas prête. C'est trop tôt. Je veux dire, depuis combien de temps nous connaissons-nous ? Quatre mois ? »

Quatre mois et cinq jours, me dis-je.

« Ne te fâche pas, mon chéri. Tu me fais peur quand tu te mets en colère, comme si tu étais un autre et que je ne te connaissais plus. Ce n'est pas du tout ce que tu penses. Je n'ai pas honte de toi, Jacko ; comment peux-tu seulement penser ça ? Je veux seulement que cela reste entre nous. Je ne veux pas de commérages à notre sujet. Tu sais que cette ville est toute petite. C'est mieux ainsi. Gardons notre secret. Le tien et le mien. » Elle refoula ses larmes. « Mon Dieu, que c'est bête ! Je te tiendrai dans mes bras avant même que tu aies ce message. Nous nous verrons demain dans la journée, comme prévu ? J'en meurs d'envie, mon amour. Ne t'en fais pas. Tout ira bien. Patience, chéri. Je t'aime ! »

96

Le répondeur arriva au bout du message, fit entendre un bruit sec et s'arrêta.

Je sortis la bague de mon portefeuille – celle qu'Allie avait refusée, qu'elle m'avait redonnée –, puis je l'y remis. Je me rendis dans la salle de bains, pris deux somnifères dans l'armoire à pharmacie et les avalai sans eau. Le visage reflété dans le miroir me parut bizarre. Je lui tournai le dos pour ne plus avoir à le regarder.

Allie s'était trompée. J'étais fautif. Mes soupçons, ma jalousie. Ma colère. C'était la pire de nos disputes. Terrible comme un cauchemar.

J'étais incapable de me rappeler les détails, les accusations, les menaces. C'est à peine si je savais ce que j'avais dit. Mais je me souvenais de ma peur panique à l'idée d'être abandonné. Je me souvenais d'avoir été hors de moi, d'avoir essayé désespérément de m'arrêter sans pouvoir y parvenir. De ma colère se changeant en une irrépressible tristesse, mais persistant malgré tout.

J'avais pensé après coup que ce n'était qu'une dispute comme en ont tous les amants, et pourtant, je savais qu'il n'en était rien. Je l'avais chassée de mon esprit, je m'étais persuadé qu'à notre prochaine rencontre, nous allions rire de cette altercation stupide. Notre prochaine rencontre...

Ma tête était brûlante de fièvre. J'aspergeai mon visage d'eau froide, sans aucun effet. Je fis tomber deux autres pilules du flacon, les avalai et m'allongeai de nouveau sur mon lit en attendant que le médicament fît de l'effet.

Nous aimons tous à croire qu'il y aura une prochaine fois, un autre jour. Ce n'est que justice. J'étais en droit de m'y attendre. Je n'en demandais pas plus. Rien qu'un seul jour. Toute cette affaire aurait été réglée. Elle m'avait pardonné, elle l'avait dit. C'était dans le message du répondeur.

Les pilules finirent par agir. Le vacarme angoissé des voix à l'intérieur de mon crâne se mua en un bruit assourdi, comme lorsqu'on ferme une fenêtre sur le brouhaha d'une rue animée. Je me sentis entraîné dans les profondeurs du sommeil, descendant par un long corridor, au-delà des chambres obscures de la mémoire, dans le puits insondable des regrets.

12

JE me réveillai soudain dans l'obscurité du petit matin, le pouls rapide malgré les derniers effets du somnifère. La pendulette à affichage numérique rougeoyait, elle indiquait quatre heures et demie. Le drap faisait un nœud autour de mes jambes, ma chemise était trempée de sueur. Je me dégageai, passai des vêtements secs et fis le tour du pâté de maisons. Une fois au 7-Eleven, je bus presque un litre de café. J'emplis une deuxième grande tasse et partis me promener sur la plage où les surfeurs pelotonnés dans leur parka, les planches déjà enfoncées dans le sable, guettaient les premières lueurs de l'aube. Je m'assis, frissonnant dans l'air humide, et j'attendis en buvant mon café de reprendre mes esprits.

Les infirmières de nuit étaient encore de service quand j'arrivai à l'USI. Une heure plus tard, à sept heures, l'équipe du matin allait prendre la relève. Je consultai les scopes d'Allie. La tension intracrânienne était encore dangereusement élevée. On avait relevé ses réflexes rétiniens toutes les heures et on les avait soigneusement notés sur la feuille de surveillance, ligne après ligne, avec ce commentaire : « Lents, sans réaction. » J'ouvris les stores pour laisser entrer le soleil s'il arrivait à percer le brouillard et à se frayer un chemin jusqu'à sa chambre.

À la cafétéria, le personnel de la cuisine s'agitait bruyamment autour des grands plateaux en inox, remplis à ras bord de la masse tremblotante des œufs brouillés et de tranches de jambon. Je pris deux toasts froids qui durcissaient sous les infrarouges et je me versai du café dans une tasse en polysty-rène. Henning, l'interne, était assis dans la salle à manger pres-que déserte à la même table que Crockett, l'un des chirurgiens orthopédistes attachés à l'hôpital, qui lisait le journal tout en se servant une énorme portion d'œufs brouillés.

Au moment où je m'installais près d'eux, Henning dési-gna Crockett du geste.

« Nous envisageons d'envoyer Crockett en cardio pour cause d'absorption considérable de cholestérol.

— Ce que vous oubliez, Henning, c'est que le cholestérol est un élément indispensable à la production du sperme. Et que ça, ajouta Crockett en enfournant une autre bou-chée, c'est le petit déjeuner des champions.

— Je ne vois pas à quoi ça m'avancerait, remarqua Henning. Je ne suis pas sorti de l'hôpital une seule fois en quinze jours. »

Crockett s'appelait en réalité Jerry Crocker. Il avait une petite cinquantaine et, déjà une première fois, il n'avait pas été nommé chef de service parce qu'il avait la réputa-tion parmi ses confrères d'être toujours nerveux. On lui avait donné son surnom le jour où le Central l'avait appelé pour lui demander quand la salle d'opération allait être disponible. À la suite de complications chirurgicales, l'état du patient devenait critique. La cinquième fois que le télé-phone sonna, Crocker hurla, furieux : « Éteignez-moi cette saloperie ! », et il lança son bistouri vers l'objet en ques-tion. La lame manqua le téléphone, mais elle s'enfonça de plus d'un centimètre dans le mur. La salle tout entière éclata en applaudissements et, à partir de cet instant, le personnel le baptisa Davy Crockett, bientôt abrégé en Crockett. Ce qu'il adorait, bien sûr.

« Comment faire en attendant d'être un vrai médecin ? poursuivit Henning. Pour gagner, comme Crockett ici pré-sent, un max de fric, conduire une Mercedes décapotable et me taper des super nanas ?

— D'abord, c'est une BMW et je suis marié. Mais si vous voulez gagner du fric, vous feriez mieux de vous orienter vers la chirurgie esthétique, comme Maebry. Les vrais médecins vont devenir fonctionnaires un jour ou l'autre, et ce que nous gagnerons, ce sera pour le gouvernement ou les compagnies d'assurances et les bureaucrates. Mais les riches seront toujours disposés à payer pour se faire rectifier le nez.

– Je n'ai pas voulu dire que les esthéticiens n'étaient pas de vrais médecins », ajouta Henning d'un ton ironique.

Crockett jeta le journal sur la table et jura à voix haute.

« La Bourse est en baisse ? demanda Henning.

– Quoi ? Non, grommela Crockett. Écoutez ça. Vous avez entendu parler de ce type ? Celui qui a violé et tué l'enfant disparu ? »

Henning fit non de la tête. Je ne connaissais pas non plus ce fait divers.

« Je m'y attendais. Votre génération ne lit que les BD. »

L'air penaud, Henning plia la bande dessinée posée près de son plateau et la fit glisser sur ses genoux.

« C'était à la télé, poursuivit Crockett, peut-être l'avez-vous vu. Ses parents sont passés plusieurs fois aux informations. Ils offraient une récompense. Toujours est-il qu'on a arrêté l'assassin. Il se trouve qu'il avait déjà été incarcéré sept fois, dont trois pour viol et attentat à la pudeur. On l'avait laissé en liberté conditionnelle quand il a violé cette enfant et mutilé son corps qu'il a ensuite jeté dans un fossé. Le directeur de la prison a dit que ce n'était pas sa faute, que les prisons étaient surpeuplées. Le juge aurait refusé d'être interviewé, ce qui ne me surprend pas, mais il a fait paraître une déclaration dans la presse affirmant, écoutez bien – il lut dans le journal –, "que toutes les règles concernant ce cas ont été suivies", ce qui me fait bien plaisir. »

Il se replongea dans son petit déjeuner et continua de parler en mâchant :

« Vous savez ce qu'on faisait jadis aux assassins ? On les écartelait. Bien sûr, la société de l'époque était moins civilisée que la nôtre. Maintenant, on se contente de laisser ces dingues libres de torturer et de tuer des enfants innocents. Et les hommes politiques se gardent bien d'intervenir. »

Il fit la grimace à la fourchette arrêtée à mi-chemin de sa bouche et laissa retomber dans son assiette les œufs dont elle était chargée, comme s'ils étaient l'un des politiciens incriminés. Il repoussa le plateau et s'adossa à sa chaise.

« Savez-vous quel serait mon slogan de campagne si je me présentais aux élections ?

– Je m'en doute, répondit Henning.

– Je ferais imprimer des autocollants qui diraient : "La peine de mort ne suffit pas !" Qu'est-ce que vous en pensez ? » Il répéta d'un air satisfait : « La peine de mort ne suffit pas ! Putain, ce que c'est beau ! Et puis dessous, en lettres plus petites, on lirait : "Et si on réhabilitait la torture ?" Je vous parie que je gagnerais ces élections !

– Sans aucun doute, confirma Henning.

– Pensez-y. Combien de ces bêtes sauvages courent actuellement les rues de notre bel État de Californie ? Autrement dit, est-ce que nous en faisons l'élevage ici ou bien est-ce qu'elles ne viennent que pour profiter du soleil et du beau temps ? » Il regarda sa montre, jura de nouveau. « On y va, Henning, dit-il en repoussant sa chaise. Nous sommes les premiers dans la salle d'op. Le temps d'aiguiser les scies.

– C'est une amputation, m'expliqua Henning. Un diabétique. On lui a déjà coupé le pied, mais la gangrène a gagné le genou. Ce n'est pas mon tour, mais je n'ai jamais assisté à une amputation.

– On apprend à tout âge, Henning, dit Crockett en s'éloignant. On apprend à tout âge. »

Quand ils eurent disparu, je m'approchai de la poubelle et en sortis le journal que Crockett avait jeté. Il était ouvert à la page qui relatait le crime du week-end. Le papier était en majeure partie consacré à l'arrestation de l'assassin, Crockett nous en avait fait la lecture. À côté, un article de quelques lignes qui ne mentionnait pas le nom d'Allie signalait qu'une femme de Berkeley, âgée de vingt-sept ans, avait été agressée à Marin et sauvagement battue ; elle se trouvait maintenant dans le coma au Memorial Hospital. La police enquêtait et suivait une piste prometteuse.

Rossi m'avait dit la veille qu'il ne tenait aucune piste.

Eileen, la secrétaire de Brandt, me reçut avec un sourire quand je me présentai à son bureau.

« Il téléphone, mais vous pouvez entrer. Il m'a dit qu'il voulait vous voir dès que vous seriez ici. »

Brandt était debout derrière son grand bureau en acajou,

une main appuyant le récepteur contre son oreille, l'autre tenant un dossier qu'il agita pour me désigner une chaise. La télévision était réglée sur le tableau de service du matin, l'icône indiquant que le son était coupé, visible dans le coin supérieur de l'écran ; la télécommande, facilement accessible, était posée à côté de nombreux messages qui s'imbriquaient de façon à former une pile parfaitement droite. Par expérience, je savais qu'il répondrait à chacun d'eux dans l'ordre, de bas en haut, et qu'ensuite il s'en débarrasserait.

Il lança le dossier sur le bureau dans ma direction, puis il passa ses doigts dans sa chevelure blanche pour dégager son front.

« Ne quittez pas, dit-il à son interlocuteur, la télévision diffuse un reportage sur le congrès. »

Il prit la télécommande et tâtonna pendant plusieurs secondes avant de trouver le bouton pour remettre le son. Ses doigts longs et fins – la main classique du chirurgien – ne laissaient pas deviner l'arthrite qui, par la suite, allait les raidir et les rendre maladroits. Son regard se tourna vers l'écran. Quant à moi, j'ouvris le dossier qu'il avait jeté sur le bureau. J'y trouvai les scanners cérébraux d'Allie.

« Non, rien, soupira-t-il un moment plus tard. D'accord. Oui, oui. Nous en reparlerons. Au revoir. »

Il raccrocha et se battit de nouveau avec la télécommande pour éteindre la télévision. Je me replongeai dans le dossier. Brandt était gêné par son léger handicap et ne tenait pas à ce qu'on le remarquât.

« Étonnant, dit-il en se laissant tomber sur sa chaise. Ils m'interviewent pendant trois quarts d'heure et ils ne retransmettent pas un seul mot. Mais revenons à des questions plus importantes. J'ai parlé au neurochirurgien. Franchement, Palfrey ne paraît pas très optimiste. L'œdème est important et les dégâts pourraient bien être irréparables. Je suis désolé de devoir le dire, mais... » Il hocha la tête. « Il vaudrait peut-être mieux pour elle qu'elle ne se réveille pas. »

Mon cœur se serra. Je compris alors que j'avais espéré de Brandt un coup de baguette magique. C'était irrationnel. Je savais à quel point les blessures d'Allie étaient graves, mais les mots qu'il venait de prononcer m'affectèrent profondément.

« Et ses brûlures ? demanda-t-il. Je n'ai pas voulu ôter les compresses hier soir. Quel est leur degré de gravité ? »

Je le mis au courant, les lui situai, lui parlai de son oreille gauche, à quel point elle avait été détruite, et les opérations de chirurgie réparatrice qu'elle devrait subir. Nous nous penchâmes ensuite sur les scanners. Je me levai pour me tenir à côté de sa chaise pendant que nous examinions les clichés et discutions des différentes techniques utilisées par les plasticiens. Je lui fis remarquer les mystérieuses taches lumineuses et les ombres sur la mâchoire qui pouvaient suggérer un traumatisme antérieur.

« Peut-être une fêlure, dit Brandt. Ça ne me paraît pas être dû à une opération. Probablement un artefact produit par le scanner. Nous ne le saurons vraiment qu'en opérant, si nous en avons la possibilité. »

Nous fûmes interrompus par un appel d'Eileen sur l'interphone. Le bloc venait de se libérer et le bébé Valontes, dont nous devions réparer le palais fendu, avait été préparé et nous y attendait.

« À l'heure prévue ? remarqua Brandt. C'est bien la première fois. »

Il se leva, ôta son veston et passa une blouse blanche, puis il sortit à grands pas de son bureau en donnant à Eileen des ordres de dernière minute d'une voix tonitruante. Je le suivis.

Bien qu'il eût déjà expliqué l'opération aux parents, Brandt se fit un devoir de s'arrêter dans la salle d'attente pour les rassurer à nouveau. Toute la famille était présente. Des Philippins, supposai-je, vêtus de leurs habits du dimanche, même les bambins ; il y en avait cinq, alignés sur le canapé, en veston et cravate, les jambes pendantes. Brandt salua les jeunes parents et, comme les adultes – grands-parents, arrière-grands-parents et cousins – l'entouraient, il réexpliqua patiemment la procédure et répondit aux questions qu'on lui avait si souvent posées auparavant. Durant les neuf premiers mois de sa courte vie, la petite Valontes avait dû être nourrie avec une pipette, on lui introduisait goutte à goutte le lait au fond de la gorge. Au bout de quelques jours, dit Brandt à la mère, le bébé serait capable de se nourrir normalement au biberon et prendrait rapidement du poids. Presque simultanément, la jeune femme étreignit Brandt et le père lui serra la main, pendant que les enfants, sentant que le moral familial était en hausse, se mettaient à bavarder et à se poursuivre autour de la pièce avant que nous fussions sortis.

« Je ne m'y ferai jamais, constata Brandt, une fois dans le couloir, comme s'il pensait à haute voix. Quelques heures, une simple opération, et une vie est complètement changée. Et on se demande pourquoi les chirurgiens se prennent pour Dieu ! »

Un moment plus tard, nous nous brossions les mains dans des lavabos voisins.

« J'espère que vous serez des nôtres demain soir, me dit-il. Helen compte absolument sur vous. »

J'avais complètement oublié le dîner annuel auquel Brandt invitait ses confrères de l'hôpital. Je n'étais pas vraiment d'humeur à y assister, mais je pouvais difficilement faire autrement.

« Je ne manquerais ce dîner pour rien au monde. »

– Bien, approuva Brandt tout en enfilant les gants que lui tendait l'infirmière. Peut-être pourrons-nous nous éclipser au cours de la soirée. Il y a quelque chose dont je veux vous entretenir. »

Au bloc, le petit bébé était étendu au bout de la table d'opération, une sonde nasale spécialement conçue pour un très jeune enfant adaptée à sa bouche et son bras tendu attaché avec une sangle en vue d'une IV. Brandt opérait et je l'assistais. Après avoir découpé dans son palais deux lambeaux de peau en diagonale, nous allions les étendre sur l'ouverture afin de la couvrir. De toute évidence, Brandt avait ce jour-là des problèmes avec ses mains et, au bout d'un moment, il me demanda de le remplacer.

Il s'agissait d'une intervention difficile – travailler dans l'espace minuscule d'une bouche de bébé – qui nécessitait toute mon attention. Pourtant, j'avais du mal à me concentrer sur ce que je faisais. En découpant le second lambeau, je touchai une veine qui se mit à saigner. Je dus m'écarter pour laisser Brandt et l'infirmière cautériser le petit vaisseau et aspirer le sang qui stagnait.

« Beaucoup de sang pour un bébé, remarqua Brandt en manière de plaisanterie quand ils eurent terminé. Ça va, Jackson ? Prêt à continuer ?

— Prêt », répondis-je, mais en fait, je ne l'étais pas.

Je fixai dans la bouche de la petite fille la fissure sombre, et je me souvins. Le sentiment d'inutilité et de perte. Les images qui avaient chassé mon sommeil, de très bonne heure ce matin.

« Nous y sommes presque. Encore un lambeau et nous allons pouvoir commencer à recoudre. »

Je pratiquai l'incision et, au moment où le sang jaillit derrière mon bistouri, je revis le rêve de la nuit précédente comme s'il était projeté à l'intérieur de mon crâne. Assise devant le miroir, Allie se brossait les cheveux en faisant tous les gestes que je connaissais si bien : l'application qu'elle mettait à se servir de la brosse, la courbe de son cou quand elle rencontrait des cheveux emmêlés, sa profonde concentration quand elle était aux prises avec eux.

Ce fut le changement dans ses yeux que je remarquai d'abord.

« Il fait sacrément chaud ici », dis-je en appelant l'infirmière. Quand elle m'essuya le visage, je gardai la tête baissée pour éviter de montrer, à elle et aux autres, les larmes qui se mêlaient à ma sueur.

Tout recommençait. Le changement dans son regard, de l'impuissance à la peur. Et puis, l'horreur quand ses cheveux s'étaient mis à tomber, de grosses touffes, des morceaux de peau sanglants et calcinés qui venaient avec, qui collaient à la brosse et s'enchevêtraient à ses poils. Pire c'était et plus désespérément elle tirait sur la brosse.

« Oh, mon Dieu, Jackson ! gémissait-elle dans ce vide qui nous séparait. Oh, mon Dieu, que m'arrive-t-il ? »

Et je ne pouvais rien faire d'autre que la regarder, incapable de répondre à ses supplications. Incapable de lui venir en aide.

« Oh, mon Dieu ! Assez ! Oh, mon Dieu ! Faites que ça s'arrête ! »

13

Il posa sa main sur mon bras. C'était une chose qu'il n'avait pas l'habitude de faire, me toucher. Dans mon souvenir, il portait le manteau blanc de l'hôpital, pourtant, je sais que ce n'est pas possible. Nous nous trouvions chez lui, dans l'appartement qu'il louait depuis qu'il avait quitté la maison et obtenu le divorce.

Je reculai brusquement et le traitai de tous les noms. Que dit-on à son père quand on a quatorze ans ? Les mots les plus durs qu'on puisse trouver, j'en suis sûr. Mais autant moi, je voulais le blesser, autant lui cherchait avant tout, je le savais déjà, à se sauver lui-même – à fuir la démence de sa femme, ses scènes et son hystérie, le honteux tourbillon d'émotions perverties qu'était notre vie familiale.

Nous cherchions tous à nous échapper, d'une façon ou d'une autre. Ma mère dans sa folie, ma sœur dans un ashram qui ne lui permettait de voir les membres de notre famille qu'en présence d'un « conseiller spirituel » ; mon frère en subissant des cures de désintoxication toute sa vie durant.

Nous avions tous fui. Cela, je le lui pardonnais.

« Peut-être que ce que vous ne pouviez lui pardonner, suggéra Stern au cours d'une de nos séances, c'était de vous avoir abandonné. »

Oui, lui accordai-je. Et puis aussitôt, je secouai la tête.

« Non.

– En clair...

– Non, écoutez. » Je venais de comprendre ce que je

n'avais pu saisir à quatorze ans. « C'était pire, bien pire. Écoutez-moi. Essayez de suivre. Il n'y avait *rien* à pardonner ou, du moins, ce n'était pas de pardon qu'il s'agissait. Comprenez-vous ? J'étais l'un de ceux dont il voulait se protéger. »

Voilà ce qui rendait les choses si difficiles. Je pouvais comprendre et pardonner tout ce que je voulais, mais ça n'aurait servi à rien. Parce que si mon père avait raison – s'il avait raison à mon sujet –, comment serais-je jamais capable de me sauver moi-même ?

14

J E passai l'après-midi à examiner des patients et à tenter
de contacter Palfrey, le neurochirurgien chargé du cas
d'Allie.

« La seule chose que nous puissions faire maintenant,
me dit-il quand j'arrivai enfin à le joindre, c'est attendre. »

Combien de fois par jour, me demandai-je, prononçait-
il ces mots devant une famille anxieuse ?

Plus tard, je descendis à l'étage où se trouvait Allie. Je
consultai les scopes, je vérifiai les pansements et je pris la
feuille de surveillance pour y noter quelques remarques.
Tout était en ordre, à l'exception de ses réflexes rétiniens
qui n'avaient pas été relevés dans la colonne où ils auraient
dû l'être toutes les heures. Rien depuis treize heures dix.
Il était maintenant plus de dix-sept heures. Je soulevai la
paupière d'Allie et examinai son œil à la lumière de ma
lampe. La contraction avait notablement ralenti depuis le
matin. La tuméfaction subsistait. J'éteignis ma lampe et
laissai retomber la paupière sur l'œil sans regard.

D'après le tableau de service du poste de surveillance,
c'était Diane l'infirmière responsable de la chambre d'Allie, celle-là même avec qui j'avais eu une prise de bec la
veille. Je la trouvai installée sur le canapé de la salle des
infirmières, un *Cosmopolitan* ouvert sur les genoux. Tout
entière à sa lecture, elle ne leva pas les yeux en m'entendant entrer.

« Excusez-moi, Diane. »

Elle s'arracha péniblement à son horoscope.

« Est-ce que vous vous occupez toujours de la chambre de miss Sorosh ? »

Elle acquiesça d'un oui prudent, comme si c'était une question piège.

« Est-ce que je peux vous dire un mot de ce que j'ai vu sur la feuille de surveillance ? »

Quand je me rendis compte que j'élevais la voix, je cherchai à me maîtriser.

Elle soupira, voulant me faire comprendre que j'abusais de sa gentillesse.

« C'est le moment de ma pause », déclara-t-elle, et elle se replongea dans son magazine.

Je parlai aussi calmement que possible :

« Il est noté sur la feuille qu'il faut vérifier les réflexes rétiniens de la patiente toutes les heures. »

Diane ne répondit pas, elle se contenta de faire cliqueter ses ongles longs, d'un rouge vif, les uns contre les autres.

« Mais le dernier contrôle a été fait à une heure dix. Autrement dit, il y a quatre heures.

– On a eu beaucoup de travail ici, se contenta-t-elle de répondre.

– Est-ce que vous voulez dire qu'on ne l'a pas examinée ? Ou bien, que vous avez tout simplement oublié de noter les résultats ? »

De nouveau, pas de réponse, seulement le cliquetis des ongles.

« Excusez-moi, dis-je, exaspéré. Je n'ai pas entendu votre réponse. »

Toujours rien. Elle tourna une page et continua de lire comme si je n'étais pas là. À cet instant, une brusque colère s'empara de moi.

« Nom de Dieu ! hurlai-je sous l'effet du stress subi depuis deux jours. Cessez de lire votre putain de magazine et écoutez-moi ! »

Je saisis son *Cosmopolitan* et le lançai par terre. Diane se recroquevilla sur le canapé et laissa échapper un petit glapissement.

« Vous ne savez donc pas à quel point c'est important ? »

Elle leva les yeux et me fixa d'un air ahuri, la bouche grande ouverte. Une page du magazine avait été arrachée,

109

elle s'y agrippait et la tenait devant elle comme pour se protéger.

« Espèce d'imbécile, de petite... » Je m'abstins de continuer. « C'est très, très important ! »

Je prononçai chaque mot avec soin, en faisant un suprême effort pour me contrôler. Je sentais dans tout mon corps une poussée d'adrénaline ; la sueur perlait sur mon front, mouillait mes paumes, des larmes de rage se formaient dans mes yeux. Mon cœur battait la chamade dans ma poitrine. Je me détournai et cherchai à me calmer, je me pris la tête dans les mains et j'attendis que l'afflux de sang cessât de battre dans mes oreilles. Du coin de l'œil, j'aperçus une silhouette imposante dans le couloir, à l'entrée de l'USI. C'était Rossi.

Je me frottai les yeux et me passai les mains dans les cheveux, mais, quand je jetai un coup d'œil vers l'endroit où Rossi se trouvait, il était parti, laissant un grand vide derrière lui. Je considérai pendant un instant le magazine tombé à mes pieds, puis je le ramassai et le tendis à Diane. Elle se recroquevilla un peu plus loin et refusa de le prendre.

« Nous poursuivrons cette conversation plus tard », parvins-je à dire d'une voix qui tremblait encore.

Je posai le magazine à côté d'elle sur le canapé et sortis dans le couloir, persuadé que Rossi avait eu l'intention de me parler. J'allai jusqu'aux ascenseurs, passai la porte à deux battants qui menait à l'autre aile, mais je ne trouvai aucune trace du policier.

Le temps de regagner l'USI, Diane avait disparu. Il était inutile que je parte à sa recherche. Je relus le tableau de service et constatai que, comme par hasard, elle devait assurer deux gardes de suite. En fait, elle était inscrite sur le tableau pour toutes les nuits de la semaine. J'appelai le bureau de la surveillante et demandai à mon interlocutrice de biper l'infirmière en chef. J'avais à lui parler. Quand je l'eus au bout du fil, je lui expliquai le problème et lui demandai s'il lui était possible d'affecter une autre infirmière à la chambre d'Allie.

« Nous manquons de personnel, me répondit-elle. Diane et quelques autres assurent une garde deux fois de suite. »

Comme j'insistais, elle m'assura qu'elle allait « voir ce qu'on pourrait faire ». Ce qui, je le savais, équivaudrait probablement à rien. À moins de me plaindre par écrit auprès de l'administration qui, dans le meilleur des cas, mettrait plusieurs semaines avant de réagir, il n'y avait rien à faire officiellement pour résoudre le problème de Diane.

Je raccrochai et appelai de nouveau le bureau de la surveillante.

« Est-ce que Krista Generis est de garde ?

– D'après le tableau, elle est en cancérologie. Vous voulez que je l'appelle ?

– Non, merci. Je vais le faire. »

Krista s'occupait d'un patient et il lui fallut un moment avant de répondre. Sa voix était aussi amicale et enjouée que d'habitude :

« Jackson, ça me fait vraiment plaisir de t'entendre. Il y a si longtemps ! »

Je n'avais jamais pu m'adapter à son implacable bonne humeur. Même maintenant, elle m'agaçait. Mais c'était une bonne infirmière – l'une des meilleures de l'hôpital – et il n'y avait personne d'autre à qui demander pareille faveur.

« Oui, c'est vrai. Je suis... »

Déjà, je commençais à m'excuser. Si mes souvenirs étaient exacts, c'était à peu près la seule chose que j'avais faite durant notre liaison.

« Oui, il y a un moment. Comment vas-tu, Krista ? repris-je.

– Bien, Jackson. Très bien. » Elle insista lourdement sur le dernier mot, comme pour s'encourager elle-même. Qu'est-ce qui me vaut l'honneur de ton appel ?

– C'est au sujet de... bon... en fait, ce serait trop long à t'expliquer au téléphone. Je me demandais si je pouvais passer te voir. Tout de suite.

– Bien sûr. C'est très calme ce soir. Viens quand tu veux. »

Au moment où j'arrivais dans le service de cancérologie, Krista bordait un patient qui occupait une chambre à plusieurs lits. Elle tapota les draps et jeta la seringue qu'elle venait d'utiliser dans le conteneur rouge réservé à cet effet.

Elle s'avança vers moi, le visage éclairé d'un grand sourire. Elle m'étreignit, puis elle se pencha en arrière pour mieux m'observer.

« Ça me fait plaisir de te voir, Krista.

– Ça me fait plaisir de *te* voir, Jackson. Ça fait bien quatre mois que nous n'avons pas bavardé ensemble ! Bizarre que deux personnes puissent travailler tous les jours dans le même hôpital sans jamais se rencontrer...

– Ah, j'ai eu l'intention de t'appeler... »

Je me libérai de son étreinte et nous nous mîmes à marcher côte à côte dans le couloir. Elle m'avait pris le bras.

« Je sais, je sais. Tu as eu du boulot. Moi aussi. Tu as pourtant l'air en pleine forme.

– Je n'en suis pas si sûr.

– En fait, tu as plutôt l'air crevé et tu as les cheveux en bataille, comme d'habitude. » En riant, elle se mit à les ébouriffer un peu plus. « Tu ne devrais pas cacher ta belle petite gueule. Quand t'es-tu fait couper les cheveux pour la dernière fois ?

– Je ne sais pas. Quelques mois.

– C'est bien ce qui me semble. Pourquoi n'irions-nous pas dans la salle des infirmières ? Il n'y a sans doute personne à cette heure-ci. »

Dès que nous y fûmes, Krista éteignit la télévision et nous servit un café.

« Comme au bon vieux temps », remarqua-t-elle en posant les tasses sur la table.

Elle s'assit près de moi, au bord du canapé qui, je le savais, pouvait se transformer provisoirement en lit quand une infirmière avait besoin de prendre un peu de repos durant les longues nuits de garde. Nous l'avions souvent utilisé par le passé, comme beaucoup d'autres ; tout dépendait du poste qu'occupait Krista à ce moment-là.

Elle posa sa main sur la mienne et m'adressa un sourire entendu.

« Ne t'en fais pas, Jackson. Je sais que nous sommes juste amis maintenant. C'est bien ce que nous sommes ? Des amis ?

– Bien sûr, Krista. »

Elle étreignit ma main.

« Je suis *là* pour toi, Jackson, dit-elle en posant sur moi un regard inquiet. Je tiens à ce que tu le saches.

– Merci, répondis-je sans conviction. Oui, c'est vraiment très sympa de ta part. Tu as toujours été adorable avec moi. »

C'était vrai. Elle avait été une extraordinaire petite amie ; elle m'apportait des cadeaux pour commémorer tel ou tel anniversaire au cours des deux ou trois mois qu'avait duré notre liaison ; elle me confectionnait des petits plats qu'elle laissait dans le réfrigérateur quand j'étais de garde et que nous ne pouvions les manger ensemble. Elle faisait même le ménage et la lessive chez moi.

Je baissai les yeux pour éviter de la regarder en face et je ne pus m'empêcher de remarquer à quel point elle donnait du charme au pantalon et au chemisier bleus informes de sa tenue d'infirmière. Jolie, sexy, gentille, pensai-je. Et pourtant, je n'avais rien ressenti pour elle, sinon une attirance physique qui n'avait été qu'éphémère. Je croyais qu'à la longue j'éprouverais un sentiment, mais je m'étais trompé.

« Krista, commençai-je en lui pressant la main à mon tour, j'ai justement un service à te demander.

– Vas-y.

– J'ai une patiente à l'USI. Dans le coma. Œdème généralisé du cerveau. Elle a fait un arrêt cardiaque aux urgences, mais nous l'avons réanimée.

– Que lui est-il arrivé ? »

Je répondis d'une façon indirecte, en décrivant les blessures, mais sans mentionner l'agression.

« Le problème, c'est que je ne fais pas confiance à l'infirmière qu'on lui a attribuée. Tu sais ce que vaut le personnel infirmier. La moitié sont des anges, comme toi...

– La flatterie te mènera loin.

– C'est vrai, tu es une formidable infirmière. Mais il y en a d'autres qui... Tu vois ce que je veux dire. Je voudrais qu'on la change de service, mais ça peut prendre des semaines. Je me demandais si, en attendant, il ne te serait pas possible de jeter un coup d'œil sur ma patiente. Aller la voir de temps en temps. Te rendre compte si tout est fait correctement.

« – Pas de problème. C'est d'accord.

– Merci, Krista. Tu m'ôtes vraiment un grand poids. »

Je fermai les yeux, j'éprouvais soudain un soulagement momentané.

« Une patiente très spéciale ? demanda Krista.

– Comment ça ? »

Je levai la tête. Son visage exprimait toujours la même inquiétude sincère.

« C'est une de tes amies ?

– Ah... oui. En effet. Une amie. Elle s'appelle Allie Sorosh.

– Allie Sorosh, répéta Krista, l'air pensif. Je suis certaine de l'avoir déjà vue ici.

– Je ne crois pas. » Pour autant que je le savais, Allie n'avait jamais mis les pieds à l'hôpital. « Peut-être confonds-tu avec quelqu'un d'autre ?

– Oh, non ! La fille aux beaux cheveux bouclés. » Krista soupira. « J'ai toujours voulu avoir des cheveux frisés, les miens sont si raides, si tristes. »

Elle avait gardé ma main dans la sienne. Je la dégageai pour prendre mon café. Approximativement, la dixième tasse depuis mon réveil. Avec pour seul effet d'augmenter le bourdonnement de mes oreilles, comme si on avait brusquement monté le son d'un haut-parleur.

« Tu te rappelles avoir vu Allie ici, à l'hôpital ?

– Comment aurais-je pu l'oublier ? Tu ne vois pas tous les jours des filles aussi belles. »

Je posai la tasse sur la table et Krista récupéra ma main libre ; elle la tint dans sa paume et la caressa doucement. Je fixai le faux tapis d'Orient sous mes pieds, un dessin grossier fait d'angles aigus et de pointes qui me donna le vertige.

15

Vers dix-huit heures, je traversai le Golden Gate Bridge. Ma carte routière, qui avait surtout servi de paillasson depuis que j'étais arrivé à San Francisco, me paraissait encore assez lisible pour me permettre de localiser Mercurtor Drive. Il me fallait passer par Sausalito et traverser Mill Valley. Malgré la circulation des heures de pointe, je fus bientôt au pied de la chaîne de montagnes qui longe la côte et pris une route abrupte et sinueuse que ma voiture grimpa allégrement. Je laissai derrière moi l'eau verte et peu profonde du nord de la baie.

J'arrivai à une impasse et me dirigeai vers ce qui, de toute évidence, était un chantier de construction. Une route tracée au bulldozer y accédait, boueuse et défoncée par de lourds engins, et encombrée de matériaux. L'endroit était désert ; seules des fondations bétonnées étaient maintenant pleines d'eau.

Je sortis de la voiture et marchai le long d'une deuxième route, également tracée au bulldozer, qui menait en haut du domaine. Deux autres maisons étaient en cours de construction à cet endroit, sur le point d'être achevées. L'entrée de l'une d'elles était barrée par un ruban phosphorescent orange. En m'approchant, je lus l'avertissement en lettres noires : POLICE, NE PAS FRANCHIR.

Pas une âme en vue. Je jetai un rapide coup d'œil alentour pour m'assurer que j'étais bien seul, puis je me glissai sous le ruban. Le sol était recouvert de contreplaqué, des tuyaux et des fils électriques couraient encore dessus.

115

C'était une maison immense, avec une entrée si grande qu'on aurait pu y jouer au basket, et un séjour sur deux étages, les fenêtres allant du sol au plafond d'un côté, tandis qu'un balcon courait le long du mur opposé. Je déambulai dans les pièces du rez-de-chaussée, mais je n'y découvris que ce qu'on peut trouver dans une maison en construction : des copeaux de bois, des éraflures, les empreintes des bottes des ouvriers sur les tas de sciure qui traînaient çà et là.

En tenant la rampe, je grimpai au premier étage et je suivis le balcon sur toute sa longueur jusqu'à la pièce manifestement destinée à être la chambre principale. J'y pénétrai par la porte à double battant et je m'arrêtai au milieu du grand espace vide. De hautes fenêtres encadraient les montagnes qui se détachaient sur le ciel. Le soleil du soir éclairait le blanc du plafond et projetait mon ombre contre le mur du fond, mais il laissait le sol dans l'obscurité.

Ce que je crus, à première vue, faire partie de cette obscurité était une tache sombre sous le rebord de la fenêtre. Je me protégeai d'une main des rayons du soleil ; mes yeux s'adaptèrent alors et me permirent de distinguer la forme irrégulière de cette tache sur les planches de contreplaqué. Brunâtre. Couleur de sang séché.

Beaucoup de sang. C'est ce que je vis en m'approchant. Il couvrait une superficie importante et le bas de plusieurs panneaux de placoplâtre, mais celui qui aurait dû se trouver sous la fenêtre manquait. Il était évident qu'une grande quantité de sang avait coulé par l'ouverture et imprégné le mur.

À environ un mètre cinquante au-dessus, un dessin formé de fines gouttelettes rayonnait vers le haut – comme celui qu'aurait pu tracer, au bloc opératoire, une artère coupée, quand le sang jaillit en une brume pourpre. Le plancher était noirci par endroits. Calciné.

C'était là que l'agression avait eu lieu. Trois jours plus tôt. Là qu'Allie avait été...

Il me fut impossible de finir ma phrase. Comme si une porte avait soudain claqué dans ma tête, me laissant désorienté et perplexe. Je me surpris à considérer ma main droite, couverte d'une sorte de poudre noire qui rappelait l'encre utilisée dans les photocopieuses. La police avait dû s'en servir pour relever les empreintes digitales.

Quel idiot ! pensai-je en m'essuyant la main sur mon pantalon, mais je ne fis que le tacher et mes doigts restèrent noirs.

Que faisais-je ici ? Que croyais-je y découvrir ? Je regardai le sang, le bois brûlé, et je regrettai amèrement d'être venu. Je me sentais souillé, physiquement dégoûté de moi-même. Je continuai de frotter ma main, mais la tache ne disparut pas. Je trouvai la salle de bains et je me mis à tourner frénétiquement les robinets, mais on n'avait pas encore installé l'eau et la tuyauterie ne produisit qu'un souffle rauque. Il fallait que je sorte. Que je laisse derrière moi ce que j'éprouvais.

Je me précipitai dans l'escalier et sortis. Le soir tombait, les ombres bleuissaient déjà. Je sentis un air froid venu de l'océan et frissonnai à la pensée qu'il allait bientôt faire nuit. Partir, tout simplement. Partir d'ici. Rentrer à la maison.

« Docteur Maebry ? »

Je sursautai, regardai derrière moi, et je me remettais à marcher quand j'aperçus Rossi. Il tournait au coin de la maison. Même en plein air, il paraissait énorme.

« Docteur Maebry ? »

Il s'arrêta à quelques pas de moi, le soleil couchant se reflétait dans ses yeux bleus.

« Bonsoir, lieutenant. »

Je faillis lui tendre la main, mais je me rappelai à temps qu'elle était sale et, au lieu de cela, je l'enfonçai dans ma poche.

« Puis-je vous demander ce que vous faites ici ?

– Je... je... je suis venu tout simplement... jeter un coup d'œil. »

Rossi regarda la maison et me considéra de nouveau sans rien dire. Je me lançai dans une explication :

« Vous m'avez indiqué que l'agression d'Allie – Alexandra Sorosh... Vous avez dit, vous avez précisé qu'elle avait eu lieu sur un chantier dans Mercurtor...

– C'est le lieu d'un crime. Vous n'êtes pas censé vous

117

y balader. C'est pour éviter ça que nous avons tendu un ruban.

– D'accord. Bien sûr. Désolé. Je... je voulais seulement voir où ça s'était passé. »

Il ne fit aucun commentaire. Il me vint à l'esprit qu'il m'avait peut-être suivi, qu'il m'avait observé depuis le début.

« C'est bien ici, n'est-ce pas ? demandai-je aussi naturellement que possible. Ici qu'on l'a agressée ? »

Il acquiesça d'un signe de tête.

« Comment se fait-il que personne ne travaillait sur ce chantier ? Où étaient les ouvriers ? »

Il tira de sa poche son spray et pulvérisa ses narines, puis il se frotta l'arête du nez. Il marchait devant moi, mais, quand il se tourna, il eut le soleil dans le dos et je fus incapable de déchiffrer son expression.

« Ils se sont provisoirement arrêtés. Un problème de répartition de la zone, je suppose. Les gens du coin ne tiennent pas tellement à sa mise en exploitation. » Il regarda autour de lui. « C'est bougrement désert ici la plupart du temps.

– Et elle, comment l'ont-ils trouvée ? Qui a pu savoir qu'elle se trouvait là ?

– L'entrepreneur est venu vérifier quelque chose. C'est une chance. Sinon, elle aurait pu rester là pendant des jours. »

Il leva la tête vers le premier étage de la maison et souffla dans son mouchoir pour dégager ses narines.

« En savez-vous plus sur ce qui s'est passé ?

– Elle a été agressée. Avec un marteau. Ensuite, on a mis le feu.

– Je sais. C'est vous qui me l'avez dit. Pas le marteau, ce n'était pas certain, mais... avez-vous une idée de qui a fait ça ?

– On y travaille, docteur, on y travaille. »

Rossi me raccompagna à ma voiture et, au moment où j'essayais de mettre le moteur en marche – avec l'humidité de l'air, il refusait de démarrer –, il se pencha à ma fenêtre et me demanda de passer le lendemain au commissariat. Il y avait quelques points qu'il voulait vérifier avec moi.

« Quels points ?

– Quelques questions que vous pouvez m'aider à résoudre. »

Voulait-il que je lui apporte le dossier médical et les radios ?

« Non. Nous en avons déjà des doubles. Donc, nous disons vers cinq heures ? »

Oui, c'était possible.

« Super ! » Il donna une tape sur le toit de ma voiture. « Alors, à demain. »

Il me suivit des yeux pendant que je reculais pour faire demi-tour. Mes roues s'embourbèrent un instant, puis elles se dégagèrent brutalement et je franchis la porte. Une fois sur la route, je jetai un regard en arrière. Rossi n'avait pas bougé, les yeux toujours braqués sur moi.

16

JE m'arrêtai à la station-service pour me laver les mains avant de traverser le pont. C'était une coïncidence, me dis-je. Il avait probablement quelque chose à vérifier et il s'est trouvé là par hasard au moment où j'y étais. Oui, bien sûr, c'était ça. Pourquoi Rossi m'aurait-il suivi ?

Après le parc, je tournai à gauche en direction de l'hôpital. Je serais en retard d'une bonne demi-heure à mon rendez-vous avec Stern, mais je savais qu'il m'attendrait. Drogué de travail comme il l'était, il avait sûrement programmé un patient à neuf heures, après moi. Le lundi était le jour où il recevait tard, mais les autres soirs, il quittait rarement son cabinet avant huit heures, et il commençait le matin à six heures et demie avec les patients qui ne pouvaient se libérer dans la journée. Il travaillait également le samedi et il lui arrivait de consulter le dimanche lorsque quelqu'un était en crise, ce qui n'était pas rare dans sa spécialité.

Je supposais qu'il voyait peu sa famille (je l'avais rencontrée une fois, lors d'une réception à l'hôpital : une femme mince et deux fillettes aux yeux inexpressifs, dont l'une était dans les bras de Stern qui l'avait rendue à sa mère dès qu'elle s'était mise à pleurer) et les rares loisirs qu'il s'accordait étaient consacrés à la lecture. Un jour, il m'avait confié qu'il avait besoin de peu de sommeil – trois ou quatre heures par nuit lui suffisaient pour se sentir bien –, mais il avait des cernes sous les yeux qui, de gris, étaient devenus de plus en plus noirs et inquiétants depuis que j'avais fait sa connaissance. Bien sûr, c'était peut-être dû au poids émotionnel qu'il subissait à force d'écouter les problèmes des autres et ce, quatorze heures par jour, à moins que, plus vraisemblablement, il n'ait progressivement pris conscience de l'inutilité de ses efforts pour leur venir en aide. Il m'était arrivé de lui demander à combien il estimait le taux de guérisons obtenues.

« Nous ne parlons plus de "guérisons" dans cette profession, avait-il répondu. Du moins, pas de "guérisons" au sens habituel du terme. Vous savez ce que Freud disait ? » Je fis non de la tête. « Je m'en doutais. On n'enseigne plus Freud à la faculté de médecine, n'est-ce pas ? Ils sont tombés, les héros ! Freud disait que le but de la psychanalyse est de prendre de pauvres névrosés pour en faire des membres de la société normalement malheureux.

– Un challenge plutôt raisonnable, remarquai-je.

– Oui, soupira-t-il. Mais encore trop ambitieux à mon sens. »

Je lui avais parlé d'Allie au début, quand notre liaison était toute récente et que j'avais envie de communiquer cette nouvelle à quelqu'un, mais je l'avais regretté par la suite. Parler d'amour avec Stern, avais-je décrété, c'était comme décrire un beau tableau à un daltonien ou raconter une blague à un individu dépourvu de tout sens de l'humour. Les mots que je prononçais et ceux que Stern entendait étaient les mêmes, mais, d'une certaine façon, ils avaient acquis une autre signification au cours de la transmission. « Je l'aime » avait pour moi le sens que donnent tous les amants à ces mots, quelque chose que j'étais incapable d'exprimer : elle avait transformé ma vie, elle m'avait reconstruit ; son amour était pour moi comme un don extraordinaire, inattendu et totalement immérité, mais accordé en toute liberté. Elle me connaissait, cependant elle avait choisi de m'aimer et, pour la première fois, j'avais quelque chose de bon, de véritablement bon et de beau auquel me raccrocher, même quand tout le reste semblait pourri. J'avais trouvé l'antidote à ma maladie et à ma peur. J'avais son amour. Et, don encore plus miraculeux et plus considérable, je l'aimais moi aussi, sans doutes ni questions, et cet amour était plus réel que toute mon histoire, toutes mes déceptions et les colères refoulées que j'avais prises pour les éléments essentiels de mon être. Quand j'étais avec elle, avais-je confié à Stern, je pensais parfois – oui, cette idée me venait à l'esprit – qu'il pouvait en être ainsi. Que, moi aussi, je pouvais être heureux. Mais lui, Stern, ne croyait pas au bonheur. Voilà ce qu'il m'avait dit. Du moins, pas au mien.

« Je l'*aime* », avais-je répété en espérant parvenir à le lui faire comprendre, mais pour lui, toute émotion, tout désir, tout espoir n'étaient intéressants que s'ils fournissaient du « matériel » pour son analyse. Au moment même où je parlais, je le voyais trier mentalement les informations contenues dans ce que je lui disais, mettre en réserve ce qu'il jugeait « intéressant » et rejeter le reste.

« Vous n'y croyez pas, Stern. Je me trompe ? lui avais-je demandé une fois. Je veux dire, en l'amour. Ce n'est rien de plus qu'une névrose freudienne, non ? Comment l'appelleriez-vous ? "Une pulsion sexuelle idéalisée", ou quelque chose comme ça ?

– En réalité, m'avait-il répondu, beaucoup plus intéressé par ce que je venais de dire maintenant que le sujet l'avait ramené à la théorie, Freud n'a jamais prétendu que l'amour en soi est névrotique. Au contraire, il semble avoir cru en lui comme en une sorte d'émotion humaine irréductible. » Il réfléchit un instant, puis ajouta : « Bien entendu, en son for intérieur, Freud était romantique. »

Il haussa les épaules, comme pour souligner le fait que même les grands hommes ont leurs défauts.

Après chaque séance, je me jurais de ne plus jamais revenir, mais je ne m'y résolvais pas. Je sautais une séance ou deux, mais je finissais toujours par y retourner. Je détestais Stern pour l'emprise qu'il avait sur moi. Je me détestais d'être aussi faible.

Le parking de l'hôpital était presque vide à cette heure tardive. Le cabinet de Stern se trouvait de l'autre côté de la rue, dans l'un des bâtiments où de nombreux médecins du Memorial donnaient des consultations privées. La pièce où il recevait ses patients jouissait de l'une des plus belles vues, directement sur la colline jusqu'à la mer, mais Stern préférait garder ses stores fermés et, même quand il faisait encore jour, nous restions assis dans une obscurité relative, chacun de nous entouré par le petit cercle de lumière jaune que dispensait la lampe placée derrière notre fauteuil. Une applique fixée au mur, la seule autre source lumineuse, éclairait des diplômes variés : de l'université de Chicago, de la faculté de médecine de San Francisco, de l'université de Californie, de la Société américaine de psychiatrie, de la Société américaine de psychanalyse. Stern était tout sauf inculte.

Il avait laissé la porte entrouverte et, quand je frappai et l'ouvris, il leva la tête du livre qu'il était en train de lire.

« Salut, Jackson ! Content que vous ayez pu venir. »

Je m'excusai de mon retard.

« Pas de problème ! » Il plaça soigneusement un marque-page dans le volume qu'il posa sur une table basse. « Je lisais justement une biographie de R.D. Laing, poursuivit-il tandis que je m'asseyais. Il faisait fureur dans les années soixante, croyait que la société était folle et que les schizophrènes étaient les gens normaux. Incroyable à quel point on peut se démoder vite. » Il fronça les sourcils et pinça les lèvres, signe que cette idée le troublait. Bientôt, cependant, il lui en vint une autre, plus rassurante : « Bien sûr, la société *est* folle. Il avait raison sur ce point. » Il eut un petit rire, puis s'éclaircit la voix avant de changer de sujet : « Alors, qu'est-ce qui se passe ? Depuis quelque temps, Jackson, vous arrivez en retard, quand vous n'annulez pas vos rendez-vous.

– J'étais auprès d'une patiente. » Je ne tenais pas à lui raconter les événements de ces derniers jours. À quoi bon ? De toute façon, que pouvait-il y faire ? Laquelle de ses théories pouvait m'aider maintenant ? Freud, Jung, le behaviorisme ou le gestaltisme ? Ou encore, sa dernière passion, Jacques Lacan ? Il les connaissait tous, et le fait qu'aucun n'offrait une aide quelconque à ses patients n'ébranlait pas sa croyance en une vie qui, en fin de compte, était un mystère à résoudre dont un jour il parviendrait à trouver la clé et dont il révélerait le secret qu'il rendrait compréhensible. Il présumait que la connaissance menait inévitablement à la compréhension et que, une fois que nous aurions compris, tout irait bien. Mais la compréhension ne pourrait pas expliquer ce traumatisme, l'annihiler. Rien ne pourrait l'empêcher de s'être produit.

Assis là, ses yeux plissés fixés sur un angle de la pièce, il attendait la suite. La pendule ancienne posée sur son bureau faisait tic-tac bruyamment dans le silence, ses aiguilles marquant neuf heures cinq. Un vide de vingt minutes à remplir.

Alors, je lui racontai.

Ce ne fut pas long. Seulement l'agression d'Allie, comme si je lisais l'histoire d'une autre. Lorsque j'eus fini, la pièce redevint silencieuse. Mais maintenant, Stern me regardait, son attitude professionnelle ébranlée, les yeux brillants d'inquiétude.

« Dieu du ciel, Jackson ! »

Je ne dis rien de plus. Il lui fallut plusieurs minutes avant de se remettre.

« Jackson, dit-il enfin, il va falloir que nous parlions de tout cela. » Il marqua une pause. « Jackson ? répéta-t-il. Il faut vraiment que nous en parlions. »

Mais je ne répondis pas. Il me paraissait si loin. Tellement loin. Trop pour m'entendre. Trop pour que je l'atteigne.

17

JE ne rentrai pas chez moi. Impossible de regarder ce lit en face. Pas encore.

J'errai au volant de ma voiture. Je finis par trouver une sorte de no man's land entre deux quartiers, des rues désertes bordées d'entrepôts, de garages, de blanchisseries chinoises et de fast-foods, le genre d'endroit que personne ne remarque, qu'on traverse seulement pour aller ailleurs. Je me garai sous une enseigne minable aux lettres de néon cassées. Je lus TIFFANY'BAR AND GRILL et j'entrai.

C'était un de ces bars qui s'emplissent à cinq heures d'hommes aux traits tirés, qui ont bossé toute la journée et qui éprouvent le besoin de s'offrir quelques verres avant de rejoindre leur famille. À l'heure où j'arrivai, il ne restait plus que les habitués endurcis, disséminés dans ce décor trop vaste, penchés sur leur verre ; ils ne regardaient même pas à la télévision, au-dessus de la caisse enregistreuse, la rediffusion d'une comédie musicale. Je m'assis au bar et bus en silence avec les autres. Il suffisait de deux billets de vingt dollars poussés au bout du comptoir pour se faire servir.

Là, je pouvais être certain de ne pas tomber sur une vieille connaissance. La dernière yuppie qui s'y était aventurée devait avoir eu des ennuis de voiture et besoin de téléphoner. C'était une plaisanterie que nous avions l'habitude d'échanger entre nous, Allie et moi : quel que fût le bar ou le night-club où nous allions, nous étions sûrs que le barman accueillerait Allie en l'appelant par son prénom et qu'il nous offrirait des verres gratuits.

« Tu connais donc tous les barmen de cette ville ? lui avais-je demandé la troisième ou quatrième fois que cela s'était produit.

– San Francisco est une petite ville.

– Exact.

– Mes copines et moi, nous avions l'habitude de traîner pas mal.

– Je m'en doute.

– Mais c'était avant.

– Avant quand ?

– Avant toi », avait-elle précisé en me pinçant la joue. Puis elle avait ajouté : « Ce sont seulement des amis, Jackson. »

Y avait-il longtemps que nous avions eu cette conversation ? Un mois ? deux ?

Je bus méthodiquement, comme les autres clients. Ni trop lentement, ni trop vite. Délibérément. En harmonie avec l'alcool. Un verre à la fois. Une synchronisation parfaite. Une marche forcée vers l'oubli.

Le soleil se levait. C'est ce qui me réveilla. Sans compter la douleur dans mon cou et mes épaules.

Peu à peu, je me rendis compte que ma tête était coincée entre la portière et le dossier du siège du conducteur. J'eus du mal à me dégager et à remettre mon corps ankylosé dans la position verticale. Péniblement, comme si mon torse avait été coulé dans un moule, je tendis le cou et les épaules pour tenter de repérer l'enseigne au néon du Tiffany. Elle n'était pas là.

Je poussai un gémissement. En partie à cause de ma tête qui m'élançait. Mais plus encore parce que je n'avais aucun souvenir – quel qu'il fût – de ce qui m'avait amené là. « Imbécile ! » dis-je en me frappant le front. Un petit coup donné sans conviction, mais qui, cependant, me fit mal. Je cherchai à me remémorer quelques bribes de ce qui s'était passé durant les cinq dernières heures. Un fragment de souvenir. Impossible.

« Imbécile ! » répétai-je. Cette fois, j'y mis plus de fatalisme. Je me l'étais si souvent dit sans aucun résultat. Comme je ne savais quelle direction prendre, je conduisis droit devant moi. Je tombai enfin dans une rue qui ne m'était pas inconnue et je parvins à retrouver l'hôpital.

Par chance, l'équipe du matin n'était pas encore arrivée et les couloirs étaient déserts. Une fois dans les vestiaires, je m'attardai d'abord sous une bonne douche chaude, puis je fis couler l'eau froide. J'en sortis transi. Je me rhabillai et enfilai une veste blanche sous laquelle je dissimulai mes vêtements froissés. Après avoir bu plusieurs tasses de café, je me sentis mieux.

Je me rendis dans la chambre d'Allie. Les indications portées sur la feuille de surveillance signalaient une baisse lente, mais régulière, de la tension. Pour plus de sûreté, je contrôlai ces résultats. Une baisse lente, mais certaine. L'œdème régressait. « Dieu merci ! » dis-je à voix haute. Mais à peine venais-je de prononcer ces mots que mes tempes se remirent à battre. Ce n'est pas fini, Jackson, pensai-je. On en est loin.

Dans l'après-midi, la pression avait baissé au point que Palfrey ôta à Allie son respirateur. Cependant, lorsque je lui demandai son avis, il me parut encore réservé. Il était impossible de connaître les dommages causés au cerveau et de savoir quand – ou si – elle allait sortir du coma.

« Tout ce que nous pouvons faire maintenant, déclarat-il, c'est attendre. »

Ce jour-là, je n'eus à accomplir que des tâches de routine. Rossi téléphona dans l'après-midi pour confirmer notre rendez-vous et m'indiquer comment me rendre au quartier général de la police, au palais de justice. Au palais, dit le lieutenant. Je lui répondis que j'y serais dans une heure.

Je renonçai à aller voir Krista en passant et je décidai de lui téléphoner. Elle me parut aussi gaie que d'habitude. Je lui demandai de jeter un coup d'œil sur Allie pendant la nuit. Justement, elle était de garde pendant toute la semaine et elle le ferait avec plaisir. Je la remerciai et, quand je raccrochai, nous étions convenus de nous revoir bientôt.

« Tu as besoin de quelqu'un à qui parler », avait décrété Krista.

La rue, devant le palais de justice, était encombrée par de nombreuses voitures de police et je dus me garer quelques pâtés de maisons plus loin. À l'intérieur, je m'attendais à voir un policier derrière un haut bureau en bois, mais le palais de justice ressemblait à n'importe quel autre bâtiment officiel d'une grande ville qui avait affaire au public. Après avoir été contrôlé par un détecteur de métal, je fus dirigé vers la réceptionniste qui, assise derrière le plexiglas épais d'une fenêtre, m'ignora consciencieusement tandis que je cherchais les petits trous à travers lesquels on parle généralement. Je finis par cogner sur le plexiglas, elle me désigna – sans lever les yeux – un téléphone placé au bout du comptoir. J'aurais plus facilement communiqué avec la Sibérie.

« J'ai rendez-vous avec le lieutenant Rossi », dis-je en cherchant à dominer le crépitement de la ligne.

Elle grommela quelques mots incompréhensibles.

« Excusez-moi. Il doit m'attendre dans le bureau des affaires courantes. »

Elle grommela un peu plus fort et pointa un doigt au-dessus de mon épaule. Un plan était collé sur le mur en marbre à quelques mètres de là.

Je pris l'ascenseur, m'arrêtai au troisième étage et suivis les indications jusqu'à la pièce 411. Personne ne répondit quand je frappai, j'ouvris donc la porte qui pivota vers l'intérieur. À mi-chemin, elle rencontra violemment l'obstacle qui se trouvait de l'autre côté.

« Doucement ! aboya quelqu'un.

– Désolé », dis-je en contournant la porte.

Je me trouvai littéralement nez à nez avec un homme d'une trentaine d'années qui avait manifestement des kilos en trop, sa chemise en polyester sortait par endroits de son pantalon et il avait un étui de revolver à sa ceinture. Ses yeux aux paupières lourdes prirent un air consterné quand je lâchai la porte et qu'elle se referma en claquant.

« Désolé, répétai-je. J'espère que je ne vous ai pas touché.

– Non, je fais plus de bruit que ça quand on me touche. »

L'« accueil » était un endroit incroyablement restreint, séparé du reste de la pièce par des cloisons provisoires, mais qui semblaient avoir été posées depuis longtemps. Une rainure profonde, sur le côté du bureau, attestait de ses nombreuses collisions avec la porte.

« J'ai rendez-vous avec le lieutenant Rossi.

– Oh, ouais ! Maebry, c'est ça ? Je travaille avec Rossi sur cette affaire. Je suis comme qui dirait son agent de liaison avec les services de police de San Francisco. » Nous nous serrâmes la main. « Mulvane, se présenta-t-il. Asseyez-vous. Je vais chercher le grand chef. »

J'attendis sur une chaise en bois, derrière la porte.

« Docteur Maebry. »

La brusque apparition de Rossi et de sa masse imposante me fit perdre l'équilibre au moment où je me levais, et je retombai sur la chaise. Je réussis à me tenir debout à mon deuxième essai.

« Merci d'être venu, dit le lieutenant tandis que, simultanément, il me serrait la main, ouvrait la porte et me dirigeait vers le couloir. On me prête un bureau ici pendant que je suis sur cette affaire. Malheureusement, les pièces réservées aux entretiens sont toutes occupées, mais il y en a une, dans le couloir des homicides, que nous pouvons utiliser. »

Il lâcha la porte qui claqua derrière nous.

« Une pièce réservée aux entretiens ?

– Simplement un endroit où nous pourrons parler tranquillement. »

Je marchai à côté de lui dans le couloir, pleinement conscient de l'épaule massive qui se déplaçait près de moi, bien au-dessus du niveau de mes yeux.

« Je dois vous avouer que j'ai eu une arrière-pensée en vous demandant de venir ici, me dit Rossi quelques instants plus tard.

– Vraiment ? » demandai-je, soudain inquiet.

Deux policiers passèrent près de nous. Ils emmenaient une femme vêtue d'un pantalon en lycra et d'un sweat-shirt sale trop grand pour elle. Je remarquai, quand ils nous croisèrent, qu'elle essayait de cacher ses mains sous son sweat. Elle était menottée.

« Je dois vous avouer que je déteste les hôpitaux. » Il se mit à rire. « C'est de mon père que je tiens ça. Il était persuadé que s'il allait à l'hôpital, il n'en sortirait pas vivant. Le pire, c'est qu'il avait raison. Quand il a bien fallu l'hospitaliser, il est mort dans les vingt-quatre heures qui ont suivi.

– De quoi est-il mort ?

– Cancer du pancréas, je crois, mais il avait des métastases un peu partout.

– Il devait être malade depuis un moment.

– Oui, c'est ce que les médecins lui ont dit, mais il ne l'a pas cru. » L'inspecteur sourit. « Vous savez, c'était un de ces immigrants bornés, terriblement superstitieux. Il ne pouvait pas supporter la vue du sang. Ça aussi, je l'ai hérité de lui. La dernière fois que j'ai vu du sang, je me suis évanoui ; en fait, je suis tombé de ma chaise. On a été obligé de me ramasser. Je ne recommencerai jamais plus. J'ai été la risée de tout le service pendant des mois. C'est probablement pour cette raison que je ne me suis jamais occupé des homicides. Trop de sang. Nous y sommes. »

Il ouvrit une porte et me fit traverser une pièce encombrée de bureaux, de portemanteaux et de classeurs. Deux types, que je supposai être des policiers, levèrent les yeux sans rien dire au moment où nous passâmes devant eux. Au fond, Rossi poussa une autre porte et me fit entrer le premier.

« Nous allons pouvoir parler sans être dérangés », dit-il en me désignant un siège devant une table en formica aux bords abîmés.

Pas de fenêtres dans cette pièce, seulement des conduits d'aération sur les murs et des tubes fluorescents au plafond. Rossi s'assit devant moi et feuilleta son bloc-notes, renonçant à faire l'effort de bavarder.

« Bien », dit-il enfin, puis il changea de position sur sa

chaise. « Bien. » Il s'éclaircit la voix. « Comme vous le savez, nous essayons de rassembler quelques informations, de voir si nous pouvons reconstituer ce qui s'est passé.

– Bien sûr. Je comprends. Si je peux vous aider... »

De nouveau il se tut, comme s'il examinait ma réponse.

« Avez-vous des pistes, des suspects ? demandai-je.

– Eh bien... » Il tira sur son nœud de cravate et fit tourner son cou pour avoir plus de place, sans me quitter des yeux. « Vous savez, docteur, une piste et un suspect, ce sont deux choses bien différentes. Il faut suivre une piste un bon moment avant de pouvoir vraiment désigner un suspect.

– Et le type que vous avez arrêté à Oakland pour le meurtre de la fille ? Les journaux ont dit qu'il avait d'autres meurtres sur la conscience. On ne le soupçonne pas ?

– Ah, oui ! Le psychopathe. On l'interroge, mais il a un nouvel avocat. Frais émoulu de la fac de droit. Un garçon qui en veut. Le présumé coupable ne l'ouvre pas.

– Mais vous, est-ce que vous pensez qu'il pourrait être l'assassin ?

– Possible, répondit-il, comme s'il envisageait cette éventualité pour la première fois. Mais il n'opère pas de la même façon. D'abord, miss Sorosh n'a pas été violée. »

Dieu merci, pensai-je. Je n'aurais pas voulu le lui demander ; en fait, je n'aurais pas voulu le savoir.

« Ce qui ne veut pas forcément dire qu'il n'est pas l'agresseur », poursuivit Rossi. Il prit son aérosol et se l'enfonça dans la narine sans pour autant cesser de parler. « Il y a des types qui sont programmés, ils appartiennent à une catégorie. Mais il y en a d'autres qui improvisent. En fonction de leur humeur. » Il pressa le flacon et inhala profondément. « Merde alors ! Un jour, c'est la gauche, le lendemain, c'est la droite ; quelquefois, j'ai l'impression que toute ma tête est complètement bouchée.

– C'est votre spray.

– Oui, je sais. Vous me l'avez dit. Faut que je le jette. Donc, reprit-il, nous avons l'impression qu'il serait souhaitable d'en savoir plus sur miss Sorosh – ses amis, qui elle fréquentait, ce genre de truc... Possible que ça nous aiderait dans nos recherches.

– Vous pensez qu'elle connaissait son agresseur ?

– Nous essayons seulement d'obtenir un maximum d'informations, docteur. Nous n'en sommes pas au point d'en tirer des conclusions. » Il prit un mouchoir en papier et se moucha à plusieurs reprises, puis il examina le résultat avant de remettre le tout dans sa poche. « Rien. C'est comme du béton là-dedans. De toute façon, nous pouvons quand même dire que miss Sorosh sortait beaucoup. Plutôt du genre excité.

– Qu'est-ce que vous entendez par là ?

– Du calme, docteur ! » Rossi leva la main d'un geste apaisant. « Je ne voulais pas vous offenser. Nous ne sommes pas ici pour critiquer la victime. Mais, comme nous ne disposons que de très peu d'éléments, dans des cas comme celui-ci, quand il n'y a pas de témoin oculaire, nous devons commencer notre enquête à partir de la personne agressée. C'est tout.

– OK. Je comprends.

– Nous avons fouillé son appartement de Berkeley ; la victime étant dans le coma et vu son état, le juge nous a donné un mandat de perquisition. Il semble qu'elle fréquentait un tas de clubs en ville. On a trouvé plusieurs invitations et des pochettes d'allumettes de l'Asylum Club.

– C'est un dancing. Elle adorait danser.

– Ce n'est pas un endroit de tout repos, à ce qu'on m'a dit. Pas mal de drogue. Nous avons aussi trouvé des vêtements d'homme dans son armoire. Difficile de faire la différence de nos jours, mais ceux-là ne sont pas du genre qu'une femme pourrait porter. Des chaussures pointues avec des trous au bout, des cravates, vous voyez ce que je veux dire. »

J'étais rarement allé dans l'appartement d'Allie – nous nous rencontrions généralement chez moi – et je n'avais jamais porté ce genre de chaussures. Je savais, par ailleurs, que mes deux seules cravates étaient chez moi, dans mon armoire.

« Et, ajouta-t-il en s'éclaircissant la voix, il y avait aussi de la drogue. Pas en grande quantité, surtout de la marijuana et une autre que notre laboratoire est en train d'analyser. Pour ma part, je pense à de l'ecstasy. Également des ordonnances prescrivant des médicaments, surtout de l'Alprazolam...

– De l'Alprazolam ?

– Le nom générique pour le Xanax, m'expliqua Rossi. C'est une benzodiazépine, comme le Valium ou l'Halcion.

– Non. Bien sûr, je les connais, mais ce que je veux dire... »

C'est que je ne savais pas qu'elle prenait des médicaments. Pas vraiment.

« Oui, je comprends. En fait, ce n'est pas le problème. De toute évidence, elle consommait des drogues douces. Nous n'approuvons pas, bien sûr, mais dans cette ville, ce n'est pas ce qui nous préoccupe le plus. »

Il fit une pause, comme s'il attendait un commentaire de ma part.

« Je ne sais pas ce que je peux vous dire. »

J'étais troublé, incapable de traiter l'information.

« Vous avez mentionné que vous vous connaissiez, miss Sorosh et vous ?

– Oui. Nous... nous étions amis.

– Amis ?

– De bons amis.

– Bons à quel point ? »

Son ton n'avait pas changé, mais ses yeux bleus fixaient plus intensément les miens. Je regardai ailleurs pour éviter son regard.

« Avez-vous du café ? J'en boirais bien une tasse.

– Mais certainement. Patientez un moment. Que disions-nous ? » Il attendit ma réaction, puis il m'incita de nouveau à parler : « Docteur ?

– Nous... » Je m'efforçai de trouver les mots. « Nous avions... des relations.

– Vous aviez des relations sexuelles ? » reprit-il en appuyant légèrement sur « sexuelles ».

« Vous ne comprenez pas... »

Je m'arrêtai aussitôt. J'étais sur la défensive, il l'avait sûrement remarqué.

« Je ne comprends pas quoi ? demanda-t-il d'un ton égal.

– Nous étions sur le point de nous marier. En fait, pas tout de suite... Nous ne nous connaissions que depuis quelques mois, mais... » Le message qu'Allie avait laissé sur mon répondeur me revint à l'esprit. Je fis un effort pour reprendre notre conversation. « Regardez », dis-je. Je sortis mon portefeuille de ma poche arrière et tâtonnai avant d'ouvrir le côté porte-monnaie. « Voilà ce que j'allais lui offrir. Tenez. »

Je fis le geste de lui tendre la bague, mais il ne chercha pas à la prendre. Les mains immobiles, posées sur son bloc-notes, le regard inexpressif.

Je revis Allie me rendant la bague. Refusée. *Non, Jacko. C'est trop tôt.*

« Vous deviez la voir ce samedi-là ? » reprit Rossi.

Je fis un signe de tête affirmatif.

« Quand nous étions dans votre bureau l'autre jour, j'ai remarqué le nom de miss Sorosh sur votre agenda. Il était ouvert. Je suppose que c'est son nom. Allie, c'est bien ça ? »

J'acquiesçai.

« Oui. Nous avions rendez-vous un peu plus tard chez moi. Dans la soirée.

– Sur votre agenda, vous aviez écrit midi. »

Je rougis, comme si, d'une certaine manière, il m'avait piégé.

– Effectivement. Nous devions nous voir à midi, mais après, nous avions modifié notre programme.

– Pourquoi ?

– Je ne me souviens plus. Mais c'est comme ça. Probablement parce que nous disposions de plus de temps le soir.

– Donc, il n'y avait pas de raison particulière ? Pas de rendez-vous ? Rien ? Simplement, vous avez changé l'heure ?

– Non. Je veux dire, oui. Juste une question de temps.

– Et vous avez passé toute la journée à l'hôpital ?

– Oui. Enfin, presque. J'ai un trou dans mon emploi du temps au milieu de la journée. Le moment où nous devions nous voir. Je suis allé à la plage et j'ai fait un petit somme. J'avais été de garde à peu près toute la semaine, j'avais à peine dormi... Il faisait beau, je... »

Rossi posa son bloc-notes. La chaise craqua quand il la repoussa et étendit les jambes. Pour lui, c'était un mouvement brusque et je crus qu'il mettait fin à l'entretien. Je commençai à ranger la bague dans mon portefeuille.

« Pouvez-vous me parler des personnes qu'elle connaissait, de ses autres amis ? reprit-il.

– Il y avait les gens de Genederm. Paula Duff et son mari, Brian. Paula travaille avec Allie, elles s'occupent des relations publiques dans cette société. Brian en est l'un des propriétaires. »

Je n'avais pas pensé à les prévenir pour Allie. J'allais le faire.

« Luff... Luff... » Rossi feuilletait ses notes. « Exact. Nous leur avons parlé. Ils ont dit qu'ils ne l'avaient pas vue depuis un certain temps.

– Je pense que c'est vrai. »

Bien sûr qu'ils le savaient déjà. De toute façon, ils l'auraient appris à Genederm.

« D'autres amis ? Des gens qu'elle voyait fréquemment ? »

En fait, je ne connaissais aucun des autres amis d'Allie.

« C'était ceux qui fréquentaient les clubs où nous allions. Dans ce genre d'endroit, tout le monde se connaît, mais par le prénom.

– Aucun ? »

Je me souvenais d'un certain Barry, ou peut-être Bart, et d'un Mike et... Mais je n'avais aucune idée de leur nom de famille et je ne savais même plus à quoi ils ressemblaient. Je me rappelais seulement qu'ils avaient tous l'air plus jeunes que moi, qu'ils étaient mieux habillés, plus sûrs d'eux et plus beaux. Je me demandais même ce qu'Allie me trouvait.

« Non. Désolé.

– Et les clubs où elle avait l'habitude d'aller ? Vous vous en souvenez ? »

J'en citai quelques-uns, réfléchis un moment, puis en ajoutai deux autres.

Rossi prit quelques notes sur son bloc, se leva, fit le tour de la table et s'arrêta près de moi.

« Est-ce qu'il vous est arrivé de lui prescrire des médicaments, docteur ?

– Non, je n'étais pas son médecin. Nous étions juste amis. C'est-à-dire...

– Ça ne vous est jamais arrivé ?

– Non, bien sûr que non. » Je levai les yeux vers lui avant de considérer de nouveau le portefeuille que je tenais toujours sur mes genoux. « Non. »

Mon « non » resta suspendu en l'air et, même sans relever la tête, je sentis que le regard de Rossi me transperçait.

« C'est bon, dit-il enfin. Je crois que ça fera l'affaire. Merci d'être passé. »

Je mis le portefeuille dans ma poche en même temps que je me levais. Rossi me lorgnait du coin de l'œil, l'air dubitatif. C'est du moins ce que je crus, mais c'était peut-être ses sinus.

« Est-ce que vous me soupçonnez ? » lui demandai-je, sans le regarder, car je m'en sentais incapable.

Il me reconduisit à la porte.

« Docteur, nous ne faisons que réunir des informations. Examiner l'affaire sous tous les angles. Rien d'autre. Excusez-moi si mes questions vous ont paru brutales. Mais ça fait partie de mon travail.

– Ce n'est pas grave, répondis-je en songeant que j'allais devoir passer devant lui. Me ferez-vous savoir s'il y a du nouveau ? » Un instant, il parut embarrassé. « Je voulais dire, si vous découvrez quelque chose. »

Ses lèvres s'écartèrent, découvrant ses dents blanches. Je compris qu'il souriait.

« Oui, bien sûr, docteur. Nous vous le ferons savoir. »

18

Je brûlai un feu rouge en rentrant à la maison et je faillis
emboutir ma voiture.

Rossi avait prétendu qu'il ne me soupçonnait pas, mais
toutes les questions qu'il m'avait posées me désignaient
comme le coupable ; la moindre petite chose que j'avais
dite ou faite se retournait contre moi. Je pensai de nouveau
à ses yeux bleus. On ne regarde pas quelqu'un de cette
façon si on le juge innocent. C'était dingue. J'étais médecin, bon Dieu, chirurgien ! J'aidais les gens, je ne leur faisais pas de mal. Je n'avais jamais eu d'ennuis avec la loi.
J'eus du mal à me retenir de téléphoner à Rossi au commissariat pour lui expliquer que rien ne pouvait faire de moi
un suspect. Que ça n'avait pas de sens. Il fallait que je le
lui fasse comprendre.

Une fois chez moi, je m'efforçai de me rendre présenta-
ble. Le dîner des Brandt. C'était bien le dernier endroit
où j'avais envie d'aller, mais je ne voulais pas les décevoir.
Si je m'arrangeais pour ne parler à personne, j'allais pouvoir tenir le coup.

Comme je le faisais de temps en temps, je sortis la plus
acceptable de mes vestes sport et j'ôtai le plastique du pressing pour examiner la tache de sang qui ne partirait probablement jamais. Il se trouvait que j'avais porté ce veston au
cours d'une intervention d'urgence à l'hôpital. J'aurais dû
m'en débarrasser, mais je le raccrochai dans le placard et
sortis à la place mon blazer bleu. Je repassai un vieux pantalon kaki sur le comptoir de la cuisine, pris dans un tiroir

137

une cravate, une chemise propre en coton, et trouvai mes mocassins sous le lit. Je portais généralement des baskets et ces mocassins étaient les seules véritables chaussures que je possédais. Il y avait un tas d'explications innocentes concernant la présence de celles qu'on avait trouvées dans le placard d'Allie. Elles pouvaient appartenir à l'un des copains qui m'avaient précédé. Ou bien... quoi ? Un tas d'explications innocentes, me répétai-je.

Avant de partir, je téléphonai à Brian et Paula, je culpabilisais de ne pas l'avoir fait plus tôt. Je les avais vus deux fois en avril, peu de temps après la réception, et nous nous étions rencontrés en ville. L'ambiance avait été extrêmement amicale. Je m'entendais très bien avec Brian ; quant à Allie et Paula, elles avaient l'air de deux conspiratrices. Mais nous nous étions perdus de vue au cours de l'été, sans doute en raison de nos emplois du temps trop chargés. Allie n'y avait jamais fait allusion.

Je tombai sur leur employée de maison. Elle ne parlait qu'espagnol, mais quand j'eus répété plusieurs fois « Mrs Luff » et « Paula », elle me répondit « *Si* » et posa l'appareil. J'attendis encore quelques minutes en me demandant si je n'avais pas fait un faux numéro, quand Paula me prit sur un autre poste. Elle était essoufflée. J'entendis à l'arrière-plan le grincement caractéristique d'un tapis mécanique, un Stairmaster probablement.

« Allô ? dit-elle d'une voix haletante.

– Paula, c'est Jackson, Jackson Maebry.

– Oh ! »

Elle avait hésité un instant. Le Stairmaster s'étant arrêté, je pus entendre Paula retenir son souffle.

« Paula, je... je vous appelle au sujet d'Allie.

– Oui », répondit-elle d'un air distrait. Je l'imaginai essuyant sa sueur avec une serviette. « Qu'est-ce qui se passe ?

– Elle est... » Paula ne savait donc pas ? Rossi m'avait dit l'avoir interrogée. « Elle est à l'hôpital. Elle a eu un très grave accident ; en fait, elle a été agressée et violemment frappée. Elle est dans le coma depuis plusieurs jours. » Je marquai une pause après chaque phrase, m'attendant à entendre mon interlocutrice, mais elle n'intervint pas.

138

« Je croyais que Rossi, le lieutenant chargé de l'affaire, je croyais qu'il vous avait mise au courant.

– Oui, nous avons parlé. Comment va-t-elle ?

– Elle est dans le coma. Inconsciente. » Je crus bon de lui donner cette précision, pensant que, peut-être, elle ne comprenait pas. « C'est très sérieux. » Sa réaction, ou plutôt son absence de réaction, me déconcerta. « Ce que je veux dire, c'est que nous avons de l'espoir, mais ses blessures à la tête sont très graves. Je pensais que, peut-être, vous aimeriez la voir, ou que...

– Mais elle est dans le coma, c'est bien ça ?

– Oui.

– Je suis vraiment désolée, Jackson, mais j'ai l'impression que je ne peux pas y faire grand-chose.

– Non, en effet... Je croyais... Non, c'est vrai... Il n'y a vraiment pas grand-chose à faire maintenant. Au fond, nous n'avons qu'à attendre. Nous ne faisons que ça, attendre...

– OK. » En ce qui la concernait, elle n'en avait apparemment rien à faire. « Désolée, Jackson, mais il faut que j'y aille. J'ai un rendez-vous et, si je le manque, je n'en aurai pas un autre avant une semaine. Il faut vraiment que je file.

– OK. Salut. »

Elle avait déjà raccroché. Je restai assis, l'appareil à la main. Quand j'entendis le bip, je raccrochai à mon tour. J'avais l'impression d'être passé à côté d'une information capitale sans laquelle rien n'avait de sens. J'avais connu des gens qui se comportaient bizarrement quand on leur annonçait une mauvaise nouvelle, ce n'était pas rare aux urgences. Colère, déni, des rires même. Mais rien de semblable. Rien d'aussi froid.

J'envisageai de contacter Brian à son bureau. Peut-être pourrait-il m'expliquer la réaction de Paula. Mais cette conversation m'avait troublé et je ne voulais plus y penser. Par ailleurs, il était tard et Brian devait être parti pour la journée.

Il me vint soudain à l'idée que lui aussi savait pour Allie. Et que lui non plus n'avait pas appelé.

En quittant mon appartement, je remarquai que la porte de Sandra était ouverte et je passai la tête pour lui dire bonjour. Elle était assise dans son atelier – dont une partie était, à l'origine, le salon –, vêtue de son habituelle salopette éclaboussée d'argile et d'un T-shirt délavé ; ses cheveux gris étaient relevés en chignon et, à ses oreilles, pendaient de grands anneaux ornés d'améthystes.

Elle m'invita à entrer et libéra un tabouret près de son établi. Je n'étais pas pressé de me rendre à la réception – il me suffisait d'y faire une apparition et plus j'arriverais tard, moins j'aurais à y rester –, aussi m'assis-je près de Sandra qui me versa un grand verre du vin qu'elle buvait.

« Qu'est-ce que tu penses de ma dernière création ? » demanda-t-elle en ôtant le chiffon mouillé qui couvrait un monticule d'argile. Il me sembla qu'il s'agissait d'une représentation humaine, mais si mutilée, si incohérente, que je n'en fus pas certain.

« C'est fini ?

– Ou bien c'est fini, ou bien c'est moi qui le suis. Tu ne l'aimes pas, hein ?

– Non – ou plutôt, si.

– Tu as raison, Jackson. Moi-même, je n'arrive pas à me décider. C'est l'œuvre d'un génie inégalé, ou c'est *un tas de merde,* comme dirait Danny. »

Elle jeta le chiffon mouillé sur la sculpture et remplit son verre.

« En parlant de Danny, tu l'as vu récemment ?

– Pas depuis quelques jours. Il reste dehors de plus en plus tard et, le matin, il part avant que je ne me lève. » Comment peut-elle savoir s'il est rentré ? me demandai-je. « Je sais quand il a dormi dans son lit », ajouta-t-elle comme pour répondre à ma question.

– Je crois que quelque chose l'a perturbé.

– Pourquoi ? Qu'est-il arrivé ? »

Elle était soudain inquiète, sans doute le son de ma voix. Je lui racontai l'agression d'Allie. Je lui dis que Danny semblait le prendre très mal.

Je me demandai pourquoi Sandra était si bouleversée. C'est à peine si elle connaissait Allie. Je me rendis alors compte que ce n'était pas seulement de l'émotion, mais aussi de la compassion. Et qu'elle en éprouvait pour moi.

« Jackson, pourquoi ne m'en as-tu pas parlé plus tôt ? »

Son visage me parut envahi par un tel chagrin que je me dis, d'une façon presque abstraite, que tout ce qui s'était passé était d'une profonde, très profonde tristesse. J'essayai de lui répondre, mais la voix me manqua.

Elle ouvrit les bras et m'étreignit, elle me serra fort contre elle. Je restai assis sur le tabouret et me mis à pleurer.

Au bout de quelques minutes, elle s'écarta et je fis l'effort de me reprendre.

« Excuse-moi.

– T'excuser de quoi, Jackson ?

– D'avoir pleuré. Je n'ai pas fait exprès. »

Elle prit une serviette propre sur l'établi et m'essuya le visage.

« J'ai l'impression que, tant que tu n'en auras pas fini avec cette histoire, ça t'arrivera encore. »

19

Je garai la voiture en haut de Pacific Heights et descendis à pied, tout près de là, chez les Brandt. De la rue, je voyais à travers les vastes baies vitrées l'intérieur des maisons brillamment éclairées, élégamment meublées comme les décors d'une pièce ayant pour thème le bonheur domestique. Il m'était souvent arrivé de faire le soir de longues marches lorsque j'étais enfant. Je fuyais les cris, les portes qui claquaient, et j'errais dans le voisinage, observant ce qui se passait sous le toit des autres, m'imaginant que tout était aussi propre et lumineux que ce que je voyais, sans terribles secrets ni hontes cachées.

Je sonnai à la porte des Brandt et tirai sur le bas de mon veston en me disant que j'aurais dû mettre une cravate. Un jeune type m'ouvrit ; il avait une queue de cheval et il était vêtu d'un pantalon de smoking et d'une veste noire qu'il portait sans chemise. Je le suivis dans le vestibule.

La plupart des invités étaient déjà arrivés, ils s'étaient rassemblés dans le séjour. Ils parlaient beaucoup et jonglaient avec les verres et les amuse-gueule. Des jeunes gens en gilet portant des plateaux d'argent se déplaçaient parmi eux.

« Jackson ! Comme c'est gentil ! »

C'était Helen, ses talons cliquetant sur le sol en marbre tandis qu'elle traversait l'entrée. Comme toujours, elle était d'une grande élégance, dans une robe noire courte qui lui moulait les hanches à chacun de ses mouvements, avec un collier de chien en perles autour du cou et ses cheveux – d'un blond très pâle qui paraissait totalement naturel – nattés en arrière.

« Merci, Rudy, dit-elle au garçon à queue de cheval au moment où il s'éloignait.

– De rien, Mrs Brandt.

– Ils font partie d'une troupe de danseurs. Leur entreprise de restauration à domicile les aide financièrement. Pas bête, ce garçon, non ? remarqua-t-elle en le suivant des yeux.

– En effet.

– Ce n'est pas votre genre, je suppose. Alors, comment va notre petit protégé ce soir ? »

Elle m'avait pris le bras et le serrait. Je répondis que j'allais bien.

« Non, je ne le pense pas. » Elle m'attira plus près et fit une petite moue en observant mon visage. « Vous avez l'air fatigué. Peter vous fait-il trop travailler ?

– Pas vraiment », balbutiai-je.

Helen se mit à rire. Je ne savais jamais que lui répondre, et plus je me troublais, plus elle me draguait.

« Mais si, je le sais, insista-t-elle en s'approchant tout contre moi. Qu'est-ce que vous avez là, sous les yeux ? Des cernes ! Ce n'est pas une bonne publicité pour un chirurgien esthétique, Jackson.

– Je suppose que non », répondis-je, mon attention attirée, comme elle l'espérait, par le décolleté de sa robe, plus profond encore quand elle se pencha vers moi.

Elle était généralement considérée comme la création de Brandt la plus réussie ; elle était, effectivement, d'une beauté saisissante – à un degré presque déconcertant. Pourtant, chaque fois que je me trouvais près d'elle, je ne pouvais m'empêcher de chercher à calculer son âge. D'après les indices que j'avais pu rassembler, elle approchait vraisemblablement de la cinquantaine ou l'avait dépassée de peu. Mais tous les signes selon lesquels on détermine habituellement l'âge avaient disparu. On aurait pu croire qu'elle venait d'avoir trente ans, et même une femme de cet âge aurait eu plus de rides qu'elle. C'était comme si son visage avait été en partie gommé ; les seules preuves qui restaient – encore fallait-il avoir l'œil assez vif pour les remarquer – étaient les mains qu'elle me tendait maintenant, longues et gracieuses, soigneusement manucurées, mais qui n'étaient plus celles d'une jeune femme. Personne n'avait encore trouvé le moyen de leur faire un lifting.

« Il va falloir que je parle à Peter, reprit-elle en s'approchant si près de moi que ses hanches touchèrent les miennes. Que je lui dise de se décharger un peu de son travail sur vous. »

Je bafouillai quelques mots incohérents. Elle se mit à rire et reprit ses distances. Ayant atteint son objectif, lequel était de me déstabiliser complètement, elle me recommanda de me « mêler aux autres » en m'indiquant la foule d'un petit signe de tête et elle s'éloigna vers la cuisine où elle avait à faire. Je trouvai le buffet, me servis et m'installai sur un canapé, dans un coin d'où je pus observer les invités. Les hommes étaient tous vêtus de costumes noirs, ce qui, à San Francisco, signifiait qu'ils étaient ou des financiers, ou de riches médecins ; les femmes portaient des robes dans le même style que celle d'Helen, courtes, si près du corps qu'elles ne pouvaient être à la mode qu'à l'époque de la liposuccion.

Environ une heure après mon arrivée, les médecins qui devaient se lever tôt le lendemain commencèrent à prendre congé. Je repérai Brandt qui, à la porte, raccompagnait un couple et m'approchai de lui pour le saluer dès que ses invités se furent éloignés.

« Jackson ! » Il m'accueillit avec enthousiasme. « Je me demandais si vous alliez venir. Disparaissons un moment dans mon bureau. Nous y boirons un verre. D'accord ? »

Il mit une main sur mon épaule et nous retraversâmes le séjour. Brandt distribuait des signes de tête et des bonjours tandis que nous nous frayions un chemin à travers la foule grouillante des invités. Helen nous remarqua et fronça les sourcils.

« Ne le gardez pas trop longtemps, Jackson, dit-elle en m'adressant un sourire, lèvres fermées. Les autres vont être jaloux.

– Une petite séance de travail. Ce sera bref », répondit Brandt sans ralentir. Nous arrivâmes à un escalier. Il me fit signe de descendre le premier. Nous suivîmes ensuite le couloir qui menait à son bureau.

La pente abrupte de la colline sur laquelle la maison était construite faisait que même le niveau inférieur avait une vue dégagée par-dessus les toits des maisons voisines, sur l'eau sombre de la baie. Très loin, les lampes halogènes d'un cargo solitaire projetaient une lumière diffuse et incolore dans l'air humide.

« Installez-vous », dit Brandt en m'invitant à m'asseoir dans l'un des deux grands fauteuils placés en face de son bureau. L'autre était occupé par un golden retriever aux longs poils hirsutes couché en rond sur le coussin.

« Salut, Burton ! » Brandt le frotta derrière les oreilles. Le chien leva la tête, laissa pendre sa grosse langue et lécha affectueusement la main de son maître. « Il est très vieux et complètement sourd », expliqua Brandt en lui donnant une légère tape, puis il s'avança vers un petit bar, à côté du bureau. Le chien quitta le fauteuil et marcha d'un pas pesant derrière lui ; il se frotta à sa jambe pendant que le maître de maison préparait les boissons.

« Un Martini, ça vous va ?

– Tout à fait. »

Il vida un bac à glaçons dans une carafe en verre, puis il versa le gin et le vermouth au jugé tout en laissant tomber de temps en temps une olive dans la gueule ouverte du chien qui attendait. L'animal les mâchait pendant quelques minutes, puis il crachait par terre les morceaux déchiquetés avant de les rependre et de les avaler difficilement.

« Il est très vieux », dit Brandt en lui caressant la tête.

Plusieurs photographies, la plupart d'Helen, décoraient le mur : des clichés publicitaires, d'autres pris au cours de répétitions, probablement à la fin des années soixante ou au début des années soixante-dix. Deux d'entre elles étaient encadrées : l'une avait fait la couverture d'*Esquire* – elle avait les lèvres d'un rouge très vif et portait à sa bouche un cigare (en gros titre, on lisait PETIT MANUEL DE LA FEMME LIBÉRÉE) –, l'autre de *Playboy*, où elle n'était vêtue que de bas résilles noirs, les mains couvrant chastement ses seins, étendue à l'envers, les yeux levés vers la caméra et les jambes croisées comme des oreilles de lapin. Chose curieuse, elle ne paraissait pas tellement plus jeune sur ces photos, mais un changement indéfinissable s'était produit en elle.

Brandt servit deux verres, en goûta un.

« Parfait ! » s'écria-t-il.

Il me tendit l'autre et s'assit.

« Excellent », acquiesçai-je.

Je me détendis avant même que le Martini fît de l'effet. Mes confrères du Memorial trouvaient Brandt trop exigeant, ils lui reprochaient d'être souvent capricieux et arrogant. Mais, peut-être parce que je bénéficiais de sa bienveillance – pour je ne sais quelle raison, je lui avais plu dès notre premier entretien –, je m'arrangeais fort bien de son côté autoritaire. Je me sentais à l'aise sous sa protection. En sécurité. Un instant, je me demandai ce que Stern penserait de tout cela, avant de boire une autre gorgée de Martini et de décider que je m'en fichais éperdument.

Brandt fit un « hum » qui me rappela à la réalité. Je levai les yeux.

« Je vous ai dit hier que j'avais quelque chose d'important à envisager avec vous. »

J'acquiesçai d'un signe de tête.

« D'abord, il faut que vous sachiez que j'ai parlé au Comité. Il ne reste plus qu'à signer les papiers, mais je pense que vous êtes en bonne position pour obtenir le poste d'assistant en chirurgie esthétique quand votre bourse prendra fin l'année prochaine.

– Merci. Je suis honoré de l'estime dans laquelle vous me tenez. »

Nous avions évoqué cette possibilité, mais il m'annonçait maintenant que ma nomination était presque officielle. L'assistant bénéficiait des mêmes droits et privilèges qu'un chef de clinique. C'était une situation extrêmement convoitée dans le service de chirurgie plastique du Memorial. Un moyen de faire carrière.

Brandt leva son verre et trinqua avec moi.

« Vous le méritez, Jackson. Vous êtes un bon chirurgien. »

Il poursuivit après un nouveau « hum ».

« Mais il y a autre chose dont je veux vous parler. » Il

s'enfonça dans son fauteuil. « J'ai cherché quelqu'un qui puisse me seconder dans l'exercice de ma profession à titre privé. Un médecin plus jeune sur qui me décharger d'une partie de mon travail et qui, plus tard peut-être, s'il le souhaite, pourrait reprendre ma clientèle. Je suis sollicité de toutes parts. Mais le Memorial ne me lâche pas. Et Genederm est appelé à devenir une charge de plus en plus lourde. Ce que je veux dire, Jackson, c'est que je souhaiterais que vous soyez cette personne.

– Je... vous pensez que j'ai les qualifications nécessaires ? »

Je fus incapable de dissimuler ma surprise. La plupart des cas que nous traitions à l'hôpital relevaient de la chirurgie réparatrice. J'avais relativement peu d'expérience dans le domaine des cosmétiques.

« Non ! s'exclama-t-il en riant. Je n'ai pas dit que j'allais vous faire démarrer à froid. J'aimerais que vous veniez travailler avec moi, que vous m'assistiez au cours de mes opérations les plus importantes, peut-être même que vous vous chargiez des plus délicates sous ma direction. »

C'était comme si quelqu'un avait agité une baguette magique, réalisant soudain toutes mes ambitions professionnelles : une situation prestigieuse au Memorial et une association avec l'un des médecins les mieux payés du pays. Il y a peu, je me serais précipité à la maison pour apprendre la bonne nouvelle à Allie. À présent, cela me paraissait n'avoir aucune importance.

« J'en serais ravi.

– Bien. Affaire conclue. » Nous trinquâmes avec nos verres vides et Brandt s'approcha du bar pour les remplir. « Vous savez sans doute ce qui fait un grand Martini. »

Il regarda autour de lui, cherchant son chien pour lui donner une olive. L'animal s'était endormi sur la carpette près de la porte.

« Le gin ?

– Une idée fausse très répandue, répondit Brandt avant de laisser tomber l'olive dans sa propre bouche. Le gin, même le meilleur, n'est, en fin de compte, que de la bibine. Au début, c'était l'alcool bon marché du prolétariat londonien. Non, c'est le vermouth qui le transforme en cet exquis breuvage qu'est le Martini américain. Le secret, poursuivit-il en se tournant vers moi, la carafe à la main, réside dans les proportions. Autrement dit, c'est véritablement un *art.* »

Il s'assit et emplit nos verres.

« Vous ai-je dit qu'au départ, j'avais choisi l'internat en chirurgie cardiaque ? » Je fis non de la tête. « Au bout de quatre ans, je me suis rendu compte que je voulais être autre chose qu'un plombier débouchant des tuyaux obstrués. »

Je souris poliment. C'était une vieille blague.

« OK ! s'exclama-t-il en riant. Vous la connaissiez déjà. Il n'empêche que c'est vrai. Dans l'ensemble, la médecine n'est qu'un métier comme les autres. Elle nécessite de la mémoire et des réflexes. Vous les apprenez dès le début, aux urgences. Quand un patient arrive avec une hémorragie interne, vous suivez un processus établi à l'avance, vous accomplissez les actes qu'on vous a enseignés. Vous n'inventez jamais rien. Il y a sans doute de nombreuses techniques, peut-être même un côté artisanal, mais il y a très peu de créativité.

« La chirurgie esthétique est différente. C'est le seul domaine où le médecin est autre chose qu'un habile technicien. Du moins, en ce qui concerne les meilleurs. Le plasticien est confronté à la personne tout entière, à l'image qu'elle a d'elle-même. À ses désirs. À ses rêves. Il faut être plus qu'un médecin. Il faut être un artiste. » Il resta un instant songeur. « La seule différence, c'est que vous travaillez sur du tissu vivant. Vous façonnez la vie. Il n'y a rien d'équivalent au monde. Rien. » Pendant tout ce temps, il n'avait pas quitté son verre des yeux. Maintenant, il me regardait. « C'est ce que je vois en vous, Jackson. Un artiste. »

Je bus une longue gorgée de Martini, gêné par le compliment.

« À vrai dire, la plupart des chirurgiens esthétiques ne sont pas des artistes. Ils se considèrent peut-être comme tels, mais ils ne sont en réalité que des techniciens. Tous les nez qu'ils font sont les mêmes, comme s'ils sortaient d'une chaîne de montage ou comme s'ils copiaient celui du top-model le plus en vogue du moment. Même s'il est totalement inadapté au reste du visage. »

Je pensai à Anderson, l'interne qui mettait quatre heures pour refaire un nez et qui n'obtenait qu'une série de Kate Moss.

« Je ne parle pas seulement d'Anderson, reprit Brandt, et nous nous mîmes à rire. Seulement une minorité, une toute petite minorité de chirurgiens esthétiques peut voir la beauté unique de chaque visage et améliorer, mettre en valeur la nature. Corriger, en quelque sorte, les erreurs de Dieu et réveiller la beauté qui sommeillait. Voilà le défi, voilà pourquoi c'est une profession aussi passionnante. »

À ce moment-là, la porte s'ouvrit derrière moi et j'entendis le chien japper de douleur.

« Merde, Burton ! »

C'était Helen. Elle donna un coup de sa chaussure à haut talon dans le flanc du chien qui cherchait à se lever.

« Peter, vraiment ! » s'écria-t-elle. Elle donna un second coup de pied à la pauvre bête pour l'obliger à s'éloigner. « Je ne sais pas pourquoi tu gardes cet animal. Il est vieux, aveugle, et il a une haleine épouvantable. Nous devrions nous en débarrasser. »

Burton s'approcha furtivement du fauteuil de Brandt et appuya sa tête contre la jambe de son maître.

« Là, là, mon garçon, murmura Brandt en caressant doucement son chien.

— Désolée de vous interrompre, messieurs, dit Helen qui s'affairait dans la pièce, mais les invités s'en vont et l'une de nos très distinguées infirmières en chef semble avoir laissé son sac à main quelque part. »

Elle déplaça les coussins du divan, puis revint à grands pas vers la porte et, d'une chiquenaude, appuya sur un interrupteur, inondant la pièce de la lumière blanche et dure qui tombait du plafonnier. La façon dont on annonce la fermeture d'un bar, pensai-je.

« Vous aimez rester assis dans le noir ? demanda-t-elle d'un ton aigre en allumant les autres lampes pour chercher le sac. Vous allez devenir aveugles et vous ne pourrez plus opérer. Qu'est-ce que feront vos patients ? » Elle parlait d'une voix irritée, inutilement forte. « Tu es à la fin de

149

ta carrière, Peter, mais Jackson est jeune. Il a encore de nombreuses années devant lui. Il devrait faire attention. »

Elle renonça au sac, se planta derrière ma chaise et me passa la main dans les cheveux comme si elle voulait les remettre en place. Brandt continua de boire son Martini sans répondre en caressant la tête du chien. Helen en fait autant avec la mienne, me dis-je. Les lumières éblouissantes reflétaient crûment notre petite scène dans les vitres. Je vis Helen lancer des regards mauvais à Brandt et retirer sa main d'un geste dépité.

« Eh bien, le sac n'est pas là, constata-t-elle, vexée, en marchant vers la porte. Je suppose que madame la vice-présidente devra attendre de rentrer chez elle pour prendre sa dose de Valium. » Helen se tourna pour jeter un dernier regard sur Brandt en sortant. « Ce serait gentil de ta part si tu faisais une apparition avant que tout le monde parte. »

Elle claqua la porte derrière elle. Brandt mit sa main sous le menton du chien et le caressa doucement.

« Ici, Burton. Comment ça va, mon vieux ? »

Le chien se mit à trembler et à tousser comme s'il avait quelque chose dans la gorge. Brandt souleva la tête penchée et força délicatement la gueule à s'ouvrir, il abaissa la langue et regarda à l'intérieur.

« Il n'y a rien, Burton. » Il referma la gueule du chien et lui caressa le museau. « Probablement neurologique, murmura-t-il en s'adressant à moi. Et il a un cancer. Confirmé par les examens. Inopérable. » Il prit la tête de l'animal entre ses mains et la tourna de manière à pouvoir le regarder dans les yeux. « Tu vieillis, mon garçon. Tout simplement. »

20

En revenant chez moi, je trouvai la porte de l'appartement ouverte et Danny endormi sur le canapé devant la télévision. Il était entré et, d'après ce que je voyais, avait dîné d'un bol de céréales. Je glissai un mot sous la porte de Sandra pour lui faire savoir que son fils était chez moi. Je rangeai le lait et éteignis la télévision. Danny ne se réveilla pas, il n'était pas exactement couché en boule, plutôt enroulé sur lui-même, les bras croisés et les poings devant son visage. Je le portai sur mon lit et lui ôtai ses chaussures. Quand je lui eus posé la tête sur l'oreiller, j'étendis sur lui une couverture. Il était resté dans la position fœtale. La température avait chuté, mais l'air était moins humide que d'habitude. J'allumai le radiateur, passai un sweat-shirt épais et m'assis dans un fauteuil près du lit. J'appuyai ma tête contre le dossier et, éclairé par l'enseigne au néon du 7-Eleven, j'observai Danny, le visage à moitié enfoncé dans l'oreiller, aspirant l'air à petites goulées par sa bouche ouverte.

« Quoi ? Oui ? Qui est là ? »
Je crus d'abord être à l'hôpital, je parlais au téléphone. Mais la sonnerie ne s'était pas arrêtée. Je me levai d'un bond et décrochai.
« Oui ? Qui est à l'appareil ? demandai-je sans trop savoir où j'étais.
— Jackson, c'est Krista. Excuse-moi d'appeler si tard... »

Une poussée d'adrénaline m'éclaircit aussitôt les idées.

« C'est Allie ? Qu'est-ce qui ne va pas ?

– Rien, Jackson. Je crois bien qu'elle sort du coma. J'ai appelé la neurochirurgie...

– J'arrive. Merci. »

Je raccrochai.

Il faisait encore nuit et je dus allumer pour regarder mon réveil. Il était une heure du matin, passée de quelques minutes. Dans la salle de bains, je m'arrosai d'eau le visage. J'ouvris le placard et pris une chemise propre.

« Jackson ? »

C'était Danny que le bruit avait réveillé.

« Qu'est-ce qui se passe ? »

Je surpris dans sa voix endormie une prière et de la peur.

« Rien, Danny. On m'a téléphoné.

– De l'hôpital ? C'est pour Allie ? Elle va bien ?

– Oui, tout baigne, répondis-je d'un ton aussi rassurant que possible. Mais il faut que j'y aille maintenant. »

J'attrapai une veste et m'avançai vers la porte.

« Tu vas à l'hôpital voir Allie ?

– Oui.

– Je peux venir ? »

Il était assis maintenant, les yeux levés vers moi.

« Rendors-toi. »

J'essayai de le recouvrir, mais il refusa de s'allonger.

« Je veux aller avec toi.

– Plus tard, Danny, pas maintenant.

– Pourquoi je ne peux pas y aller ? Pourquoi je ne peux pas la voir ?

– C'est la nuit. Rendors-toi. Tout ira bien. »

J'éteignis la lumière. Il était resté assis, sans bouger.

La lumière vive dans la chambre d'Allie éclairait le couloir. À l'intérieur, Krista se tenait près du lit avec un homme qui se présenta comme étant l'interne de garde en neurochirurgie.

« Elle reprend connaissance ? »

Je regardais Allie. Elle était parfaitement immobile, sans aucun changement apparent.

« Je viens d'arriver, répondit l'interne. D'après ce que dit l'infirmière, elle aurait remarqué un mouvement spontané il y a environ deux heures. »

Je regardai Krista.

« C'était Diane. Je ne faisais que passer quand je t'ai téléphoné. »

Diane aurait dû m'appeler. J'avais laissé des instructions à ce sujet.

« Y a-t-il eu d'autres mouvements depuis ? demanda l'interne.

– Rien que j'aie pu déceler, répondit Krista en hochant la tête.

– A-t-elle eu des réflexes primaires pendant tout ce temps ? »

Oui, elle en avait eu. L'interne lui découvrit les jambes, prit un pied dans ses mains et passa la pointe de son stylo à bille sur la plante. La jambe fit un brusque mouvement en arrière.

« Bien. Les réflexes fonctionnent. Voyons si elle répond aux stimulations nociceptives. »

Il s'avança vers l'épaule d'Allie, trouva l'endroit qu'il cherchait et y enfonça violemment sa jointure. Allie bougea légèrement, comme quelqu'un qu'on pousserait du doigt en plein milieu de la nuit.

« Recommençons », dit l'interne.

Il étendit le bras d'Allie sur la couverture et enfonça son doigt encore plus fort.

« Son bras a bougé, remarqua Krista.

– Involontairement. Elle réagit, mais seulement d'une manière générale. Ce que je veux savoir, poursuivit l'interne, c'est si elle répond aux stimulations localisées. Si elle remonte à la source de la douleur. Vous voyez ce que je veux dire. » Il lui prit la main et appuya la pointe du stylo près de l'ongle de son index. De nouveau un léger mouvement, mais elle ne chercha pas à retirer sa main. « Certainement instinctif. Êtes-vous sûre que l'autre infirmière a remarqué un mouvement volontaire ? »

De nouveau, Krista leva les sourcils.

« C'est ce qu'a dit Diane.

– Mais elle réagit à la douleur. C'est bien l'un des stades du retour à la conscience ?

– Possible. Oui.

– Possible ou sûrement, merde ! »

En m'entendant parler ainsi, il tressaillit.

« C'est quelque chose qui peut se produire. Sûrement. Peut-être. » Il vérifia sa tension. « Depuis combien de temps est-elle inconsciente ?

– Depuis samedi. Dans l'après-midi.

– C'est long », constata-t-il en haussant les épaules.

Je pris la main d'Allie dans la mienne et me penchai vers son oreille.

« Allie, dis-je d'une voix forte en étreignant sa main. Est-ce que tu m'entends ? »

Rien.

Je répétai son nom, très fort cette fois.

« Allie. Tu m'entends ? »

D'abord, je n'en fus pas certain. Je lui pressais la main trop fort, aussi desserrai-je mon étreinte et prononçai-je une fois de plus son nom.

Je le sentis faiblement, mais sans erreur possible. Elle répondait à la pression de ma main.

« J'ai senti quelque chose ! » Je criais presque. « Elle a serré ma main.

– Ouais ! s'écria l'interne comme pour dire que son diagnostic avait été confirmé. Réflexe non spécifique. »

Je passai le reste de la nuit auprès d'Allie, somnolant par à-coups, me réveillant chaque fois que Diane s'affairait autour d'elle. Le corps flasque ne résistait pas, il était capable de prendre toutes les positions qu'on lui aurait imposées. Il gisait si immobile que la demi-obscurité de la chambre semblait presque animée en comparaison. Le diagnostic de l'interne était juste. Allie se trouvait encore dans un coma profond.

Ce fut alors que, un peu avant l'aube, j'entendis un son étouffé évoquant une bouffée d'air. Si bas que je crus d'abord qu'il venait de l'extérieur. J'allumai la lumière pour m'en assurer.

« Allie ? » Je crus la voir bouger, mais ce pouvait être une illusion d'optique causée par la clarté soudaine. « Allie. »

Un frémissement à peine perceptible se produisit au coin de son œil droit. Et puis, lentement, il s'ouvrit. Elle fixa le plafond, son visage avait une expression figée. Je me penchai sur elle de façon à me placer dans son champ de vision.

« Allie ? Tu es réveillée ? »

Elle émit un autre son, entre murmure et grincement, comme si on avait passé du papier de verre sur ses cordes vocales. La canule d'intubation lui avait éraillé la voix et ses lèvres meurtries l'empêchaient de bien former les mots. Mais je compris ce qu'elle disait. Elle prononçait mon nom :

« Jackson. »

Je lui pressai la main.

« Je suis là, Allie. »

Elle chercha à me parler.

« Quoi, Allie ?

– Je... boirais bien... une bière. »

J'entendis « ière » parce qu'elle ne pouvait prononcer le « b », mais je compris ce qu'elle voulait dire. Je me mis à rire, c'était si inattendu.

« Il n'y a pas de bière, Allie, je vais te chercher un peu d'eau. »

J'en versai dans une tasse et la lui fis boire lentement pour lui éviter de vomir. Elle s'éclaircit la voix et fit une grimace de douleur.

« On t'a intubée, Allie. Ta gorge te fait mal à cause de ça. Ce sera douloureux pendant quelque temps encore. »

Elle ne parut pas saisir l'information.

« Quelle heure... ? » demanda-t-elle.

Elle parlait d'un ton presque irrité, comme elle le faisait quand, après une garde tardive, je la réveillais au milieu de la nuit. Je regardai ma montre.

« Cinq heures du matin.

– Va... dor... mir, Jacko... mieux... le matin. Dors maintenant... » Elle déplaça sa main et lissa les draps comme si elle les caressait. Comme si elle me caressait. « Toi... tu t'en fais... trop.

– Allie, sais-tu où tu te trouves ? »

Sa paupière tremblait maintenant, elle renonçait à rester ouverte.

« Je t'aime, Allie, dis-je en espérant qu'elle m'entendrait avant de s'endormir.

– Je... t'aime... aussi », murmura-t-elle.

Un instant plus tard, je l'entendis ronfler. Je crus vraiment, pendant quelques secondes, que tout irait mieux le matin. Comme elle l'avait dit.

21

QUAND Lieberman arriva pour faire ses visites du matin, il me tendit l'une des deux grandes tasses de café qu'il avait apportées. Comme s'il avait besoin de se doper. D'un geste, je lui demandai de me suivre dans le couloir et je fermai la porte derrière nous.

« J'ai vu le nouvel interne en neurochirurgie à la cafétéria, dit-il en tripotant le couvercle de sa tasse. Il m'a signalé que vous aviez passé la nuit auprès de la patiente et qu'elle allait peut-être retrouver certains réflexes moteurs. Pas comme moi, merde ! s'exclama-t-il. Regardez-moi ça ! Le café est si chaud que le couvercle en plastique a littéralement fondu !

– Donnez-moi votre tasse. » Je détachai le couvercle et lui rendis la tasse.

Lieberman était le genre d'hommes qui ne s'anime qu'en présence d'une situation critique ; quand il n'était pas dans le service de traumatologie, on aurait pu croire qu'il dormait debout.

« Ce ne sont pas seulement des réflexes moteurs. Elle s'est réveillée et elle m'a parlé au cours de la nuit.

– Vraiment ? » Il tendit la tête et regarda à travers la vitre la forme endormie. « Elle savait où elle était ? Elle était consciente de son environnement ?

– Non, mais elle était cohérente.

– Oh ! » Il avala deux grandes gorgées de café, ajouta un peu d'eau froide d'une carafe prise sur un chariot et finit sa tasse. « Vous buvez la vôtre ? »

J'ôtai le couvercle de ma tasse et la lui tendis.

« Il va falloir qu'on opère. Le plus tôt sera le mieux.

– Je ne sais pas. » Il hocha la tête d'un air dubitatif. « Son état est stationnaire. Son cœur est bon, compte tenu du fait qu'il y a quelques jours seulement, vous lui faisiez un massage cardiaque aux urgences. Mais je ne suis pas vraiment sûr de vouloir qu'elle subisse une opération aussi lourde si peu de temps après.

– Nous y sommes obligés. Si nous attendons trop longtemps, les fractures vont commencer à se ressouder et nous devrons séparer de nouveau les os pour les remettre en place. »

Je préférais ne pas y penser.

« Qu'est-ce qu'en dit Palfrey ?

– Je ne l'ai pas encore vu aujourd'hui. J'aimerais avoir votre feu vert. »

Lieberman regarda son café, comme s'il estimait sa teneur en caféine et la jugeait inadéquate.

« Disons dans deux jours, OK ? De toute façon, on ne peut rien faire avant. D'accord ?

– D'accord.

– D'accord, répéta-t-il. Si vous êtes en manque, vous pouvez toujours opérer en bas, aux urgences.

– Bonne idée. J'y ferai peut-être un saut un de ces jours. »

Lieberman entra dans la chambre d'Allie pour l'examiner. Quand il revint, j'étais appuyé contre le comptoir du bureau des infirmières, un journal étalé devant moi que je ne lisais pas. Il s'approcha et finit de boire son café.

« OK, dit-il. Si Palfrey est d'accord, je le serai aussi. »

Palfrey arriva au moment où Diane et moi finissions de changer les pansements. Ses cheveux clairsemés, ses sourcils broussailleux lui donnaient un air continuellement étonné. Je lui appris qu'Allie s'était réveillée au cours de la nuit.

« Je crois pouvoir dire que c'est un bon signe, non ? » demandai-je.

Il avait une façon de considérer les questions comme si c'était la première fois qu'on les lui posait.

« Un bon signe, sûrement, en règle générale. Certainement pas un mauvais. »

Il contrôla les réflexes d'Allie comme l'avait fait l'interne, puis il se tint près de sa tête.

« Allie, dit-il lentement et distinctement, pouvez-vous lever votre bras ? Montrez-moi le plafond. »

Allie essaya de bouger son bras plâtré, mais il était trop lourd. Palfrey prit l'autre bras et l'étendit.

« Non, celui-ci. Bougez ce bras, Allie. Essayez de le soulever vers le plafond. »

La main d'Allie monta de quelques centimètres, resta en l'air et se mit à trembler.

« Merveilleux. » Il lui prit la main et la posa sur le lit. « Merci, Allie. »

Il remonta sur elle la couverture et leva ses sourcils en bataille.

« Vous avez raison. Elle reprend connaissance.

– Est-elle consciente de ce qui se passe autour d'elle ? lui demandai-je quand nous fûmes dehors.

– À peine. Sortir du coma, c'est comme sortir d'une anesthésie. Ça peut être long. Il peut y avoir des hauts et des bas.

– Combien de temps faudra-t-il pour qu'elle soit pleinement consciente ? »

Palfrey soupira évasivement.

« Deux jours. Deux heures. C'est difficile à dire.

– Allons-nous pouvoir opérer ?

– Eh bien... » Il réfléchit. « Une anesthésie si tôt après... Toutes choses égales par ailleurs, je n'y tiens pas vraiment. » Il regarda en direction de la chambre d'Allie et hocha la tête. « Mais je suppose que toutes les choses ne sont pas égales. Oui, si c'est important. Une fois qu'elle sera complètement réveillée, je n'y vois pas d'inconvénient.

– Et que pensez-vous... » J'hésitai avant de poser ma question. « Que pensez-vous des lésions au cerveau ?

– Eh bien, commença-t-il, l'IRM n'a pas révélé d'hémorragie. C'est bien. Elle a une bonne chance de récupérer toute sa motricité ou du moins une partie. » Pour Palfrey, c'était une évaluation optimiste. « Et vous dites qu'elle vous a parlé. Il n'y a donc probablement pas de troubles du langage.

– Et sa mémoire ?

– Le problème est différent. Surtout quand le patient a été aussi longtemps dans le coma. » Il ajusta son nœud papillon, puis il remarqua quelques pellicules qu'il chassa d'un revers de main. « Le policier qui s'occupe de l'affaire, comment s'appelle-t-il ?

– Rossi.

– Oui, le lieutenant Rossi m'a posé des questions à ce sujet. Le fait est que nous ne comprenons pas comment fonctionne exactement la mémoire. Ou ce qu'elle est vraiment. Je lui ai dit que c'était comme la mémoire d'un ordinateur – une comparaison grossière, mais je n'ai rien trouvé de mieux. Quand les informations pénètrent dans le cerveau – ce qu'on a subi, vu, entendu –, elles sont emmagasinées dans ce qu'on pourrait appeler le centre de la mémoire à court terme, avant d'être stockées, d'une façon plus ou moins permanente, dans la mémoire à long terme. Je suppose que c'est ce qu'on appelle le disque dur. Le traumatisme interrompt ce processus. C'est comme si on éteignait l'ordinateur avant d'avoir sauvegardé un document. Il disparaît. »

Avec un petit *pouf!*, il fit claquer ses doigts.

« Quelle est la proportion de ce qui disparaît ?

– Vous parlez de l'amnésie rétrograde ? Avant le traumatisme ?

– Oui.

– C'est difficile à dire. Elle est restée dans le coma combien de temps ? Quatre jours ?

– Depuis samedi.

– C'est long. Sa mémoire peut s'être effacée sur des jours, des semaines, un mois et même plus.

– Pourrait-elle revenir ?

– Possible. La mémoire revient parfois, mais nous ne savons ni pourquoi, ni comment. Les événements très éloignés du traumatisme ont des chances de refaire surface, mais, dans ce cas, la mémoire n'est pas forcément cohérente.

– Autrement dit ?

– Elle peut être ponctuelle, fragmentée. Et les souvenirs proches du traumatisme peuvent être effacés à tout jamais. Avez-vous déjà eu une commotion cérébrale ? »

Je fis non de la tête.

« Ça m'est arrivé une fois. Je faisais partie de l'équipe cycliste du lycée et j'ai eu un grave accident pendant une course. Les gens qui m'ont vu tomber ont déclaré que je n'avais perdu connaissance que pendant trente secondes au plus. Il y a de cela presque cinquante ans, mais à ce jour, je n'en ai aucun souvenir. La dernière chose dont je me souviens, c'est le jalon des trois kilomètres qui se trouvait à environ quinze cents mètres de l'endroit où je suis tombé. »

Il s'arrêta un moment avant de poursuivre.

« C'est ce que j'ai expliqué au lieutenant et je pense que ça ne lui a pas fait plaisir. Il est très probable que cette patiente ne se souviendra jamais de ce qui est à l'origine de son état.

– Vous parlez de l'agression ?

– Oui. » Il se tourna vers la chambre d'Allie et soupira tout en brossant d'autres pellicules tombées depuis peu sur sa cravate. « Peut-être que ce n'est pas si mal, tout bien considéré. »

En effet, pensai-je, peut-être.

22

« J ᴇ ne dis pas que le déni est *toujours* une mauvaise chose, affirma Stern en poursuivant, comme à son habitude, un dialogue avec lui-même. Nous avons tous refusé d'admettre ceci ou cela, dans une certaine mesure, uniquement pour nous en sortir. C'est un mécanisme de survie. »

Stern était d'humeur bavarde, peut-être parce que j'avais à peine parlé depuis mon arrivée. Il m'avait convaincu de prévoir une séance supplémentaire pendant la pause du déjeuner, « compte tenu de l'importance des... des problèmes soulevés ». Comme d'habitude, une fois dans son cabinet, je regrettai d'être venu.

« Vous vous souvenez d'avoir étudié l'épidémiologie à la fac ? Moi, oui. Nous avons tous eu ce manuel entre les mains, si ma mémoire est bonne, il s'appelait *Apprendre à connaître les maladies infectieuses*. Des photos en quadrichromie l'illustraient, elles représentaient des gens atteints de toutes les maladies imaginables – à vrai dire, certaines sont plutôt *in*imaginables – à toutes les phases de leur évolution : au début, au milieu et au stade terminal. Quant aux symptômes décrits, ils commençaient toujours par de la fatigue, des vertiges, une perte de l'orientation et des douleurs musculaires. Et vous êtes étudiant en médecine. Vous n'avez pas dormi une nuit entière depuis des temps immémoriaux, vous vivez de café et de cochonneries diverses et vous êtes continuellement stressé. Vous n'avez même pas à *imaginer* les symptômes, vous les *avez*. Tous. Mais, curieusement, ce ne sont pas des maladies ordinaires telles que

162

cancers ou maladies de cœur. Celles-là, tout le monde les a. Ce sont des affections rares, celles qu'on ne peut guérir parce que seulement le dixième de un pour cent des habitants de la planète les contracte et que, par conséquent, chercher un remède n'est pas rentable. En fait, un dixième de un pour cent, c'est seulement un pour mille. Quelle chance avez-vous d'en avoir attrapé une ? Quelles sont les probabilités ?

« C'est alors que vous poursuivez la lecture du livre en question et que vous vous apercevez qu'il y a, en fait, des milliers de ces maladies rares et que les risques d'en choper une sont particulièrement élevés. Mais cette certitude n'en est plus une le jour où un pauvre connard les chope toutes. Il se peut que ce raisonnement ne soit pas entièrement juste, mais, jusqu'à présent, je ne suis pas arrivé à trouver ce qui est faux.

« Vous regardez autour de vous et vous voyez que vos professeurs et vos camarades mènent une vie parfaitement normale. Vous vous demandez alors : comment peuvent-ils faire ? Comment peuvent-ils garder cette façade de normalité ? Ne savent-ils pas ce qui va leur arriver ? C'est comme ce film de science-fiction où les extra-terrestres arrivent sur terre et condamnent le monde à vivre en paix, ce qui est bien, sauf que, périodiquement, ils mangent des humains qu'ils choisissent au hasard dans les rues. "Zut ! Papa rentre drôlement tard de son boulot !" Et tout le monde accepte et fait comme si de rien n'était, parce qu'*on ne peut rien y faire.*

– Comme moi et la schizophrénie ? l'interrompis-je soudain.

– Ah... ? » Il parut momentanément troublé par cette interruption, mais il ne la laissa pas détourner le fil de ses pensées. « Le fait est qu'eux, les autres médecins, le savent aussi, bien sûr. Et vous, vous vous rendez compte que tous ont trouvé un moyen de s'en sortir. Certains deviennent spécialistes des maladies infectieuses parce que "c'est tellement intéressant", vous disent-ils, mais en réalité, c'est parce qu'ils doivent regarder le monstre bien en face pour lui faire baisser les yeux et ils savent que, s'ils n'y parviennent pas, ils ne pourront plus jamais dormir la nuit. D'autres se tournent vers la psychiatrie parce que ce n'est pas contagieux. » Il rit de sa plaisanterie, puis il reprit un ton sérieux. « Ce que je veux dire, c'est que tout le monde présente, en quelque sorte, les symptômes du déni. C'est ce qui nous permet de fonctionner, de tenir en échec nos terreurs, pour ainsi dire. Un problème, Jackson – à ces mots, il me regarda –, un problème se pose quand le déni devient contre-productif et même... – il pesa un instant ses mots – et même destructeur. »

Il me lança un regard lourd de sens, comme s'il attendait ma réponse. Mais je m'abstins.

« Vous fuyez, Jackson, poursuivit-il. Vous êtes silencieux, replié sur vous-même au cours de nos séances. À peine si je peux obtenir un mot de vous. »

Constatant que je gardais le silence, il fit de la main un geste exaspéré.

« Vous voyez ? Pas un mot ! C'est exactement ce dont je parlais.

– J'ignorais que vous aviez fini votre exposé.

– Allons, Jackson, comportons-nous en adultes, voulez-vous ?

– Dites-moi un peu à quoi cela servirait d'en parler ? Quelle différence ? Ce qui est arrivé à Allie est arrivé, voilà tout. Et rien ne pourra y changer quoi que ce soit. »

Stern poussa un soupir.

« Ce n'est pas seulement depuis... l'incident. » Voilà comment il l'appelait, l'incident. « C'était comme ça aussi avant. Vous annuliez les rendez-vous. Vous arriviez en retard. Vous refusiez de vous pencher sur le problème de vos trous de mémoire...

– Quels trous de mémoire ?

– Précisément !

– Je ne sais pas de quoi vous parlez.

– Vraiment ? La fois où vous vous êtes réveillé dans une ruelle et où on vous avait tout volé...

– On avait mis quelque chose dans mon verre. J'ai été agressé. C'est à peine...

– Et la fois où vous êtes venu ici à six heures du matin ? Vous étiez incapable de vous rappeler où vous aviez passé les deux derniers jours.

164

– J'avais bu. Ça arrive.

– Souvent, en ce qui vous concerne. » Il s'agita sur son siège, refoulant sa frustration. « Écoutez-moi, Jackson, boire n'est pas un problème en soi. C'est un symptôme. Il est temps que vous combattiez ce déni et tous les problèmes que vous rejetez.

– Quels problèmes ?

– Manifestement, quelque chose vous tracasse.

– À vrai dire, c'est *ça* qui m'embête. Cette thérapie, quel que soit le nom que nous lui donnions. »

Il hocha la tête.

« Poursuivez.

– Ce que je ne peux pas supporter dans la psychanalyse, c'est cette façon d'institutionnaliser la paranoïa. Il y a toujours des intentions cachées. Par définition. C'est bien ce qu'on découvre dans l'inconscient, non ? Des intentions cachées aux yeux de tous et de soi-même, un mystère qu'on peut résoudre comme une sorte de polar, en rassemblant des indices et en résumant l'histoire clairement à la fin. Mais que se passe-t-il s'il n'y a rien à trouver ? Si l'énigme ne peut être résolue ? Et si les choses vont mal, vraiment mal, et qu'on ne peut rien y faire ? »

Il attendit que je continue, mais je n'avais plus rien à dire. Un silence oppressant s'abattit sur la pièce. Seule la vieille pendule de Stern continuait de faire entendre son tic-tac inepte, insupportablement amplifié par le calme qui l'entourait.

« Vous ne pourriez pas mettre au rancart ce putain de machin et vous acheter une pendule électrique comme tout le monde ? »

Stern hocha la tête.

« Un déni total », se dit-il à haute voix. Puis, s'adressant à moi, il ajouta : « Vous ne pourrez pas garder ça éternellement pour vous, Jackson. Vous le savez bien. »

23

Je m'arrêtai dans la chambre d'Allie aussi souvent que je le pus entre les visites et les tâches qui m'incombaient. La tuméfaction autour de son œil et du côté gauche de son visage avait considérablement diminué, mais, par ailleurs, il y avait très peu de signes indiquant une amélioration de son état.

Le soir, cependant, après avoir renvoyé le chariot du dîner, je remarquai un changement. Je lisais, assis près de son lit. En levant les yeux de mon magazine, je m'aperçus qu'elle s'était réveillée.

« Allie ? »

Pas de réponse.

« Allie ?

– Jackson ? répondit-elle d'une voix incertaine, à peine distincte.

– Je suis ici, Allie. Tout près de toi. »

Peut-être fut-ce à cause de mon ton rassurant, celui que l'on prend au chevet d'un malade, mais elle me regarda comme si elle doutait de ma présence, puis elle jeta un coup d'œil autour d'elle, analysant ce qu'elle découvrait. Elle était pleinement consciente maintenant, elle essayait de donner un sens à ce qu'elle voyait.

« Tu es à l'hôpital, mais tout ira bien. »

Elle chercha à s'asseoir, mais se recoucha en gémissant.

« Il vaut mieux que tu restes tranquille, Allie.

– Ça fait mal... »

C'était à la fois une constatation et une question : Pour-quoi ai-je mal ? Qu'est-ce qui m'est arrivé ?

« Je sais que tu as mal. On va te donner un médicament contre la douleur.

— Pourquoi... l'hôpital ? Qu'est-ce...

— Tout va bien, répondis-je d'un ton apaisant. Tout va bien. »

Elle fit un effort et m'interrogea de nouveau, elle voulait une réponse.

« Qu'est-ce qui... est arrivé ?

— Tu as eu un accident, Allie. » Je parlais lentement, cal-mement, comme si c'était la chose la plus naturelle au monde. « Est-ce que tu t'en souviens ? »

Elle fit non de la tête autant que son bandage le lui permit. Pour la première fois, elle prit conscience de sa présence et leva la main pour le tâter.

« Non, Allie, dis-je en arrêtant son geste.

— Un accident ? Quoi... ?

— Un coup sur la tête qui t'a mise KO. Tu as été incons-ciente pendant quelque temps, mais maintenant, tout va bien. »

Son corps se raidit. Sa main se crispa dans la mienne. Elle jeta un regard furtif autour d'elle. Quand elle me regarda, je lus du désespoir dans ses yeux.

« Tout va bien, répétai-je, tout ira bien. »

Elle libéra la main que je tenais et chercha à saisir les pansements, elle toucha les contusions dures et enflées de son visage.

« Non, Allie. »

Je lui pris le bras et, malgré sa faiblesse, je dus le tenir fermement pour l'empêcher de continuer.

« Mon... visage ? »

Elle me fixait avec une telle panique dans le regard que j'en fus décontenancé et que je lâchai sa main qui s'agrippa aux pansements. Je dus l'empoigner solidement pour la forcer à se poser.

« Non, Allie. Reste tranquille maintenant. »

Du tréfonds de son être monta un cri plaintif.

« Oh, mon Dieu... non ! »

Son corps s'enroula comme pour échapper à ce que je

lui disais, à son lit et à ses bandages. Comme pour m'échapper.

« Oh, mon Dieu ! hurla-t-elle, envahie par une terreur extrême. Non... ! »

J'appelai l'infirmière en m'efforçant de paraître maîtriser la situation, mais personne ne me répondit. Je me mis à vociférer tout en maintenant le corps d'Allie qui se tordait entre mes mains.

« J'arrive, docteur ! »

Quand l'infirmière entra, je lui demandai d'une voix suffisamment forte pour dominer les cris d'Allie d'injecter dans la perfusion deux milligrammes d'Ativan.

« Et cinq d'Haldol Dans la perf ! » hurlai-je.

Elle avait déjà tourné les talons. Il lui fallut un temps qui me sembla une éternité avant de revenir avec les produits que j'avais demandés. Elle connecta maladroitement la seringue à l'IV et réussit enfin à injecter les sédatifs. J'immobilisai Allie afin qu'il lui fût impossible d'arracher l'aiguille de son bras.

« Ça va aller, répétai-je. Ça va aller. »

Rapidement, le corps d'Allie se détendit et retomba en arrière.

« Non... »

Elle sanglotait maintenant, le souffle entrecoupé par la douleur aiguë due à sa blessure et aux points de suture sur sa poitrine, mais elle continuait à projeter sa tête d'un côté et de l'autre.

« Vous ajouterez deux milligrammes de morphine, dis-je à l'infirmière.

– Pensez-vous que ce soit vraiment nécessaire ? »

Je levai les yeux. C'était Diane. Je me souvins qu'elle assurait une garde prolongée.

« Nom de Dieu ! aboyai-je. Vous allez faire ce que je vous dis ! »

Quand elle eut terminé, je lui demandai de quitter la chambre.

Lentement, les halètements d'Allie se calmèrent. Ils se changèrent en un gémissement continu : « Non... » Sa tête reposait sur l'oreiller, son regard me fixait de nouveau, fatigué par les drogues, mais encore brillant de peur.

« Ça va aller, répétai-je tandis que ses yeux se voilaient et que sa respiration devenait plus régulière. Ça va aller. »

Et je continuai, encore et encore, bien longtemps après qu'elle eut sombré dans l'inconscience et qu'il lui fut impossible de m'entendre.

24

J<small>E</small> pris deux somnifères dans mon casier et m'allongeai sur un lit de camp dans le service des consultations externes, mais, une heure plus tard, mon cœur continuait à battre la chamade. Mes pensées tournaient en rond, obsédées par une image d'une fraction de seconde, comme une vidéo en boucle. La terreur dans les yeux d'Allie. Celle-là même avec laquelle elle avait regardé son agresseur.

Vers trois heures du matin, j'abandonnai l'idée de dormir. Je me mis à errer dans les couloirs, je pris un café au distributeur et, finalement, retournai dans la chambre d'Allie. Son sommeil devenait de plus en plus agité au fur et à mesure que l'effet des médicaments se dissipait. De temps en temps, elle criait ou gémissait. Je me demandais si, comme moi, elle repassait dans sa tête toujours les mêmes images, enfouies plus profondément que la mémoire, un terrifiant assaut de panique et d'horreur.

Alors, je lui parlai, j'essayai de la calmer. Parfois, elle semblait consciente durant un bref instant, mais que comprenait-elle ? Je ne le savais pas. Palfrey arriva peu après sept heures pour faire les visites du matin. C'est à ce moment-là qu'Allie se réveilla. Il l'examina, contrôla ses réflexes et lui posa des questions auxquelles elle répondit en formant des phrases complètes. Son esprit travaillait, mais sa voix était morne, sans inflexions, sans émotion.

Lorsqu'il eut fini, je sortis avec lui dans le couloir.

« Elle va très bien », affirma-t-il.

Je lui racontai la nuit précédente et lui parlai de mon inquiétude concernant ses réactions affectives. Je pouvais difficilement lui faire part de ce qui m'inquiétait le plus : la façon dont elle se comportait envers moi.

« Il n'est pas rare que les patients ayant subi de graves blessures à la tête souffrent d'états anxieux et dépressifs. En fait, d'une foule de problèmes mentaux. C'est, probablement, une réaction physiologique à la violente perturbation subie par la chimie du cerveau, bien que nous n'en connaissions pas les causes véritables. Et, bien sûr, il y a la difficulté de s'adapter à, disons, des circonstances modifiées.

– Qu'entendez-vous par une foule de problèmes mentaux ?

– Des désordres bipolaires, crises psychotiques, psychose paranoïaque, entre autres.

– Je croyais que toutes ces manifestations étaient héréditaires.

– Eh bien, elles le sont sans doute pour certaines. Mais un traumatisme crânien sévère peut en hâter l'apparition. J'ai eu un patient – un ouvrier du bâtiment – qui avait été frappé à la tête par un tuyau. Eh bien, il était convaincu que nous étions des extra-terrestres et que nous l'avions kidnappé pour pratiquer sur les humains des expériences sexuelles. Ce qu'il y a de drôle, c'est que ce genre de fantasmes se conforme souvent au même modèle.

– Drôle, en effet. »

Il se rendit compte que je n'étais pas franchement de cet avis.

« Je ne vous dis pas, bien sûr, que cela se passera ainsi. Il va seulement falloir qu'elle traverse les différents stades de la guérison. À la fois celle du corps et celle de l'esprit. Nous ne pouvons pas faire grand-chose, médicalement parlant. » Je savais ce qu'il allait dire, et il le dit : « Nous n'avons plus qu'à attendre. »

Les infirmières du matin arrivèrent peu après, aussi démonstratives que d'habitude, avec leur bavardage artificiellement enjoué pendant qu'elles redressaient le lit pour qu'Allie pût se tenir presque assise. Elles installèrent ensuite une pompe à déclenchement manuel lui permettant de doser elle-même les calmants en fonction de la douleur. Nous changeâmes les compresses. Allie nous regardait faire, pleinement consciente, mais lointaine. Elle pouvait ouvrir à moitié son œil gauche, mais comme la cavité orbitaire avait été fracassée, il ne se trouvait plus aligné et le garder trop longtemps ouvert lui donnait le vertige.

Quand les infirmières furent sorties, je demandai à Allie si elle voulait avoir des visites. Des amis ? de la famille ?

« Non », répondit-elle.

Avec hésitation, je suggérai Paula et Brian. Elle se contenta de fermer les yeux. Je préférai ne pas insister. Étant donné la réaction bizarre de Paula au téléphone, je supposai qu'elles avaient dû se fâcher, mais Allie ne me laissa pas deviner ce qu'elle pensait.

« Danny voudrait te voir, dis-je un moment plus tard.

– Non ! Je ne veux pas qu'il me voie comme ça. » Elle respira profondément à plusieurs reprises, ses côtes cassées la faisant grimacer de douleur. Plus calmement, elle ajouta : « Dis-lui qu'il me manque. Il viendra plus tard. D'accord ?

– D'accord. »

Nous restâmes un moment silencieux, puis elle reprit :

« Je veux savoir.

– Quoi, Allie ?

– Je veux savoir ce qui s'est passé. »

Je cherchai à éluder la question.

« Pour l'instant, l'important, c'est que tu te reposes. Tu ne devrais pas te faire du souci maintenant, tu auras le temps plus tard...

– Raconte-moi, insista-t-elle d'un ton qui voulait dire : *Je sais que tu me caches quelque chose.*

– Tu ne te souviens de rien ?

– Non. Je ne crois pas. Non. »

Du moins a-t-elle cette chance, me dis-je avec soulagement. Son esprit a censuré l'horreur de l'agression.

« Raconte-moi, Jackson. »

De toute façon, elle allait l'apprendre. Je pris la décision de tout lui dire :

« Allie, ce n'était pas un accident. » Je choisis soigneusement mes mots en omettant les détails trop violents comme le marteau et le tapis, mais je lui dis qu'on l'avait frappée sur la tête et qu'elle avait été dans le coma. « Il y avait aussi des... plaies que nous avons recousues, et des brûlures. Tu as une fracture compliquée du bras droit, des côtes cassées, le sternum fracturé et, heu, nous avons dû pratiquer une réanimation cardio-pulmonaire aux urgences. »

Quant à mon pronostic, il fut aussi optimiste que possible, mais le choc qu'elle reçut se manifesta par une immobilité parfaite.

« Quand ? demanda-t-elle quelques instants plus tard.

– Samedi dernier, il y a cinq jours.

– Cinq jours, répéta-t-elle, comme pour donner un sens à ces mots. Qui ? Qui a fait ça ? On le sait ?

– Non, pas encore. Tu ne te rappelles rien ? Vraiment rien ? »

Elle fit non de la tête.

« Et sur ce qui s'est passé avant ? Nous devions nous voir ce soir-là. Tu t'en souviens ? »

Elle ne répondit pas, je crus qu'elle n'avait pas entendu. Je fis une nouvelle tentative :

« Nous avions rendez-vous chez moi. Après l'hôpital.

– Non, ça ne me dit rien, répondit-elle après avoir réfléchi.

– Tu avais une charrette. Un catalogue à terminer pour lundi.

– Non, je ne vois pas. »

Elle fit un bref signe de tête d'un côté. Je voyais bien que mes questions l'inquiétaient, mais, pour je ne sais quelle raison, il devint terriblement important à mes yeux de découvrir ce dont elle se souvenait. Je revécus la semaine passée dans l'espoir de trouver une sorte de jalon qui pourrait servir de repère à sa mémoire.

« Tu te rappelles quand tu as regardé *Pillow Talk* ? »

C'était un film avec Doris Day, son préféré.

« Bien sûr que je m'en souviens ! »

Aussitôt, un détail me revint à l'esprit. Ce film, nous

173

l'avions vu de nombreuses fois ensemble, et la dernière – celle à laquelle je pensais – en revenant de Point Reyes. Deux semaines avant l'agression. Cela faisait maintenant presque trois semaines.

« Quand nous sommes allés à la plage, à Point Reyes, nous sommes revenus et nous avons loué la cassette... Tu as dit que tu voulais la revoir parce qu'il y avait du bonheur dans ce film et, nous aussi, nous étions si heureux ce jour-là. »

Elle ne répondit pas.

« Nous avons loué la cassette et nous avons commandé des plats à emporter chez un traiteur chinois. Je me suis trompé. J'ai pris des rognons frits, un truc comme ça. C'était franchement mauvais. Après, nous avons acheté une pizza. Alors ?

– Je ne suis pas sûre. Non.

– Le jour où nous sommes allés à Point Reyes. À la plage. Allie... »

Elle détourna la tête. J'insistais trop. Je faisais trop de bruit.

Ma matinée se passa au bloc. D'abord, une greffe de peau sur un patient atteint d'un cancer du poumon et largement brûlé sur la poitrine par les rayons X. Ensuite, un appel des urgences pour recoudre un coursier à vélo qui n'avait pas vu de quel côté tournait un taxi. Entre les deux, je téléphonai au bureau de Brandt en espérant fixer la date de l'opération d'Allie, mais sa secrétaire, Eileen, m'apprit que Genederm l'avait appelé et qu'il avait été obligé de s'absenter. Il avait donné un numéro où le trouver. Je cherchai à le joindre chez lui, il n'y avait personne. Je laissai un message sur le répondeur en expliquant qu'Allie était sortie du coma et que, si l'on exceptait une amnésie importante, elle était en assez bon état. Nous avions le feu vert de Lieberman et de Palfrey pour opérer dès le lundi si Eileen pouvait la glisser dans son planning. Je lui demandai de m'appeler à l'hôpital en ajoutant que j'aimerais envisager avec lui le déroulement de l'intervention.

Après les urgences, je bus un café et j'essayai de manger

quelque chose à la cafétéria. Je revins ensuite à l'USI. Je voulais passer un petit moment auprès d'Allie. En tournant au coin du couloir, j'aperçus Rossi en conversation avec Palfrey devant la porte de sa chambre. Je me demandai comment il avait pu savoir qu'elle était sortie du coma. Sans doute avait-il tout simplement téléphoné au bureau des infirmières.

« Docteur Maebry », dit le lieutenant en guise de salutation.

Palfrey inclina la tête et tira sur son nœud papillon, comme si le moindre geste de Rossi risquait de le faire disparaître.

« Le lieutenant Rossi aimerait poser quelques questions à miss Sorosh, crut-il bon de m'expliquer. Elle est consciente maintenant et...

– Je ne crois pas que le moment soit bien choisi. » J'intervins avec une véhémence qui me surprit moi-même. « Elle est encore très angoissée et très confuse. Ce n'est pas seulement le traumatisme physique. Nous devons aussi prendre en considération le choc émotionnel.

– Seulement quelques questions très brèves. »

Rossi s'adressait à Palfrey qui s'obstinait à regarder le sol. Il se racla la gorge avant de répondre :

« Elle vient de sortir d'un long coma. Il est normal qu'elle n'ait plus de repères...

– Je comprends parfaitement, docteur, dit Rossi en passant d'un pied sur l'autre. Mais il est important de savoir ce dont miss Sorosh se souvient... »

Je l'interrompis :

« Elle ne se souvient de rien. C'est l'affaire de quelques semaines.

– J'aimerais m'en assurer moi-même », insista-t-il les yeux toujours fixés sur Palfrey.

Pour la première fois, Rossi montrait une certaine impatience, comme si l'affaire ne progressait pas suffisamment vite à son goût. Palfrey haussa les épaules.

« Je ne vois vraiment pas en quoi cela pourrait lui nuire, Jackson, marmonna-t-il sans me regarder. Si l'entretien est court et s'il ne perturbe pas trop la patiente..., ajouta-t-il d'une voix faible.

– Parfait », déclara Rossi. Sa décision était prise, mes objections avaient été rejetées. Rossi s'avança vers la porte, nous le suivîmes. « J'aimerais lui parler seul à seul, lança-t-il par-dessus son épaule.

– Oh, oui ! Je comprends », murmura Palfrey comme pour s'excuser. Il fit un pas en arrière et manqua de me heurter. « Bon ! soupira-t-il quand Rossi fut entré dans la chambre. J'espère que tout va bien se passer... À propos, Jackson, me demanda-t-il pour changer de sujet, avez-vous programmé l'opération ?

– J'ai essayé de contacter Brandt. J'espère que ce sera lundi, répondis-je tout en cherchant à voir à travers la porte vitrée, mais je ne distinguais que l'énorme dos de Rossi penché sur le lit.

– Oh, oui, Brandt ! Plutôt pas mal. » Il remit en place son nœud papillon et soupira de nouveau. « Bon, bon. »

Je commençai à me sentir gêné d'épier Rossi. J'allai donc consulter une nouvelle fois la feuille de surveillance d'Allie qu'en fait je connaissais par cœur. Quelques minutes plus tard, Rossi réapparut.

« Alors ? interrogea Palfrey.

– Rien, répondit Rossi en regardant dans ma direction. Elle ne se rappelle rien.

– Oui, comme je le disais..., commença Palfrey.

– Et vous pensez que ça ne lui reviendra jamais ? Ses souvenirs de l'agression ?

– On ne peut pas en être certain. Mais si peu de temps après, ce n'est guère probable, j'en ai bien peur. »

Rossi se pinça l'arête du nez et fronça les sourcils, comme si cette information lui donnait la migraine.

« Autrement dit, c'est une réaction de défense du cerveau, poursuivit Palfrey. Il efface les...

– Ouais », grogna Rossi. Je l'entendis grincer des dents. « Autrement dit, c'est sacrément commode pour celui qui l'a agressé. Quel qu'il soit. Sacrément commode. »

25

Lᴀ dépression d'Allie s'aggravait de jour en jour, comme si, au fur et à mesure que son esprit guérissait, elle prenait conscience de la réalité de son état. Elle m'avait supplié de la laisser se regarder dans un miroir, mais, comme je n'avais pas cédé à ses prières, elle avait réussi à convaincre une infirmière d'en apporter un à son chevet. Aussi choquant qu'ait pu être le spectacle auquel elle avait été confrontée, il n'avait pas pu lui révéler la vérité. Ses brûlures, qui seraient les lésions les plus difficiles à traiter, étaient encore cachées sous des compresses, et la tuméfaction de son visage dissimulait plus qu'elle ne révélait les blessures internes.

Je m'efforçais de lui remonter le moral, je lui parlais sans donner de détails de ce que nous prévoyions pour l'opération, de ses chances de succès, mais elle ne disait que « Oui, Jackson », ou bien « Je sais que tu vas faire de ton mieux », ou simplement « OK, c'est bien », comme si ce que je lui racontais n'avait plus aucune importance ou encore, comme si elle ne me croyait plus. À moins qu'elle n'ait pensé qu'il était inutile de faire l'effort d'y croire.

« Tu me mens », finit-elle par dire. Elle s'exprimait sans colère, seulement avec résignation. D'une certaine façon, c'était pire. « On n'arrivera jamais à réparer tout ça. Je le sais.

– Ce n'est pas vrai, Allie. Nous pouvons faire beaucoup... »

Je poursuivis ; elle me laissa parler, mais elle ne m'écoutait plus.

« J'aurai toujours ces cicatrices hideuses sur le visage. Les gens me dévisageront dans la rue et ils diront : "Regardez, voilà un monstre !"

– Allie, c'est faux...

– Même ceux que je connais ne pourront plus me regarder en face quand je leur parlerai. Ils feront semblant de ne rien remarquer, mais leurs yeux se baladeront un peu partout pour éviter de rester bouche bée devant le monstre.

– Ne dis pas ça, Allie.

– Et pourquoi pas, puisque c'est vrai ? Les enfants se mettront à rire et je parie que même Danny sera dégoûté à ma vue. »

Elle avait des larmes sur les joues. Je me penchai pour les essuyer. Elle était allongée, immobile, rigide, comme si son corps m'avertissait de ne pas trop m'approcher. Pas de sanglots, sa respiration elle-même était à peine audible. Des larmes simplement, silencieuses, abondantes, brillant sur ses joues tuméfiées, mouillant l'oreiller sous sa tête. Un peu plus tard, elles cessèrent de couler.

« Pourquoi, Jackson ?

– Allie ? »

Je ne comprenais pas ce qu'elle demandait.

« Pourquoi ? » répéta-t-elle.

Voulait-elle connaître la cause de cette agression ? Et qu'allais-je lui répondre ? Que c'était une tragédie absurde due au hasard ? à la malchance ? sans but ni raison ? sans signification ? Rien de ce que je pouvais lui dire n'avait de sens.

« Allie, ce sont des choses... », commençai-je. J'allais ajouter « Ce sont des choses qui arrivent », mais je m'arrêtai à temps. Je n'avais en tête que des platitudes.

« Pourquoi me haïssait-il tant ? » dit-elle quand il fut clair que je ne terminerais pas ma phrase.

Je crus qu'elle parlait de son agresseur. Comme si elle le connaissait.

« Qui, Allie ? »

J'attendis sa réponse, le cœur serré.

178

« Qu'ai-je fait pour que Dieu me haïsse à ce point ?
– Dieu ? demandai-je, décontenancé.
– Pourquoi m'a-t-il toujours haïe ?
– Bon sang, Allie ! protestai-je. Dieu ne te hait pas ! »
Cette phrase qui avait jailli de moi, je la répétai, pensant
lui venir en aide : « Dieu ne te hait pas, Allie.
– Non ?
– Bien sûr que non. » Comme elle gardait le silence, j'insistai : « Bien sûr que non.
– Vraiment ? dit-elle d'un air dédaigneux, jugeant sans
doute qu'elle perdait son temps à bavarder avec moi.
Comment le sais-tu, Jackson ? »
Son corps parut se retirer en lui-même, loin de moi, loin
du monde, comme si, par la seule force de sa volonté, elle
parvenait à se contracter en un point unique et solitaire
avant de disparaître.

26

B RANDT rappela tard alors que je me trouvais encore dans mon bureau. J'avais décidé d'y passer un moment seul pour réfléchir.

« Désolé, Jackson. Je rentre à l'instant et j'ai eu votre message. Vous travaillez tard.

– De la paperasserie, répondis-je en jetant un coup d'œil sur la pile intacte de feuilles d'assurance et sur les notes de service devant moi.

– Alexandra Sorosh a donc repris connaissance. Excellente nouvelle. »

Nous évoquâmes rapidement son état.

« Son cœur tient bon ?

– Oui, très bien.

– Et Palfrey nous a donné le feu vert ?

– Sans problème.

– Eh bien, alors, peut-être pourrions-nous faire quelque chose pour ce qui ne va pas, hein ? Vous dites que son amnésie est grave ?

– Plutôt, j'en ai bien peur. Elle ne se souvient de rien depuis trois semaines environ. Palfrey pense que sa mémoire a gommé tout ce qui a trait à l'agression elle-même.

– De toute façon, ce qui compte, c'est qu'elle soit sortie du coma. » Il allait, dit-il, appeler Eileen et s'assurer qu'elle avait bien trouvé un créneau dans son emploi du temps. « Le pire, c'est d'attendre et d'avoir le sentiment de ne rien pouvoir faire. Maintenant, nous allons essayer de la rafistoler. »

Nous échangeâmes encore quelques propos aimables et, après nous être souhaité une bonne nuit, nous raccrochâmes.

Une comptine me revint à l'esprit, celle de Humpty Dumpty qui tomba d'un haut mur et dont « tous les chevaux du roi et tous les hommes du roi ne purent rassembler les morceaux ». Malgré la confiance que j'avais en Brandt, j'étais terrorisé à la seule idée de cette opération. Je ne pensais qu'à ce qui pouvait mal tourner. Et à tout ce que nous ne pourrions remettre en état.

Je rentrai à la maison pour me changer et je dus m'endormir sur le canapé. Je me réveillai tard et les visites du matin étaient terminées quand je me rendis auprès d'Allie.

Je fus surpris de la voir assise dans son lit.

« Bonjour, Allie. Bravo ! C'est formidable !

– Salut, Jackson ! »

Je la retrouvai comme avant. Ou presque. Ses yeux brillaient d'un éclat anormal. Je consultai la feuille de surveillance pour vérifier sa température, mais les infirmières venaient de la lui prendre et elle était normale.

« Peter est venu.

– Peter ? Oh, le Dr Brandt !

– Il vient de partir. Nous avons parlé de l'opération.

– Bien !

– Oui. Il m'a tout raconté. D'un bout à l'autre. »

Ce pouvait être un effet de mon imagination, mais j'eus le sentiment qu'elle me reprochait de ne pas l'avoir fait.

« Il a dit, poursuivit-elle en s'arrêtant à peine pour reprendre sa respiration, que, d'après les radios, mes blessures ne poseraient pas trop de problèmes.

– Allie, commençai-je, le scanner montre un tas de choses, mais... »

On ne pouvait jamais voir toute l'étendue des dégâts au scanner. Les blessures paraissaient graves, mais, en opérant, nous pouvions découvrir bien pire que ce à quoi nous nous attendions. Et puis, bien sûr, il y avait les brûlures, et

181

la peau est moins indulgente que l'os et ses défauts sont à l'extérieur, donc visibles. Mais je n'allais pas y faire allusion maintenant.

« ... les rayons X ne permettent pas de tout voir.

– *Lui* le peut, insista-t-elle, furieuse que j'aie pu émettre un doute. *Peter* le peut !

– D'accord, Allie. » Je ne voulais surtout pas me disputer avec elle. « Nous avons toutes les raisons d'être optimistes. »

Ce que je venais de dire était si peu convaincant que je surpris un éclair de colère dans ses yeux.

« Il sait ce dont il parle, Jackson. » Elle s'exprimait rapidement, comme si le temps lui manquait. « Il a dit qu'il allait tout réparer, tout, refaire tout comme c'était avant, comme neuf, a-t-il dit. »

Je savais que Brandt ne se serait jamais exprimé ainsi, même pour lui remonter le moral. C'est idiot de donner de faux espoirs à un patient.

« Allie, je pense qu'il a essayé de te dire que...

– C'est son domaine, Jackson. C'est un *spécialiste*. Il m'a dit qu'il allait tout refaire comme avant. En fait, il m'a même affirmé que ce serait mieux qu'avant ! »

Je m'efforçai une nouvelle fois de me montrer plus réaliste :

« Nous allons faire tout ce que nous pouvons...

– *Mieux !* insista-t-elle. Je serai encore plus belle qu'avant. Il l'a dit. Il a dit que, si je le désirais, il mettrait des implants.

– Des implants ? Tu veux dire... » J'essayai de donner un sens à ce qu'elle venait de dire. « Bien sûr, nous serons obligés d'utiliser des implants là où les os ont été fracturés...

– Non ! Des implants pour les joues. Un peu comme Michelle Pfeiffer.

– Je ne suis pas certain de l'utilité... »

Elle m'interrompit :

« *Peter* a dit que si je le voulais, ça ne poserait pas de problème. J'ai toujours eu envie d'avoir les pommettes hautes. »

C'était de la folie. Le seul fait de réparer les dommages

nécessiterait une opération marathon. Nous allions disposer du bloc pendant six heures, mais un certain nombre de problèmes, imprévisibles encore, pouvaient prolonger l'intervention. Elle était particulièrement délicate, compliquée, et y ajouter un acte opératoire sans aucune nécessité augmentait les risques.

« Peter a dit, poursuivit Allie, que je cicatriserais en quelques mois et que ce ne serait plus qu'un mauvais souvenir. Je l'oublierais et je retrouverais mon ancienne vie. Peter l'a dit, répéta-t-elle comme un mantra. Peter a dit que ce serait comme si ça n'était jamais arrivé.

– OK, lui accordai-je, ne voulant pas la contrarier davantage.

– Comme si ça n'était jamais arrivé », répéta-t-elle encore.

Elle me mettait au défi de la contredire. Elle prit son verre d'eau et but. L'eau coula de ses lèvres gonflées et, quand je les lui tamponnai avec une serviette, elle grimaça de douleur.

« Désolé.

– Peter, lui, peut le faire parce qu'il est le meilleur. Le meilleur de tous. Tu l'as dit toi-même. Il va tout refaire comme c'était, et même mieux. »

Il y a certaines choses, me dis-je, que Brandt ne peut réparer.

« Peter l'a dit, s'obstina-t-elle.

– Oui, Allie. Même mieux qu'avant », acquiesçai-je.

Mais ces mots sonnèrent à mes oreilles comme un mensonge.

27

JE trouvai Eileen devant le cabinet de Brandt, qui venait justement de partir. Mais si je courais, me dit-elle, je pourrais le rejoindre sur le parking. J'arrivai au moment où il jetait des papiers sur le siège arrière de sa Mercedes.

« Docteur Brandt.

– Salut, Jackson ! »

Content de me voir comme toujours, il m'adressa un large sourire. Il me fallut un moment pour reprendre mon souffle.

« Vous faites du stop ? Votre Honda vous a lâché une fois de plus ?

– Non, merci. Elle marche bien pour l'instant. Je voulais vous parler de quelque chose.

– C'est urgent, Jackson ? » Il regarda sa montre. « Je devrais être à Paolo Alto depuis dix minutes. Une réunion d'actionnaires.

– C'est à propos d'Alexandra Sorosh.

– Bien. Nous opérons lundi, en début de matinée. Ne vous fatiguez pas trop ce week-end. » Il m'adressa un sourire paternel. « Ce ne sera pas une mince affaire. Je crois que vous trouverez ça très intéressant.

– Oui, j'ai hâte d'y être, mentis-je. Je voulais vous demander... » J'hésitai avant de poursuivre. Je m'étais précipité ici sans trop savoir ce que j'allais dire. Je ne voulais pas lui donner l'impression de contester son jugement. « Je... j'ai parlé, euh, avec miss Sorosh, et elle m'a dit que vous l'aviez entretenue de son opération.

– En effet, tôt ce matin. Désolé de ne pas vous avoir prévenu, mais je n'avais pas d'autre trou dans mon emploi du temps.

– Non. Je veux dire, bien. De toute évidence, son état émotionnel est perturbé...

– Tout à fait compréhensible étant donné la situation. Elle a traversé une terrible épreuve.

– Justement...

– Oui ? »

Il sortit ses clés, plia son pardessus et l'installa précautionneusement sur le siège arrière pour éviter de le froisser.

« Voilà. Comme je viens de le dire, elle se trouve dans un état émotionnel tel qu'elle peut ne pas tout comprendre. D'après elle, vous lui auriez parlé d'implants.

– Oui, comme d'une option. Eh bien ? »

Je voulais lui dire qu'elle ne se trouvait pas en état de prendre une telle décision, mais je me sentis soudain gêné.

« Pensez-vous que ce soit une bonne idée ? repris-je d'une voix faible, hésitante, peut-être à peine audible.

– Je ne l'aurais pas suggérée si je ne le pensais pas », répondit-il avec assurance.

Je m'aperçus que je regardais par terre.

« Je vous le demande parce que c'est une opération complexe...

– Certainement, mais je pense la maîtriser.

– Oui, j'en suis certain. Mais est-ce une bonne idée d'ajouter un acte supplémentaire s'il n'est pas nécessaire ?

– Ce qui est nécessaire, rétorqua-t-il avec agacement, c'est que la patiente se trouve bien des résultats obtenus. Cela, je crois pouvoir le garantir.

– Bien sûr. C'est simplement une question que je me posais. Je voulais avoir votre avis, surtout avec Allie – la patiente – si émotionnellement... »

Je laissai la phrase en suspens et fis un pas en arrière, espérant clore la conversation, mais Brandt poursuivit :

« Miss Sorosh va passer par – comment dire – une quantité de transformations au cours des prochains mois ; elle subira deux greffes de peau et, pour son oreille, elle devra passer par la chirurgie réparatrice. Au moins deux interventions majeures après celle-ci. Malgré la confiance que j'ai dans les résultats, je sais qu'elle ne sera plus jamais la même. Il est possible aussi que nous ne puissions effacer complètement, visuellement parlant, les marques de ses blessures.

– Oui, je sais.

– Les implants sont un moindre mal s'ils peuvent l'aider à s'adapter à son nouveau visage.

– Oui, je comprends. C'est parfaitement logique. »

Je levai les yeux vers lui. Il m'adressa un sourire forcé. La conférence était terminée.

« Ne vous en inquiétez pas tant, Jackson. C'est normal d'être nerveux avant une opération aussi importante que celle-ci. Faites-moi confiance, tout ira bien. »

Il claqua la portière arrière et s'installa sur le siège du conducteur pendant que je marmonnais quelque chose du genre « Oui, certainement, je suis sûr... ».

Tout en démarrant, il baissa sa vitre et passa la tête.

« Vous êtes sûr que vous vous sentez bien, Jackson ? Vous n'avez pas l'air dans votre assiette.

– Non, je vais bien. Seulement un peu fatigué.

– Veillez surtout à vous reposer ce week-end. Lundi est un grand jour. »

Il sortit du parking. Tandis que je regagnais l'hôpital, le vent sécha la sueur qui me mouillait la nuque.

28

L E week-end se déroula tant bien que mal. Je jetai un coup d'œil sur Allie le samedi, chaque fois que j'eus à faire la tournée des chambres, mais elle n'était pas d'humeur à bavarder et, après ma troisième visite, elle m'avoua qu'elle voulait rester seule et se reposer. Le dimanche matin se passa à la bibliothèque de l'hôpital où j'étudiai les différents actes que nous aurions à accomplir, mais j'avais assez souvent participé à des interventions de ce genre pour savoir à quoi m'attendre – et pour redouter le lendemain.

Danny vint me rendre visite chez moi dans l'après-midi, il voulait regarder un match à la télé. Il apportait aussi deux vidéos consacrées aux arts martiaux qu'il avait louées. Je lui parlai de l'opération et lui promis qu'il pourrait rendre visite à Allie un peu plus tard. Il parut comprendre, mais il resta tranquille jusqu'à la fin du match, vers six heures. Je lui dis alors que j'allais me coucher. Je pris deux des trois somnifères qui restaient dans le flacon, et je m'endormis au son des coups de fusil et des explosions d'un film à la télé.

Je me levai le lundi matin avant l'aube, mélangeai un quart de tasse de café soluble avec de l'eau tiède de façon à pouvoir avaler ce breuvage sans attendre. Une deuxième tasse me permit de mettre la main sur mon maillot de bain, de l'enfiler et de me diriger vers l'océan. Les surfeurs n'étaient pas encore arrivés. Je plongeai dans l'eau glacée et m'obligeai à y rester jusqu'à ce que le froid eût pénétré

187

mes os. Après une douche et une autre tasse de café tiède, j'eus les idées suffisamment claires.

J'arrivai de bonne heure à l'hôpital, mais Brandt m'avait devancé. Il était allé voir Allie et l'anesthésiste l'avait déjà mise sous calmants. Bien qu'elle fût à peine consciente de ma présence, je restai près d'elle. On l'allongea sur un brancard et on la descendit au bloc. Je lui tins la main pendant que l'anesthésiste injectait du pentothal de sodique dans la perfusion pour l'endormir. Il lui demanda de compter à l'envers à partir de cent.

« L'opération sera terminée et tu seras retournée dans ton lit avant que tu n'en sois à quatre-vingt-quinze », lui dis-je.

Elle murmura une phrase indistincte, mais d'une voix qui me parut pressante. Je me penchai sur elle.

« Tout ira bien, lui dis-je en pensant qu'elle s'inquiétait à propos de l'opération. Très bien. »

Cette fois, ce fut à peine un murmure, mais je compris ce qu'elle disait. Un seul mot, « Peter », puis elle s'endormit.

La salle de préparation était bondée quand j'arrivai. Une note dactylographiée avait été épinglée sur le tableau d'affichage du bloc et, malgré l'heure matinale, quinze ou vingt internes et étudiants en médecine étaient venus en observateurs. Ils s'agglutinèrent autour de Brandt pendant qu'il montrait les clichés des scanners d'Allie et commençait à expliquer les différents actes opératoires que nous allions accomplir. Anderson était présent, il avait réussi à se glisser le plus près possible du premier rang. Henning, qui se tenait derrière le groupe, m'adressa un petit signe discret pendant que Brandt parlait.

« Voici un cliché frontal de la patiente, expliquait-il en montrant du doigt le premier scanner. Comme vous pouvez le voir, les lésions sont très importantes. Il y a aussi des brûlures pour lesquelles il faudra prévoir une grosse opération de chirurgie réparatrice. Mais aujourd'hui, nous ne nous intéresserons qu'aux fractures des os de la face. »

Il fit défiler plusieurs autres clichés, pris sous différents angles.

« Nous ne connaîtrons pas l'étendue des dégâts tant que

nous n'aurons pas ouvert, mais le scanner nous montre déjà une très importante fracture de l'os frontal, des fractures de Le Fort du maxillaire, ici – il les souligna d'un trait tout en parlant –, ainsi que des fractures orbitaires, zygomatiques et maxillaires compliquées. »

Il se tourna vers les étudiants.

« Ce qui veut dire en langage courant ?

– Un foutu bordel ? » proposa Henning.

Brandt se mit à rire.

« Bien vu. Qui a dit que les internes ne sont pas aussi brillants qu'avant ? »

Les rires de l'assistance se mêlèrent au sien. Brandt poursuivit en désignant la première blessure :

« Ici, l'os situé exactement au-dessus du nez a été brisé en plusieurs fragments. Le scanner nous montre un morceau important, complètement détaché, qui semble flotter librement. »

Il dirigea la pointe de son stylo vers un fragment, approximativement de la taille d'une pièce de vingt-cinq *cents*, sur le front, au-dessus de l'arête du nez.

« Plusieurs autres morceaux sont nettement visibles. Ici. Ici. Et ici. S'il n'y a pas trop d'esquilles, il nous sera peut-être possible de les rassembler et de les maintenir solidement en place grâce à des micro-broches en titane. »

Il s'intéressa ensuite à un cliché qui donnait une vue de côté de l'os orbitaire, autour de l'œil gauche d'Allie.

« Ceci est, comme vous le savez tous, l'orbite, la cavité dans laquelle se trouve l'œil. De toute évidence, elle a volé en éclats. Les os du front et ceux-ci, ici, sur le côté – l'arcade orbitaire –, sont aussi fracturés en plusieurs endroits. Comme vous pourrez le constater en voyant la patiente, la structure entière s'est effondrée. »

Il remplaça la première série de clichés par une autre.

« Ici, vous avez de nouveau une vue d'ensemble. Il est essentiel, dans un cas aussi complexe, d'exposer dans sa totalité la zone atteinte de manière à voir tous les os de la face. On peut ainsi déterminer globalement la position des fractures et le rapport qu'elles ont entre elles.

– Exposer dans sa totalité ? demanda Henning.

– Il veut dire, lui peler le visage.

– C'est exprimer les choses crûment, remarqua Brandt. Mais oui, nous allons lui peler le visage de façon à avoir une vue d'ensemble. Avant tout, nous devrons réparer cette structure-ci, c'est un acte essentiel. » Il désigna les os de la face en remontant de la pommette vers l'extérieur de l'œil. « Les apophyses zygomatiques et l'arcade orbitaire. Ces os déterminent la forme du visage et son volume. Ils sont, pourrait-on dire, les fondations sur lesquelles reposent les autres os. Il est indispensable de les rétablir, de s'assurer que leur disposition est parfaite avant d'en faire la base de l'édifice.

« Ensuite, nous passerons par la bouche pour atteindre la fracture visible du maxillaire, exactement au-dessus de la racine des dents du haut. Nous jetterons aussi un coup d'œil sur l'emplacement des taches lumineuses de la mâchoire inférieure et chercherons à connaître leur origine. À la demande de la patiente, nous ajouterons des prothèses – des implants – sur les pommettes. » Il expliqua qu'ils faciliteraient l'obtention d'une meilleure symétrie, compte tenu des dommages considérables que la patiente avait subis. « Henning, vous vous chargerez de la musique.

– Oh, super ! s'exclama-t-il.

– Vous pouvez choisir ce que vous voulez, à condition que ce soit du Mozart.

– Oh, super, répéta Henning avec beaucoup moins d'enthousiasme.

– Eh bien, maintenant, conclut Brandt, la patiente va être préparée. Que ceux qui en ont besoin aillent se brosser les mains. »

Les miennes tremblaient visiblement quand je les passai sous l'eau chaude et des secousses nerveuses, pareilles à de petites décharges électriques, coururent le long de mes bras. Brandt, devant l'autre lavabo, ne remarqua rien. Le temps de me sécher les mains et de les tendre à l'infirmière pour enfiler les gants, tout était rentré dans l'ordre.

Brandt s'était arrêté près de la porte pour me laisser passer.

« Détendez-vous, Jackson, me dit-il avec un sourire d'encouragement. Vous avez l'air de suivre un enterrement. » Je crus bon de sourire à mon tour. « C'est le genre d'opération qui valorise notre travail, poursuivit-il, respirant, comme à l'accoutumée, la confiance en soi. Je crois que vous allez trouver cette intervention très intéressante. Oui, très intéressante. »

Je me forçai de nouveau à sourire et je m'approchai de la table où Allie, inconsciente, était allongée. Elle avait été préparée, les bandes et les compresses ne couvraient plus son visage. L'infirmière instrumentiste disposait sur leur plateau les bistouris, les écarteurs, les mèches des forets qui allaient servir à percer les trous destinés aux vis, pendant que Brandt vérifiait soigneusement les plaques pour être sûr que nous disposions de tout le matériel nécessaire. On nous avait attribué la troisième salle d'opération, la plus grande et la plus moderne, dotée d'un petit amphithéâtre pour les spectateurs intéressés. Je devinais leur présence en haut, je sentais leurs regards curieux posés sur mon dos, tandis que je me penchais sur la table d'opération. Je cherchai en vain à me débarrasser de cette sensation.

« C'est bon, on y va, déclara Brandt en manipulant la canule d'intubation qui sortait de la bouche d'Allie. Il est très important, dans une opération comme celle-ci, de fixer cette canule par des fils métalliques aux molaires de la patiente de manière à obtenir une flexibilité parfaite. »

Brandt tordit la canule vers le bas, puis il prit le fil métallique que lui présentait l'infirmière.

« Comme ça, expliqua Anderson en s'adressant à Henning qui se tenait derrière moi, la canule ne gênera pas au moment de mettre le visage à nu.

– Jackson, reprit Brandt, tenez-lui la bouche ouverte, voulez-vous ? »

Je pris la tête d'Allie dans mes mains et l'inclinai doucement en arrière pour que sa bouche s'ouvrît largement. Avec précaution, j'écartai un peu plus sa mâchoire, permettant ainsi à Brandt d'enrouler le fil métallique d'abord autour de la canule, puis autour des molaires.

« Voilà, c'est solide. Nous avons ainsi ménagé un accès sans aucun obstacle. Nous n'aurons pas à craindre que la canule sorte ou qu'elle nous gêne. » Il tira le tube vers le bas et lui imprima un coup sec pour parfaire sa démonstration. « Je pense qu'il serait préférable de suturer les paupières. À vous l'honneur, Jackson. »

Je pris l'aiguille incurvée que me présentait l'infirmière et je cousis, observé par toute l'assistance. Je parvins à vaincre le tremblement qui s'emparait de nouveau de mon bras en me concentrant sur mon travail. Les mains occupées, j'étais capable de chasser mes angoisses et de fixer mon attention uniquement sur l'opération. À ce moment-là, du moins.

Lorsque j'eus fini, des nœuds noirs maintenaient les paupières d'Allie fermées.

« OK. Nous allons commencer par une incision coronale, ici. » Brandt traça une ligne allant d'une oreille à l'autre en passant par le sommet du crâne. « Ensuite, nous descendrons prudemment en séparant la peau du tissu conjonctif qui la maintient en place. Bistouri, s'il vous plaît. » L'infirmière le posa dans sa main. « Et maintenant, coupons. »

Il pratiqua l'incision coronale, puis, tandis que je soulevais délicatement la peau vers l'arrière à l'aide d'un écarteur, il coupa le tissu conjonctif. L'infirmière passait derrière lui avec l'appareil qui aspirait le sang et dégageait la zone. Moi, je cautérisais les vaisseaux qui saignaient.

« Nous devons veiller à ne pas endommager le nerf facial, reprit Brandt sans interrompre son travail. Comme vous le voyez, il est protégé ici par une couche de graisse. Aspirez encore, mademoiselle. Est-ce que tout le monde voit bien ? Repoussez la peau, Jackson, pour que nous puissions mieux nous rendre compte. »

Ce que je fis. À présent, la peau d'Allie, de la naissance des cheveux jusqu'au front, avait été découpée et tombait sur ses yeux tel un rabat.

« Comme je l'ai dit, poursuivit Brandt, nous devons être très prudents ici. C'est ce nerf qui donne son expression au visage. Si le bistouri glisse et le coupe, eh bien...

– On a décroché le gros lot, l'interrompit Henning.

– On peut le dire comme ça. Toute cette partie de la face sera paralysée et on ne pourra pas y faire grand-chose. »

Brandt continua de disséquer et moi, au fur et à mesure, je soulevais la peau et la rejetais en arrière. Au bout d'un moment, la moitié supérieure de ce qui avait été le visage d'Allie se trouva découverte.

« Et maintenant, déclara Brandt, nous pouvons voir l'étendue des dégâts. »

Il prit un écarteur et toucha du doigt les fragments de l'os frontal, la partie du crâne qui se trouve au-dessus de l'arête du nez. On aurait dit des tessons de poterie exposés dans un musée, grossièrement assemblés pour se rapprocher de leur forme originelle.

« Remarquez, enchaîna Brandt, que les dommages sont beaucoup plus importants que nous ne l'avions vu sur les clichés. Ce fragment, par exemple – il toucha du doigt l'un des plus gros –, s'est complètement détaché. Infirmière, nous allons prendre une photo pour le dossier. L'appareil est dans mon sac. »

L'infirmière alla fouiller dans le sac mais revint les mains vides.

« Désolée, docteur. Je ne l'ai pas trouvé. »

Aussitôt, Anderson se fit entendre. Il en avait un justement. Il courut le chercher et, un moment plus tard, revint, son appareil photo à la main. Nous nous écartâmes de la table d'opération pour lui laisser la place. Aussitôt, il se mit à mitrailler la tête d'Allie ; les flashes soulignaient le bord déchiqueté de l'os qui évoquait une falaise aride. Il fit cliqueter son appareil sans discontinuer, se penchant d'un côté, puis de l'autre comme un photographe de mode à la recherche du meilleur angle possible. Je finis par lui ordonner violemment de cesser. Je recouvris le front d'Allie et l'opération se poursuivit, mais, pendant quelques minutes encore, Anderson rôda derrière nous en prenant des photos.

Nous passâmes à la phase suivante, qui consistait à inciser la paupière inférieure afin de découvrir le bord orbitaire, puis, à l'intérieur de la bouche, le long de la ligne où se rejoignent la lèvre supérieure et la gencive, de façon à avoir un accès par-dessous.

Brandt reprit la parole quand il eut terminé :

« Comme vous pouvez le voir, nous avons disséqué la face tout entière, jusqu'aux dents. Je peux passer un écarteur par ici. » Il glissa le manche métallique entre les lèvres d'Allie et sa gencive supérieure. « Et à travers l'incision coronale, à la naissance des cheveux. » L'extrémité de l'écarteur sortit sous la peau détachée du front. Il la fit aller et venir à droite et à gauche et de haut en bas pour parachever sa démonstration. « Vous voyez ? » dit-il avec la satisfaction du travail bien fait. Aucun obstacle. La peau est complètement séparée. »

Il fit encore bouger l'écarteur pour insister davantage.

« Et maintenant, Jackson, dit-il quand tout le monde eut vu, mettez-lui le visage à l'envers, voulez-vous ? »

Je soulevai la peau du front et l'étendis sur le menton, l'intérieur des paupières au niveau de la bouche. Une tête sans visage, des yeux qui nous fixaient d'un regard opaque. Un bref silence s'abattit sur la salle à ce spectacle.

Combien d'opérations ai-je faites ? me demandai-je en fixant ses yeux aveugles. Combien de personnes ai-je taillées et découpées pour ensuite leur redonner forme, sans jamais douter ? Jamais je ne m'étais inquiété jusqu'alors. Jamais je ne m'étais posé de questions.

Ne commence pas maintenant, me dis-je.

« Comme vous pouvez le voir, commentait Brandt dont la voix reflétait sa fierté, nous avons complètement découvert la face, la couche dermale tout entière, autrement dit le visage, a été enlevée... »

Je levai la tête, comme si j'émergeais de l'eau, et d'un seul coup d'œil, j'embrassai la salle. Brandt s'était éloigné de la table pour laisser s'approcher les autres médecins. Ils défilaient devant notre œuvre qu'ils examinaient attentivement pendant que Brandt continuait de parler.

« ... une exposition complète... », insistait-il en agitant la main au-dessus de cette masse de membranes, de tissus, de veines cautérisées, tandis que des murmures approbateurs couraient dans l'assistance qui hochait la tête en échangeant des commentaires manifestement impressionnés.

Je ressentis une émotion troublante, comme si quelqu'un me murmurait à l'oreille : Allie est partie, partie à tout jamais, et tu ne pourras jamais la retrouver.

Je me détournai et demandai un verre d'eau à l'infirmière. Elle m'apporta une bouteille avec une paille qu'elle fit glisser sous mon masque. La foule des spectateurs regagna lentement sa place. Une partie de la démonstration venait de s'achever.

L'infirmière remit le masque sur mon nez et sur ma bouche, et je me tournai vers la table.

« OK, dit Brandt. Voyons la suite. »

Tiens bon, Jackson. Tu es médecin. Et même un bon médecin. Comporte-toi normalement. Ou fais semblant. Tu en es capable. C'est ce que tu as fait toute ta vie.

Henning alla changer le CD. Soudain retentit une vieille chanson des Beatles.

« Mozart, Henning ! lui cria Brandt. Mozart !

– Excusez-moi, répondit Henning. Je pensais que vous vouliez dire les classiques en général. »

Un rire discret se fit entendre dans l'assistance.

« Prêts ? » demanda Brandt en regardant autour de lui. Je fis signe que oui. « Eh bien, commençons à la réparer. »

L'infirmière approcha le chariot avec les vis et les minuscules plaques de métal soigneusement disposées par ordre de taille. C'était de fines bandes de titane, solides mais flexibles, qui s'élargissaient tous les deux ou trois millimètres pour former un O destiné à recevoir une vis.

Nous passâmes les deux heures suivantes à percer des trous, à adapter les plaques et à les mettre en place. Un travail laborieux qui nécessitait avant tout une grande dextérité. Je me sentais envahi par un calme tout relatif. Brandt œuvrait efficacement, mais son arthrite lui jouait des tours. Ses mains glissèrent à plusieurs reprises quand il utilisa le tournevis. Une vis sauta au moment où il cherchait à la fixer ; elle se perdit dans la cavité du sinus, nous obligeant à la chercher pendant quelques minutes avant de la localiser. Ensuite, Brandt me tendit le tournevis et je poursuivis sous sa direction. Je vissai morceau par morceau les os sur les longues bandes métalliques qui traversaient le front, passaient au-dessus des sourcils, descendaient le long de la partie extérieure de l'œil jusqu'au-dessus des dents du haut.

« Maintenant, nous avons reconstruit l'essentiel de la face, annonça Brandt aux spectateurs. Au cours de la phase suivante, nous allons nous occuper du plancher orbitaire, l'os qui se trouve sous l'œil. Jackson, voulez-vous soulever l'œil ? Merci. »

Je glissai dessous un écarteur incurvé et parvins à le dégager.

« Ici encore, nous sommes devant une situation pire que ce que laissait prévoir le scanner, commenta Brandt. L'os qui sert d'écrin à l'œil est extrêmement fragile et il semble avoir volé en éclats sous le choc. Comme vous pouvez le voir, il reste ce grand trou – il s'écarta pour permettre au public de voir – dans lequel les fragments sont tombés. Il est peu probable que nous puissions utiliser un seul de ces morceaux, mais il est d'une importance capitale que nous les récupérions tous de façon à éviter le risque d'une infection. »

Nous ôtâmes soigneusement les éclats de la cavité située derrière l'orbite brisée, et Brandt expliqua que nous allions prélever sur le crâne de la patiente de quoi pratiquer une greffe osseuse afin d'obturer le trou. Il traça sur le côté de la tête d'Allie, à l'endroit où l'os avait été auparavant dégagé, un rectangle d'environ 2,5 centimètres de long sur 1,3 de large.

« Il semble que la courbure convienne parfaitement. Jackson, voulez-vous faire le nécessaire ? »

Je pris le foret sur le plateau et commençai à entailler l'os en suivant les lignes indiquées. La plainte stridente de l'appareil se changeait en un cri aigu chaque fois que je faisais pénétrer la mèche dans la boîte crânienne.

« Le crâne, vous le savez, est composé de deux couches d'os. » Brandt fut obligé d'élever la voix pour dominer le bruit et faire entendre ses explications : « Une double épaisseur pour renforcer la protection et éviter toute brèche.

– Un peu comme le *Titanic*, s'écria Henning.

– Ouais, lança un interne. À condition de ne pas percuter un iceberg !

– Ou un pic à glace ! » rétorqua Henning.

Le foret continuait à gémir, parodie mécanique d'une agonie. La mèche qui tournait faisait jaillir le sang et l'os, aspergeant ma blouse et le masque en plastique qui protégeait mon visage. Un fin brouillard rouge, des gouttes minuscules... comme le dessin imprimé sur le mur de la pièce où Allie a été agressée, pensai-je. J'appuyai plus fort le long de la dernière incision, la mèche poussa un hurlement de protestation. L'infirmière s'approcha pour essuyer le sang sur mon masque, mais elle ne réussit qu'à me barbouiller les yeux, comme si le monde entier avait soudain rougi. J'appuyai de nouveau, plus fort. Avec un dernier cri strident, la mèche perfora l'os. Le cri se changea en une plainte étouffée, une mélopée funèbre.

« Jackson, arrêtez le foret, voulez-vous ? » Brandt me parlait. « Jackson, nous n'en aurons plus besoin aujourd'hui. »

Je m'aperçus que ma main s'agrippait au manche du foret qui fonctionnait encore. Je dus faire consciemment l'effort de desserrer les doigts, réduisant ainsi l'appareil au silence. Je le tendis à l'infirmière, elle ôta le masque en plastique de mon visage.

« Merci », dit Brandt, puis il ajouta, tourné vers les spectateurs : « Il est toujours agréable de voir quelqu'un qui aime son travail. » Internes et étudiants se mirent à rire avec application. « Et maintenant, voyons si elle s'adapte. »

Brandt prit sa pince et me demanda de soulever de nouveau l'œil pendant qu'il plaçait la greffe sur l'orifice.

« Parfait. Nous n'avons plus qu'à poser l'œil, là, et son poids maintiendra l'os en place. Inutile de le visser. Au bout d'un certain temps, l'os se soudera à la greffe. »

On étouffait dans la salle d'opération. Je me tournai vers l'infirmière et lui demandai d'essuyer la sueur qui coulait dans mes yeux.

« Pas facile, ce boulot, remarqua-t-elle d'un air compatissant en tamponnant mon front.

– Jackson, vous êtes prêt ? »

Je me tournai vers Brandt qui semblait s'impatienter.

« Prêt, répondis-je en me postant de nouveau près de la table.

– Maintenant, nous allons pouvoir mettre en place les implants. Qu'est-ce que vous dites ?

– Prêt, répétai-je.

Mais je ne me sentais pas prêt. Je ne voulais pas faire ce travail. C'était la phase la moins dangereuse de l'opération, mais celle – je m'en rendais maintenant compte – que je craignais le plus.

L'infirmière déchira le sac en plastique et laissa tomber sur le plateau les implants des deux joues. Brandt en prit un dans ses mains gantées et se mit à tailler avec son bistouri le petit objet en silicone.

« Le zygoma de la patiente, ou pommette, est déjà légèrement prononcé. C'est pourquoi je vais réduire un peu la prothèse. Après tout, nous ne tenons pas à la faire ressembler à une Mongole. »

L'assistance se mit à glousser en entendant ce bon mot. Je me sentis soudain agacé, à cause de Brandt, de ses plaisanteries stupides et du chœur des flagorneurs. Qu'ils aillent se faire foutre, pensai-je en serrant les dents pour ne pas le dire à voix haute.

« D'habitude, poursuivait Brandt, nous incisons sous l'œil pour introduire ces implants et nous procédons pour moitié grâce à notre sens du toucher. Dans ce cas, cependant, nous disposons d'une exposition complète du squelette de la face, ce qui nous permettra d'ajuster parfaitement les implants. C'est bien cela, n'est-ce pas, Jackson ? »

J'entendis sa question, mais je ne répondis pas. Je pensais à Allie, à la façon dont il allait la changer, faire d'elle ce que *lui* voulait qu'elle fût, réussissant, du même coup, à éloigner la jeune femme que je connaissais, à l'éloigner de moi.

« C'est bien cela ? répéta Brandt. Jackson ?

– Quoi ? »

Je vérifiai inutilement quelque chose sur le plateau, simplement pour ne pas avoir à le regarder.

« Vous comprenez l'intérêt que nous avons à mettre les implants maintenant ? »

Putain, mais pourquoi insistait-il autant ? Était-ce sa façon de jubiler ?

« Jackson ? »

Pourquoi ne me lâchait-il pas ?

« Oui, marmonnai-je sans lever la tête, comme le chimpanzé soumis qui courbe la nuque devant le mâle dominant.

– Pardon ?

– Oui, je crois que... »

Brandt ne me laissa pas le temps de finir. Il explosa.

« Merde ! » s'écria-t-il en lançant violemment son bras en l'air.

Je reculai d'un pas, pensant être à l'origine de sa colère. Un silence de mort se fit dans la salle. Je crus que toute l'assistance m'observait, moi qui avais provoqué cet éclat. Mais, quand je levai les yeux, je m'aperçus que les regards étaient tournés ailleurs, fascinés par autre chose. Je suivis leur direction. De l'autre côté de la table d'opération, je vis l'implant que Brandt avait découpé. Il avait rebondi sur le sol et s'était logé sous le chariot. Il lui avait échappé des mains. L'un des étudiants en médecine se pencha sans réfléchir pour le récupérer.

« Nom de Dieu ! hurla Brandt. Ne touchez pas à cette saloperie !

– Infirmière ? » Il parvint à maîtriser sa voix. « Passez-m'en un autre, s'il vous plaît. »

Henning commençait à sortir une vanne quand Brandt lui lança un regard noir, l'interrompant au milieu de sa phrase.

L'infirmière prit un autre paquet sur l'étagère où était entreposée la réserve et l'ouvrit sur le plateau.

« Recommençons, voulez-vous ? »

Les mains de Brandt travaillaient avec raideur et, pendant quelques minutes, un silence embarrassé se fit dans la salle tandis que son bistouri luttait maladroitement contre le silicone. Bientôt, cependant, il retrouva son calme et son assurance habituels, et la salle redevint attentive. Quand il se fut assuré que les deux implants avaient bien la même taille, il les mit en place et les sutura, poussant l'aiguille dans le silicone, puis à travers le fascia qui recouvrait la pommette, et tirant le fil de façon à maintenir solidement l'implant dans la position prévue.

« Bien », dit-il après le dernier point, le fil tendu vers le haut pour me permettre de le couper. Il prit la peau d'Allie et la remit en place sur le patchwork d'attaches métalliques et d'os reconstitués. « Voilà qui me paraît plutôt bien », commenta-t-il, rayonnant de satisfaction.

Je regardai Allie. Son visage était posé sur elle, pareil à un masque, mais le changement dû aux implants était visible. J'eus l'impression bizarre qu'elle allait se mettre à parler derrière ce masque de peau flasque, comme si elle se faisait passer pour quelqu'un d'autre.

« Oui, reprit Brandt. Pas mal du tout. »

Je m'écartai de la table et la foule, derrière moi, se sépara pour me laisser passer. J'éprouvais une sensation d'étrangeté irrépressible, comme une nausée. Elle m'étreignait la gorge et, pendant un instant, je crus que j'allais vomir. Je sentais la sueur mouiller ma charlotte et couler sur mon visage. Ma blouse de chirurgien collait à mon dos et sous mes bras. Je demandai à l'infirmière une serviette ; pour la seconde fois, elle m'en tamponna la figure. Quand elle eut fini, je m'aperçus que Brandt m'observait.

« Bien, nous n'avons plus qu'à ouvrir la mâchoire pour y jeter un coup d'œil, ensuite nous aurons fini. Jackson ?

– Certainement », répondis-je, croyant qu'il allait me demander d'assurer la relève.

Je fis un effort pour me reprendre et tendis la main vers le bistouri.

« Jackson, vous avez l'air fatigué. Anderson va vous remplacer. »

Anderson se montra surpris, mais, de toute évidence, il était enchanté.

« Je me sens bien. Je ne suis absolument pas fatigué.

– Pourquoi ne pas laisser Anderson faire un essai ? » Le ton était poli, mais c'était un ordre. « Je vais continuer seul pendant qu'Anderson se prépare. »

Anderson courut se brosser les mains. Quant à moi, je m'éloignai de la foule en retirant mes gants et ma charlotte. Henning leva un sourcil dans ma direction et haussa les épaules, mais je m'abstins de lui répondre. Je sentais les regards interrogateurs des autres, tous se demandaient pourquoi Brandt m'avait évincé. Mes yeux brûlaient, mais je gardai la tête haute, me mettant ainsi à l'abri de la curiosité. Une fois au fond de la salle, je laissai tomber mes gants et mon masque dans le sac à déchets dangereux.

Brandt parlait tout en travaillant :

« Dans ce cas, il n'est pas nécessaire de découvrir complètement l'os. Nous avons seulement besoin de voir l'aspect que présente la fracture... »

Jamais il ne m'avait exclu d'une opération.

« ... étant donné que la structure de la mâchoire est

indemne, nous allons nous contenter d'enlever les éventuelles esquilles... »

Il ne peut pas supporter que j'aie mis en doute son jugement. C'est la raison pour laquelle il m'a évincé. C'est pour cela qu'il s'est obstiné à mettre les implants.

« ... je soupçonne que ce que nous avons sur les clichés du scanner ne sont que ce que nous appelons des artefacts, autrement dit des images fantômes... »

Je m'appuyai contre le mur et croisai les bras pour ne pas bouger. Tu en fais toute une histoire, me dis-je. Tu es à bout de nerfs. Le Memorial est un centre hospitalier universitaire, après tout. Je ne vois pas pourquoi le patron ne donnerait pas leur chance à d'autres internes.

Je jetai un coup d'œil rapide autour de moi. De nouveau, la table d'opération attirait les regards du public. On m'avait oublié. Tout semblait parfaitement normal.

Est-ce que je projetais ? m'aurait demandé Stern. Est-ce que je projetais ma colère et ma détresse ?

Je m'inquiétai alors de savoir si ma colère et ma détresse avaient été visibles. Les avait-on remarquées ? Je tentai de revenir en arrière, d'évoquer l'image de moi-même que j'avais donnée aux autres et à Brandt au cours de l'opération.

Je n'avais commis aucune faute. J'étais un bon chirurgien. J'avais fait ce qu'il fallait. Tout le monde avait pu le voir. L'emportement de Brandt avait eu pour cause sa seule faiblesse, son arthrite.

« Ah, le retour du fils prodigue ! s'exclama Brandt en voyant Anderson regagner en hâte le bloc. Je craignais que vous ne vous soyez perdu. »

Des petits rires tout autour. Anderson leva les yeux et voulut s'expliquer.

Son « Qui ? Moi ? Non... » provoqua l'hilarité générale.

C'était dans ton imagination, Jackson. Tout baigne. Tout va bien, ne cessais-je de me répéter. Les nerfs. Seulement les nerfs. Tout baigne.

Pourtant, jamais jusque-là Brandt ne m'avait renvoyé.

Anderson prit position devant la table d'opération, en face de Brandt. Je n'aimais pas cette idée. Il allait travailler sur Allie, la toucher, mais je ne pouvais rien y faire. J'essuyai ce qui restait de sueur sur mon front avec une serviette en papier, puis j'en tamponnai mon visage et mon cou.

« Anderson, disait Brandt, prenez un écarteur et maintenez la plaie ouverte. »

Anderson saisit l'instrument que lui tendait l'infirmière et chercha une bonne prise. Brandt le guidait :

« Bien, parfait. C'est bien. Non ! Plus ouvert. J'ai besoin que ce soit plus ouvert. Fermez le clamp. OK. Bien. Et maintenant, tenez-le fermement et rouvrez-le. »

Après plusieurs tentatives, Anderson y parvint enfin.

« Bien. Ici. Essayez de maintenir à découvert, Anderson. Tirez en arrière. En arrière ! Merci. Ceci pouvait ressembler à une fêlure sur le scanner, mais, vu de plus près, c'est, à mon avis, une ancienne fracture complètement guérie, très probablement due à un traumatisme antérieur. »

Je m'approchai pour regarder, mais j'en fus empêché par les dos courbés au-dessus de la table. Je fis le tour ; là encore, il me fut impossible de voir à l'intérieur de l'incision.

« On dirait qu'il y a une petite partie calcifiée. Mais ici... – Brandt fit entrer deux doigts dans l'ouverture et repoussa vigoureusement le maxillaire, la tête d'Allie se déplaça sous la pression –... nous nous apercevons que c'est solide et fixe. Merveilleux. Nous allons pouvoir refermer et examiner l'autre côté. »

Anderson relâcha l'écarteur. Déjà, Brandt faisait une incision le long de la gencive, au-dessus de la mâchoire inférieure droite. Une fois de plus, j'étais incapable d'avoir une vision précise de l'os.

« Tirez en arrière, Anderson ! Non. Davantage. Bien. Recommencez. Détendez-vous, Anderson. Encore une fois. Oui. Vous y êtes. Eh bien, l'aspect me paraît tout à fait normal. Rien d'inquiétant. » Brandt tenait le maxillaire dans la main, il ouvrait et fermait la bouche d'Allie comme si c'était une poupée. « Une intégrité structurelle parfaite. Ce doit être une fracture ancienne. »

Je fis le tour de la table, la vue était obstruée, quel que fût l'angle.

« Quelques points de suture et nous aurons fini », ajouta Brandt.

Il allait la recoudre. Soudain, j'éprouvai un besoin vital de voir la blessure de mes propres yeux.

L'infirmière préparait une aiguille et du fil.

« Nous allons commencer ici, sur la mâchoire. »

J'aperçus, au fond de la salle, l'appareil photo d'Anderson posé sur un chariot. Je m'en emparai et traversai rapidement la foule. J'arrivai droit derrière lui.

« Pourquoi ne prendrions-nous pas une photo ? lançai-je à voix haute. Excuse-moi, Anderson ! »

Il écarta machinalement la tête et fit un petit pas de côté. Il tenait toujours les écarteurs comme si sa vie en dépendait.

Je dirigeai l'appareil vers le menton d'Allie, mais l'angle était tel que la vue obtenue à travers l'objectif ne me satisfit pas.

« Anderson ! Nous avons fini maintenant, vous pouvez poser les écarteurs. »

Anderson s'efforçait de reculer, mais je me tenais penché en avant et il ne pouvait le faire sans me bousculer. Je voyais maintenant l'incision clairement et l'os toujours à nu. Je pris rapidement plusieurs clichés sans pouvoir distinguer dans le viseur ce que je photographiais. J'espérais au moins que quelques-uns me montreraient ce que j'avais besoin de voir.

« Infirmière, appela Brandt, est-ce que cette aiguille est prête ? Donnez-la-moi, s'il vous plaît. Retirez les écarteurs, Anderson. »

Ce n'était pas une fracture. L'os présentait une coupure régulière. Je m'en étais douté.

Mais il n'y avait pas de plaques pour le fixer. Seulement une tache plus sombre à l'endroit où les plaques auraient dû être. Ce pouvait être une espèce de calcification, comme l'avait prétendu Brandt, mais je n'en avais jamais vu de semblable.

Anderson joua des coudes pour arriver jusqu'à moi et ôta les clamps qui écartaient la peau et les muscles.

« Merci, dit Brandt. C'est bon, nous pouvons refermer. »

Non, rien de semblable. Et j'aurais pu jurer que j'avais distingué une forme qui ressemblait à une vis. Mais elle était à peine visible. Tout cela n'avait aucun sens.

29

En fin d'après-midi, ce jour-là, Anderson m'appela dans mon bureau ; il avait l'air embarrassé.

« Salut, Jackson ! Tu sais ce qui est arrivé à mon appareil ?

– Quoi ? Les photos sont ratées ?

– Non. Figure-toi que l'appareil était vide. Il n'y avait pas de pellicule. Tu ne l'aurais pas, par hasard ?

– Mince alors ! Non, je ne l'ai pas. Tu es sûr d'en avoir mis une ?

– Merde ! s'écria-t-il. Sans doute pas. J'ai horreur de ça.

– Moi, ça m'arrive tout le temps.

– Je sais, mais... Merde, il va être furax !

– Je suis sûr qu'il comprendra, dis-je pour le calmer.

– Pas si sûr. Et puis zut, ce n'était qu'une opération, hein ? Brandt est vraiment un génie.

– Oui.

– Et c'était vraiment gentil de sa part de me demander de l'assister. J'espère que tu ne m'en veux pas.

– Non, pas du tout. Tu as fait du bon boulot avec les écarteurs. » C'était mesquin, mais il ne s'en aperçut pas. « Bon, il faut que j'y aille. Désolé pour la pellicule.

– Oui. Salut ! »

Je raccrochai.

Le soir même, je déposai la pellicule dans une boutique qui se chargeait elle-même du développement. Avec le flash et la lumière crue de la salle d'opération, je craignais que les détails ne fussent effacés. Je précisai au technicien que je n'étais intéressé que par les cinq dernières photos. Je dessinai schématiquement la mâchoire et les lignes de fracture que je lui demandai de faire ressortir et je lui expliquai que si le reste était flou ou sous-exposé, ça n'avait aucune importance.

« Oui, bien sûr ! » me répondit-il, comme si c'était une demande tout à fait normale, et il ajouta que son ordinateur pouvait aussi agrandir l'image. Il me promit de faire ce travail pour le vendredi.

30

ALLIE, dont l'état évoluait favorablement, put quitter les soins intensifs et j'usai de ma modeste influence pour lui obtenir une chambre particulière dans l'un des services. À la suite de l'opération, toute la partie supérieure de son visage était tuméfiée et, comme l'intérieur de sa bouche avait été coupé et suturé, il lui fallut plusieurs jours avant de pouvoir parler sans effort. Je passais la voir de temps en temps, je lui lisais des journaux et des magazines, mais elle ne pouvait se concentrer que pendant de courtes périodes. Elle somnolait et se réveillait tour à tour même quand j'étais là.

Les jours suivants, après les visites du soir, je descendis à la morgue pour m'entraîner en vue de la prochaine étape : la réparation de l'oreille gauche gravement endommagée. L'acte opératoire consistait à prélever un cartilage sur la cage thoracique, à lui donner une forme et à l'introduire sous un rabat de peau ; il serait alors greffé et modelé de façon à prendre la forme voulue. Nous devions attendre quelque temps pour voir comment Allie cicatrisait avant de programmer cette seconde opération, probablement dans un mois ou deux. Brandt en prendrait sûrement la direction, mais je tenais à en connaître le déroulement, ce qui me permettait de rester en contact avec Allie et me procurait un objectif.

Le premier jour, il me fallut donner quelques explications au pathologiste, Finiker, un homme grand et maigre. Il finit par accepter et m'emmena dans le « frigo », selon son expression, où il ouvrit l'une des portes carrées des casiers dans lesquels on conservait les morts. Il tira avec un grognement le long plateau métallique qui glissa sur ses roulettes. Un sac en plastique noir enveloppait le cadavre.

« Il est à vous, docteur Maebry, dit-il en ouvrant la ferme-ture éclair de la housse mortuaire. Un inconnu, tué, sai-gné, et prêt pour la fosse commune. »

D'énormes points de suture faits à la va-vite recousaient la peau blême du cadavre ; ils remontaient de l'aine au thorax et formaient au niveau du sternum un Y qui allait jusqu'aux épaules.

« Vous l'avez autopsié ?

– Nous autopsions tous ceux qui meurent dans des cir-constances suspectes. C'est la loi. On ne devrait pas consi-dérer un ivrogne qui tombe raide mort parce qu'il a trop bu comme un cas d'empoisonnement possible. Moi, je n'y crois pas. Mais ce n'est pas moi qui fais la police dans cette ville, hein, docteur Maebry ?

– Vous pouvez m'appeler Jackson.

– D'accord, Jackson. Vous pouvez m'appeler doc-teur Finiker. Si ce gars-là vous convient, mon assistant peut vous l'installer sur la table B. Et maintenant, excusez-moi. J'ai beaucoup de travail. »

Il était sur le point de sortir quand je le rappelai.

« Je vais en avoir besoin pendant quelques jours.

– Entendu. Personne n'attend après lui pour l'enterrer. me cria-t-il. Je vous demande simplement de le remettre là où vous l'avez trouvé. On n'apprécie pas du tout que nous égarions les corps. »

Je pris le scalpel – pas très propre, remarquai-je, mais ici, ça n'avait pas grande importance – et j'incisai la peau de la cage thoracique qui se sépara et s'ouvrit sans résistance, comme si elle n'en avait plus rien à faire. J'aurais pu aussi bien couper les points de suture et ouvrir le corps de cette façon ; avec les organes internes enveloppés dans le sac en plastique qui remplissait la cavité, il eût été facile de préle-ver autant de cartilage qu'il était nécessaire. Mais je voulais m'y prendre comme je l'aurais fait avec Allie. Je travaillai pendant plusieurs heures cette nuit-là. Les ventilateurs poussifs brassaient régulièrement l'air au-dessus de ma

207

tête, un air froid qui sentait le formol et le processus naturel de la décomposition que même les conservateurs de la morgue ne pouvaient complètement interrompre.

Finiker était encore là quand j'eus terminé. Il utilisait la scie électrique dans la première salle. Après avoir nettoyé, j'entrai pour le remercier.

« Je ne peux pas vous parler maintenant, docteur Maebry. Les gens tombent comme des mouches. Il en meurt partout. J'ai du travail à ne plus savoir qu'en faire. »

Son assistant, qui abaissait une scie circulaire au-dessus du sternum du cadavre, approuva d'un signe de tête.

« Amusez-vous bien.

– Oh, certainement ! cria Finiker pour dominer le bruit de la scie. C'est tous les jours vacances à la morgue du Memorial ! »

Au moment où je quittais la salle, j'entendis le son mouillé de la scie qui entrait en contact avec la chair.

Par la suite, je préférai éviter Finiker, mais le troisième soir, il vint me rendre visite pendant que je travaillais et se tint en silence près de moi, observant la façon dont je m'y prenais. Sur le plateau, j'avais posé le cartilage que j'avais découpé et assemblé. C'était ma cinquième tentative et je n'en étais pas mécontent.

« C'est censé être une oreille ? demanda-t-il quelques instants plus tard.

– Exactement. Ou plutôt, l'intérieur d'une oreille.

– Hum ! dit-il d'un ton songeur. La chirurgie esthétique, c'est une occupation bizarre. Fabriquer une partie d'un corps avec le corps d'un autre. C'est à la fois vrai et faux. Vous voyez ce que je veux dire ? Ça vous donne la chair de poule.

– Je croyais que rien ne pouvait vous donner la chair de poule.

– Oh, vous parlez des *morts* ! » Il eut un petit rire sec, ha, ha ! « À dire vrai, les cadavres ne sont pas effrayants. Après tout, ils sont morts. Ils ne peuvent pas vous faire grand-chose. Vous donner une maladie si vous ne faites pas attention. Mais, en général, ils se comportent parfaitement bien. Ils sont sûrs, vraiment. Ce sont les vivants qui me rendent nerveux.

– Je suppose donc que vous avez fait le bon choix. »

Je me penchai sur le cadavre pour inciser de nouveau sa cage thoracique.

« Nous avons une scie électrique si vous voulez, me proposa-t-il. Elle vous découpera cet abruti en deux secondes et vous procurera tout le cartilage dont vous avez besoin.

– Non, merci. Je préfère travailler avec le scalpel. Comme au moment de l'opération.

– Comme vous voulez », répondit-il d'un ton indifférent. Il prit le plateau et examina mon œuvre. « Donc, vous allez envelopper cette chose dans un bout de peau et coudre le tout sur sa tête. Et voilà ! Elle a une nouvelle oreille.

– En un peu plus compliqué, mais, oui, c'est à peu près ce que je vais faire.

– Vraiment étonnant. Vraiment. » Il posa bruyamment le plateau sur la table. « Ce que vous arrivez à faire, vous les gars. » Impossible de dire si c'était l'un des sarcasmes dont il avait l'habitude ou s'il était sincèrement impressionné. « Pour un peu, ce serait un miracle.

– C'est-à-dire..., commençai-je

– Non, vraiment », insista-t-il. Et la toux grasse qui suivit, pleine de mucosités, était sans nul doute le résultat des années passées dans des courants d'air froids chargés de formol. « C'est fichtrement miraculeux. » Il tira de sa poche un mouchoir et cracha dedans. « Dommage que vous ne puissiez pas les ramener à la vie. »

Le vendredi matin, j'allai chercher les photos et téléphonai à Crockett quand je revins à l'hôpital. Le photographe avait fait du bon boulot, mais plus je regardais les clichés et moins ils avaient de sens. Je prévins Crockett que je voulais son opinion en tant qu'expert, concernant la croissance bizarre d'un os sur lequel j'étais tombé par hasard.

« Si c'est une histoire d'os, Jackson, je suis votre homme ! rugit-il dans l'appareil. Rendez-vous à la cafétéria, je meurs de faim. »

Je le trouvai devant un distributeur. Il introduisait des pièces de vingt-cinq *cents* dans la fente sous l'étiquette des

Cracker Jack. Il attrapa la boîte dès qu'elle fut descendue et nous nous approchâmes d'une table près de la fenêtre.

« Si vous avez l'impression que je suis de mauvaise humeur, me prévint-il en s'asseyant, c'est parce que je le suis. J'ai rempli des feuilles de maladie pendant deux heures et j'ai l'intention d'abandonner la médecine. »

Il le disait souvent, aussi me contentai-je de sourire.

« Je ne plaisante pas. Je n'ai pas fréquenté la faculté de médecine pendant une partie de ma vie adulte pour devenir un bureaucrate. Nous sommes tous des bureaucrates maintenant. Les employés de la bureaucratie anonyme du marché des mutuelles. Vous savez pourquoi on appelle ça "couverture médicale" ?

– Heu...

– Parce que vous auriez de la chance si vous arriviez à en tirer une à vous ! Compris ? » Il se pencha sur la table et me frappa le bras pour donner plus de force à sa blague. « Elle est de moi.

– Très drôle.

– Putain ! jura-t-il en regardant la boîte de Cracker Jack. Regardez-moi ça ! Les pop-corn sont collés ! Un vrai pavé ! » Il assena plusieurs coups sur la table avec la boîte sans résultat. « Et si les bureaucrates ne vous trouvent pas, les avocats le font. Est-ce qu'on vous a déjà intenté un procès, Jackson ? »

Il tira sur le côté du carton et se mit à mordiller le bloc de pop-corn.

« Non. Et vous ?

– Un tas de fois. Je suppose que c'est dû à mon comportement envers les malades. Les patients n'ont pas l'air de me trouver sympathique. » Il frappa de nouveau la table avec la boîte, plusieurs fois, puis il recommença à mâchonner le coin. « Qu'est-ce que vous voulez me montrer ? »

Je lui tendis les photos.

« Ce sont des photos de ma patiente. Celle qui a des fractures importantes de la face. Voici sa mâchoire. »

Pendant que je lui donnais ces explications, il levait les clichés devant la fenêtre pour mieux les voir.

« L'angle de prise de vue est franchement nul, remarqua-t-il.

– Je n'ai pas pu faire mieux.

– L'éclairage aussi est mauvais.

– Je ne cherche pas à obtenir un prix, Crockett. Pouvez-vous me dire ce que c'est ? Brandt pense que c'est une simple calcification de l'os, mais je ne suis pas de son avis.

– Eh bien, si Brandt pense...

– Je veux *votre* opinion en tant qu'expert.

– C'est difficile à voir... Ici, c'est une fracture ?

– Peut-être. Mais un peu trop propre.

– Oui. Et les taches, ici ? Qu'est-ce que c'est ?

– Je vous le demande.

– Bon. Jackson, je ne peux pas en être certain et je ne veux pas aller contre l'opinion d'un autre médecin.

– OK, OK. Juste entre vous et moi. »

Il soupira.

« Comme je vous l'ai dit, je ne peux pas en être certain, mais ça ressemble à des plaques résorbables.

– Résorbables ?

– Oui. Il existe un procédé de fixation qui consiste à utiliser des plaques faites dans une matière nouvelle, un polymère de... Bon, j'ai oublié. Mais il s'agit d'une matière qui se résorbe dans l'os au bout de quelques mois. Très utile dans certains cas.

– Je n'en ai jamais entendu parler.

– C'est nouveau. J'ai vu une vidéo à ce sujet au cours d'une conférence. En fait, ces plaques vont arriver sur le marché ce mois-ci. J'en ai déjà commandé.

– Mais alors, ça ne peut pas...

– Si. La FDA a fait des essais pendant deux ans. On a même dit que plusieurs médecins ont eu l'autorisation de les utiliser à titre expérimental. Il suffirait de les appeler pour en avoir la confirmation.

– Merci, dis-je en reprenant les photos.

– On invente des trucs vraiment étonnants de nos jours, remarqua Crockett en grignotant ses pop-corn. La médecine redevient amusante, ou presque.

– Presque, acquiesçai-je, l'esprit occupé par les photos et ce qu'elles signifiaient.

– Je me rappelle quand... » Il s'interrompit, fit une grimace épouvantable et fourra une main dans sa bouche.

« Merde alors ! Je crois bien que je me suis pété une dent ! » Il tâtonna du côté de ses molaires. « Oui ! J'ai pété ma putain de... » Il bredouilla le reste en essayant d'évaluer les dégâts. « Je vais peut-être appeler mon avocat, conclut-il en ôtant les doigts de sa bouche. Intenter un procès à la société Cracker Jack. » Il se leva, sans oublier de prendre la boîte, probablement comme preuve. « On reparlera de tout ça, Jackson. J'ai un coup de fil à passer. »

Il s'éloigna à grands pas, la main dans la bouche. Je récupérai les photos. Ce n'était donc pas un accident. Allie avait déjà subi une opération.

31

UNE fois dans mon bureau, je téléphonai à la FDA. Après avoir perdu une demi-heure ou presque, guidé par une voix de synthèse, j'obtins enfin une personne en chair et en os qui me passa à quelqu'un d'autre qui, à son tour, me repassa la première personne, laquelle m'aiguilla sur un autre numéro qui sonna pendant plusieurs minutes, sans résultat. J'imaginai un immense bâtiment quelque part à Washington, avec des centaines de pièces vides et des téléphones sonnant interminablement sans que personne répondît jamais.

J'allais raccrocher quand j'entendis un message enregistré qui me demanda de donner mon nom, mon numéro de fax et d'autres détails encore ; quelqu'un me rappellerait dans moins de quarante-huit heures. Je me présentai et expliquai que j'avais un patient pour qui des plaques résorbables seraient indiquées et que ce serait une aide appréciable si je pouvais parler avec l'un des chirurgiens ayant pris part aux tests de la FDA et, par conséquent, ayant une certaine expérience dans l'utilisation de ce matériel. J'indiquai mon numéro de fax et raccrochai, persuadé que mon coup de fil resterait sans suite.

La bibliothèque se trouvait dans une « annexe provisoire », installée dix ans plus tôt dans deux caravanes à proximité de l'hôpital, en attendant que l'administration ait levé des fonds pour construire un bâtiment en dur. J'y descendis et cherchai dans les rayons ce que je voulais trouver : un grand livre relié intitulé *Les Techniques modernes de chirurgie réparatrice dans les cas de malformations cranio-faciales.*

Je l'avais lu à l'époque de mon internat et des souvenirs me revenaient à la mémoire, les photos avant et après de patients atteints de terribles difformités congénitales : des traits du visage qui se sont trop développés ou qui n'ont pas atteint une taille normale ; des crânes difformes deux fois plus gros d'un côté ; des fronts bulbeux qui font ressembler les malheureux à des extra-terrestres dans un film de science-fiction. Quelque chose s'embrouille dans l'ADN, les codes génétiques qui règlent le processus de la croissance et signalent quand commencer et quand finir ont des ratés et manquent leur cible. Ces difformités peuvent atteindre n'importe quelle partie du corps. Mais les malformations faciales sont les pires, peut-être parce qu'il est impossible de les cacher.

Il y avait une blague que nous connaissions tous au début de nos études dans ce domaine : Comment appelle-t-on un gosse bizarre qui a subi une opération de chirurgie cranio-faciale ? Un gosse bizarre. Telle était la chute, d'un cynisme propre aux étudiants en médecine, mais qui ne correspondait pas toujours à la réalité. Certaines malformations sont plus faciles à traiter que d'autres qui, elles, laissent des traces indélébiles, mais dans quelques cas, les résultats sont extraordinaires.

Au cours de ma deuxième année d'internat, je fus témoin d'une intervention sur un enfant dont le crâne était considérablement allongé. Les chirurgiens enlevèrent la voûte crânienne dans sa totalité – tout ce qui se trouvait au-dessus des yeux et du conduit auditif – et la remodelèrent : ils découpèrent l'os en tronçons dont ils firent ensuite des morceaux plus petits qu'ils assemblèrent de façon à leur donner la forme d'un crâne normal. C'était comme si on avait ôté l'écorce d'un demi-melon ; on l'aurait ensuite découpée en morceaux, on aurait enlevé un tiers de chacun d'eux et on les aurait enfin réunis pour obtenir un hémisphère plus petit. J'avais revu l'enfant un an après lors d'un examen post-opératoire. Ses cheveux avaient poussé et il avait l'air d'un enfant de douze ans parfaitement normal et heureux. L'infirmière avait remarqué qu'elle l'avait vu sourire pour la première fois.

Je feuilletai le livre dont chaque partie avait un nom scientifique désignant une malformation spécifique : « Une estimation quantitative de la synostose sagittale et du syndrome de Curzon » ; « Rhinoplastie : un traitement du syndrome de Binder »... Je continuai à parcourir l'ouvrage jusqu'au moment où je tombai sur un chapitre intitulé « Différentes méthodes pour corriger le prognathisme ». Autrement dit, pour rectifier une mâchoire trop développée et trop saillante.

Des photos montraient des chirurgiens en train de faire une incision entre la lèvre et la gencive de la mâchoire inférieure. Une fois l'os découvert, un schéma indiquait la façon dont il devait être coupé en deux endroits ; on en enlevait ensuite une partie et la mâchoire ainsi réduite était fixée à la place qu'elle devait occuper. À la page suivante, des photos de la patiente prises avant et après. Sur la première, on voyait une petite fille grotesque, à peine humaine, et sur l'autre, on ne distinguait aucune trace de l'anomalie. En conclusion, les auteurs affirmaient brièvement que les corrections cranio-faciales du prognathisme étaient parmi les plus invariablement réussies et qu'elles donnaient aux patients « un aspect parfaitement normal ».

La position des plaques dans la mâchoire de la fillette correspondait approximativement à l'emplacement des ombres sur le scanner d'Allie.

Je regardai la petite fille sur la photo, la partie inférieure de son visage évoquant le museau d'un loup, la peur et la tristesse de ses yeux. J'essayai d'imaginer Allie à sa place, mais j'en fus incapable. Quelque chose en moi repoussait cette possibilité. Mon esprit s'obstinait à penser que c'était un accident et rien d'autre.

32

J'APPELAI Anderson pour lui demander de me remplacer le lendemain. Il hésita tant que je ne lui eus pas promis de prendre les deux nuits du week-end où il était de garde. Il accepta alors avec empressement.

« D'accord, Jackson. Toujours prêt à rendre service à un copain. »

Je me levai tôt le lendemain matin. Je pris la nationale 80 qui traverse l'interminable Bay Bridge et je continuai jusqu'à la sortie en direction de la US5. Là, je suivis les panneaux qui indiquaient le sud, vers Fresno, puis Vidalis, la ville natale d'Allie.

Bientôt, les petites rues éclairées au néon et les lotissements cédèrent la place à des terres cultivées, des vergers où s'alignaient des rangées d'abricotiers et d'orangers qui défilaient en clignotant comme les images tremblotantes d'un vieux projecteur. Je pris la voie de gauche et je doublai les semi-remorques, les pick-up aux pare-chocs bringuebalants et des ouvriers agricoles mexicains recroquevillés derrière la cabine pour se protéger du vent. Ma vieille Honda n'était pas loin du 140 en arrivant à Fresno. Elle se mit à vibrer en signe de protestation quand je pris la bretelle et que je dus écraser la pédale du frein pour ne pas quitter la route en abordant le virage de la rampe.

À environ dix kilomètres vers l'est, j'arrivai dans la banlieue de Vidalis. Une enseigne au néon plantée sur un talus indiquait la température. Quarante-huit degrés. Même avec le climatiseur réglé au maximum, l'air, à l'intérieur de la voiture, était étouffant.

Je ralentis. La circulation était dense. Je passai devant des stations-service, des concessionnaires de voitures, des fast-foods et des marchands de machines agricoles, et je me retrouvai dans les faubourgs de la ville avant même de m'être aperçu que j'y étais entré. Les trottoirs se terminaient brutalement devant des rangées de choux et de la terre desséchée. Je fis demi-tour, empruntai des rues au hasard jusqu'au moment où je vis ce que je cherchais, un bâtiment en brique, bas, avec un mât à côté de l'entrée qui portait un drapeau immobile. Dessous, un panneau avec une inscription : LYCÉE RÉGIONAL DE VIDALIS.

Personne en vue, mais je ne pouvais imaginer des enfants traînant sur cette pelouse rase et poussiéreuse, même par une température plus clémente. Je m'avançai vers la porte d'entrée et regardai par la fenêtre l'intérieur obscur. Des taches de lumière filtraient par la porte des salles de classe et se reflétaient sur le linoléum du sol, mais rien ne bougeait. Le lycée était vide. J'essayai d'ouvrir la porte, elle était fermée à clé. Bien sûr, me dis-je, nous sommes en août, ce sont les vacances d'été. Je me moquai de moi. Quelle erreur stupide !

Ce qui m'arrivait, je l'avais mérité. Je n'avais pas le droit de fureter dans le passé d'Allie.

De dépit, je secouai la porte et lui donnai des coups de pied. Une voiture apparut, le soleil qui se reflétait sur sa carrosserie explosa dans mes yeux. Le conducteur ralentit pour voir ce qui se passait, mais il ne s'arrêta pas.

Je sentais qu'Allie m'échappait. Il y avait un vide entre nous désormais, un vide qui allait chaque jour en s'élargissant. Et au milieu, quelque part, d'une manière ou d'une autre, il y avait son secret. Celui qu'elle ne voulait pas partager. Celui dont j'étais exclu.

Je secouai de nouveau la poignée de la porte et appelai au cas où quelqu'un, à l'intérieur, m'ouvrirait. Rien.

Le soleil se trouvait maintenant au zénith. En montant dans le ciel, il avait effacé la plus petite ombre et réduit le paysage aplati à deux dimensions stériles.

217

L'intérieur de ma voiture était brûlant quand je l'ouvris. Je dus mettre la climatisation et attendre un moment avant de prendre le volant. En sortant de la ville, je m'arrêtai dans une épicerie et j'achetai une bouteille d'eau que j'emportais sur le parking. Je la bus à moitié et versai le reste sur ma tête. Je séchai en quelques minutes.

Je retournai dans la boutique pour acheter une autre bouteille. C'était absurde, mais je demandai à la femme derrière le comptoir si le lycée ouvrait quelquefois en été.

« Pas avant septembre. Ici, c'est une cité rurale. Les enfants ont du travail l'été.

– Et il n'y a pas de cours de vacances ?

– Les élèves qui en ont besoin vont à Fresno. »

Elle me considéra d'un œil soupçonneux.

« Vous avez à faire ici ?

– Je passais, mais comme j'ai une amie qui a fait ses études ici, j'aurais voulu consulter l'annuaire des élèves. »

Même à moi, ce que je venais de dire me paraissait bizarre, mais la femme n'y trouva rien d'anormal.

« Eh bien, essayez donc à la bibliothèque municipale, dans cette rue. Elle est ouverte jusqu'à quatre heures. »

Elle me rendit la monnaie avec un sourire. Je la remerciai, emportai la bouteille d'eau et pris la direction qu'elle m'avait indiquée.

La bibliothèque était vide, à l'exception d'un vieil homme assis à l'une des tables. Personne à l'accueil. Je trouvai donc moi-même la référence et cherchai dans les rayons. Je tombai enfin sur un volume relié en rouge avec des dates gravées sur la couverture en lettres d'or. L'annuaire du lycée.

Je repérai l'année où Allie devait avoir eu son bac et passai rapidement en revue les noms commençant par S. Toute une série de jeunes visages me regardèrent, les filles vêtues de leur plus belle robe, les garçons mal à l'aise en veston et cravate. Je revins en arrière pour examiner de plus près les photos : Robyn Sarnes, Saul Schickler, Joan Sherry, Joy Shimoura... Stadler... Stentina... Szosteki. Il manquait la photo d'Allie. Je remarquai alors un carré gris vide dans un coin, au bas de la page. Son nom était écrit dessous : Alexandra Sorosh, et son diminutif, Allie. Pas de

218

phrase exprimant une angoisse existentielle, une érudition prétentieuse ou un espoir juvénile. Seulement un carré vide, prêt à recevoir la photo de la remise des diplômes, une photo à jamais absente.

Après les portraits venaient des photos de groupes et des instantanés : l'équipe de football, l'association des jeunes agriculteurs, le bal costumé d'Halloween. Dessous, un cliché représentant des jeunes filles qui apportaient leur aide bénévole à l'hôpital local. Parmi les noms se trouvait celui d'Alexandra Sorosh. La qualité de la photo étant médiocre, les visages étaient difficiles à identifier, mais, en procédant par élimination, je la trouvai enfin. Le groupe avait été pris par surprise, elle n'avait eu aucune chance de s'échapper. Son visage était flou, elle avait bougé brusquement la tête. Elle regardait vers le bas et au loin, ses cheveux d'un blond doré – qui paraissaient blancs sur la photo en noir et blanc – ramenés en avant comme pour cacher le plus possible son visage.

« Je peux vous aider ? »

C'était le bibliothécaire. Il s'était arrêté à l'entrée de l'allée, ravi, me sembla-t-il, de trouver quelqu'un qui s'intéressât à sa bibliothèque.

« Non, répondis-je en refermant l'annuaire que je rangeai aussitôt. Non, merci. »

Une fois au volant, je me rappelai ce qu'Allie m'avait dit un jour. Nous nous promenions en voiture et elle avait remarqué que la rue où nous nous trouvions portait le même nom que celle où elle avait grandi. Inconsciemment, ce nom avait servi de base à l'image que je m'étais faite de sa ville natale. Une image très différente de la réalité, comme je pouvais le voir. Des herbes hautes et des fleurs, un enfant qui courait. Mais comment s'appelait cette rue ? Un enfant courant l'été dans un champ. Summerfield.

Je m'arrêtai dans une station-service pour prendre de l'essence et je demandai au pompiste pendant que je payais s'il savait où se trouvait cette rue.

« Non, répondit-il en me rendant la monnaie. Mais il y

a une place Summerfield, à environ un kilomètre. Prenez Center Street et vous verrez un lotissement. »

Je suivis le chemin indiqué et je trouvai ce qui devait être le lotissement en question. Un îlot de maisons dans un océan de fermes et de champs à l'infini. Des piliers de briques peintes en blanc en marquaient l'entrée, mais je ne vis aucune clôture, aucune barrière. En fait, ces maisons étaient des caravanes, bien entretenues et posées sur des fondations. Elles étaient entourées de petites pelouses soignées, probablement arrosées chaque jour pour être aussi vertes. Summerfield Place, malgré son nom, était une rue prioritaire qui limitait le lotissement à l'est. Parmi toutes ces maisons, vingt auraient pu être celle d'Allie.

Au moment où je passai, un petit groupe d'adolescents sortit de l'une de ces caravanes. Ils s'entassèrent dans une Trans-Am noire aux vitres teintées qui s'éloigna en vrombissant. Je ne vis aucun autre signe de vie jusqu'au moment où je remarquai une silhouette de femme penchée sur un petit carré de pelouse. Elle triturait l'embout d'un arroseur. Elle portait un pull sans manches très près du corps et un short en fibre élastique qui la moulait encore davantage. Je m'arrêtai devant et baissai ma vitre.

« Bonjour ! » lui criai-je.

Elle se tourna vers moi et me fit un petit signe de tête.

« Connaissez-vous une famille Sorosh qui habitait dans cette rue ? Il y a un moment, sans doute dans les années quatre-vingt.

– Les Sorosh habitent un peu plus loin. Là. » Elle m'indiqua une maison du doigt et se remit à donner des coups sur l'arroseur. Elle tenait manifestement à se mettre à l'abri du soleil le plus vite possible.

« Ils *habitent* là ?

– Dans la maison jaune avec des moulures blanches. »

Elle tapa encore une fois et de l'arroseur jaillit un geyser d'eau.

« Merci ! » criai-je en m'éloignant.

Ce doit être une coïncidence, pensai-je. Peut-être des cousins dont Allie ne m'a jamais parlé.

Toutes les caravanes paraissaient être peintes en jaune ou en marron, mais je trouvai celle que la femme m'avait

220

signalée. Il y avait près du trottoir un lampadaire décoratif et un petit écriteau sur lequel était inscrit un nom : SOROSH. Je descendis de voiture et sonnai.

La porte d'entrée s'ouvrit. À l'intérieur se tenait une petite femme d'aspect fragile qui semblait avoir un peu plus de soixante-dix ans. Elle cherchait à me voir malgré l'éclat du soleil. Elle m'adressa un demi-sourire, tenant en réserve l'autre moitié pour le cas où j'aurais été un démarcheur.

« Bonjour, je... je cherche... J'ai une amie, Alexandra Sorosh. Savez-vous si sa famille... »

Je ne terminai pas ma phrase en voyant son visage s'illuminer.

« Vous dites que vous êtes un ami d'Allie ?

– Oui, je passais dans le coin et...

– Mais c'est merveilleux ! s'écria-t-elle avec, cette fois, un large sourire. Je n'ai pas saisi votre nom.

– Jackson. Jackson Maebry. »

Mon nom ne provoqua pas une réaction immédiate, mais elle n'en demeura pas moins amicale.

« Eh bien, eh bien ! C'est vraiment trop gentil. Je suis Mary. » Nous nous serrâmes la main. « Pourquoi n'entrez-vous pas vous abriter de la chaleur ? »

La porte donnait dans un petit séjour, avec un coin repas attenant à la cuisine. Tout était bien rangé, comme si les bibelots, sur les tables, n'avaient pas changé de place depuis des années, si ce n'est pour l'époussetage hebdomadaire.

« Vous devez avoir soif. Que puis-je vous offrir ? Du Coca ? Nous n'avons pas de Coca Light. Je sais que les jeunes le préfèrent, mais...

– Du normal sera parfait, je vous assure. »

En passant devant une porte légèrement entrouverte, j'aperçus dans une pièce obscure la forme longue et maigre d'un homme allongé sur un lit défait, la tête penchée de côté, immobile, comme s'il attendait quelque chose. La radio posée sur la table de nuit annonça l'indicatif de la station de Fresno.

« C'est Mr Sorosh, expliqua Mary en fermant doucement

221

la porte. Il n'est plus le même depuis qu'il a pris sa retraite. Des problèmes cardiaques. »

Allie ne m'avait jamais parlé de ses grands-parents. Du moins, je ne m'en souvenais pas.

Mary me fit asseoir à la table de la salle à manger et alla me chercher un verre de Coca. Par la fenêtre, je voyais le petit jardin derrière la maison, bien entretenu, entouré d'un grillage bas. Plus loin, sur près de deux kilomètres, une étendue plate de terres cultivées qui disparaissait dans le nuage de poussière planant au-dessus de la terre brûlante.

« Excusez le désordre », dit Mary en posant le Coca devant moi sur un dessous de verre. Elle rangea un petit napperon de dentelle. Aux murs étaient accrochées ses œuvres, des tapisseries à l'aiguille aux dessins agréables sous lesquels étaient inscrites des petites phrases comme « Que Dieu bénisse notre chère maison » ou « Traces de pas dans le sable », ou encore « Un pas à temps en vaut cent ».

« Nous n'avons pas l'habitude d'avoir des visites. Nous vivons seuls maintenant. » Elle s'assit près de moi, les mains jointes devant elle ; le coin de la table nous séparait. « C'est merveilleux de faire la connaissance d'un ami d'Allie. »

Je souris.

« Depuis combien de temps habitez-vous ici ? demandai-je.

– Oh, presque vingt-cinq ans maintenant. Peu de temps après que nous avons eu Allie. J'ai l'impression que c'était hier. C'est là qu'elle jouait, dans le jardin. Nous avions une piscine à cette époque. John – elle fit un signe de tête en direction de son mari –, c'est lui qui la lui avait construite. Nous l'avons démolie, bien sûr. Après son départ, elle ne servait plus à rien. Vous vous sentez bien ? demanda-t-elle en posant sa main sur mon bras.

– Oui. C'est sûrement la chaleur. » Je bus mon Coca et m'essuyai le front avec la serviette qu'elle avait sortie d'un tiroir sous la table. Il me fallut un moment avant de comprendre ce qu'elle venait de dire. « Ainsi, vous êtes... »

Je m'arrêtai. Qu'allais-je lui demander ? Ainsi, vous êtes la mère dont Allie m'a dit qu'elle était morte ?

« Nous avons eu Allie très tard, expliqua Mary, pensant que ma question concernait son âge. C'était l'enfant du miracle. » Son sourire fut contrarié par des pensées moins heureuses. « M. Sorosh, John, il ne s'attendait pas... et nous... Bref, nous avons eu des moments difficiles. Mon Dieu ! Vous avez fini votre Coca ! s'écria-t-elle. Je vais vous en chercher un autre. »

Elle prit mon verre et se précipita dans la cuisine.

Par la fenêtre, j'aperçus une machine agricole qui tournait lentement dans le champ en dessinant des cercles, suivie par un épais nuage de poussière. Je revoyais Allie se détournant de moi dans le silence qui nous environnait.

« Mes parents sont morts il y a quelque temps. Ils étaient très vieux. »

Voilà ce qu'elle avait dit. Je m'étais déplacé pour voir son visage. Il était hermétique, sans doute à cause de son chagrin, avais-je pensé. Elle les pleurait. Tu as toujours détourné la tête, n'est-ce pas, Allie ? Tu ne mentais pas bien. Tu étais tout juste bonne à garder tes secrets.

« C'est si gentil d'être passé nous voir, dit Mary en se rasseyant. Nous n'avons pas eu de nouvelles d'Allie depuis un moment.

– Vous ne lui avez pas parlé récemment ?

– Elle a beaucoup de travail, elle n'a pas le temps. Nous le comprenons. »

Ils ne savaient pas ce qui lui était arrivé.

« Elle a une vie très remplie maintenant. C'est une jeune femme ambitieuse qui mène bien sa carrière. » Pour elle, le mot « carrière » semblait avoir quelque chose d'exotique, comme si on ne le trouvait que dans les magazines. « On l'a même vue à la télé. Vous l'avez vue ? »

Il arrivait que Genederm envoyât Allie répondre à des interviews, les rares fois où personne d'autre n'était disponible.

« Elle est merveilleuse, approuvai-je.

– Nous ne l'avons pas vue, mais nous avons une photo d'elle. Elle nous l'a envoyée. Elle est là, dans le séjour. »

Elle m'y emmena et me conduisit devant une table encombrée de photographies encadrées. La plus grande était une photo d'Allie, un cliché pris par un professionnel.

« Elle est belle, n'est-ce pas ? » Elle avait pris le cadre qui tremblait légèrement dans sa main, soit à cause de l'âge, soit parce qu'elle était émue. « Nous sommes si fiers d'elle », ajouta-t-elle avec une surprenante intensité.

Je répondis par une banalité suggérant qu'en effet, ils pouvaient être fiers d'elle. Je vis Mary essuyer une larme.

Presque instinctivement, je tendis la main et pris une petite photo cachée derrière les autres. Celle d'une fillette d'environ sept ou huit ans, assise seule sur la pelouse jaunie du jardin, près de la piscine bleue. Je reconnus le grillage, le champ poussiéreux à l'arrière-plan.

Ce fut comme si je voyais la sœur de quelqu'un que je connaissais, différente, mais avec certains traits si semblables qu'on aurait pu les intervertir. L'arête du nez, le front. Elle devait avoir nagé, elle avait les cheveux mouillés et aplatis, exactement comme maintenant quand elle se douche. C'était Allie.

D'après les photos que j'avais trouvées dans les manuels, je savais à quoi m'attendre. Sa mâchoire était énorme, disproportionnée, elle aurait convenu à un visage deux fois plus gros ; sa bouche était tordue vers le bas en un rictus désapprobateur, dû peut-être à sa tristesse ou à la traction des muscles de la face. Ce qu'il y a de plus difficile à supporter pour les enfants atteints de difformités faciales sévères, d'après les manuels, c'est que l'altération des traits cache souvent la véritable expression du visage.

Ces enfants ont été étudiés dans leurs rapports avec les autres. Non seulement ce que les gens voient les repousse. Mais il y a aussi ce qu'ils ne voient pas, des indices que nous tous – et surtout les parents – avons l'habitude de remarquer et auxquels nous répondons instinctivement. Nous communiquons par l'intermédiaire des changements discrets de nos expressions, une lèvre légèrement relevée, un froncement de sourcils, un sourire, tous sujets à des variations subtiles. Et lorsque nous ne les saisissons pas, nous sommes désorientés, prêts à nous replier sur nous-mêmes. Ainsi, les enfants comme Allie n'ont pas droit aux mêmes rapports, à ce va-et-vient de sentiments que la mère échange naturellement avec son enfant. À partir du moment où s'éveille sa conscience, il existe donc une interruption, une coupure des liens les plus importants de l'espèce humaine.

J'abandonnai la photo pour regarder Mary Sorosh, son visage jauni par les rayons impitoyables du soleil qui pénétraient à travers les rideaux. Des grains de poussière s'élevaient dans la lumière et l'air qui se réchauffait malgré le climatiseur.

« ... pas comme les autres enfants. Allie était spéciale », disait Mary, mais entre ces mots je perçus comme un aveu de sa culpabilité.

Elle ne s'était pas attendue à recevoir une visite et maintenant, cette photo l'avait poussée à dévoiler un secret qu'elle n'aurait pas dû révéler. Ou peut-être avait-elle une raison plus intime.

« Je sais. Je sais pour Allie. »

Je lus sur son visage qu'elle était soulagée.

« Mr Sorosh, me confia-t-elle à voix basse, c'était un bon père, mais il ne s'est jamais comporté avec sa fille comme il aurait dû le faire. Il n'a jamais pu s'y habituer. Il ne ressentait pas ce qu'un père ressent pour son enfant... C'est un brave homme, vraiment... et il a perdu son travail, pas d'assurance et si peu d'argent... »

Elle cherchait à se justifier, comme si j'avais pu lui donner une sorte d'absolution. Je lisais sur son visage le souvenir de la longue enfance de sa fille, douloureuse et solitaire, son propre échec, le trop peu d'affection qu'elle avait donné à Allie, une carence tellement ancrée en elle que si elle avait dû tout recommencer, elle savait qu'elle n'aurait pu faire mieux.

Elle continuait de parler, d'un médecin de Sacramento, d'une opération pénible, des complications... Mais son récit était trop confus et je n'avais pas le cœur de la cuisiner pour obtenir tous les détails. Je compris globalement ce qui s'était passé.

« Vous êtes un ami sincère, ça, je peux le dire », déclarat-elle en me serrant légèrement le bras.

J'éprouvais le besoin de sortir. De m'en aller.

« Il faut vraiment que je parte. Je suis désolé. Je dois retourner à San Francisco. »

Je me dirigeai vers la porte, ce qui eut pour résultat de lui faire étreindre mon bras plus fort.

«Vous lui transmettrez toute notre affection, n'est-ce pas, Mr Maebry?

— Oui, je vous le promets.

— Nous n'avons pas eu de ses nouvelles depuis si longtemps. Dites-lui de nous appeler.

— Oui, bien sûr.»

Je dus presque la traîner jusqu'à la porte.

«C'est que... nous sommes si contents pour elle. Dites-le-lui.»

Un trait de lumière fit irruption dans la pièce quand j'ouvris la porte. Mary sembla se flétrir dans la chaleur. Elle restait accrochée à mon bras.

«Oui, oui. Je le lui dirai. Merci pour le Coca, dis-je en lui faisant lâcher prise le plus doucement possible.

— Nous sommes si contents pour elle», cria-t-elle tandis que je m'éloignais.

Le climatiseur soufflait de l'air chaud et le siège de la voiture me brûla à travers mes vêtements. Je démarrai. Je savais qu'elle était debout sur le pas de la porte et qu'elle me faisait au revoir de la main, mais je ne me retournai pas pour la regarder. Je m'en sentis incapable.

33

ALLIE devait quitter l'hôpital le lendemain. J'aurais pu insister auprès de l'administration pour qu'on la garde quelques jours de plus, mais elle avait hâte de sortir et il n'y avait aucune contre-indication médicale.

Je passai dans la matinée pour l'aider à rassembler ses affaires et je la ramenai à son appartement de Berkeley. Nous gardâmes le silence. Elle s'appuya contre le mur du couloir pendant que j'ouvrais la porte et elle me suivit à l'intérieur en poussant un profond soupir.

« Que Dieu bénisse notre maison », murmura-t-elle à voix basse.

J'ouvris la fenêtre pour faire entrer un peu d'air frais. Quand je me retournai, je la vis aux prises avec le miroir de l'entrée ; elle essayait de le décrocher pour le poser derrière une table basse. Il lui glissa des mains et tomba, mais je n'entendis pas le bruit du verre brisé.

« Au moins, il ne s'est pas cassé. » Sa bouche esquissa un sourire amusé, malgré les points de suture et ses lèvres enflées. « J'ai assez la poisse comme ça.

— Ce n'est peut-être pas le meilleur moment pour changer les meubles de place », remarquai-je. Nous nous assîmes sur le canapé, je pris son bras plâtré et le remis dans son écharpe. Elle dut plier la main et fit la grimace. « Tu as mal ?

— J'ai mal partout, Jackson.

— Je sais. »

J'allai chercher deux analgésiques et l'aidai à les prendre

avec un verre d'eau. Je la fis s'allonger sur le canapé et lui apportai une couverture.

« Il n'y a rien à manger ici. Pourquoi ne pas acheter des plats cuisinés ? Tu te sentirais sûrement mieux si tu mangeais autre chose que la nourriture de l'hôpital.

– D'accord.

– Chinois ?

– Super, dit-elle sans enthousiasme.

– Italien ? Vietnamien ? Indien ?

– Comme tu veux. Mais apporte-moi de la bière.

– Ce n'est pas une bonne idée de..., commençai-je. Bon, OK, de la bière. Qu'est-ce que tu dirais d'une vidéo ? Ce que tu as envie de voir.

– D'accord, fit-elle avec un haussement d'épaules.

– Quoi ?

– Je ne sais pas. Que dirais-tu du *Bossu de Notre-Dame* ?

– Tu ne vois rien d'autre ?

– Si. *Le Fantôme de l'Opéra.* »

Elle avait la tête baissée, je ne pus voir son expression.

« Je ne..., commençai-je.

– ... crois pas que ce soit une bonne idée. » Elle termina ma phrase par un rire amer. « Prends ce que tu veux. Aucune importance. »

Le temps de revenir avec les provisions, elle s'était installée dans sa chambre. Elle m'annonça qu'elle n'avait pas faim. Elle ne voulait que de la bière. Je nous en apportai une à chacun et l'aidai à s'asseoir dans son lit.

« J'ai encore mal, Jackson. Même avec les calmants. Tout me fait mal.

– Tu as subi un tas de traumatismes. Tu auras encore mal pendant un bout de temps. »

Allie essaya de boire à la bouteille, mais elle fit la grimace.

« Parfois, quand je me réveillais à l'hôpital, je restais un moment sans la sentir. La douleur, tu sais ? Et je pensais que, peut-être, tout cela n'avait été qu'un mauvais rêve, que c'était fini. Mais la douleur revenait et tout recommençait à me faire mal. Tout. Chaque objet que je touchais – le lit, les draps quand ils frottaient contre ma peau. La lumière elle-même me blessait. Il fallait alors que je me tourne, mais le simple fait de regarder autour de moi était douloureux. Le plafond, les murs. Tout me faisait souffrir. Sais-tu ce que ça veut dire ? Que toutes les choses n'étaient que des formes différentes de la douleur.

– Ton corps est épuisé, Allie, et quand il est épuisé, il se défend moins contre la douleur. Je sais qu'en ce moment, elle est omniprésente, mais ce dont tu as besoin, c'est de repos. Laisse le temps au temps.

« Je vais rester auprès de toi cette nuit, ajoutai-je au bout d'un moment. Je dormirai sur le canapé. »

Je me demandai si elle avait peur d'être seule, mais elle ne m'en avait jamais parlé et je ne voulus pas la contrarier. Perdue dans ses pensées, elle ne répondit pas.

« C'est comme si c'était fermé à l'intérieur, Jackson. La douleur est bloquée dedans. Et pour cette raison, elle ne s'en ira pas. Comme cette chose dans mon âme – tu sais –, cette chose terrible à l'intérieur de moi.

– Allie...

– Et cette chose me dit... Voilà ce qu'elle me dit : Tu n'es qu'un monstre, un *monstre* hideux et abominable. Comment as-tu pu croire que tu serais autre chose ?

– Allie, ne dis pas ça. »

Elle pleurait maintenant, le genre de larmes qui n'apportent aucun soulagement. Nous nous tûmes pendant un moment. Je finis ma bière. J'avais envie d'en boire une autre, mais je ne me levai pas. Allie me tendit la sienne.

« Tiens, je n'en veux pas. »

Je bus en silence. Il m'apparut que c'était le moment ou jamais de lui révéler ce que j'éprouvais le besoin urgent de lui dire. J'espérais que cela lui ferait du bien.

« Allie, je... je sais tout sur ta première opération. »

Elle ne fit pas un mouvement et donna l'impression de ne pas avoir enregistré ce qu'elle avait entendu. Elle prononça alors ces mots, lentement : « Que veux-tu dire ? »

– Sur ta mâchoire. Je sais que tu as eu une opération de chirurgie réparatrice. »

Cette fois encore, elle se tut.

« Je ne voulais pas que tu le saches, finit-elle par répondre.

– C'est sans importance, Allie. Si tu n'avais pas parlé comme tu l'as fait, je ne t'aurais rien dit, et je voulais...

– Comment l'as-tu appris ? Je croyais que c'était confidentiel. »

Elle parlait d'une voix neutre, glacée. La voix d'une personne en état de choc.

« Personne ne me l'a dit, Allie. Au cours de l'opération, je l'ai vu. »

Je ne tenais pas à parler de Vidalis maintenant. J'aurais voulu ne jamais y être allé.

« C'est encore visible ? Tu as pu le voir ? »

Elle leva une main comme pour se cacher derrière.

« À l'intérieur, oui.

– Je croyais que tout devait disparaître, comme si rien ne s'était passé.

– Oui, effectivement. Mais la disparition a été partielle et non totale. C'est sans importance, je...

– Tu sais à quoi je ressemblais.

– Allie...

– Tu *sais* ! » cria-t-elle.

Une blessure de plus, aussi profonde, qu'elle ne méritait pas et ne pouvait comprendre.

J'avais eu l'intention de lui parler de son médecin, celui de Sacramento, mais peu importait maintenant. Il y avait quelque chose de malsain dans cette curiosité égoïste. J'en pris conscience et j'en eus honte. Je voulais changer de sujet, m'en éloigner le plus possible.

« Ça n'a aucune importance pour moi, Allie, je pensais... »

Elle eut un mouvement de recul quand je cherchai à l'entourer de mon bras. Je m'en abstins.

« Allie, je t'aime. Je me fiche que tu aies ressemblé à ceci ou à cela. La seule chose qui compte, c'est que nous nous aimions. »

Un frisson parcourut son corps. Elle serra étroitement ses bras contre sa poitrine pour s'empêcher de trembler.

« Tu ne m'aurais jamais aimée comme ça. »

Elle s'était exprimée avec froideur, comme si c'était l'évidence même.

Je songeai à la petite fille sur la photographie, assise dans le jardin à Vidalis. Si j'avais pu remonter le temps, je l'aurais prise avec moi, je l'aurais protégée, aimée. Je l'aimais cette petite fille et je savais, sans le moindre doute, que j'aimais la femme qu'elle était devenue, maintenant encore plus qu'avant.

Mais...

En imagination, j'entendais presque les arguments de l'accusation : « Ce que vous ressentez aujourd'hui n'est pas le problème. Pouvez-vous sincèrement dire que vous seriez tombé amoureux d'une femme affligée d'une telle infirmité ? Voulez-vous nous faire croire que vous auriez appris à l'aimer autant ? Que vous auriez simplement osé évoquer cette possibilité ? »

Mais toutes ces questions n'étaient que pure rhétorique.

« Nous nous aimons *maintenant* ! C'est ça qui compte », insistai-je, sachant que ce n'était pas tout ce qui comptait, devinant que je l'avais irrévocablement trahie, bien avant même que nous nous soyons rencontrés, que nous ayons su que nous existions, que quelque chose s'était brisé bien trop loin derrière nous pour être jamais réparé.

« Nous nous aimons *maintenant* », m'écriai-je comme si cette répétition pouvait la faire changer d'avis, justifier ma trahison.

Elle détourna la tête, autant qu'elle le put avec ses pansements ; de honte pour moi ou pour elle-même, je ne le sus pas.

« Je t'aime *maintenant* », l'implorai-je.

Mes mots tombèrent dans le silence qui s'était installé entre nous comme des pièces de monnaie sans valeur qui tombent dans un puits vide.

Je revins le lendemain après l'hôpital pour lui tenir compagnie. Elle dormit une bonne partie de la soirée et toute la nuit, mais, très tôt le matin, les calmants cessèrent de faire de l'effet et je l'entendis m'appeler. Je quittai le canapé et me rendis dans la chambre. Elle avait pleuré de douleur pendant son sommeil – son oreiller était mouillé – et elle me parut affaiblie et confuse sous l'effet des analgésiques. Mais tout cela, je le savais, allait se dissiper. Ce qui m'inquiétait le plus, c'était son état émotionnel. Brandt, je ne m'étais pas trompé, lui avait donné trop d'espoir. L'opération qu'elle venait de subir ne marquait pas la fin de ses épreuves, mais le commencement, et elle entrevoyait maintenant que, malgré tout ce qu'elle avait déjà enduré et tout ce qu'elle aurait encore à subir, quand tout ce qui aurait pu être médicalement fait l'aurait été, rien ne serait plus comme avant.

Je lui fis prendre deux autres comprimés. Elle s'assit, appuyée au dosseret ; trop fatiguée pour lever les yeux, elle fixait les couvertures qu'elle avait remontées jusqu'à son menton, malgré la température qui n'était pas tombée au-dessous de 30° cette nuit-là, et la climatisation de l'immeuble incapable de lutter contre la chaleur.

« Tu ne veux plus dormir ?

– Non. »

Elle frissonna et remonta les couvertures encore plus haut. J'allai chercher deux bières et m'assis près d'elle sans parler. Un peu plus tard, les médicaments calmèrent sa douleur et elle se détendit suffisamment pour accepter la bière que je lui offrais. Il ne lui fut pas facile de boire ; avec précaution, elle porta la bouteille à ses lèvres meurtries.

« Tu te rappelles qu'un jour, tu m'as raconté qu'étant enfant, tu te sentais différent des autres ? demanda-t-elle. Tu avais l'impression d'être né dans une famille bizarre. Et tu craignais qu'on le sache et qu'on te déteste à cause de ça. Tu avais terriblement honte, comme si c'était un horrible secret.

– Je m'en souviens.

– Et quand ta mère t'emmenait quelque part, tu faisais comme si tu n'étais pas avec elle.

– Oui, je me tenais le plus loin possible. »

Elle but quelques gorgées, de nouveau silencieuse, plongée dans ses pensées.

« C'est drôle, reprit-elle enfin.

– La présence de ma mère qui me gênait ? Oui, je pense que ce n'était pas bien, mais...

– Non, m'interrompit-elle. Tu avais raison. C'est ce que je suis en train de te dire.

– Qu'est-ce que tu entends par là ? »

Elle hocha la tête.

« Tu avais raison de penser que les gens t'auraient détesté s'ils avaient su.

– Je n'en suis pas certain. Je ne...

– Bien sûr que si, affirma-t-elle d'un ton impatient, comme si c'était l'évidence même et que je m'obstinais à ne pas vouloir le reconnaître. Tu sais que j'ai raison. »

Je me sentis incapable de répondre, aussi gardai-je le silence.

« Tu connais l'histoire de Jésus et de l'aveugle ? »

Je ne la connaissais pas.

« Dans la Bible, Jacko. C'est dans la Bible.

– Je n'ai pas lu la Bible, à part deux passages au lycée, en cours de littérature.

– Pas d'importance, reprit-elle. Une fois, notre pasteur a fait un sermon sur cette histoire. Je m'en souviens très bien, et pourtant, je n'avais guère plus de sept ou huit ans à cette époque. » L'âge qu'elle avait sur sa photo, pensai-je. « Jésus voit un aveugle qui mendie devant le temple. Il ordonne à la foule de lui amener cet homme. Ce qu'elle fait. On va le chercher, mais l'aveugle pense que ces gens viennent le harceler, se moquer de lui, tu comprends, comme ils le font depuis toujours. Il donne des coups de pied et il hurle quand ils l'emportent. Le foule trouve ça très drôle, elle rit de lui, le pauvre aveugle qui supplie qu'on ne lui fasse pas de mal, qu'on le laisse tranquille. Plus il supplie, plus il est pitoyable. Et plus il est pitoyable, plus on se moque de lui, bien sûr. »

Elle s'arrêta un instant, comme si elle réfléchissait à ce qu'elle allait dire.

« Alors, Jésus étale de la boue sur les yeux de l'aveugle et donne l'ordre à la foule de l'emmener à la fontaine pour le laver. L'homme pleurniche et supplie toujours, et il a l'air encore plus ridicule qu'avant. Quant à la foule, elle trouve ça épatant. C'est comme au cirque, le meilleur spectacle depuis bien longtemps.

– Alors, qu'est-il arrivé ?

– Ils ont ôté la boue de ses yeux et il a retrouvé la vue, conclut-elle d'un ton neutre.

– Donc, c'était un miracle ? »

Je ne parvenais pas à comprendre ce qu'elle cherchait à me dire. Elle parut ne pas entendre ma question et poursuivit sans interrompre le fil de ses pensées :

« Après ce sermon, il m'est arrivé parfois... tu sais, quand je prenais mon bain, je m'aspergeais le visage d'eau savonneuse et j'ouvrais les yeux quand elle coulait ; le savon entrait dans mes yeux et me piquait, et plus il me piquait, mieux c'était. Et je m'imaginais être l'aveugle, quand il avait vu pour la première fois... et je pensais alors que, peut-être la prochaine fois, je me regarderais dans le miroir et je me verrais différente.

– Mon Dieu, Allie ! »

Je tendis la main et j'étreignis son bras sous la couverture.

« C'est comme *Le Bossu de Notre-Dame,* le film que tu n'as pas voulu louer parce que tu as eu peur qu'il me bouleverse.

– Je...

– Quand ils voient le bossu, ils se moquent de lui. Ils le montrent du doigt, ils rient et ils lui lancent un tas de choses. Pourquoi les gens rient-ils de la difformité ? Pourquoi à ton avis, Jackson ? »

Elle attendait, elle espérait une réponse.

« Parce que... Je ne sais pas. Peut-être ont-il peur, ils craignent que ça ne leur arrive. C'est une façon pour eux de prendre leurs distances. »

Cette phrase me parut boiteuse au moment même où je la prononçai. C'était le genre de réponse que Stern aurait faite.

Allie se hérissa.

« C'est ce que les gens disent toujours. Mais ça n'a pas beaucoup de sens, si on y réfléchit. De quoi ont-ils peur ? D'être un jour aveugles ou de devenir fous comme ta mère ? Mais il ne va pas leur pousser une bosse et ils ne deviendront pas nains. Pourquoi tant de haine ?

– Je ne sais pas.

– Moi, si. Je sais. » Elle leva la tête, la première fois de la soirée, et me regarda droit dans les yeux. Elle me mettait au défi de ne pas être d'accord, mais, fatiguée par cet effort, elle pencha de nouveau son visage. « C'est comme si ce n'était pas suffisant d'être maudit par la nature, d'être maudit par Dieu. Comme si les autres pensaient que la honte ne suffit pas, qu'elle n'est pas assez profondément enfoncée dans le cœur, qu'il faut l'enfoncer davantage. Ils ont besoin de s'assurer qu'elle est complète, totale. Ils pensent que, s'ils laissent cette personne seule avec son malheur, il lui reste peut-être une étincelle d'espoir, une braise. Alors, il faut qu'ils la piétinent, qu'ils la détruisent pour qu'il ne reste que des cendres.

– Seigneur, Allie, tout le monde n'est pas comme ça !

– Non ? Peut-être pas », dit-elle d'un ton peu convaincu, seulement pour me calmer.

Je me sentais inutile, comme le spectateur d'un accident qui ne peut offrir aucune aide. Toutes les phrases gentilles et consolantes que j'avais voulu lui dire, tout le réconfort que j'avais voulu lui apporter, elle venait de les rejeter en bloc.

Elle me réclama de la bière, je lui tendis la mienne. Elle but quelques gorgées avant de poursuivre :

« Nous avions ce vieux pasteur. C'était un brave type, il nous avait raconté l'histoire de l'aveugle. Mais il est mort d'un cancer. Celui qui lui a succédé était jeune et très intelligent. Tout le monde disait qu'il avait un doctorat. Il nous a lu le sermon d'un grand pasteur de l'ancien temps ; les fidèles ne l'ont pas aimé du tout. Ils ont trouvé que c'était vraiment morbide. Il nous a parlé de ces millions d'âmes, les âmes des pécheurs, et il a dit qu'elles étaient comme des flocons de neige qui tombent en enfer.

– C'est plutôt morbide.

– Peut-être. Peut-être que c'est aussi ce que disent les gens quand ils n'ont pas envie de réfléchir. Ce qui m'a vraiment plu, c'est l'idée que Dieu a dessiné une sorte de cercle, et que ceux qui se trouvent à l'extérieur, ils auront beau essayer, ils auront beau vouloir, jamais ils ne pourront entrer à l'intérieur. Le destin en a décidé ainsi. Pour eux, il n'y a aucun espoir. Pas de pitié, pas de rédemption, rien. Même si on les aime, même s'ils vous aiment. Rien n'y fait. Parce que tout ce qui est humain, tous les sentiments humains ne comptent pas. C'est comme si ces gens étaient morts.

– Arrête, Allie ! Ce que tu racontes est horriblement cruel !

– Je ne l'ai pas inventé, rétorqua-t-elle en me lançant un regard furieux. C'est comme ça. »

Cette fois, je ne protestai pas. Je ne tenais pas à la contrarier. Elle serrait encore la couverture étroitement autour d'elle, elle frissonnait. Je sentais la sueur couler sous mes bras.

« C'est drôle, dit-elle au bout d'un moment, comme si elle reprenait notre conversation à son début.

– Quoi, Allie ?

– Ils meurent tous à la fin. »

Une fois encore, je ne la suivais pas.

« Dans les films, Jackson. Le Bossu. Le Fantôme. Comme si on ne savait pas quoi faire d'eux. Alors, on les élimine. Ils sont écrasés, ils tombent d'une tour, ils sont brûlés. C'est comme...

– Comme quoi, Allie ?

– Comme des flocons de neige qui tombent en enfer. »

34

Lorsque je lui téléphonai le lendemain, Allie me dit qu'elle ne tenait pas à ce que je lui rende visite ; elle voulait passer quelques jours seule. Je me contentai donc de la routine de l'hôpital. Je programmai deux ou trois opérations par jour. Le soir, je descendrais à la morgue m'entraîner sur mon cadavre.

Je m'y trouvais quand Krista me fit appeler par l'intermédiaire de l'accueil. Je la joignis chez elle.

« Salut, Jackson ! »

Elle affichait une bonne humeur aux antipodes de ma morosité.

« Salut, Krista ! J'avais l'intention de te remercier d'avoir veillé sur Allie quand elle était aux soins intensifs. Tu m'as ôté un grand poids.

– C'est justement pour ça que je t'appelle. Allie m'a demandé de m'occuper d'elle deux heures par jour. »

C'est du Krista tout craché, marmonnai-je intérieurement. Il faut qu'elle se mêle de ma vie de la façon la plus généreuse, la plus efficace. Je culpabilisai d'en être contrarié.

« Est-ce vraiment nécessaire ? » demandai-je d'un ton manifestement agacé.

Krista ne remarqua rien, ce qui ne me surprit pas. Elle poursuivit allégrement :

« Pas de problème. Ce n'est pas la première fois que je travaillerai au noir. De toute façon, elle est assurée et nous nous entendions bien quand elle était à l'USI. Elle est

237

plutôt du genre calme, mais je l'ai trouvée très sympa. Et elle me fait tellement de peine.

– C'est gentil de ta part, Krista. Je t'emmènerai dîner quelque part pour te prouver ma gratitude. »

Je regrettai aussitôt ma proposition.

« Pourquoi pas ce soir ? suggéra-t-elle.

– Eh bien...

– Tu n'es pas de garde ? Et moi, je ne commence qu'à huit heures. On pourrait se donner rendez-vous au Golden Gate.

– Le pont ?

– Non, idiot, le restaurant où nous avions l'habitude d'aller, toi et moi. Tu t'en souviens ? Tu pourras dîner et moi, je prendrai un petit déjeuner. Comme au bon vieux temps. »

J'étais coincé.

« Bon, d'accord. Mais j'ai besoin de me changer. Rendez-vous dans une heure. À propos, où est-ce ?

– C'est bien de toi, Jackson. Complètement louf ! »

Elle me donna l'adresse – à quelques rues de l'hôpital. Je pris une douche dans le vestiaire et mis mes vêtements civils. Krista était déjà installée quand j'arrivai. Elle avait choisi une table dans un box, loin des bruits du bar. Elle s'était habillée, maquillée et fait un brushing. J'éprouvai la sensation gênante que c'était à mon intention. Elle allait être de garde jusqu'au petit matin et ne verrait personne d'autre, à l'exception des patients.

Elle se leva et me tendit sa joue. Je l'embrassai, bien obligé. Je dus admettre qu'elle faisait de l'effet : jupe moulante, chemisier en soie suffisamment transparent pour laisser deviner un soutien-gorge en dentelle, longs cheveux auburn. Un visage que je trouvais mignon ou séduisant selon mon humeur, ou la sienne. Une fois encore, je m'étonnai de ne plus avoir éprouvé d'attirance physique pour elle après deux ou trois rendez-vous.

Elle s'assit devant moi et se pencha pour me regarder dans mes « grands yeux noirs ». De la même couleur que ceux de son chat, m'avait-elle annoncé un jour.

« Tu as une sale mine, Jackson », remarqua-t-elle en fronçant les sourcils.

238

Je haussai les épaules.

« Il faut que tu prennes soin de toi, poursuivit-elle. Je parie que tu te nourris de café et de biscuits au beurre de cacahuète, et que c'est ton premier vrai repas depuis une éternité.

– Tout juste », admis-je, et j'ajoutai par politesse : « Tu es superbe.

– Merci. Je me suis remise à la natation. Je suis inscrite dans un club et j'ai perdu trois kilos. »

Je crus sentir un reproche dans sa façon de s'exprimer.

« Super !

– C'est un endroit très chic. Un tas de types vachement mignons en mini-slips de bain. Je crois même qu'il y a des hétéros, ce qui est plutôt rare dans cette ville.

– Bien !

– Je nage trois kilomètres cinq fois par semaine. Une bonne remise en forme. Je me suis acheté un une-pièce vraiment génial. Une taille de moins. Dommage que tu ne puisses voir mon corps maintenant.

– Vraiment dommage, approuvai-je.

– C'est bien. Tu as pris ta décision et tu en acceptes les conséquences. »

De toute évidence, elle considérait qu'elle avait marqué un point. Heureusement, la serveuse arriva au même moment. Krista commanda une salade et moi, un hamburger et des frites. Krista insista pour que je prenne aussi une salade, ce que je fis. Une fois la serveuse partie, elle se montra de nouveau pleine de sollicitude. Elle tendit la main à travers la table et la posa sur mon bras.

« Il faut que tu aies soin de toi, Jackson.

– Je vais très bien. »

Je ne retirai pas mon bras, mais son contact me mit mal à l'aise.

« Pas sûr. Je te *connais*, rappelle-toi.

– Je vais bien, je t'assure.

– Toujours le même, Jackson. Tu sais quel problème tu as ?

– Je peux en compter plusieurs. »

J'aurais voulu détendre l'atmosphère, mais elle poursuivit avec encore plus de sérieux :

« Ton problème, c'est que tu n'arrives pas à t'extérioriser. Tu te fais trop de souci. C'est comme – comment dit-on ? – comme un engrenage qui tourne à vide. » Elle abandonna mon bras et mima avec ses mains ce que je supposai être des roues qui tournent. J'en profitai pour me mettre hors de portée. « C'est si difficile d'établir le contact avec toi. Tu donnes toujours l'impression d'être à des milliers de kilomètres.

– Si nous ne parlions pas de moi ?

– Qu'est-ce que tu es susceptible !

– Je ne suis pas *susceptible*, remarquai-je d'un ton revêche, conscient d'être ridicule en cherchant à lui répondre.

– Tu vois bien !

– OK, d'accord, tu as gagné. Je suis susceptible. Est-ce qu'on ne pourrait pas parler d'autre chose ? Comment vont tes chats ? »

Krista adorait parler de ses chats et je savais que c'était mon unique chance de changer de sujet.

« Bien, dit-elle avec un mouvement brusque de la tête. Nous ne parlons plus de Jackson. »

Elle était furieuse, mais elle ne put s'empêcher de me raconter la saga de ses chats. Apparemment, elle en avait trouvé un nouveau qu'elle avait adopté. Ce qui faisait cinq au total. La serveuse arriva avec notre commande et je lui demandai l'addition. J'attaquai mon hamburger, surpris d'avoir aussi faim. Au bout d'un moment, je me rendis compte que Krista s'était tue. Je levai le nez et constatai qu'elle mangeait sa salade du bout des dents.

« Allie va beaucoup mieux, remarqua-t-elle un peu plus tard.

– Oui. Merci encore d'avoir pris soin d'elle à l'USI.

– J'ai été heureuse de le faire. Je suis toujours là pour toi, Jackson, tu le sais bien.

– Merci, répétai-je.

– Ce que je veux dire, c'est qu'il y a quelque chose entre nous, tu es bien d'accord ?

– Oui.

– Tu es bien d'accord ? insista-t-elle.

– Bien sûr, Krista. »

J'avais l'impression d'être au catéchisme.

« Bien. » Elle me regardait attentivement. Soudain, sa

voix s'anima : « Est-ce que vous êtes ensemble ? Est-ce qu'elle est ta nouvelle copine ? »

Je répétai ce que je lui avais déjà dit en appuyant sur le mot « amie ».

« C'est une excellente amie.

– Il y a un moment que tu la vois ? insista-t-elle comme si j'avais répondu oui.

– Je la connais depuis un moment.

– C'est pour elle que tu m'as larguée ? »

Elle accompagna sa question d'un sourire involontaire.

« Je ne t'ai pas larguée, Krista. C'est seulement qu'entre nous, ça n'a pas collé.

– Moi, j'ai vraiment eu l'impression que tu me larguais. On couche ensemble et, soudain, tu éprouves « le besoin de te retrouver seul ». Je crois que c'est ce que tu as dit. Je suppose que tu n'es pas resté bien longtemps seul.

– Arrête, Krista.

– Ne t'imagine pas que ça me fait quelque chose. Je m'en suis remise. C'est simplement par curiosité.

– Écoute-moi bien. Allie n'a rien à voir avec toi et moi.

– Je m'en doute.

– Krista... » Je posai mon hamburger et décidai de partir. « Je suis vraiment crevé. Je t'appellerai un soir, d'accord ? »

– Tu t'en vas ? C'est à peine si tu as mangé. »

Je pris l'addition et me levai.

« Je ne dors plus depuis des jours, Krista. Je te revaudrai ça. Nous pourrons peut-être nous revoir bientôt. »

Je commençais à sortir du box quand elle me demanda soudain en me regardant avec une expression narquoise : « Tu connais le lieutenant Rossi ? » Je m'arrêtai net.

« Il est venu bavarder avec moi. Jamais jusqu'à présent un policier ne m'avait soumise à un interrogatoire. »

Je me rassis.

« De quoi t'a-t-il parlé ?

– Oh, il voulait savoir des choses sur Allie. Et sur toi.

– Sur moi ?

– Oui, des bricoles.

– Quel genre ?

– Des bricoles.

– Quel genre de *bricoles*, Krista ?

– Pourquoi es-tu aussi troublé ? »

Elle avait de nouveau le sourire.

« Ce n'est pas drôle. Dis-moi seulement ce qu'il t'a demandé. »

Elle recommença à picorer sa salade.

« Il m'a demandé un tas de choses à ton sujet. Depuis combien de temps tu étais à l'hôpital. Qui sont tes amis. Je lui ai dit que je n'étais pas sûre que tu en aies.

– Amusant. Merci.

– Je ne vais pas mentir à la police, Jackson. »

Elle feignit d'être vexée, comme si j'avais mis en doute son honnêteté.

« Bien, Krista. Et quoi d'autre ? »

Je savais qu'elle mourait d'envie de me dire quelque chose, mais elle voulait que je lui tire les vers du nez.

« Il a parlé de nous. De notre liaison.

– Mais, bordel, qu'est-ce que ça... Qu'est-ce qu'il voulait savoir et pourquoi ?

– Je suppose qu'on lui a dit à l'hôpital que nous avions été ensemble.

– Qu'est-ce que tu lui as raconté ?

– Seulement que nous avions été ensemble et que tu avais rompu. » Elle s'arrêta, puis ajouta : « Ne t'en fais pas, Jackson, je n'ai rien dit de mal.

– Rien de mal ?

– Tu sais bien, cet incident entre nous. » Elle avait pris un ton confidentiel, comme si nous partagions un secret.

« Quel incident ? »

Elle baissa la tête en faisant la moue, furieuse que j'aie cessé de jouer le jeu.

« *L'incident.* Quand tu m'as frappée. »

Pendant une seconde, je crus avoir mal entendu.

« Je t'ai frappée ?

– Oui, la fois où nous nous sommes disputés. Tu m'as frappée.

– Bordel de... Tu racontes des conneries, Krista. Je ne t'ai jamais frappée.

– Ne me dis pas que tu ne t'en souviens pas. Quand nous nous sommes séparés...

– Ça n'a jamais marché entre nous. »

Elle fit comme si elle n'entendait pas et continua de parler. Ses yeux commencèrent à se mouiller, elle les essuya avec sa serviette.

« La fois où tu es devenu vraiment fou sans que je sache pourquoi. Nous étions dans ma cuisine et je t'avais préparé un bon repas, mais tu étais de très mauvaise humeur. Alors, je t'ai demandé ce qui n'allait pas et tu n'as pas voulu me le dire. Et tu es devenu de plus en plus fou...

– Bon Dieu ! Mais tu étais complètement hystérique ce soir-là. Tu me lançais les ustensiles de cuisine à la figure ! Tu allais jeter une casserole. Je t'ai tenu le bras, c'est tout.

– Tu as été vraiment violent, Jackson.

– Sûrement pas.

– Si ! Tu as un tempérament violent. Tu le sais. Tu avais l'habitude de crier après moi.

– Je n'ai jamais crié après toi. J'ai peut-être élevé la voix...

– Tu passais ton temps à crier après moi. Exactement comme maintenant. Tu ne supportais pas que je fasse la moindre allusion à ta mère...

– Putain, mais qu'est-ce que ma mère vient faire là-dedans ?

– Tu vois ! Tu cries après moi ! » Elle fondit en larmes. La tête penchée, elle me regardait de côté, comme le petit chien qui s'attend à être frappé par son maître. « Ce que je disais, c'est que tu avais peut-être hérité du déséquilibre de ta mère et que tu devrais te soigner. J'essayais de te venir en aide. Et tu criais après moi exactement comme tu le fais maintenant.

– Merde, Krista ! »

Elle leva les mains pour se cacher le visage.

« Non, Jackson ! Ne me fais pas mal ! »

Les gens, dans le box à côté, nous observaient maintenant. Je me levai et rassemblai le peu de sang-froid qui me restait.

« Tout ça, c'est des conneries, dis-je, les dents serrées.

– Calme-toi, Jackson, je t'en supplie !

– Va te faire foutre ! »

Je sortis, le regard de tous les clients fixé sur moi.

Krista me rappela au moment où je passais la porte.

« Je ne lui ai pas dit, Jackson. Je te le jure. Je ne lui dirai rien, promis. »

35

LE lundi matin, je trouvai une enveloppe dans mon casier, à l'hôpital. À l'intérieur, une nouvelle carte de Krista, deux chatons nichés l'un contre l'autre dans un panier, le mot « amitié » imprimé au-dessus en lettres tarabiscotées et, pour je ne sais quelle raison, mis entre guillemets. Suivait l'écriture de Krista, les boucles de ses hautes lettres, des petites étoiles et des visages souriants à la place des points sur les i. Elle m'écrivait qu'elle était désolée et qu'elle espérait que je ne lui en voulais pas. Elle éprouvait encore de l'intérêt pour moi et elle voulait que je sache qu'elle était toujours mon amie ; et si, un jour, j'avais besoin « de pleurer sur une épaule, ou tout simplement de parler à quelqu'un », elle serait toujours là. Je jetai la carte dans la corbeille à papiers. Un instant plus tard, je l'en sortis et la déchirai en petits morceaux dont je me débarrassai définitivement.

La matinée fut occupée par les visites habituelles et une petite intervention, l'ablation de deux grains de beauté peut-être cancéreux sur le visage et le cou d'un surfeur de cinquante ans qui en avait passé quarante au soleil. Rossi téléphona pendant que j'opérais, il viendrait me voir plus tard dans l'après-midi. Nous avions besoin de parler.

Je me trouvais dans mon bureau quand son imposante silhouette apparut derrière la vitre.

« Merci de me recevoir si vite, dit-il en s'asseyant en face de moi, mon bureau entre nous.

– Pas de problème. »

J'étais incapable de me tenir tranquille dans mon fauteuil, incapable de me sentir à l'aise.

Il m'observa un instant avant de parler.

« Écoutez. Vu la façon dont se déroule l'enquête, il est important pour nous de rassembler le plus d'informations possible. Vous comprenez ?

– Bien sûr.

– C'est un peu comme quand vous faites un diagnostic, non ? Vous devez éliminer toutes les autres possibilités. Et vous commencez par faire des examens pour le cancer ou, je ne sais pas, pour des hémorroïdes, vous voulez être sûr de vous, c'est bien ça ? Il faut faire le boulot à fond, éviter de passer à côté d'autre chose. » Il sortit son spray. « Je sais, je sais, je ne devrais pas. » Il envoya plusieurs jets dans chaque narine, tira un kleenex de sa poche et se moucha bruyamment. « Plus rien depuis un moment, constata-t-il en examinant le kleenex.

– Vous devriez essayer un spray faiblement dosé. Pour vous déshabituer.

– Oui ? C'est-à-dire ? Une sorte de placebo ?

– À peu près. C'est de l'eau salée. » J'écrivis le nom du produit sur mon ordonnancier et lui tendis la feuille. « Vous pouvez l'acheter dans n'importe quel drugstore.

– Merci. » Il parut apprécier mon geste. « Je vais le faire. Bon, voilà de quoi il est question, commença-t-il en passant à la vitesse supérieure. Nous aimerions jeter un coup d'œil chez vous.

– Chez *moi* ?

– Oui. Nous avons besoin de jeter un coup d'œil chez vous.

– Quoi ? Je ne comprends pas.

– Nous allons jeter un coup d'œil dans votre appartement, reprit-il plus lentement cette fois, comme si je pouvais ne pas avoir compris.

– Vous voulez dire que vous allez le *fouiller* ?

– Exactement. Oui. C'est ça.

– Mais pourquoi ? Qu'est-ce que vous vous attendez à y trouver ? »

Il me regarda comme si j'étais bouché.

« Nous ne savons pas. Rien, probablement. C'est la procédure normale. Nous faisons notre boulot sérieusement, docteur, comme quand vous faites un diagnostic en excluant...

– Je ne comprends toujours pas. Est-ce que vous demandez mon *autorisation* ? Est-ce que vous avez un mandat ?

– Non, nous n'en avons pas, rétorqua-t-il, offusqué.

– Je ne tiens pas à créer des problèmes. Seulement, je ne comprends pas.

– Docteur Maebry, la raison pour laquelle je m'y prends de cette façon est simple. Je ne veux pas officialiser la chose. Si nous obtenons un mandat pour une raison valable, toute la procédure se met en marche, vu ? Nous prenons votre nom, votre adresse, les raisons pour lesquelles nous avons un mandat. Le tout est inscrit sur une liste qui est rendue publique et peut paraître dans la presse. Et vous savez ce que ça veut dire. Le risque d'une conclusion hâtive.

– Est-ce que vous avez décidé de me soupçonner ?

– Justement. Je veux vous laver de tout soupçon. Je vois parfaitement comment les choses vont se passer. Nous allons nous rendre chez vous, nous ne trouverons rien et tout sera réglé. Nous aurons les mains libres pour continuer notre enquête et trouver le coupable.

– Mais... Bon Dieu ! Et ce type, le violeur en série que vous avez arrêté ? Qu'est-ce qu'il en est ? »

Une fois de plus, Rossi ne parut pas s'intéresser à cette éventualité.

« Eh bien, c'est un suspect parmi d'autres.

– *Un* parmi d'autres ! Je croyais que – mais je ne suis pas un flic, heu, un policier – qu'il serait logique de le soupçonner, lui.

– Je regrette, mais nous ne pouvons pas discuter des investigations en cours avec le public. Je comprends que cette histoire vous perturbe...

– Me perturbe ! Vous n'imaginez pas à quel point !

– C'est bien pourquoi je suis ici. Quand ce sera fait,

nous y verrons plus clair. Et mon objectif, c'est justement d'y voir plus clair.

– Peut-être faudrait-il que je prenne un avocat ?

– Oui, bien sûr. Mais je dois être honnête avec vous, il vous conseillera probablement de refuser, ce qui nous ramène à ce que je viens de vous dire. Un juge, un mandat, et des semaines avant de résoudre le problème.

– Je ne sais pas.

– C'est à vous de voir, docteur. J'essaie simplement de faire avancer les choses. »

Je ne pouvais pas lutter. Il me suffisait d'imaginer ce que la presse allait faire de cette histoire.

« D'accord. Je vois. Quand voulez-vous le faire ?

– Maintenant.

– Tout de suite ?

– Ce serait mieux comme ça. » Rossi tira un papier de sa poche et le posa sur la table. « Si vous voulez signer ici... »

Il m'indiqua l'endroit du doigt.

« Qu'est-ce que c'est ?

– Une autorisation de perquisition à domicile. Simple formalité. »

Je signai. Rossi examina la signature et remit le papier dans sa poche.

« Super ! Après vous, docteur. »

Il se leva et me raccompagna à la porte.

Rossi me suivit en voiture et le fourgon qui attendait sur le parking ferma le cortège. Trois hommes en sortirent quand nous nous fûmes garés devant chez moi. Rossi me les présenta. Je reconnus Mulvane, l'inspecteur de San Francisco qui travaillait avec lui sur l'affaire. Il me dit bonjour et me serra la main. Les deux autres – Pindle, un type chauve qui m'adressa un grand sourire, et Luntz, un petit homme maigre portant des lunettes à verres épais –, qui tenaient un grand sac noir dans chaque main, me saluèrent d'un signe de tête.

J'ouvris la porte et laissai entrer le groupe. Rossi se mit

248

à remuer les papiers qui traînaient sur mon bureau pendant que Luntz s'asseyait devant mon ordinateur.

« Un utilisateur d'Apple. J'en étais sûr, rien qu'à vous voir », remarqua-t-il en tapotant rapidement sur les touches.

À l'autre bout de la pièce, Pindle ouvrait le réfrigérateur. Il en sortit une vieille boîte de pizza, l'air amusé.

« Je me demande ce qu'on trouverait si on recherchait l'ADN de ce truc-là. »

Il souleva le couvercle, renifla et referma aussitôt. Il passa sa tête chauve à l'intérieur du réfrigérateur et farfouilla partout.

« Des pickles, de la bière, des biscuits au beurre de cacahuète – mes préférés – et une espèce de chose verte et moisie dont l'origine n'est absolument pas identifiable. Hum. Mon immense talent dans le domaine médico-légal me fait supposer que ce gars n'est pas marié. »

Rossi leva les yeux un bref instant.

« Contentez-vous de fouiller, Pindle. »

J'errais sans but, je ne me sentais pas chez moi dans mon propre appartement. Je finis par m'asseoir gauchement sur le canapé jusqu'au moment où Pindle revint et me demanda de me lever pour regarder sous les coussins. Rossi, qui n'avait rien trouvé sur mon bureau, contourna le meuble qui séparait le séjour de ma chambre où Mulvane s'activait.

« Bon sang, Mulvane ! ronchonna Rossi. Tâchez de ne pas mettre le bordel ici, OK ?

– Mais ce n'est pas moi ! protesta Mulvane. Je n'ai fait que relever les messages téléphoniques. Ce que vous voyez là, c'est une vraie jungle et je n'y suis pour rien. La vie à l'état de nature, comme qui dirait.

– Ne faites pas le malin, Mulvane. »

Rossi revint dans le séjour, l'air dégoûté. Il semblait profondément choqué par l'aspect bordélique de ma chambre.

« J'ai été très occupé, vous savez, commençai-je pour me défendre. Je n'ai pas eu le temps de nettoyer et... de... ranger... »

Rossi continuait de chercher sans m'écouter, mais

Pindle me fit un signe de son crâne chauve, accompagné d'un clin d'œil. Il s'était agenouillé et regardait sous le canapé.

« J'ai un frère, commença-t-il sans interrompre son travail, le type même du célibataire avant de se marier. Une fois, il part en voyage pendant quelques jours pour son boulot et la puanteur qui sort de son appartement est si forte que la propriétaire appelle la police. Elle est sûre qu'il y a eu un homicide ou quelque chose comme ça. Les flics défoncent la porte, ils entrent et c'est comme si l'odeur les mettait KO. Un jeune type, nouveau dans la police, a envie de vomir ; il se précipite dans l'entrée et lâche un vrai geyser – comme qui dirait un projectile – et floc ! La propriéraire le prend en pleine figure. Il avait mangé à midi des nachos avec une sauce aux jalapeños. C'était pas beau à voir. »

Luntz se mit à rire sans quitter l'écran des yeux. Rossi, lui, se contenta de hocher la tête.

« Donc, poursuivit Pindle, ils se bouchent tous le nez avec leur mouchoir, persuadés qu'ils vont trouver quelque chose d'horrible dans l'appartement. En plus, presque toutes les ampoules électriques sont pétées. Mon frère n'avait pas pris la peine de les changer. Franchement, son logement était un vrai trou à rats. Pas de lumière. Ils trébuchent dans le noir, ils se prennent les pieds dans toute cette merde, croyant à chaque fois trouver un cadavre mutilé. »

Maintenant, il fouillait les placards de la cuisine, les tiroirs, et mettait certains objets dans les sacs en plastique.

« En fin de compte, mon frère avait été à la pêche. Il avait fait un malheur. Il avait nettoyé et congelé ses saumons, mais il avait oublié de se débarrasser des entrailles, de sorte que tous les intérieurs avaient fermenté chez lui pendant son absence. Sans compter qu'il fait vachement chaud dans la Vallée. Le résultat de tout ça, c'est que le lendemain, la propriétaire dépose une plainte au commissariat pour brutalités policières ! C'est pas une blague ! Une plainte parce qu'on lui avait vomi dessus... »

Il fut interrompu par Luntz, toujours devant l'ordinateur :

« Ouah ! Rossi, jetez un coup d'œil là-dessus. »

Rossi se pencha et lut quelque chose sur l'écran. Je m'approchai un peu pour voir ce qui avait attiré leur attention. L'inspecteur montrait du doigt une ligne. Je regardai pardessus son épaule de géant, il s'agissait d'un e-mail que j'avais adressé à Allie le soir où nous nous étions disputés. Je croyais l'avoir effacé.

Rossi se redressa soudain, me repoussant violemment en arrière.

« Imprimez, Luntz. Et emportez l'ordinateur comme preuve.

– Vous prenez mon ordinateur ?

– Ouais, répondit Rossi sans même me regarder.

– Maintenant, c'est une preuve.

– Mais je l'avais effacé. Comment se fait-il...

– Les mains magiques, rétorqua Luntz en levant les bras et agitant les doigts. J'adore ces Apple. Ils sont vachement sympas avec ceux qui les utilisent.

– Je ne vois pas pourquoi c'est... », commençai-je, mais, au même moment, Mulvane sortait de ma chambre en tenant un cintre auquel était suspendue ma veste sport dans la housse du pressing.

« Bingo ! Elle sort de chez le teinturier et il y a assez de sang dessus pour faire une transfusion. »

Rossi s'approcha de la veste et l'examina.

« C'est du sang de l'hôpital...

– Vachement sanglants, ces hôpitaux », grommela Rossi. Il s'approcha de moi, me prit par le bras et m'entraîna vers la porte. « Vous feriez mieux d'attendre dehors, docteur, jusqu'à ce que nous ayons fini ici.

– Mais ça vient de l'hôpital ! Je la portais quand un patient a fait une hémorragie.

– Vous portez toujours une veste en salle d'opération ?

– C'était pendant les visites. On ne s'y attendait pas. Une urgence. »

Nous étions dehors maintenant, l'énorme main de Rossi relâcha son étreinte.

« J'espère que vous dites la vérité. Ne comptez pas sur le nettoyage à sec pour détruire les preuves. On peut encore en tirer de l'ADN.

– Je dis la vérité. Je le jure. »

Ses yeux bleus me scrutèrent.

« Maintenant, vous devriez envisager d'appeler un avocat, docteur.

– Un avocat ? Vous pensez... Comment... ? »

Il se détourna et rentra à l'intérieur

« Je ne connais pas d'avocat », dis-je au moment où il fermait la porte.

J'attendis là pendant ce qui me sembla être des heures. J'entendais les quatre policiers. Ils faisaient un tapage infernal, parlaient et plaisantaient entre eux, mais je ne distinguais pas ce qu'ils disaient. Au bout d'un moment, j'allai m'asseoir au bord du trottoir en me demandant comment on trouvait un avocat. Dans les Pages jaunes ? À la rubrique « Avocats pénalistes » ? Est-ce qu'ils font de la pub comme ceux qui encouragent les victimes à engager des poursuites ? Dans le genre : « Avez-vous été injustement accusé d'un crime odieux ? »

Quand les policiers réapparurent enfin, je me levai. Je m'attendais à les entendre me dire qu'ils avaient changé d'avis, qu'ils avaient commis une grossière erreur. Rossi s'approcha, l'air sinistre. Mulvane portait le veston, toujours dans la housse du pressing, et plusieurs autres articles, dont ce qui me parut être du linge sale. Pindle se contenta de hocher la tête en passant devant moi avec son sac noir, sans me regarder. Luntz était chargé de son matériel électronique et de mon ordinateur, il me dit qu'il était désolé, mais qu'ils devaient emporter le disque dur, les copies ne pouvant servir de preuve. Il haussa les épaules et monta dans la voiture avec les autres.

Rossi attendit leur départ avant de parler. Il ne semblait pas avoir changé d'avis.

« Je pense, docteur Maebry, qu'il vaudrait mieux que vous cessiez de voir miss Sorosh à partir de maintenant.

– Je ne peux pas ne pas la voir ! Il faut que je la voie, c'est ma patiente.

– Je suppose qu'elle se trouvera un autre médecin.

– Mais je dois la voir !

– Désolé. »

Il se dirigea vers sa voiture et entreprit d'introduire sa

forte corpulence dans l'habitacle. Je m'avançai vers sa portière.

« Est-ce que je peux l'appeler ? Allie ? Miss Sorosh ? Il faudrait, au moins, que je puisse lui téléphoner. »

Les ressorts de la voiture gémirent quand il s'installa. Il resta un moment les yeux fixés devant lui en tapotant sur le volant, puis il me regarda en face, comme s'il reconnaissait quelque chose de familier. Il avait l'expression perplexe que je lui avais vue au commissariat.

« Oui. Bien sûr. Je suis d'accord. » Il mit le contact. « Pensez à vous trouver un avocat.

– OK, si vous jugez que c'est nécessaire.

– Oui, ajouta-t-il en démarrant, j'en suis persuadé. »

36

JE finis par trouver le nom d'un avocat dans les Pages jaunes. J'étais trop gêné pour faire appel à quelqu'un de ma connaissance, probablement incompétent en matière criminelle.

Le cabinet de l'avocat en question se trouvait dans Mission District, non loin du palais de justice. Des papiers d'emballage et d'autres détritus volaient au vent chaque fois que s'ouvrait la porte d'entrée et les gravillons du vestibule roulaient sous les semelles. Le tableau sur lequel étaient répertoriés les noms des habitants avait perdu sa vitre et il manquait un grand nombre de petites lettres en plastique. En haut, un certain « Tijuana Jones » s'affichait en gros caractères comme « garant des condamnés libérés sous caution ». Dessous, je lus le nom de celui que je cherchais : Emanuel Lucasian. L'ascenseur était en panne, je montai donc trois étages et frappai à la vitre de sa porte.

« Appelez-moi Manny, dit Lucasian en me serrant la main par-dessus son bureau. Asseyez-vous, je vous en prie. »

Il était habillé avec recherche, sinon élégamment, avec des boutons de manchette de la taille d'un quart de dollar, une épingle de cravate en or piquée dans une large cravate et une pochette assortie au bord effiloché. Il avait des cheveux noir de jais rejetés en arrière et gominés.

Quand je me fus assis, il prit place à son tour derrière le bureau.

« J'espère que vous ne verrez pas d'inconvénient à ce

254

que je termine mon déjeuner, je viens de rentrer du tribunal. »

Ce disant, il désignait un sandwich œuf-salade à moitié mangé posé devant lui, le papier sulfurisé dans lequel il avait été emballé lui servant d'assiette.

« Bien sûr que non », répondis-je en me mettant à l'aise. J'inspectai le petit bureau pendant qu'il mangeait. Il se servait pour couper son sandwich d'un couteau et d'une fourchette en plastique qu'il tenait à l'européenne et il portait les morceaux à sa bouche de la main gauche.

« Donc, commença-t-il en se tapotant le coin des lèvres avec un mouchoir qu'il tira de la poche de son veston, si j'ai bien compris ce que vous m'avez rapidement exposé au cours de notre conversation téléphonique, il s'agit d'une consultation à titre purement préventif ?

– Euh... ?

– Ce que je veux dire, c'est que, jusqu'à présent, vous n'avez été ni inculpé d'un crime, ni arrêté.

– Pas encore. »

Je lui racontai la perquisition et Rossi me conseillant de trouver un avocat. Lucasian éclata de rire et fit claquer son mouchoir en l'air pour chasser une miette de sandwich tombée sur le revers de son veston.

« Excusez mon hilarité, docteur, mais ce n'est pas dans les habitudes du lieutenant Rossi de conseiller à un suspect de prendre un avocat. » Il bougea la tête d'un côté et de l'autre en souriant d'un air perplexe. « Ces Irlandais, qui peut savoir ce qu'ils pensent vraiment ?

– Irlandais ? demandai-je, surpris. Nous parlons bien du lieutenant Rossi ?

– Oui, oui. À moitié italien, à moitié irlandais. Un mélange explosif, vous pouvez me croire. Très irritable et très rancunier. » Il s'aperçut que je doutais encore et rit de mon étonnement. « La troisième moitié, apparemment, est noire. C'est un vrai melting-pot à lui tout seul, une incarnation du Rêve américain – ou un cauchemar, s'il ne vous aime pas.

– Donc, vous le connaissez ?

– Entre ce brave lieutenant et moi, c'est une longue histoire. J'ai fait libérer son fils impliqué dans une affaire de drogue. Ce qui, tout compte fait, n'a pas été une bonne chose pour ce garçon. Que Dieu ait son âme. Malgré tout, Rossi m'en est reconnaissant.

– Son fils est mort ?

– Tragiquement, oui, une overdose. Trois semaines après sa sortie de prison. Son autre fils est mort en défendant notre pays, pour ainsi dire. Tué au cours de manœuvres. C'est à peu près l'époque où sa femme a décidé de le quitter. Notre ami a eu sa part de peine. Il a toujours été dur, mais maintenant, eh bien... » Il s'essuya les mains avec son mouchoir, le remit dans sa poche et plia le papier sulfurisé avant de le jeter dans la corbeille. « Mais revenons à ce qui nous occupe. Racontez-moi tout depuis le début. Quel est précisément votre problème ? »

Je récapitulai les événements. Il s'appuya au dossier de son fauteuil, les doigts croisés sur un ventre rond qui tirait sur les boutons de son veston, et il écouta mon histoire avec, sur le visage, un air de plus en plus chagrin. Il laissa échapper un grognement quand j'en vins à la perquisition et à l'accord que j'avais donné, à part cela, il se tut jusqu'à la fin.

« C'est mauvais ?

– C'est, pour parler vulgairement, un gros tas de merde.

– Ce que je viens de dire ?

– Ses arguments, docteur. Il n'a rien de solide contre vous et il en est parfaitement conscient.

– Mais il a dit...

– Il est lieutenant de police. Il cherche à exploiter le mieux possible ce qu'il a. C'est son métier. Maintenant, en supposant, comme vous me l'avez dit, qu'ils ne tirent rien du sang de votre veste...

– C'est celui d'un patient.

– Vous me l'avez dit. Donc, en supposant cela, à moins qu'ils ne découvrent des éléments plus solides que ceux qu'ils possèdent actuellement, ils n'ont pas d'arguments contre vous. Revenons sur les faits, voulez-vous ? Vous avez eu une liaison avec cette femme, miss Sorosh ?

– Oui.

– Et vous avez eu ce que nous appellerons une querelle d'amoureux. Une rupture. Ainsi va le monde. Si c'était un

256

crime de se disputer entre amants, la plupart d'entre nous passeraient leur vie entre quatre murs, à San Quentin. Malheureusement, elle a été agressée peu de temps après, semble-t-il. C'est une malheureuse coïncidence, mais c'en est une. Preuve indirecte. Votre alibi ne tient pas. Autre malchance, mais ne pas avoir un alibi en béton est une preuve qui ne peut être considérée comme *formelle*. Et, apparemment, il n'y a rien qui vous associe au lieu du crime ? »

Je fis non de la tête.

« Pas de preuve matérielle de votre présence. Autrement, vous seriez déjà derrière les barreaux. En fait, docteur, le lieutenant Rossi n'aurait pas pu obtenir de mandat de perquisition, ce qui explique sa démarche. Il est venu vous trouver dans l'intention de vous faire abandonner vos droits. » Il plissa les yeux, l'air embarrassé. « Par simple curiosité, ne vous est-il pas venu à l'idée d'exiger un mandat ou peut-être de demander à consulter, disons, un avocat ?

— Rossi me l'a suggéré. » Je haussai les épaules tellement je me sentais gêné. « J'ai sûrement commis une erreur.

— Le terme est faible. Vous ne regardez pas la télévision ? Les films policiers, des trucs comme ça ?

— Pas assez, si je comprends bien.

— En effet. » Il s'éclaircit la voix. « Ce bon lieutenant ne vous aurait-il pas fait signer un formulaire d'autorisation de perquisitionner ?

— Il a dit que c'était une formalité.

— Une "formalité" exigée par notre Constitution, oui. De toute façon, beaucoup d'eau est passée sous les ponts depuis. Encore une question, si je peux me permettre. Vous a-t-il clairement dit que vous étiez considéré comme suspect dans cette affaire ?

— Oui. Non. Je n'en suis pas sûr. Je pense qu'il l'a sous-entendu.

— Il me semble que vous avez un doute.

— Désolé...

— Non. C'est une bonne chose. Je soutiendrai que le lieutenant Rossi a induit en erreur mon client – vous – et que, par voie de conséquence, vous avez donné votre accord sans savoir ce qui en résulterait. Malheureusement, vous avez signé le formulaire. » Il soupira. « Et, vu les décisions récentes de la Cour suprême, il est très probable qu'on ne nous suivra pas. Mais, étant donné qu'on n'a trouvé aucune preuve matérielle...

– Je suis certain qu'il n'y a rien.

– À part l'e-mail.

– Exact. Mais je ne le lui ai jamais envoyé. C'était une façon de me défouler. Je ne me souviens même pas de ce que j'ai écrit.

– Vous en avez une copie ?

– Non. Je croyais avoir effacé le message, mais ils l'ont récupéré sur le disque dur. Ils le considèrent comme une preuve.

– Et les messages téléphoniques ?

– Ils les ont pris aussi. Mais il n'y a rien non plus. Seulement un message d'Allie disant qu'elle voulait faire la paix après notre dispute.

– La technologie n'a pas que des avantages, n'est-ce pas, docteur Maebry ? Eh bien, étant donné ce que nous savons, je dirais que nous n'avons pas à nous inquiéter ou, du moins, très peu. Surtout si nous avions affaire à quelqu'un d'autre que Rossi.

– Que voulez-vous dire ?

– C'est un homme d'une grande ténacité. Et il a la réputation de "coincer toujours le coupable". Mais, à première vue, vous n'êtes pas le coupable.

– Non. Je suis innocent. Je n'ai pas fait – je n'aurais pas pu faire – une chose aussi horrible. »

Lucasian s'éclaircit de nouveau la voix.

« Non, non. Bien sûr que non. » Il hocha la tête, un peu trop théâtralement à mon goût. « Maintenant, il va falloir, j'en ai bien peur, que nous parlions affaires, poursuivit-il sur un rythme accéléré, comme s'il commettait un impair et voulait passer très vite à autre chose. Je prends cent cinquante dollars de l'heure, sans compter les frais, mais je pense qu'ils seront minimes. Est-ce que cela vous convient ?

– Très bien, ça me paraît raisonnable. Sauf que, en ce moment, je n'ai pas beaucoup d'économies.

– Vous pouvez toujours emprunter, non ?

– Oui, bien sûr.

– Parfait. Affaire conclue. Je vais appeler Mr Rossi cet après-midi et nous parlerons de notre affaire. Téléphonez-moi demain matin, nous ferons le point.

– Entendu. Mais je voudrais évoquer un autre problème.

– Je suis à votre service.

– Le lieutenant Rossi a dit que je ne pouvais pas voir Allie. Miss Sorosh. Je suis son médecin et... »

Il se mit à rire.

« C'est bien de mon ami Rossi ! Ne vous en faites pas, docteur Maebry. À moins qu'il ne veuille vous inculper, il ne peut pas entreprendre une action qui puisse nuire à l'exercice de votre profession.

– Et s'il prend contact avec l'administration de l'hôpital ?

– Une telle démarche, et je suis sûr que le lieutenant ne l'ignore pas, pourrait être considérée comme de la diffamation et nous obtiendrions suffisamment de la ville de San Francisco pour que vous n'ayez plus jamais à exercer la médecine. »

Il regarda autour de lui comme s'il imaginait ce qu'il pourrait faire avec cet argent.

« Je ne veux pas de dommages et intérêts. Je veux seulement éclaircir cette affaire.

– Bien sûr, bien sûr. Mais ça ne coûte rien d'inciter la partie adverse à faire ce qu'il faut. N'appartenons-nous pas, nous les hommes, à l'humanité déchue ? N'avons-nous pas tendance à "ne pas faire ce que nous voudrions et à faire ce que nous ne voudrions pas" ? Hein ?

– Sans doute, répondis-je sans trop savoir ce qu'il voulait dire. Combien de temps va-t-il falloir, à votre avis ? Avant que... la situation soit clarifiée ?

– Oh, tout dépend de la tournure des événements. Je vous appellerai quand j'aurai parlé au lieutenant Rossi. »

Il se leva, j'en fis autant.

« C'est que..., repris-je, vous voyez, c'est la première fois que ce genre de chose m'arrive. » Il m'adressa un hochement de tête compatissant qui me troubla. « Je veux dire, d'être soupçonné, et tout ce qui s'ensuit. D'être le suspect dans une affaire *criminelle*. » Il hocha de nouveau la tête comme s'il reconnaissait que c'était, en effet, une terrible épreuve. « Je suis *médecin*, bredouillai-je, *chirurgien*. » Je tenais des propos incohérents, mais dans mon esprit, ils avaient de l'importance. Ce ne fut qu'en les exprimant à haute voix que j'en saisis le ridicule. « De toute ma vie, je n'ai fait que..., ajoutai-je faiblement, je n'ai jamais... C'est que... tout ce qui m'arrive est très éprouvant, cette angoisse atteint un niveau que je n'ai jamais connu. »

Lucasian fit le tour du bureau et posa une main sur mon épaule.

« Ce que je suggère, docteur Maebry – et je le dis avec une extrême compassion pour la détresse dans laquelle vous vous trouvez actuellement –, ce que je suggère, c'est que vous vous y habituiez. »

37

QUAND je revins à l'hôpital, un message de Brandt m'attendait sur mon bureau me disant qu'il voulait me voir. La mention « urgent » était indiquée ainsi que l'heure : 1 h 30. Il était près de dix-sept heures.

Je trouvai Eileen devant le bureau de Brandt, elle enfilait son manteau, prête à partir.

« Où étiez-vous, Jackson ? Le Dr Brandt a essayé de vous contacter tout l'après-midi. Vous étiez de garde aujourd'hui.

– Il a fallu que je sorte. Quelqu'un m'a remplacé. »

Elle râlait à la façon qu'ont les secrétaires de reproduire le mécontentement de leur patron.

« Je vais lui dire que vous êtes ici. »

Elle appuya sur l'interphone et j'entendis la voix de Brandt à l'autre bout qui lui demandait de me faire entrer. Elle me montra la porte d'un geste, prit son sac à main et sortit sans un mot.

Brandt était au téléphone ; il me désigna le fauteuil en face de lui, de l'autre côté du bureau. Je m'assis et attendis qu'il eût terminé. Il étreignait le récepteur si fort qu'il en avait les jointures blanches. Quand il eut prit congé de son interlocuteur, il raccrocha en fronçant les sourcils.

« Jackson, commença-t-il, les yeux fixés sur le téléphone et non sur moi. C'est très ennuyeux. »

Il avait pris le ton dont il devait user avec les internes pour s'en faire craindre. Je ne l'avais jamais entendu auparavant. Du moins, je n'étais pas alors en cause.

« Je ne vois pas de quoi vous parlez.

– Le lieutenant Rossi a débarqué ce matin chez moi, dans mes bureaux privés. »

Il s'exprimait d'une voix froide et dédaigneuse, comme s'il cherchait à s'élever au-dessus de l'indignité que représentait pour lui le fait d'avoir été interrogé par un lieutenant de police.

C'était sans doute avant que Rossi m'appelle, pensai-je.

« Il enquête sur l'agression d'Allie... Je... je peux expliquer...

– Expliquer ! cria-t-il. Je ne vois vraiment pas comment ! » Il se reprit et poursuivit, mais cette fois, il me regardait en face : « Au cours de cet "entretien", il est devenu clair que vous avez eu une... *liaison* avec miss Sorosh. Est-ce vrai ?

– Nous nous sommes vus. »

Il hocha la tête d'un air consterné.

« Je n'arrive pas à vous comprendre, Jackson. C'est un manque total de professionnalisme.

– Je... »

Il me coupa la parole :

« Vous n'avez pas eu l'idée de m'en parler ? Il ne vous a pas traversé l'esprit qu'il était inopportun de m'assister dans une opération quand... pour l'amour du ciel, Jackson, quand *on a une liaison avec la patiente* !

– Je ne pensais pas que c'était important, répondis-je d'une voix à peine audible.

– J'ai trouvé que vous vous comportiez bizarrement pendant l'opération. Je comprends maintenant pourquoi. Comment avez-vous pu risquer de compromettre... » Il s'interrompit sous le coup de l'émotion. Je crus qu'il allait demander comment j'avais pu risquer de compromettre la santé d'Allie, mais il reprit son souffle et termina sa phrase : « Comment avez-vous pu compromettre ainsi *ma* réputation ? »

Une grande mèche de cheveux blancs tomba sur son front. Il la repoussa de ses doigts raides. Quelques instants passèrent au cours desquels j'entendis sa respiration bruyante, difficile. Quand il se remit à parler, il contrôlait de nouveau sa voix. Très professionnelle.

« J'ignore ce que va dire l'administration de l'hôpital. C'est un problème de déontologie, de responsabilité. Je ferai tout ce que je peux pour vous, Jackson, cependant je dois vous avouer que je suis déçu. Terriblement déçu.

– Mais je n'avais pas l'intention de... Ce n'est pas la première fois qu'un médecin soigne une personne qu'il connaît. »

D'un geste de la main, il me fit signe d'arrêter.

« Je vous en prie, Jackson, je vous en prie. Vous aggravez votre cas. Il va de soi que vous ne vous occuperez plus de miss Sorosh. Vous comprenez ? À partir de maintenant, vous n'avez plus à vous mêler des soins qu'elle réclame. »

Je fixais le sol, incapable de lever les yeux.

« Je me suis bien fait comprendre ? »

J'acquiesçai d'un signe de tête.

« J'avais mis tant d'espoir en vous, Jackson. De si grands espoirs ! »

Je me taisais, les yeux toujours baissés.

« Parfait, dit-il au bout d'un moment. Je crois que nous n'avons plus rien à nous dire. »

J'entendis son fauteuil se rapprocher du bureau, comme s'il retournait à ses occupations. Il me congédiait.

Je me levai et sortis sans le regarder.

J'errai dans les couloirs avec l'impression qu'une sorte de gigantesque tache noire faisait de moi un objet de honte. J'espérais ne rencontrer personne de connaissance. Je finis par me retrouver au dernier étage de l'aile sud où avait été aménagée une vaste salle donnant sur l'océan et destinée aux convalescents. Deux patients âgés, qui avaient amené leur perfusion, somnolaient dans des coins opposés. Je pris une chaise et la tournai vers la fenêtre de façon qu'on ne pût voir mon visage.

Un transfert. Voilà ce qu'avait dit Stern. *Vous transférez les sentiments que vous avez éprouvés* – que vous éprouvez encore – *pour votre père sur Brandt. Il vous procure le sentiment d'acceptation, d'amour même, que vous auriez aimé trouver chez votre père.*

Et maintenant, me disais-je, cela aussi finit mal.

263

La mer, au loin, était aussi lisse qu'une plaque de tôle, grise et brillante au soleil de cette fin d'après-midi.

Durant toute la période où j'avais été l'étudiant préféré de Brandt – son « protégé », comme disait si judicieusement sa femme –, je m'étais interrogé sur ses raisons, sur ce qu'il voyait en moi. Et pendant tout ce temps, je m'étais attendu, je ne sais pourquoi ni comment, à ce que cette histoire finisse ainsi. Je courais vers l'échec. C'était inévitable. Il découvrirait ce que j'étais en réalité et perdrait la foi qu'il avait en moi. Bien entendu, Stern allait dire que je l'avais fait exprès. J'avais inconsciemment transposé le traumatisme de mon passé dans le présent. Je l'imaginai éprouvant une satisfaction certaine à voir ses théories se réaliser si parfaitement.

« Merde ! » jurai-je à voix haute en me levant d'un bond. Stern ! J'avais oublié que j'avais rendez-vous avec lui ce soir.

L'un des patients sursauta, puis il retomba aussitôt dans sa somnolence. Je regardai ma montre. Ma séance aurait dû commencer dix minutes plus tôt.

J'avais manqué plusieurs rendez-vous et je n'avais pas envisagé de revoir Stern après la dernière séance. Comme d'habitude, je n'avais pas pris la peine de l'appeler pour le prévenir que je laissais tomber. D'après lui, je gardais toujours une porte ouverte de façon à pouvoir revenir, ce qui était probablement vrai. Je n'avais pas le courage de mettre définitivement fin à ma thérapie. Pire, j'allais jusqu'à m'avouer que si j'avais couru dans les couloirs et traversé la rue pour me rendre chez Stern, c'est que j'espérais de toutes mes forces qu'il me fournirait une explication capable de remettre de l'ordre dans ce qui m'arrivait, de donner un sens à ces événements et que, si c'était impossible, quelques mots de sa part me réconforteraient. Je savais que ma démarche était pitoyable, qu'il était inutile de compter sur sa bonté, que si j'avais le moindre orgueil, je n'irais pas ramper devant lui maintenant, mais je ne pouvais m'en empêcher. Ou, du moins, je le croyais.

Il était là, je le savais. J'ouvris la porte de son cabinet. Il s'y trouvait, comme toujours. Il avait ôté sa veste et, debout devant son bureau, il feuilletait un livre. Il me vint à l'esprit que je ne l'avais jamais vu en manches de chemise. Je ne l'avais jamais vu non plus debout, sauf quand il me reconduisait à sa porte et il était alors de dos.

« Oh, Jackson ! »

Sans doute était-il surpris, je m'étais peut-être trompé d'heure.

« J'ai rendez-vous ?

– Oui, bien sûr », répondit-il, l'air embarrassé.

Il fit le tour de son bureau d'un pas traînant et s'installa dans son fauteuil avec quelque difficulté, me sembla-t-il. Sans son veston, on remarquait ses larges hanches presque féminines et les jambes du pantalon qui flottaient autour de ses membres grêles.

Je pris place dans le fauteuil du patient et cherchai par où je devais commencer.

« Je sais que je suis en retard.

– Hum, ah, Jackson ! Avant de commencer... » Il tripotait sa cravate. Un nouveau tic, supposai-je. « Comme je disais, avant de commencer... »

Il abandonna sa cravate, puis il la lissa sur son ventre et jeta un coup d'œil autour de lui, partout sauf sur moi.

« Quoi ? dis-je pour l'inciter à parler.

– Oui, quoi ? Exactement. Quoi ? » De toute évidence, il dut faire un effort pour continuer : « Il faut que vous le sachiez, j'ai eu un coup de fil, non, la visite d'un certain lieutenant Rossi. »

Je gardai le silence.

« Ici, dans mon cabinet, il est passé plus tôt pour me parler de l'affaire sur laquelle il enquête.

– L'agression d'Allie ?

– Précisément. »

Je savais ce qu'il allait dire ensuite.

« Il voulait que nous parlions de votre liaison avec la "victime". C'est ainsi qu'il l'a appelée.

– Mais ce n'est pas possible ! Vous êtes tenu au secret professionnel, ce dont nous parlons entre nous est confidentiel, entre patient et médecin. » Il gonfla ses joues et souffla l'air entre ses lèvres. « Vous ne lui avez pas parlé de moi ?

– Je vous en prie, Jackson, ne concluez pas trop vite. Il

n'y a vraiment rien qui vous... accuse. » Il prononça ce dernier mot tranquillement, comme si je ne pouvais l'entendre. « Pas tout à fait.

– Qui m'accuse ! Je me fous pas mal de ce que vous pensez. Vous n'avez pas le droit. C'est *confidentiel.* Tout ce qui se passe ici est *confidentiel* !

– En fait, il n'y a rien de bien précis. » Il avait adopté un ton professoral. « Il existe une espèce de zone d'ombre dans la loi, vous savez. Dans plusieurs cas récents, des psychiatres ont été cités à témoigner...

– Nous n'en sommes pas là. Vous n'avez pas été assigné, que je sache !

– Non, mais le lieutenant m'a laissé entendre que...

– Je me fous de ce qu'il a dit. Vous n'aviez pas le droit ! »

Soudain, je fus au bord des larmes. Stern s'en rendit compte et profita de l'occasion pour me renvoyer la balle.

« Calmez-vous, Jackson. Vous êtes contrarié, je le comprends. » Il s'exprimait d'une voix très douce. « Je comprends ce que cette situation a de pénible pour vous. Vous êtes obligé d'éprouver des *sentiments* au regard de ce qui s'est passé. Je vous propose d'en parler.

– Que lui avez-vous dit ?

– Pardon ?

– Qu'est-ce que vous avez dit exactement à Rossi ? Je veux savoir.

– Je me demande si c'est une bonne idée...

– Dites-le-moi, hurlai-je.

– J'ai... j'ai simplement dit qu'Alexandra Sorosh et vous aviez eu une liaison brève, mais intense. » Il hochait la tête en parlant comme pour insister sur ce qu'avait de raisonnable son discours. « Et que vous aviez eu des problèmes dans votre jeunesse – relationnels, notamment avec votre père et votre mère – que nous cherchions à éclaircir. »

Sa voix était littéralement gonflée de compassion. Je savais que, venant de Stern, c'était complètement faux. J'en éprouvai une sensation de dégoût. Mais en même temps, j'étais suffisamment faible et désespéré pour l'accepter.

Ma colère fut submergée par un sentiment écrasant

d'impuissance et d'apitoiement sur moi-même. J'essuyai mes larmes, honteux, mais incapable de m'arrêter.

« Vous lui avez dit aussi que je suis fou ?

– Voyons, Jackson. » Il s'adressait à moi sur le ton du maître qui dit « Allons, allons ! » au gamin qui s'est écorché le genou. « Nous n'avons aucune raison de croire que c'est vrai.

– Mais vous me *connaissez*, l'implorai-je. Vous savez que je n'aurais jamais pu essayer de tuer Allie. Je l'aime. Jamais je n'aurais pu faire ça. »

Stern regarda sa cravate.

« Vous savez que je n'aurais jamais pu.

– Eh bien, eh bien ! Après tout... » Il parlait comme s'il venait de tomber par hasard sur une notion philosophique d'une grande profondeur. « Que savons-nous réellement des autres ? Mieux, que savons-nous vraiment sur nous-mêmes ? »

38

IL était tard quand j'arrivai chez Allie. Je ne savais pas exactement ce que j'espérais. J'avais l'esprit plein de pensées incohérentes qui tourbillonnaient et que je ne pouvais maîtriser. Sans doute espérais-je qu'elle insisterait auprès de Brandt pour rester ma patiente. Qu'elle exigerait de me garder comme médecin. Sans doute était-ce ce que je voulais.

Elle avait dormi, abrutie par les calmants. Elle m'ouvrit la porte, regagna sa chambre en traînant les pieds et se recoucha tandis que je lui parlais. Quand j'en vins à Brandt et à son comportement, elle ne trouva rien d'autre à me dire que « OK ».

« Tu peux demander à me garder, Allie. Tu es la patiente. C'est à toi de décider. Tu peux choisir ton médecin.

— Mais ce n'est pas ce que veut Peter.

— Il en fait trop, Allie. Si tu lui dis que tu me veux, je suis certain qu'il comprendra et qu'il acceptera.

— Je crois qu'il vaudrait mieux faire comme lui veut, Jackson.

— Mais...

— Ce n'est pas grave.

— Mais je veux être là, être sûr que tout va bien.

— Peter peut s'en charger. Laisse-le faire ce qu'il veut. »

Je cherchai ce qui pourrait la convaincre, mais je ne trouvai rien.

« Le lieutenant est revenu, reprit Allie un moment plus

268

tard. Il m'a posé toutes sortes de questions. » Les drogues qu'elle prenait lui donnaient un regard terne et des paupières lourdes. « Sur toi... sur notre liaison... un tas de questions... toi et... l'agression... » Elle dérivait, de-ci de-là, chaque fragment de phrase sortait plus lentement, les silences entre eux se faisaient plus longs. « Il... voulait savoir... notre rendez-vous ce jour-là... la dispute...

– Que lui as-tu dit ?

– Je...

– Que lui as-tu raconté sur l'agression et sur moi ? » lui demandai-je d'une voix plus forte.

Elle avait fermé les yeux maintenant ; ses paroles étaient lointaines, désincarnées, les dernières avant de sombrer dans le sommeil :

« Je lui ai dit... Je... me rappelle pas. »

Je n'ai qu'un vague souvenir de l'endroit où j'ai fini par échouer. Je cherchais le Tiffany's, un bar où j'étais déjà allé, mais je fus incapable de le trouver. Aucune importance, il y avait un tas d'endroits semblables, virtuellement interchangeables, où personne ne s'occupait de savoir pourquoi vous vous y trouviez. Je me rappelle le type qui avait proposé de m'offrir un verre. Il tapait comme un sourd sur le bar, le barman lui avait intimé l'ordre de la fermer, sinon, il allait le foutre dehors, bordel ! Je me souviens de ne pas avoir bronché quand le type m'avait mis son bras autour de la taille. Il avait approché son visage aviné pour me parler, son haleine douceâtre, horrible, m'avait enveloppé comme d'un linceul. Et puis, il est parti et je suis resté là, assis par terre, et j'essayais de me lever, et le barman me tournait le dos pour ne pas voir.

Plus tard, il y eut la plage. Le vermouth répandu sur le sable quand j'avais voulu le verser dans une bouteille de vodka.

Savez-vous ce qui fait un bon Martini, Jackson ? Verser le vermouth dans le petit trou rond d'une bouteille de vodka !

Ce souvenir me parut franchement hilarant, mais je n'étais plus capable de rire. Je me rappelle avoir pensé me prescrire quelque chose de plus fort. Un opiacé synthétique, du Demerol par exemple. Du Valium. Ou encore une injection ou deux de morphine. Faire un mélange, le cocktail de l'oubli. Pas assez fort pour me tuer. Pas intentionnellement, du moins. Mais Rossi devait épier chacun de mes mouvements. J'étais maintenant son suspect numéro un. Son seul suspect. Jackson Maebry, docteur en médecine, chirurgien, un violent, un criminel, un cas pathologique. Oh oui ! Et qui, par-dessus le marché, se fait des ordonnances de complaisance.

Va te faire foutre, Rossi ! Bois ton Martini, Jackson.

Tout le monde me soupçonnait maintenant. Rossi. Brandt. Et probablement, Stern.

Essaie d'oubier. D'oublier, simplement.

Et Allie ? Est-ce qu'elle me soupçonnait maintenant, elle aussi ?

Oh, mon Dieu !

Bois, Jackson ! Et garde ce que tu bois ! Bon, ça va mieux maintenant, hein ? Beaucoup mieux...

Il me fallut un certain temps avant d'arriver à comprendre ce que c'était. Un halo de lumière dans la brume, des ombres qui jouaient sur un fond de ciel en surplomb.

Probablement des surfeurs qui font la fête. En m'efforçant de concentrer mon attention, je parvins à distinguer un cercle de formes sombres, à peine visibles dans l'obscurité ; au centre, de hautes flammes jaunes. Il y avait aussi de la musique, les fragments d'une mélodie qui échappaient au vent, belle et d'une grande tristesse. Triste comme un deuil.

Je garde en moi ce souvenir. La sensation sur ma joue du sable humide et les notes éphémères qui tremblaient dans le vent, les ombres qui jaillissaient des flammes, aussi mélancoliques et fugaces que la musique. Le bruit des vagues qui déferlaient, un son bas et insistant, comme un ordre, l'odeur de la marée et l'écume blanche qui s'attardait négligemment sur le sable avant de se retirer dans les ténèbres en m'invitant à la suivre. Et pendant tout ce temps, la musique d'une douceur exquise, comme l'odeur de pourri dans l'haleine du clodo qui, son visage près du mien, me tirait vers lui, toujours plus près. Je me rappelle avoir regardé la mer en me disant qu'il me serait facile de me soumettre, de nager vers le large jusqu'à ce que le froid me donne des crampes et que l'hypothermie me fasse perdre le peu de conscience qui me restait. Je m'en rendrais à peine compte.

Tout bien considéré, cette proposition n'était pas négligeable. Je tendis le bras, pris la bouteille de vodka et je bus jusqu'à ce qu'un trop-plein d'alcool me fît vomir. Quand j'eus fini, je me remis à boire. J'entendis le doux appel de la mort et je bus encore. Vint alors le moment où je sus que j'avais trop bu pour répondre à son invitation.

Stern donnerait, je suppose, à cet incident le nom de « délire épisodique » ou de « psychose temporaire ». Sans aucun doute, il aurait raison. Surtout la voix. Un signe certain, dit-on.

J'essayai d'exorciser ce souvenir, de le chasser de ma mémoire, mais je me rends compte maintenant que je n'ai pas réussi à le faire. Il est toujours près de moi, à mes côtés. C'est mon compagnon habituel, mon ange gardien déchu, les yeux pleins de haine et de dégoût comme ils l'étaient en ce temps-là. Et la voix, la voix est la même, elle aussi ; elle me raille, elle se moque de mes cris : « Pa-pa ! Pa-pa ! »

La première fois, bien sûr, ce n'était pas une illusion. J'avais huit ans. Mère, comme d'habitude, s'était enfermée dans sa chambre, un disque de Billie Holiday sur la stéréo pour accompagner sa descente dans l'auto-apitoiement, le bruit de la maladie filtrant à travers les murs et contaminant tout ce qu'il touchait. Je ne sais pas pourquoi j'ai ouvert la porte. Je devais avoir entendu autre chose que les pleurs habituels. Quelque chose d'effrayant.

Je m'obligeai à entrer et je la vis là, à moitié nue, pleine de sang. Elle se mordait, délibérément, méthodiquement ; elle mordait la chair de ses bras, sa chair desséchée, anorexique, d'où sortait assez de sang pour tacher de rouge sa chemise de nuit. Je descendis en courant l'escalier qui menait au bureau de mon père – la pièce où il se retirait dès qu'il rentrait à la maison, où personne ne devait le déranger –, je secouai la porte fermée à clé, je lui criai de sortir. Je hurlai et tapai dans la porte, et quand je compris qu'il ne tiendrait pas compte de mes supplications, je lançai des objets contre elle, tout ce qui me tombait sous la main, tout ce que pouvait atteindre un petit garçon de huit ans. Et j'appelai : « Pa-pa ! Pa-pa ! »

Alors, j'entendis sa voix : « Pa-pa ! Pa-pa ! » Il était là, debout, et il se moquait de moi. Je m'étais arrêté aussitôt, et maintenant je sanglotais, ma fureur – mon hystérie, comme il l'avait appelée – remplacée par l'humiliation de la défaite. Il m'avait pris par le bras comme pour me maîtriser. Il me traîna dans le couloir, vers la porte de derrière, comme si j'étais un sac d'ordures ; il me disait de me taire, d'arrêter mes enfantillages, il ne voulait plus jamais entendre ces foutus hurlements. Une fois dans la cuisine, je lui échappai. Je pris le premier objet à ma portée – un lourd cendrier en verre comme il s'en trouvait partout dans la maison, plein des mégots de ma mère, des cigarettes oubliées, à moitié fumées – et je le lui lançai en plein visage.

C'est ce jour-là qu'il l'a dit. Pour la première fois.

« Tu es malade, Jackson, m'assena-t-il comme si j'étais une chose particulièrement répugnante. Tu es fou. Exactement comme ta mère. »

Maintenant, il le dit tout le temps.

Tu es fou, Jackson. Exactement comme ta mère. Je te plains.

Mais je sais qu'il n'éprouve que du dégoût.

« Si tu me détestes tant, pourquoi ne me laisses-tu pas tranquille ? »

Parce que tu es fou !

Pour moi, il est toujours là, à mes côtés, aussi corporel qu'un châtiment, aussi réel que la haine.

39

« O HÉ ! Tu es là ? »
       Je crus que c'était la patrouille de surveillance
de la plage qui me disait de partir.

« Salut, Jackson ! Qu'est-ce qui se passe ? »

Ils savent mon nom ?

« Tu es malade ou quoi ? Il est plus de midi ! »

Difficile de fixer mon regard avec toute cette agitation.
Je fis un immense effort et je parvins à rassembler les multiples images en une seule grosse masse floue : des pieds.

Les petits pieds de Danny dans leurs énormes baskets bondissaient sur mon matelas à côté de ma tête. J'avais dû me débrouiller pour rentrer à la maison.

« Qu'est-ce que tu paries que, si je saute très fort, je te fais sortir du lit ?

– Oh, mon Dieu ! Danny, arrête, s'il te plaît.

– Qu'est-ce que tu me donnes ?

– N'importe quoi. Tout ce que tu veux. »

Il ne s'arrêta pas. Il me fit rouler hors du lit. Je m'effondrai dans le fauteuil et cherchai à maîtriser la nausée qui me montait à la gorge en restant le plus possible à l'horizontale.

Danny s'affala au milieu du lit, les jambes croisées, puis il rebondit en glapissant, debout au bord du matelas, et passa la main sur le fond de son pantalon.

« Dégueulasse ! C'est tout mouillé. C'est de la bière ! Beurk ! »

273

Je pris une bière sur ma table de chevet où il y avait plusieurs bouteilles vides et je la décapsulai.

« Qu'est-ce que tu fais, Jackson ? »

Il se tenait tranquille maintenant et me considérait avec le mépris de ses dix ans.

« Rien, Danny, répondis-je d'une voix rauque.

– Tu as bu.

– Pas tant que ça.

– Si. Beaucoup.

– Ma parole, tu es envoyé par les Alcooliques anonymes ?

– Qu'est-ce que c'est ? »

Je l'avais blessé.

« Désolé. Je ne me sens pas bien.

– Ouais, personne ne se sent bien. Sandra picole depuis hier après-midi. Elle a vomi par terre dans la cuisine et elle a même pas nettoyé. Ici, c'est Dégueuville ! »

Il me regarda pendant que je buvais.

« Comment peux-tu boire autant, Jackson ?

– Je ne bois pas autant que tu le dis. Seulement de temps en temps.

– Oui, c'est exactement ce que dit Sandra. Elle prétend qu'elle ne boit qu'"en société". »

Manifestement, il répétait une expression qu'il avait entendue, mais dont il ne connaissait pas le sens.

« Une société d'une personne.

– Quelquefois, elle dit qu'elle boit pour oublier.

– Possible. »

Je terminai la bière et me traînai tant bien que mal vers le réfrigérateur dans l'espoir d'en trouver d'autres. Il n'y en avait pas, mais j'en aperçus trois sur le canapé. Elles n'avaient pas été débouchées.

« Qu'est-ce qu'elle veut oublier, à ton avis ? demanda Danny qui me suivait.

– Je ne sais pas, Danny. » J'appuyai ma tête contre le bras du fauteuil pour pouvoir boire. « Sans doute des tas de choses. »

Il s'approcha tout près et se planta devant moi. Il m'observait. Je commençai à en éprouver un certain agacement.

274

« Billy Derwinski dit qu'il peut boire une caisse de bière en dix minutes. »

Il parlait fort, comme s'il me défiait.

« Doucement, Danny, j'ai mal à la tête.

– Il peut boire une caisse de bière et après, un litre de bourbon. Comme ça ! » Il fit claquer ses doigts. « C'est ce qu'il dit.

– Non. Impossible.

– Si ! Je l'ai vu ! Et après, il peut conduire une voiture comme si de rien n'était.

– C'est idiot, Danny.

– C'est toi, l'idiot ! » répondit-il, furieux.

Je finis la bière et j'en pris une autre.

« Ça aussi, il peut !

– Fiche-moi la paix, Danny. J'essaie de...

– Passe-moi ça », hurla-t-il.

Il s'empara de la bouteille et but une gorgée.

« Danny ! »

Je me levai tant bien que mal et voulus l'attraper. Mais il s'était dégagé à temps. Il tenait la bouteille éloignée de moi, but une seconde gorgée et s'étrangla.

« Assez, Danny ! »

D'un mouvement brusque en avant, je pus lui arracher la bouteille. Elle tomba par terre avec un bruit sourd.

« Va te faire foutre, Jackson ! Va te faire foutre ! cria-t-il d'une voix étranglée par les sanglots. Espèce de putain d'ivrogne ! »

Je me tenais la tête en m'efforçant de ne pas m'écrouler.

« T'es un ivrogne et un menteur ! Exactement comme papa. Et comme Sandra.

– Je ne t'ai jamais menti, Danny.

– Si, tu as menti ! Si, tu as menti ! cria-t-il, son petit corps bouillonnant de colère. Tu as dit que je pourrais voir Allie et tu as menti !

– Mon Dieu ! »

Je me rassis avec l'impression que ma tête ne cesserait jamais de tourner.

« T'es rien qu'un enculé d'ivrogne ! Va te faire foutre ! Va te faire foutre ! » Sa voix se brisa en un cri perçant. « Je te déteste ! Je vous déteste tous ! »

Il se précipita vers la porte et la claqua derrière lui, si fort que je crus qu'il allait la casser.

Je ramassai la bouteille tombée et bus le restant de bière.

Oui, c'est bien ça, un enculé d'ivrogne.

... l'homme derrière le comptoir voulait voir l'argent avant de me tendre la bouteille.

« Oui, j'en ai, affirmai-je en me redressant avec la dignité du poivrot.

– L'argent d'abord, après vous aurez la Stoli... »

... l'eau refroidit. Je restai assis sous la douche en buvant la vodka jusqu'à ce que mes tremblements fussent devenus si violents que le bord du goulot me heurta les dents...

... impossible de l'arrêter. Quel gâchis, pensai-je en appuyant ma tête contre la cuvette des W.-C. Et pourquoi l'eau était-elle si rouge ?...

Une femme en uniforme blanc me secoua. Je me rendis compte qu'elle me prenait le pouls et me tâtait le front pour voir si j'avais de la fièvre.

« Bonjour, l'infirmière !

– Bon sang, Jackson, qu'est-ce qui s'est passé ? »

C'était Krista.

« Je suis à l'hôpital ?

– Non, mais tu devrais peut-être y être », me répondit-elle sur un ton qui ne lui était pas habituel.

Elle m'aida à m'asseoir, soutenu par les oreillers, puis elle étendit sur moi une couverture et me tendit une tasse.

« C'est comme ça que tu l'aimes ? De l'eau du robinet chaude et du café instantané ? C'est dégoûtant, mais je crois que tu en as besoin. »

La caféine freina mon tournis ; je m'aperçus alors que j'étais encore dans mon appartement. Krista fit le tour du lit et ramassa ce qui traînait par terre.

« C'est froid, dis-je.

– Quoi ? Le café ?

– Non, moi.

– J'allume le radiateur. »

Elle le mit au maximum. L'air chaud qui emplit la pièce améliora l'état de mon corps, mais pas celui de ma tête. C'était comme si je flottais et tournais en même temps.

« Il y a du sang partout. »

Tout en parlant, Krista me montrait une chemise tachée.

« Je sais. Il y a du sang dans la salle de bains. Je l'ai vu.

– Jackson, c'est toi. Tu as une vilaine coupure à la jambe. Étonnant que tu ne te sois pas vidé de ton sang. »

Je remontai la couverture sur moi et je vis une bande autour de mon tibia droit.

« C'est toi qui l'as mise ?

– Oui. Tu as cassé une bouteille de vodka dans la salle de bains et tu as dû rouler dessus ou quelque chose comme ça. » À cette seule idée, elle s'énerva. « Bois ton café. Et après, un jus de tomate. »

Je jetai un coup d'œil sur ma table de nuit. Il y avait un verre. « Beurk !

– Qu'est-ce que tu as bien pu croire que tu faisais ?

– Que je buvais. J'en suis sûr.

– Blague à part. »

Elle reprit la tasse et alla devant l'évier me faire un autre café. Après mûre réflexion, je renonçai au jus de tomate. Krista revint et me tendit la tasse.

« Depuis combien de temps es-tu ici ? *Pourquoi* es-tu ici ?

– Tu m'as appelée, rappelle-toi.

– Non.

– Tu m'as téléphoné il y a à peu près une heure. Tu m'as demandé de t'apporter un ordonnancier. Tu as dit que tu avais besoin de quelque chose de toute urgence.

– Tu l'as apporté ?

– Bien sûr que non. Tu étais manifestement bourré.

– Oh !

– Qu'est-ce que tu essayais de faire ? Te suicider ?

– Non. Pas exactement.

– Pas *exactement* ? Un truc du même genre ?

– Tout va bien maintenant. Promis.

– Tu es sûr ? » Elle s'arrêta un instant, jeta un rapide coup d'œil autour d'elle comme elle l'aurait fait après avoir rangé les affaires d'un patient. « Parce qu'il faut vrai-

277

ment que j'y aille. Je suis de garde. Quelqu'un me remplace, mais je dois retourner à l'hôpital.

– C'est déjà le soir ?

– Il est dix heures.

– Samedi, c'est ça ?

– Depuis combien de temps es-tu ivre ?

– Seulement un jour. »

Elle avait hâte de partir, et ce n'était pas seulement parce qu'elle devait reprendre son travail. Elle est encore furieuse après moi, pensai-je confusément.

« Tu ne vas pas faire quelque chose d'idiot ? Tu ne vas pas te remettre à boire ?

– Je ne sais pas. Je ne crois pas avoir une constitution assez robuste pour faire un bon ivrogne. »

Mon attitude eut le don de l'irriter. Elle prit son sac comme si elle allait partir sur-le-champ.

« Et tout ça, c'est à cause d'elle ? Allie Sorosh ?

– D'une certaine façon, oui.

– Tu es vraiment malade, tu sais, Jackson ? »

Elle hochait la tête, furieuse.

« C'est l'alcool. Je n'en mourrai pas.

– Non, je veux dire, mentalement malade. Il y a quelque chose qui ne va pas chez toi.

– Je prends note et j'en parlerai à mon psy.

– Toujours tellement brillant, hein ? » Elle fit une grimace qu'elle voulut sarcastique. « Tu te crois tellement intelligent, pas vrai, Jackson ? Jackson est tellement intelligent ! Tu crois pouvoir te cacher derrière ça, mais tu n'y arrives pas.

– Je ne m'en sens pas le courage. »

Elle poursuivit comme si je n'avais pas parlé :

« Tu te crois très intelligent et tu prends les autres pour des crétins, mais je ne suis pas assez bête pour ne pas avoir vu que tu me trompais avec elle. Je le savais depuis le début...

– Je ne...

– Je t'ai vu ! Je vous ai vus ensemble et je l'ai su. Je savais qu'elle était exactement ton type de femme, une bourge petite et maigre, snobinarde et bêcheuse. »

Elle fit un mouvement de tête qui voulait imiter une snob de la haute société.

« Elle est polonaise... », commençai-je, mais je me dis aussitôt qu'elle ne l'était peut-être pas. « Ou hongroise, ou... »

C'était sans importance. Krista s'était lancée dans une de ses diatribes et ne m'écoutait pas :

« Le genre de snobs superficielles qui te font craquer. Et tous ces endroits chics où tu l'as emmenée ! Jamais tu ne m'as emmenée dîner à Aqua. J'étais la copine minable, juste bonne pour baiser, mais pas assez pour dépenser de l'argent...

– Krista...

– Comment ai-je pu me laisser piéger par tes mensonges ? Tu t'es *servi* de moi et rien d'autre ! Quand je pense à ce que j'ai fait pour toi... »

Je portai les mains à ma tête en priant pour qu'elle se tût. À mon grand étonnement, c'est ce qu'elle fit. Quand je levai les yeux vers elle, je lus une expression de profonde surprise sur son visage. Comme si elle avait vu quelque chose de choquant ou comme si elle s'en souvenait. Au même moment, elle s'empara de son sac qu'elle serra contre sa poitrine et se précipita vers la porte.

40

Deux bières le lendemain matin mirent fin à ma gueule de bois. Mon corps se rebellait pourtant contre toute absorption d'alcool et je dus faire un effort pour les avaler.

Lucasian avait laissé un message la veille, sans préciser l'heure. Je téléphonai d'abord à l'hôpital pour dire que j'étais malade – ce que j'avais déjà fait le jour précédent sans en avoir aucun souvenir –, puis j'appelai Lucasian peu après neuf heures.

« Ah, docteur Maebry ? Vous n'avez pas l'air dans votre assiette.

– Rien de bien grave. D'ailleurs, je vais mieux.

– J'en suis ravi. J'ai eu hier une conversation avec notre ami Rossi. Jusqu'à présent, comme je l'avais présumé, il a surtout des soupçons et pas grand-chose d'autre. Je lui ai clairement fait comprendre qu'il serait inopportun de perturber votre vie professionnelle.

– Merci, mais on m'a retiré cette patiente. »

Déjà, je sentais revenir mon mal de tête. J'ouvris une autre bière.

« Pour quelle raison ?

– Rossi a interrogé mon patron. Il a appris que j'étais sorti avec Allie.

– Fâcheux. Est-ce que le lieutenant Rossi a suggéré d'une quelconque façon que vous étiez considéré comme suspect dans son enquête ?

– Je l'ignore. » J'avais un mal fou à sortir des mots, encore bien plus à penser. « Je ne crois pas, non. Mais

280

Brandt – mon patron – peut en avoir eu l'idée à la suite de ce que Rossi lui a dit.

– Est-ce que ce Brandt aussi est impliqué dans le traitement de miss Sorosh ?

– Oui. C'est le patron du service de chirurgie plastique.

– Dans ce cas, je crains fort que nous ne puissions pas y faire grand-chose. Ce serait considéré comme une investigation parfaitement légitime de la part de Rossi. » Je restai un moment silencieux, occupé à saisir l'information, à la traiter. « Docteur Maebry ?

– Oui, excusez-moi. Il a aussi parlé à mon psychiatre. Et à d'autres personnes de ma connaissance.

– Vous avez recherché une aide sur le plan professionnel auprès de votre psy ?

– Oui.

– Pendant longtemps ?

– Un certain temps. Six ou sept mois. » Impossible, sur le moment, de calculer la durée exacte. « C'est mauvais ?

– Tout dépend de ce que vous entendez par là ! »

Lucasian ponctua sa phrase d'un rire bon enfant. À mon tour, je me mis à rire, mais c'était plutôt comme si je m'étais éclairci la gorge. Suivit alors une quinte de toux qui provoqua dans ma tête une douleur lancinante.

« Je ne crois pas mon psy capable de garder pour lui des confidences.

– Très fâcheux.

– Je pensais... Tout ce que je lui ai dit n'est donc pas confidentiel ?

– Nous pourrions certainement utiliser cet argument, si la partie adverse tentait de présenter devant le tribunal des éléments fournis à Mr Rossi par votre psychiatre. Mais je soupçonne le lieutenant de n'avoir cherché que des pistes pour son enquête.

– Il en a le droit ?

– Tout dépend de ce qu'il a pu récolter. Mr Rossi a toujours été un fouille-merde, comme on dit. Si votre psy avait refusé de le recevoir, il n'aurait sans doute rien pu faire. Mais il me semble que le psy en question n'est pas particulièrement courageux.

– Effectivement. »

281

Ma tête m'élançait maintenant.

« J'ai aussi demandé au lieutenant une copie de l'e-mail que vous avez envoyé – euh, que vous n'avez pas envoyé – à miss Sorosh. Je devrais la recevoir aujourd'hui. »

Je redoutais d'avoir à relire ce message. Il ne fallait pas que j'y pense maintenant. Je bus quelques gorgées de bière.

« Docteur Maebry, vous ne vous sentez pas bien ?

– Oui, ou plutôt non, répondis-je d'une voix râpeuse. Tout va bien. Et l'ADN sur ma veste ? On a le résultat ?

– Il faudra attendre un moment. Au minimum quinze jours. Ils l'ont envoyé au laboratoire de l'État qui a toujours du retard. Je suis certain que la police souhaiterait, tout comme nous, accélérer le processus.

– Probablement. » Je n'avais qu'une hâte, me coucher et me tenir la tête jusqu'à ce que disparaissent les élancements. « Ainsi donc, nous ne pouvons rien faire d'autre ?

– Rien d'autre qu'attendre, j'en ai bien peur. Et faire preuve de patience. »

Je serrai le récepteur fortement contre ma tempe et ravalai les haut-le-cœur qui montaient dans ma gorge.

« Oui, OK... Vous savez, c'est plutôt difficile de se montrer patient avec ce qui me pend au nez.

– Si c'était facile, docteur Maebry, la patience ne serait pas une vertu. »

Je traînassai toute la journée et finis par me rétablir. À la tombée de la nuit, je me sentis suffisamment bien pour avaler quelque chose de solide. Je me rendis au 7-Eleven où j'achetai des beignets et des biscuits au beurre de cacahuète. Et de la bière. Et pour preuve de ma récente sobriété, je pris également un pack de Coca. À mon retour, je m'assis sur la minuscule pelouse, dans le fauteuil en plastique que Danny utilisait généralement comme but quand il jouait au hockey. Je mangeai mon dîner en regardant passer les voitures, leurs pneus crissaient sur les pavés mouillés. J'étais trop fatigué pour penser clairement. Mon esprit se contenta de vagabonder comme après toute cuite ; des souvenirs de ces deux derniers jours remontèrent à la surface de ma conscience, imprécis, à peine réels, à l'exception du sentiment accablant qu'ils charriaient avec eux le dégoût de soi-même.

Lorsque j'eus fini la dernière de mes pâtisseries chimiques et que je me fus essuyé la figure, je me levai et rentrai à la maison. Une lumière bleu pâle jouait derrière les rideaux tirés de Sandra et, quand elle ouvrit la porte, j'aperçus derrière elle la télévision dont elle avait baissé le son, comme un marmonnement continu. Ces derniers jours ne semblaient pas non plus lui avoir été favorables. Je le voyais à ses yeux. Ils étaient encore plus gris que ses cheveux et cernés de fatigue.

« J'espérais voir Danny », lui dis-je. Je ne me rappelais pas tout ce qui s'était passé, mais je savais que c'était plutôt moche. « Nous nous sommes disputés et je voulais me réconcilier avec lui. »

Elle me fit signe d'entrer.

« Il a découché la nuit dernière. »

Elle baissa encore le son de la télévision, mais pas complètement. Elle alla ensuite dans la cuisine, en rapporta une bouteille de vin et vint s'asseoir près de moi sur le canapé.

« Tu sais où il est ?

— Probablement chez son père, dit-elle en ôtant le bouchon.

— Je ne savais pas qu'il avait un père.

— On ne peut généralement pas s'en passer. Tu veux boire quelque chose ?

— Plus tard, peut-être. J'ai fait des courses. »

Je sortis une bière de mon sac 7-Eleven.

« Ce n'est pas ta faute, Jackson, reprit Sandra après avoir bu son premier verre. Danny fait ça chaque fois que je me cuite. Il se tire chez son père. Il fallait qu'il soit sacrément perturbé parce qu'il n'aime pas ça. Et son salopard de père déteste l'avoir chez lui. Il prétend que Danny ne correspond pas à son mode de vie, que c'est une entrave. Tôt ou tard, il va revenir.

— Et toi, ça va maintenant ?

— Du tonnerre. Oui, ça va. Ou ça ira. Je me prends un peu trop la tête, parfois. » Je devinai qu'elle ne parlait plus de Danny. « J'ai fait ce que tu pourrais appeler une expérience cathartique. Et voilà le résultat. »

Elle fit un geste en direction de sa sculpture, maintenant comprimée en une sorte de boule d'argile informe.

« Tu ne l'aimais pas ?

— Aimer ? En réalité, je n'*aime* jamais ce que je fais, dit-elle d'un air songeur. Non, ce n'est pas la véritable raison. Elle s'était éloignée de moi.

— Éloignée de toi ? »

J'avais l'impression qu'elle parlait par énigmes et je ne disposais pas de l'énergie mentale nécessaire pour les décrypter.

« C'est difficile à expliquer, Jackson.

— Bien sûr.

— Dommage, parce qu'à la fin j'avais fait quelque chose de vraiment chouette.

— Alors, pourquoi l'as-tu détruite ? »

Elle regarda par-dessus son épaule l'argile maltraitée, fit une grimace et avala le reste de son vin comme si c'était un médicament.

« Les artistes sont des gens cruels, Jackson. Ils font ce qu'ils doivent faire. »

Je laissai un mot sur le lit de Danny. Je lui disais que je voulais faire la paix avec lui, que je prendrais des billets et que je l'emmènerais voir le match qu'il choisirait. Mais je changeai d'idée, déchirai ce mot et en fis un autre. Je n'écrivis que « Pardon », et je signai.

Au moment où j'allais partir, Sandra me parla des flics. Elle avait dû les apercevoir par sa fenêtre quand ils étaient venus fouiller mon appartement.

« C'est à cause de l'agression de ma copine. Ils... La vérité, c'est qu'ils me considèrent comme suspect. »

J'imaginai tout ce qu'elle allait pouvoir me dire, mais elle ne me demanda qu'une chose, s'ils allaient revenir.

« Je ne pense pas. Ils ont trouvé ce qu'ils voulaient.

— Bien. » Et puis : « Ça va aller, Jackson ?

— Du tonnerre. »

Elle sourit. Un sourire défait, comme pour dire qu'elle

était désolée, qu'elle aurait aimé m'aider, mais qu'elle était trop occupée à lutter contre ses propres démons pour se charger des miens.

« Si tu as besoin de moi, je suis là », me dit-elle quand même, sans grande conviction.

Elle ferma la porte derrière moi. En me retournant, j'aperçus les lueurs vacillantes de la télé qui jouaient mollement sur l'étoffe des rideaux. Comme un feu parmi des décombres, pensai-je, sans qu'il reste rien, ou presque, à brûler.

41

L A lumière des messages clignotait sur mon répondeur. J'appuyai sur le bouton.

« Allô, docteur Maebry ? Ici, Emanuel Lucasian. Voulez-vous avoir l'obligeance de me rappeler dès votre retour ? Peu importe l'heure. J'ai absolument besoin de vous parler ce soir. »

Il avait laissé son numéro personnel. Je lui téléphonai aussitôt. Une femme me répondit, distraite par le babillage d'un enfant qu'elle devait porter dans les bras ; dès qu'elle comprit qu'il s'agissait d'un coup de fil professionnel, elle appela d'une voix forte « Manny ! », et elle ajouta : « Non, Anton, pas le téléphone ! » J'entendis alors le rire d'un gamin, puis un brouhaha généralisé : bruit de pieds qui galopaient et voix d'enfants.

« C'est à quel sujet ?

— Ici, Jackson Maebry.

— Allons, Koyana, mange plutôt ça, roucoula-t-il. Oh, la gentille petite fille ! » Puis, revenant à moi : « Excusez-nous, mais nous sommes à table.

— Oh, désolé ! Je ne voulais pas vous déranger.

— Comment peut-on déranger le chaos ? demanda-t-il en riant. Ne vous en faites pas. Je vais vous prendre sur l'autre téléphone. »

Un moment plus tard, j'entendis un déclic et Lucasian qui demandait à un enfant de raccrocher. Il y eut de petits rires et le bruit d'une respiration, suivis par les ordres réitérés du père qui restèrent sans effet. Enfin, après une sévère réprimande maternelle, on raccrocha.

« C'est bon, nous avons obtenu une paix momentanée.

– Combien d'enfants avez-vous ? »

Je ne l'avais pas imaginé père de famille.

« Nous ne les avons pas recensés depuis un moment, mais la dernière fois, il y en avait neuf.

– Tous à vous ?

– Voilà une question bien personnelle. » Il se mit de nouveau à rire. « Mais ma femme m'assure que tel est le cas. Et maintenant, docteur Maebry, j'ai parlé avec notre ami le lieutenant Rossi. Il semblerait que nous devions passer à son bureau demain. Je lui ai dit que nous y serions à dix heures. Est-ce que cela vous convient ?

– Je peux m'arranger. Pourquoi ?

– Je ne veux pas vous inquiéter outre mesure, mais quelques problèmes nouveaux ont surgi.

– Quoi ? demandai-je, redoutant la réponse.

– D'abord, la veste. Nous n'avons pas encore les résultats complets des tests ADN, mais il semblerait que le groupe sanguin corresponde à celui de miss Sorosh. O-, je crois. Ce qui ne constitue pas une preuve, étant donné que sept pour cent de la population est O négatif, mais, malheureusement, cela ne vous innocente pas.

– C'est le sang d'un patient, dis-je d'une voix faible.

– Il y a aussi le contenu de l'e-mail...

– Que je n'ai jamais envoyé !

– Ne vous inquiétez pas, docteur Maebry. Je suis sûr que nous allons éclaircir tout ça demain. Ce que possède le lieutenant Rossi ne constitue pas des charges suffisantes contre vous, j'en suis persuadé. Autrement, nous aurions à faire face à une arrestation immédiate, et non à une conversation amicale dans un bureau. Rencontrons-le demain et nous saurons ce qu'il veut.

– Très bien, j'y serai.

– Parfait ! »

Il allait me dire au revoir quand j'éprouvai le besoin soudain de lui parler d'une idée qui m'avait trotté dans la tête toute la journée. Mais mes souvenirs de ces deux derniers jours étaient encore brumeux et je n'avais pas pu les examiner en détail.

« Vous allez sans doute trouver ça bizarre, mais...

– Oui, docteur ?

– Je ne sais pas si ce que je vais vous dire a un sens. Mais j'ai fréquenté une fille, une femme – elle est infirmière à l'hôpital – avant de rencontrer Allie, et je crois qu'elle est jalouse. D'Allie et de moi, vous voyez ce que je veux dire ?

– Oui ?

– Eh bien...

– Vous croyez qu'elle pourrait être l'agresseur ?

– C'est difficile à croire, mais... » Je me souvenais de ses récriminations, quand elle s'était plainte que j'avais emmené Allie à l'Aqua et pas elle. Comment le savait-elle ? « Peut-être nous a-t-elle suivis ? suggérai-je en me demandant si ça ne faisait pas un peu trop parano. Elle savait que nous étions allés ensemble à l'Aqua, c'est le nom du restaurant. Manifestement sans intérêt. Le nom, je veux dire. Mais... eh bien... j'ai pensé qu'elle pouvait nous y avoir suivis. Bien sûr, ce n'est peut-être qu'une coïncidence, elle nous aurait aperçus par hasard. »

Ce que j'avançais là me paraissait, une fois exprimé, beaucoup moins évident.

« Je vois », dit Lucasian. Il me demanda le nom de Krista et quelques détails la concernant. « Je vais indiquer ces faits au lieutenant Rossi.

– Merci. Pensez-vous que... Je n'y connais rien, mais il m'a paru important de vous les rapporter.

– Effectivement, cela vaut la peine qu'on s'en occupe. » Disait-il cela uniquement pour me faire plaisir ?

« Merci encore.

– À demain, donc, conclut-il d'un ton jovial. Maintenant, je dois aller retrouver ma progéniture. »

Le lendemain matin, après les visites, je pris ma voiture pour me rendre à notre rendez-vous. J'attendis, inconfortablement assis sur une chaise en bois dans le couloir, en face de la femme derrière la fenêtre en plexiglas. Lucasian arriva peu après, ajusta son costume – celui qu'il portait lors de notre première rencontre, mais la cravate et la pochette étaient d'une couleur différente – et s'essuya le front avec son mouchoir. Ses cheveux noirs brillaient sous la lumière artificielle.

« Permettez-moi, docteur, de prendre la parole, me conseilla-t-il pendant que nous montions dans l'ascenseur. Si je juge utile que vous vous exprimiez, je vous ferai signe. Nous n'avons pas besoin de donner au lieutenant plus de renseignements qu'il n'est nécessaire. »

Rossi nous adressa un signe de l'endroit exigu qui servait d'accueil. Il nous le fit traverser et nous conduisit dans une pièce vide. Il serra chaleureusement la main de Lucasian, puis la mienne.

« Comment va la famille, Manny ? demanda-t-il tandis que nous nous asseyions.

– Super ! Trois enfants ont le rhume, un autre s'est cassé le bras, un autre encore a renversé le lait de son déjeuner dans l'aquarium de l'école, ce qui n'a pas eu un effet positif sur la santé des poissons. Nous avons été obligés de payer les dégâts.

– Je ne sais pas où vous trouvez le temps de vous occuper de vos clients. »

Je surpris une note d'envie dans sa voix.

« Ma femme est une sainte. Ou, comme elle vous le dirait, une martyre. Quant à mon client, c'est un homme très occupé dont dépendent de nombreux malades. De quelle façon pouvons-nous vous aider ? »

Rossi s'installa confortablement dans son fauteuil et prit un air professionnel.

« Comme je l'ai déjà indiqué, le sang sur la veste correspond à celui de la victime...

– Ainsi qu'à celui d'un million de gens à San Francisco.

– Peut-être, répondit Rossi en fronçant les sourcils. J'ai aussi parlé avec d'autres personnes de l'hôpital dont le témoignage me porte à croire que le Dr Maebry peut constituer un danger pour la victime.

– D'autres ? Vraiment, lieutenant, j'aimerais que vous soyez plus précis. »

Rossi semblait hésiter à divulguer ses informations.

« Lieutenant, nous parlons de la réputation de mon

client et de son gagne-pain. Nous tenons à nous montrer raisonnables, mais ce serait une véritable honte si vos services outrepassaient leurs droits en accusant quelqu'un sans raison valable. Si cela devait arriver, et si mon client était innocenté, comme ce sera sûrement le cas...

– OK, Manny, l'interrompit Rossi. Nous n'envisageons pas, pour le moment, d'accuser quiconque. Nous ne parlons que de prendre des précautions, de protéger la victime d'un danger ultérieur.

– C'est une réaction parfaitement louable. Mais vous n'avez pas, jusqu'à présent, évoqué une seule raison suffisamment convaincante pour nous faire croire au danger que représenterait mon client.

– D'abord, il y a une infirmière qui s'est occupée de la victime, une certaine miss Fal... » Rossi consulta ses notes. « Feltin.

– Diane, dis-je à mi-voix.

– Elle dit que le Dr Maebry a eu un comportement étrange...

– Étrange ! m'exclamai-je. Bon Dieu, mais c'est une incapable ! »

Lucasian me lança un regard sévère.

« D'après la surveillante, elle serait compétente.

– Elles se sont mises d'accord ! Elles ont l'habitude de se défendre l'une l'autre.

– Je vous en prie, docteur, intervint Lucasian en me posant une main sur la cuisse.

– Elle affirme, poursuivit Rossi, que le Dr Maebry donnait à miss Sorosh un tas de médicaments, plus qu'il n'en fallait. Qu'il lui faisait prendre trop de sédatifs.

– S'il vous plaît, docteur. »

Lucasian me pinça la cuisse au point de me faire mal. Je fus surpris de sa force. Rossi fronça les sourcils.

« Nous pourrions fort bien en conclure que le docteur cherchait à la maintenir dans un état de confusion grâce aux sédatifs qu'il lui prescrivait, de façon qu'elle ne puisse garder aucun souvenir. Hypothèse qui n'a rien de farfelu.

– Je crois que cette femme souffre d'amnésie. Exact ? » Rossi approuva à contrecœur. « Il me semble qu'il serait tout à fait *superflu,* de la part de mon client, de la droguer pour éviter qu'elle se souvienne.

– Peut-être ne savait-il pas qu'elle était amnésique à ce moment-là.

– Ou peut-être pas. Pourquoi ne l'aurait-il pas su ? C'est un cas fréquent, m'a-t-on dit, dans ce genre d'agression.

– Fréquent, mais pas forcément chez tous les accidentés, insista Rossi. De toute façon, il y a aussi l'e-mail. » Il prit une feuille de papier qu'il tendit à Lucasian. « J'ai une copie pour vous. »

Lucasian la lut. Rossi en avait une autre pour moi. Je la pliai et la mis dans ma poche.

« Le style est plutôt fleuri, commenta Lucasian. Mais je ne vois rien d'extraordinaire.

– Et le message téléphonique où miss Sorosh fait allusion à la dispute qu'ils ont eue peu de temps avant l'agression. »

Lucasian laissa échapper un son du genre « pouff ! ».

« Justement, ma femme et moi, nous nous sommes disputés hier soir. Je ne me rappelle même plus pourquoi.

– Manny, dit Rossi, l'e-mail, lui, contient des menaces. »

Lucasian fit un geste dédaigneux.

« Il faut avoir un esprit bien soupçonneux pour les y trouver. Ils ont eu une querelle d'amoureux. Voilà tout.

– Les querelles d'amoureux peuvent mal se terminer.

– La plupart finissent au lit par une réconciliation passionnée. On a constaté que c'est ce qui se passe le plus souvent. Je suis certain qu'on en a tous fait l'expérience. »

Rossi sourit en entendant Lucasian, puis il se souvint de ma présence et fronça de nouveau les sourcils.

« Lieutenant Rossi, reprit l'avocat sur un ton apaisant, je ne suis pas en train de vous raconter ce que vous savez déjà quand je dis que vous n'avez pas grand-chose contre mon client. Mais nous comprenons parfaitement que vous ayez besoin de prendre toutes les précautions nécessaires. Et, tant que vos soupçons concernant mon client seront infondés, et ils le resteront, ce dont vous vous apercevrez bientôt vous-même, nous sommes disposés à nous soumettre à vos desiderata. Le Dr Maebry accepte de son plein gré de ne plus soigner miss Sorosh en tant médecin, que ce soit au cours de sa convalescence ou de futures opérations, jusqu'à ce qu'il soit complètement innocenté. » Lucasian me lança un regard de côté avant de poursuivre : « J'insiste sur le fait qu'il s'agit là d'un acte volontaire de la part de mon client qui désire manifester ainsi son désir de coopérer avec vos services. De toute façon, il n'en subira aucun préjudice ; au contraire, c'est tout à l'honneur de son sens civique...

– D'accord, d'accord, Manny. J'ai compris.

– Et, bien entendu, rien ne transpirera à l'hôpital qui pourrait nuire à la réputation professionnelle de mon client ? »

Rossi donna son accord d'un signe de tête, les sourcils encore plus froncés qu'avant.

« C'est entendu, Manny, à condition qu'il respecte le marché.

– Il le fera. » Lucasian claqua ses mains sur ses genoux avant de se lever. « C'est un réel plaisir de travailler avec vous, lieutenant. »

Je me levai aussi ; quant à Rossi, il fit pesamment le tour du bureau.

« Et Krista ? demandai-je à Lucasian, craignant qu'il ne l'eût oubliée.

– C'est la femme dont je vous ai parlé au téléphone, dit-il, manifestement peu désireux d'attirer l'attention sur elle. L'infirmière, miss Generis.

– Nous nous sommes renseignés, Manny. Rien de ce côté-là. Mais nous restons vigilants. »

Un vent violent soufflant de l'océan nous frappa de plein fouet quand nous nous retrouvâmes sur le trottoir. Une rafale particulièrement forte décolla les cheveux de Lucasian qui tira un peigne de sa poche et les lissa en arrière pendant que nous parlions.

« J'espère que vous êtes satisfait du marché que nous avons passé.

– Je ne suis pas sûr d'avoir compris.

– Le lieutenant Rossi s'est montré habile en faisant office de maillon faible. Mais je pense que nous avons été encore plus habiles que lui, non ? Il voulait protéger miss Sorosh du danger que vous êtes censé présenter pour elle en tant médecin. Si nous ne lui avions rien offert en contrepartie, il aurait pu aller jusqu'à vous arrêter, quitte à en assumer les conséquences si – je devrais dire *quand* – son erreur aurait été flagrante. Nous avons donc négocié quelque chose que nous n'avions déjà plus – votre présence auprès de miss Sorosh en tant médecin –, ce que, de toute évidence, il ignorait.

– Vous croyez qu'autrement il m'aurait arrêté ? »

Nous fûmes interrompus par les hurlements d'une sirène. Une voiture de police s'éclaira soudain, illuminée par son gyrophare, et démarra en trombe.

« À mon avis, c'est hautement probable. L'inspecteur Rossi est un homme qui suit son intuition et, jusqu'à présent, vous êtes sa cible.

– Et pourquoi ? Pourquoi moi ?

– Il ne m'a pas dévoilé toutes ses pensées, mais, à la suite de nos conversations, j'ai pu déduire une chose : il est convaincu que miss Sorosh a été agressée par quelqu'un qu'elle connaissait.

– Et pourquoi serait-ce *moi* ? me lamentai-je. Et Krista ?

– Il l'a apparemment éliminée. Je suppose qu'elle a un alibi.

– Comment pouvons-nous savoir que c'est vrai ? Elle ment peut-être. C'est-à-dire...

– Docteur Maebry, l'expérience m'a appris à placer une certaine confiance dans les capacités du lieutenant Rossi. C'est un fin limier et son honnêteté est au-dessus de tout soupçon. Ce qui ne veut pas dire, bien sûr, qu'il soit infaillible. Le moment viendra peut-être où nous serons obligés de louer les services d'un détective privé pour surveiller miss Generis. Mais, à mon avis, ce n'est pas le moment.

– OK. Vous devez avoir raison. Mais je ne vois toujours pas... Pourquoi l'agresseur ne serait-il pas un inconnu ?

– D'abord, parce qu'il n'y a pas eu vol. Il restait pas mal d'argent dans son sac à main. Deuxièmement, l'emplacement. Ce n'est pas un endroit où elle se rendait fréquemment. Il se trouve loin de son lieu de travail et de son appartement. Elle devait avoir une raison de s'y rendre, ce

293

qui suggère qu'elle connaissait son agresseur. Ils avaient peut-être rendez-vous.

– À moins qu'on ne l'ait kidnappée.

– Sa voiture se trouvait sur le lieu du crime, ce qui tend à prouver qu'elle est venue de son plein gré.

– On a pu la berner ou la menacer. Quelqu'un d'autre a pu conduire la voiture.

– Et repartir à pied ? »

Je me sentis bête, et il le vit.

« Ce que vous dites n'est pas inconcevable. Il pourrait y avoir eu deux agresseurs travaillant en tandem. C'est une possibilité. » De toute évidence, il n'y croyait guère. « Il n'y a cependant aucune trace laissant penser qu'elle a été contrainte. Et si le ou les assaillants avaient eu une arme à feu, il est peu probable qu'il ait, ou qu'ils aient eu recours à, disons, des moyens aussi barbares. Le lieutenant subodore, d'après les blessures de miss Sorosh, qu'il s'agit d'un crime passionnel.

– Ce qui me désigne comme coupable ?

– Ce ne serait pas impossible, répondit-il, l'air songeur. Mais une jeune femme – belle, au dire de tous, et dans la fleur de l'âge –, cette jeune femme pouvait très vraisemblablement inspirer de la passion à plusieurs hommes. À moins que...

– Que quoi ?

– Après tout, nous sommes à San Francisco, répondit-il en haussant le épaules. Ici, la passion prend – comment dire ? – une infinie variété de formes. »

42

Peu après mon retour à l'hôpital, je croisai Crockett dans le hall.

« Oh, Jackson ! »

Il s'arrêta net et me considéra d'un air attristé.

« Salut ! »

Il consulta sa montre et grommela quelque chose à voix basse.

« Écoutez, Jackson. Vous avez un moment ? Bien, dit-il en me prenant le bras avant que j'aie pu répondre. Allons manger un morceau, c'est presque l'heure de déjeuner. »

Je marchai en silence à côté de lui jusqu'à la cafétéria où il entassa sur un plateau de quoi se restaurer. Je pris une part de pizza trop grasse et un Coca. Nous nous assîmes dans la partie encore vide de la salle. Il resta un moment sans rien dire, enfournant de grosses bouchées de ce qui me parut être du bœuf braisé et de la purée ; il semblait de moins en moins content au fur et à mesure qu'il mangeait.

« Vous savez, dit-il sans cesser de mâcher, on a fait une étude qui consistait à nourrir des rats avec ce qu'on donne à manger à l'hôpital. Ils sont tous morts de malnutrition. Je ne sais vraiment pas pourquoi je me donne la peine d'ingurgiter ça. » Pourtant, il finit ce qu'il avait sur son plateau, qu'il poussa avant d'attaquer son dessert. « Au moins, ils ne peuvent pas massacrer la gelée. »

Il soupira en plongeant sa cuillère dans la Jell-O. Je mangeai ma pizza et j'attendis.

« Nous avons eu ce matin une réunion de la commission. Saviez-vous que j'en fais partie maintenant ?

– Non.

– Si. Du fait que je suis le nouveau patron de la chirurgie orthopédique.

– Félicitations.

– Oui, oui. Plus de travail et pas plus d'argent. Mais je ne peux pas résister aux honneurs. Votre patron en est lui aussi, bien sûr, et nous avons discuté des nouvelles perspectives de la chirurgie esthétique.

– Oh !

– À propos, que diable s'est-il passé entre Brandt et vous ?

– Que voulez-vous dire ?

– Il est fou de rage à propos de je ne sais quoi. Vous étiez son chouchou, mais il a commencé à évoquer des "doutes graves" et de "sérieuses inquiétudes" quant à votre comportement. Il s'exprime d'une manière si pompeuse qu'on dirait un sénateur.

– Oh ! » Brandt avait promis de faire ce qu'il pouvait pour moi. Apparemment, il avait changé d'avis. « Est-ce que la commission a pris une décision ?

– Pas encore, probablement pas avant plusieurs semaines.

– Mais vous pensez...

– En principe, Jackson, vous êtes foutu. » Il m'observa tandis que j'accusais le coup. « Que s'est-il passé ? Vous étiez sa vedette. Tout le monde le savait.

– C'est à cause d'Allie Sorosh. J'ai été l'assistant de Brandt pendant l'opération de cette patiente. Les photos que je vous ai montrées ont été prises à ce moment-là. Nous avions eu une liaison, elle et moi, et Brandt m'en a voulu de ne pas le lui avoir avoué. Il a déclaré que j'avais manqué de professionnalisme et il m'a retiré cette patiente.

– Des conneries ! J'ai posé à ma mère une prothèse de la hanche. Réduit la fracture du tibia de mon oncle. À croire que tous les gens de ma famille, à partir d'un certain âge, passent leur temps à tomber. »

Crockett racla avec sa cuillère en plastique le fond du gobelet en polystyrène qui avait contenu la gelée, puis il s'adossa à sa chaise et me regarda en soupirant.

« Écoutez, Jackson, reprit-il, je vous aime bien.

296

– Merci, dis-je en riant devant son air gêné.

– J'essaie d'être sensible. Ma femme me reproche de ne pas l'être assez. Elle dit que je devrais me laisser aller davantage à mon potentiel vénusien, ou une connerie du même genre. Nous avons pris part à une réunion psychosociologique. Nous avions formé un cercle, nous nous tenions tous par la main et nous nous disions combien nous nous aimions les uns les autres.

– Difficile à imaginer.

– Attendez d'être marié, vous allez vous retrouver en train de faire un tas de choses merdiques que vous êtes incapable d'imaginer maintenant. Mais revenons à ce dont nous parlions. Je suis désolé de ce qui vous arrive avec Brandt. C'est un coup dur pour vous, mais personnellement, je n'en suis pas surpris.

– Pourquoi ?

– Vous connaissez l'expression : "Tous les chirurgiens sont des trous-du-cul, mais certains sont plus grands que d'autres" ? En fait, ce n'est sans doute pas un dicton, mais ça devrait l'être. Brandt est parmi les plus grands. Ne le répétez pas. Ce que je veux dire, c'est que la plupart d'entre nous ne courent pas après la notoriété. Prenez moi, par exemple.

– Par exemple.

– Oui. Eh bien, je fais ce que j'ai à faire et je me débrouille pas mal. Mais, écoutez la suite. Savez-vous pourquoi je suis devenu chirurgien ? Parce que je ne voulais pas faire mon service militaire et aller au Vietnam. J'étudiais la philosophie. Vous trouvez ça drôle ? Et pourtant, c'est vrai. La philo était ma spécialité, Platon, Hegel, Kant, tous. Mais si elle pouvait être propice à mon âme, elle ne pouvait me tenir à l'écart de la guerre. Je me suis donc inscrit à la fac de médecine, et comme je n'avais pas envie d'en sortir trop vite, j'ai choisi de me spécialiser en chirurgie et, plus particulièrement, en chirurgie orthopédique parce que j'adore bricoler. Et voilà. C'est comme ça. Je fais bien mon travail, sans aucune prétention de ma part. Quant à Brandt, il se prend pour un artiste. »

Crockett continuait de racler sans s'en rendre compte la coupe vide de Jell-O.

« Qu'est-ce qu'ils en ont à faire, ses patients ? Vous voyez ce que je veux dire ? Seigneur, vous avez remarqué ses ongles ? Superbement manucurés. Vous connaissez beaucoup d'hommes en dehors de la mafia qui fréquentent les manucures ? Les ongles de Brandt sont toujours parfaits. Tout est parfait chez lui, ses vêtements, sa grammaire. La plupart des médecins sont des ploucs, comme vous et moi, OK ? Je l'ai vu sortir d'une opération de huit heures comme s'il venait de s'habiller le matin. Je pense qu'il n'a pas de glandes sudoripares.

« Je ne dénigre pas la chirurgie esthétique. Les femmes devraient toutes porter des soutiens-gorge 110D, sauf qu'avec leurs prothèses, elles n'en ont pas besoin. Oui, oui, je sais, la chirurgie esthétique n'est pas que ça. Ce que je veux dire... mais, bon Dieu, qu'est ce que je veux dire exactement ? Ah, oui ! Brandt. Lui, il veut tout régenter. Un vrai tyran. Il est tellement coincé qu'il n'a sûrement pas été normalement à la selle depuis des années. Si vous voyez ce que je veux dire.

— Nous nous sommes toujours bien entendus. Jusqu'à maintenant.

— Vous êtes-vous jamais demandé pourquoi ? Des tas de jeunes et brillants médecins ont quitté Brandt et son enseignement. Vous êtes bon, mais ils l'étaient aussi. La moitié d'entre eux ont abandonné très vite. Mais jamais il ne s'était entiché de l'un d'eux comme il l'a fait de vous. Pourquoi, à votre avis ? »

Je haussai les épaules.

« Parce qu'il pensait pouvoir vous modeler à sa propre image. Faire de vous un petit Brandt. Il savait qu'il pouvait vous façonner, comme... comme... Comme du mastic.

— Je ne me croyais pas aussi malléable.

— Je ne vous critique pas, Jackson.

— Je sais.

— Je cherche à ne pas être trop dur.

— J'apprécie votre effort.

— C'est une nouveauté pour moi ! »

Il se mit à rire et, moi, j'essayai de sourire.

« Je ne veux vous dire qu'une chose, cessez de vous laisser faire. Défendez-vous. Autrement, Brandt vous écrasera comme un rouleau compresseur. Nous en serons tous désolés, mais nous ne pourrons pas faire grand-chose, sinon vous gratter, vous faire disparaître de la chaussée quand il vous aura bien laminé, et passer un coup de jet sur les taches de graisse.

– Une façon imagée de dire les choses.

– Oui, disons que j'ai un certain don pour les mots. Il est fou de rage après vous, Jackson, quelle qu'en soit la raison, et je vais vous dire ceci : un type comme Brandt, s'il se contente de vous flanquer à la porte de son service, c'est un moindre mal.

– Vous pensez qu'il va le faire ?

– Oui, répondit-il simplement. J'en suis persuadé. » Il consulta sa montre, puis il me regarda droit dans les yeux, redevenu soudain sérieux, comme s'il venait seulement de pavenir au but de notre conversation. « Écoutez-moi, avez-vous étudié la philosophie ?

– Seulement en classe préparatoire, un cours intitulé philosophie et science.

– Bien. Vous avez dû tomber sur Guillaume d'Occam ? » Je fis non de la tête. « C'est un philosophe du Moyen Âge, un moine. Il s'est intéressé avant tout à la distinction qui existe entre foi et raison. Fichtrement obscur, oui, mais, au cours de ses études, il a établi l'une des règles fondamentales de la déduction logique. On l'appelle le rasoir d'Occam. Je suppose que c'est parce qu'il vous oblige à faire des distinctions claires et nettes, comme avec un bistouri. Ce qu'il dit est simple : on ne doit jamais choisir la multiplicité si la singularité suffit.

– Je n'ai pas la moindre idée de ce dont vous parlez.

– Il existe un moyen moins compliqué de dire les choses : l'explication la plus simple est presque toujours la meilleure. C'est un axiome de base en science. Médecine incluse. Si quelqu'un arrive aux urgences avec un couteau planté dans le crâne et qu'il se plaint de maux de tête, vous ne commencez pas par chercher une tumeur au cerveau ou vous intéresser à son métabolisme, d'accord ?

– D'accord.

– Vous supposez que le couteau est seul responsable. Vous me suivez jusque-là ?

– Oui, le couteau probablement. Bien sûr.

– OK. Mais si ce n'était pas cela ? Que se passe-t-il si le couteau n'est pas responsable de la douleur ?

– Je ne sais pas. Un couteau dans la tête, ça doit faire mal.

– C'est une analogie, Jackson. Supposons qu'il s'agisse d'une blessure superficielle. Supposons que le couteau n'ait rien à voir avec la douleur, que le type souffre depuis des semaines et que, huit jours plus tard, il revienne, ayant perdu ses couleurs et l'haleine sentant l'amande. On s'aperçoit alors que sa femme l'empoisonne à l'arsenic, tout doucement, depuis un mois.

– Qui lui donné le coup de couteau ?

– Qui sait ? Peut-être qu'on l'a attaqué, peut-être que c'est sa femme, peut-être n'était-ce qu'une pure coïncidence. Faites un effort. Ne soyez pas aussi terre à terre. Nous parlons philosophie.

– D'accord. Mais où m'emmenez-vous, Crockett ?

– Nous y sommes. Que trouvons-nous ici, sinon le *corollaire* du rasoir d'Occam. » Il se mit à articuler chaque mot comme un professeur avec un élève à l'esprit lent. « Si l'explication la plus simple ne donne rien, vous devez atteindre le degré suivant de complexité. »

Il fit une pause, sourcils levés, me permettant ainsi d'appréhender le concept. Peine perdue.

« Si vous le dites... », acquiesçai-je, toujours aussi perplexe.

– Écoutez. Il fut un temps où on pensait que la terre était plate, d'accord ? Ce n'était pas idiot. Une ligne droite est la plus courte distance entre deux points. C'était l'explication la plus simple de ce que ces gens voyaient. Propre et nette, qui marche à merveille jusqu'au jour où vous commencez à naviguer autour du monde et où vous vous retrouvez à votre point de départ.

– Euh...

– On comprend alors que la terre est ronde et que les Chinois vivent la tête en bas. Tout ce qu'il y a de plus bizarre jusqu'à ce qu'on s'habitue à cette idée et maintenant, on pense que c'est normal. Ou bien, prenez la physique quantique. Les savants croyaient que tout deviendrait de plus en plus simple au fur et à mesure qu'ils exploreraient l'atome, mais c'est le contraire. C'est de plus en plus *bizarre.* Comme si on découvrait tous les ans une nouvelle particule ou une force nouvelle. Les quarks, des forces fortes et des forces faibles. Personne ne s'y attendait. De nombreux scientifiques ont refusé d'y croire parce que la physique quantique transgressait la façon dont ils pensaient que *devaient* être les choses.

— Et alors ?

— Ce que je veux dire, c'est que le monde est un endroit beaucoup plus étrange encore que nous ne le pensons.

— À dire vrai, il m'a toujours paru très étrange.

— Les choses ne sont jamais aussi simples que nous le croyons. Il leur arrive de ne pas se passer comme nous l'aurions voulu.

— Je suis d'accord.

— L'explication la plus simple n'est pas toujours la bonne, répéta-t-il.

— OK »

Il fit un signe de tête comme pour dire que la conversation était terminée.

« C'est bien ça ? demandai-je. L'explication la plus simple n'est pas nécessairement la bonne ?

— Exactement ! s'exclama-t-il, ravi que nous ayons enfin clarifié ce point. Bon... » Il repoussa sa chaise et consulta de nouveau sa montre. « Je monte en salle d'op. J'ai quelques os à casser. Heureux d'avoir trouvé un moment pour bavarder avec vous. »

Il se leva, prit son plateau.

« Pensez-y, Jackson », dit-il avant d'aller jeter ses ordures dans la poubelle et de quitter la pièce.

Devant les fenêtres de mon bureau, les hirondelles tournoyaient sous la verrière, apeurées et étourdies par leurs nombreuses collisions contre les vitres.

Crockett avait raison. On m'avait manipulé. J'étais un pauvre type. J'étais pris au piège comme ces malheureux oiseaux, et trop désorienté, trop faible pour chercher à me libérer. Pauvre vieux Jackson, si indécis, si fadasse. C'était devenu une plaisanterie au lycée. Quelqu'un posait une question, les autres répondaient : « Maebry oui, Maebry non. » Tout le monde trouvait ça très drôle. Pas moi.

Pourtant, c'était vrai. En fait, je n'avais pas de personnalité. Ou plus exactement, l'idée que je me faisais de moi-même était si ténue qu'elle me laissait insatisfait au point de l'échanger volontiers contre celles que les autres avaient de moi. J'étais, d'après ce que tout le monde semblait penser, une espèce de pâte molle, un morceau d'argile qui se transformait selon les désirs de chacun. Pour Stern, un exemple vivant des théories psychanalytiques ; pour Rossi, un suspect ; pour Brandt, quelqu'un dont il aurait voulu faire son clone. Et je leur avais rendu service. Toujours. Pourquoi donc maintenant ne verraient-ils pas en moi le pire ? Ma personnalité était si floue qu'ils pouvaient facilement croire ce qu'ils voulaient. Avant, j'étais un patient modèle ; un élève remarquable, un citoyen exemplaire. À présent, j'étais un pervers au cerveau dérangé. Et qui étais-je pour me rebeller, qui étais-je pour dire que ce n'était pas vrai, qui étais-je exactement ?

Je me levai. Dans les toilettes des hommes, je m'aspergeai le visage d'eau froide. Je contemplai la personne qui me regardait dans le miroir. On aurait dit qu'elle s'était perdue ici, qu'elle voulait que sa présence ne fût remarquée par personne. Je peux toujours recommencer à me soûler, me dis-je. Boire et oublier. Du moins, pendant un moment. L'idée me plaisait. Elle aurait prouvé ce que tous pensaient, que j'étais un faible.

Tu ne peux pas rester assis ici et laisser les événements se produire sans réagir. Tu dois te prendre en charge. Tu dois *faire* quelque chose.

Eh bien, mon garçon ! Mon reflet dans la glace me sourit. *Tu vas vraiment* faire *quelque chose ? D'accord. C'est ça, te prendre en charge !*

Je m'arrosai de nouveau le visage et me détournai du miroir.

Alors quoi, Jackson ? Quoi ? Qu'est-ce que tu vas faire ?

J'appuyai ma tête contre les carreaux froids et j'entendis un dingue qui criait, seul dans une pièce vide : « Qu'est-ce que tu vas faire ? Qu'est-ce que tu vas faire ? »

43

J E l'entendis baisser le petit volet du judas et, dès que je
fus entré, elle ferma soigneusement la porte derrière
nous et mit la chaîne. Que ce fût pour se protéger des
intrus ou qu'elle eût trouvé ce moyen pour empêcher tout
contact avec le monde en général, j'aurais été incapable
de le dire. Elle n'avait pas ouvert les fenêtres et le ronronnement du climatiseur ne suffisait pas à brasser l'air.
L'appartement était aussi verrouillé qu'une consigne automatique.

Avais-je quelqu'un d'autre chez qui aller ?

Allie marchait devant moi et s'assit sur le canapé, la tête
baissée. Elle portait de grosses lunettes de soleil et un foulard noué sous le menton.

« Je t'ai apporté quelque chose, dis-je en posant un sac
sur le comptoir qui séparait la cuisine du séjour.

– Il ne fallait pas.

– Des provisions indispensables : caviar et champagne,
annonçai-je en soulevant la bouteille.

– Merci, Jacko. »

Je surpris un petit sourire, elle ne résistait pas au champagne.

J'en versai dans deux verres, les lui apportai et m'assis
près d'elle. Elle accepta celui que je lui tendais et l'approcha de ses lèvres. Manifestement, sa bouche la faisait
encore souffrir. Le champagne se répandit et forma une
grande tache sombre sur son sweat-shirt.

« Merde ! » marmonna-t-elle, désolée.

303

J'allai chercher une serviette dans la cuisine et je m'age-
nouillai devant elle. Je vis qu'elle pleurait.

« Laisse-moi...

– Non. »

Elle baissa la tête et s'éloigna de moi. Je lui tendis la
serviette et je repris ma place auprès d'elle.

« Il faut du temps, Allie.

– Je sais.

– Mais ça va aller de mieux en mieux.

– Jusqu'à la prochaine opération. Et la suivante.
Combien en faudra-t-il d'autres ? Trois, quatre ?

– Tout dépend de la façon dont prendra la greffe de
peau. C'est difficile à dire maintenant. »

Elle rajusta ses lunettes et tira son foulard pour mieux
cacher son visage. Je pris une profonde inspiration et
commençai. Je savais que ce ne serait pas une partie de
plaisir.

« Allie, est-ce que tu as retrouvé partiellement la mémoire ? Est-ce qu'il t'est revenu certains détails concernant
l'agression ?

– Non, rien, je te l'ai dit.

– Allie, je sais que tu ne tiens pas à en parler. Je ne te
le demanderais pas si c'était sans importance. Rien qui se
soit passé la veille ou l'avant-veille ? Aucun souvenir ?

– Non ! répondit-elle d'un ton tranchant, furieux.

– Je ne veux pas te contrarier, mais il faut que tu
essaies...

– C'est comme ce policier, constata-t-elle avec amertume. Il n'arrête pas de venir ici et de me téléphoner. Je
lui ai dit que je ne me souvenais de rien. Pourquoi conti-
nue-t-il à me poser des questions ? C'est comme s'il ne me
croyait pas. Comme s'il pensait que je mens.

– Il veut retrouver ton agresseur, Allie.

– Et moi, je voudrais qu'il cesse de venir chez moi, qu'il
cesse de m'appeler.

– Allie, qui que soit la personne qui t'a attaquée, elle est
encore libre, elle peut être dangereuse. Tu n'as aucune
idée de qui cela pourrait être ? Quelqu'un que tu connaî-
trais ?

– Non ! cria-t-elle, visiblement inquiète. Je te l'ai dit, je l'ai dit au lieutenant ! Je ne me *souviens* pas ! Je n'ai aucune idée de la raison qui m'a amenée dans cette maison de Mercury Drive, si c'est ainsi que cet endroit s'appelle. Je ne sais même pas pourquoi je me trouvais à Marin. J'ai complètement occulté cette journée, Jackson, complètement ! »

Je me levai pour me servir un autre verre de champagne, puis je remplis à nouveau le sien. J'attendis un moment avant de poursuivre :

« Ne vois-tu personne qui aurait pu le faire ? Une relation ?

– Pourquoi t'obstines-tu à me le demander ?

– Allie... J'y suis obligé parce que... » Elle se leva d'un bond, mon insistance la rendait folle. « Allie, j'y suis *obligé*. Rossi pense... »

J'allais tout lui révéler : les recherches, l'avocat, le nom du suspect numéro un, du seul suspect, moi. Mais je m'arrêtai brusquement au milieu de ma phrase. Et si elle se mettait à croire ce que croyaient les autres ? Et si elle me soupçonnait déjà ?

Allie ne remarqua rien. Le seul nom de Rossi lui avait rappelé sa colère.

« Je l'ai déjà dit cent fois ! *Personne*, tu m'entends ? Je ne me souviens de personne.

– OK, Allie, concédai-je, soulagé, conscient d'avoir fait marche arrière au bord d'un précipice. Excuse-moi de t'en avoir reparlé.

– *Je ne m'en souviens pas !*

– D'accord, Allie, d'accord, répondis-je pour la calmer.

– Je ne m'en souviens pas, répéta-t-elle d'une voix maintenant plaintive. Je voudrais qu'il me laisse tranquille. Je voudrais que tout le monde s'en aille et me laisse tranquille.

– Tout le monde. »

Y compris moi, je le savais.

44

Dans la cabine téléphonique d'une cafétéria de Berkeley, je cherchai dans mon carnet d'adresses le numéro de Paula et de Brian. Je n'avais pas pris de leurs nouvelles depuis la conversation bizarre que j'avais eue avec Paula, mais à présent, j'avais besoin de l'interroger. Elle était la seule à connaître les hommes qui avaient traversé la vie d'Allie avant moi, ceux qu'elle n'évoquait jamais et dont elle ne voudrait pas me parler maintenant. J'avais été aussi loin que possible, peut-être trop loin. Elle ne me le pardonnerait sans doute pas.

Paula ne sembla pas particulièrement contente de m'entendre.

« Vous n'avez pas choisi le bon moment », fut tout ce qu'elle me dit.

Je lui demandai quand je pourrais lui rendre visite, mais elle était si occupée ces jours-ci qu'il lui était impossible de me fixer un rendez-vous.

« C'est important, Paula, insistai-je. J'ai seulement besoin de vous rencontrer quelques instants.

– Désolée, c'est impossible. » Elle se montra inflexible. Ce ne fut qu'en la menaçant de venir malgré tout qu'elle accepta à contrecœur. « Mais vous feriez mieux de vous dépêcher, Jackson, parce que j'ai un rendez-vous un peu plus tard et je ne pourrai pas vous attendre. »

Toujours des rendez-vous... Je lui promis de me hâter.

Je retrouvai la maison sans trop de difficultés. Je fus accueilli par la domestique qui me fit traverser le vestibule et me conduisit dans le séjour. Il avait été complètement repeint depuis la réception, dans des tons blancs et beiges. La fille de Paula était assise au milieu d'un grand tapis presque blanc, petite tache de couleur sur une photographie surexposée en noir et blanc.

Elle s'avança vers moi qui venais de m'asseoir et me tendit sa poupée.

« C'est Barbie. J'en ai douze, m'annonça-t-elle fièrement.

— Ravi de faire ta connaissance, Barbie numéro douze, dis-je en serrant du bout des doigts la main de la poupée.

— Elle ne s'appelle pas comme ça ! C'est Barbie de la piscine !

— Oh ! Et toi, comment tu t'appelles ?

— Halley, répondit-elle en blottissant son visage contre son épaule, soudain timide.

— Bonjour, Halley. Moi, c'est Jackson. »

Un grand sourire s'épanouit sur son visage. Elle me prit la main et la lâcha brusquement dès que Paula sortit de la cuisine. Elle portait un caleçon et un sweat-shirt ample, les cheveux rassemblés en une queue de cheval. Elle s'adressa sèchement à sa fille :

« Halley, va dans la cuisine jouer avec Marguerite. »

La petite fille ramassa ses poupées comme si elle venait de faire une bêtise et sortit par où Paula était entrée.

« Au revoir, Halley ! »

Elle se tourna vers moi et me sourit.

« Au revoir ! » me répondit-elle, puis elle regarda sa mère et s'éloigna en gambadant.

Paula s'avança vers le bar sans parler et prit une petite bouteille d'eau. Elle ne m'offrit rien à boire.

« Désolé de vous infliger ma présence, Paula, mais j'ai besoin de vous parler d'Allie.

— Jackson... » Elle prononça mon nom comme s'il l'exaspérait. « De quoi s'agit-il ?

— De quoi il s'agit ? Qu'est-ce qui ne va pas, Paula ? Où est le problème ?

— Je vous ai dit que je n'avais pas le temps. » Elle regarda sa montre. « Je suis déjà en retard à mon cours de danse.

– Est-ce que vous vous rendez compte des blessures d'Allie, de leur gravité ?

– Bien sûr. J'ai essayé de lui téléphoner à l'hôpital, on m'a répondu qu'elle ne voulait pas de visites. » Elle comprit que sa réponse n'était pas satisfaisante. Elle fit une nouvelle tentative : « Écoutez, quand j'ai entendu parler à Genederm de ce qui lui était arrivé, ça m'a fait un coup. Je suis vraiment désolée pour elle, mais... »

Elle avait commencé sur un ton d'excuse, mais elle s'interrompit avec une indéniable irritation.

« Est-ce que vous vous êtes brouillées ?

– Vous ne savez donc pas ? » dit-elle, suprise, puis elle reprit, plus froidement : « Non, j'aurais dû m'en douter.

– Allie ne m'a rien dit. Tout ce que je sais, c'est que nous nous sommes revus, tous les quatre, deux fois après la réception. Plus rien ensuite. Depuis quatre mois.

– Je ne l'ai pas revue, Jackson. Nous ne nous sommes même pas téléphoné.

– Mais, vous étiez sa meilleure amie. »

Elle ne répondit pas et se contenta de boire une gorgée d'eau au goulot.

« Et à Genederm ? Vous ne vous êtes pas revues là-bas ?

– J'ai laissé tomber. Et merde ! Je n'ai pas besoin de ce fric. »

Elle brandit sa bouteille tout autour d'elle en guise de démonstration.

« À quel sujet vous êtes-vous disputées ?

– Pourquoi ne le lui demandez-vous pas ? »

Debout devant le bar, elle montrait des signes d'impatience.

« Elle est amnésique.

– Amnésique ? Comme dans les films ? Vous plaisantez.

– Non.

– Elle ne se souvient de rien ? »

Je ne la contredis pas. Avec un hochement de tête, elle eut un petit rire grinçant.

« Bon sang, si seulement je pouvais oublier ces quatre mois ! Non, disons plutôt ces quatre ans.

– Écoutez-moi, Paula, j'essaie seulement d'imaginer ce

qui a pu se passer, pourquoi Allie a été agressée. Vous aviez l'habitude de sortir ensemble...

– Et alors ? »

Elle voulut ramener ses cheveux en arrière, mais ils l'étaient déjà et ses mains les effleurèrent à peine.

« Je pensais que vous pourriez me parler des gens qu'elle connaissait. Des amis. Des hommes. Vous voyez ce que je veux dire.

– Pour quoi faire ?

– Au cas où ils y seraient pour quelque chose.

– Au cas où ils l'auraient agressée ? » Nouveau ricanement, particulièrement déplaisant. « C'est ridicule, Jackson.

– Peut-être, je ne sais pas. Allie et vous, vous avez pas mal circulé...

– On peut dire ça, confirma-t-elle avec son petit rire grinçant.

– Et puis, je sais qu'Allie s'est quelquefois droguée.

– Et alors, Jackson ? Quel rapport ?

– Je pensais que, peut-être, Allie avait connu quelqu'un et... »

Elle laissa ma phrase en suspens avant de reprendre d'un ton sarcastique :

« Connu ? Que voulez-vous dire en réalité, Jackson ? Un autre copain ? »

Elle sourit, et je surpris de la méchanceté dans son sourire. Je rougis.

« Vous savez ce que je veux dire. Peut-être qu'en achetant de la drogue, elle s'est mise dans une situation...

– Quelle imagination ! s'exclama Paula en riant.

– C'est possible, protestai-je.

– Jackson, Allie n'avait pas besoin d'acheter de la drogue. Elle pouvait en obtenir gratis de presque tous les barmen de la ville.

– OK. Alors, parlons des copains. Je sais qu'elle en a eu avant moi. »

Elle me considéra avec un mépris qu'elle ne chercha pas à déguiser.

« Vous n'avez vraiment pas le moindre indice ?

– Non, Paula, je n'en ai pas, mais j'ai besoin de savoir... »

Quelque chose, dehors, attira son attention. Elle se retourna pour voir ce qui se passait.

« Putain de merde ! s'écria-t-elle en posant bruyamment sa bouteille d'eau sur le comptoir. Putain de bordel de merde ! Mon bonhomme est déjà là ! Pourquoi il ne travaille pas tard, comme les autres ? » Elle me considéra comme si j'étais un problème qu'elle aurait eu du mal à résoudre. « Je crois que vous devriez partir maintenant, Jackson.

– J'ai besoin que vous me donniez quelques noms », insistai-je, mais elle s'avançait déjà vers la porte d'entrée en jetant, au passage, un sac de sport sur son épaule. « Paula, juste quelques noms. »

En arrivant à la porte, elle tourna la tête vers moi d'un mouvement vif.

« Maintenant, vous partez, Jackson, m'ordonna-t-elle d'une voix sifflante. Compris ? Alors, sortez ! »

Aussi soudainement, elle installa un sourire sur son visage, s'avança vers Brian qui entrait et le reçut avec un déluge de mots :

« Bonjour, chéri. Je ne savais pas que tu rentrais si tôt. Jackson Maebry est ici, tu te souviens de Jackson ? Malheureusement, il allait partir. Au revoir, Jackson, dit-elle en me lançant un regard méchant. Au revoir, chéri. Je vais être en retard à mon cours. »

Elle lui donna un petit baiser sur la joue et se précipita dehors sans lui laisser la moindre chance de l'embrasser.

Brian me sourit, les bras toujours tendus comme il semblait en avoir l'habitude.

« Salut, Jackson. Il y a un moment que nous ne nous sommes vus. » Il jeta la mallette de son portable sur une banquette et s'avança vers moi pour me serrer la main. « Vous êtes vraiment obligé de partir ?

– Pas vraiment.

– Super ! Envie d'une bière ? »

Nous allâmes dans le séjour. Il prit deux bouteilles au bar et m'en lança une – que je parvins à attraper – avant de se laisser tomber dans un fauteuil moelleux.

« Comment trouvez-vous le nouveau look ? demanda-t-il en parcourant la pièce du regard. C'est Paula qui s'en est

310

occupée. Elle a fait appel au plus réputé des architectes d'intérieur de la côte Ouest. Vous savez, ce type, Machin.

– C'est beau, mentis-je.

– C'est comme si on vivait dans un igloo. Chaque fois que je rentre à la maison, j'ai l'impression de perdre la vue. La cécité des neiges. En tout cas, ça me fait plaisir de vous voir, Jackson. Qu'est-ce qui vous amène dans la péninsule ?

– Je voulais parler d'Allie à Paula.

– Oh, oui ! Je suis au courant. Mon Dieu, c'est terrible. Comment va-t-elle ? »

Je le lui dis. Il hocha la tête et parut suffisamment peiné par ces nouvelles.

« Merde alors ! Je ne me doutais pas que c'était à ce point. J'ai parlé avec le lieutenant, mais il n'est pas entré dans les détails. Paula a dit... Je ne sais pas, mais elle ne m'a pas donné l'impression que c'était aussi grave. Merde alors ! » Il hocha la tête. « Est-ce qu'on peut faire quelque chose ?

– Non, pas pour l'instant. Brandt s'est chargé de la chirurgie et je l'ai assisté. »

Les faits, présentés de cette manière, étaient incontestables.

« On considère Brandt comme un génie.

– Oui. Mais dites-moi, que s'est-il passé entre Paula et Allie ? Paula ne veut même pas en parler. »

Il fit la grimace. Au moment où il allait me répondre, Halley arriva en courant. Elle se mit à crier « Papa ! Papa ! » et grimpa sur ses genoux. Il la prit dans ses bras et lui demanda comment s'était passée la journée. Ils parlèrent de sa maîtresse et d'un garçon avec lequel elle s'était battue à l'école, de tout ce qui avait eu de l'importance pour elle.

« Tu as déjà vu Jackson, Halley ? »

Elle se tourna vers moi, fit un signe de tête affirmatif et cacha son visage contre la poitrine de son père.

« Elle est timide », dit Brian en lui caressant les cheveux ; elle leva les yeux vers moi et me sourit. « Elle ressemble beaucoup à sa mère, vous ne trouvez pas ? ajouta-t-il avec fierté.

– Elle est très mignonne », acquiesçai-je.

Je songeai à ce que m'avait confié Allie, qu'elle n'était pas la fille de Brian. Elle avait probablement raison : ils n'avaient rien de commun.

« Halley, Jackson et moi avons à parler. Ce ne sera pas long, après nous pourrons jouer ensemble, d'accord ?

– Oui, oui ! »

Elle accepta avec enthousiasme la proposition de son père, lui donna un baiser et sortit en courant.

Brian regardait avec consternation une tache humide sur le canapé. Un peu de bière s'était répandue quand Halley avait sauté sur ses genoux.

« Paula va m'en vouloir. »

Il se leva, alla chercher une autre bière et se laissa tomber sur le canapé avec un grognement.

« Franchement, Jackson, je ne pense pas que Paula et Allie soient en très bons termes.

– Apparemment pas. Comment est-ce arrivé ?

– Oh, je n'en sais rien ! » Il frotta ses joues rondes. « Une histoire de femmes, probablement.

– Paula était la meilleure amie d'Allie.

– *Était* est le mot qui convient.

– Qu'est-il arrivé, Brian ? »

Il soupira en passant la main sur sa tonsure et laissa échapper un long soupir qui évoquait le bruit d'un ballon en train de se dégonfler.

« Paula n'a pas voulu m'en parler, mais je peux imaginer. Allie et elle étaient inséparables, d'accord ? Elles sortaient tout le temps ensemble. Et puis, brusquement, Paula n'a même plus voulu entendre le nom d'Allie. Elle piquait une crise chaque fois que je le mentionnais. Résultat, j'ai cessé de le faire. Il y a quoi ? Trois mois depuis que nous ne nous sommes vus.

– Plus. Mais Allie ne m'a rien dit. J'ai pensé que vous étiez trop occupés.

– Pas plus que d'habitude. »

Il ferma les yeux comme si notre conversation était désormais sans intérêt. Quand il les rouvrit, j'étais encore là, j'attendais.

« Je crois que ce qui s'est passé, c'est que... » Il frotta de nouveau sa tonsure du bout des doigts. « En deux mots, et si j'ai bien compris, Paula croit qu'Allie lui a volé son petit copain. »

Il m'adressa un sourire espiègle, puis il détourna les yeux, gêné. Je compris que son embarras me concernait moi plutôt que lui.

« Son *petit copain* ? Je ne comprends pas.

— Allons, Jackson. Paula est comme ça, je l'accepte.

— Vous voulez dire qu'elle voyait quelqu'un d'autre ? »

Il haussa les épaules et sourit discrètement. Complaisant, ce Brian.

« Et Allie ? » J'eus le sentiment qu'il me fallait avancer sur la pointe des pieds, que je ne devais pas faire d'erreur. « Allie voyait aussi ce type ? Quand ? »

Un genre de soupçons qui m'avait déjà taraudé, mais j'étais parvenu à me dire que ce n'était que cela : des soupçons.

« Je n'en sais fichtrement rien. J'essaie de reconstituer le puzzle, voilà tout. » Comme s'il ne s'agissait que de ça. « Hé ! Que diriez-vous d'une autre bière ? »

Il me posa cette question de sa voix douce, pour ainsi dire inoffensive. J'aurais voulu lui crier : « Alors, quand ? »

« Je suis sûr que c'était avant vous et Allie. Paula a découvert le pot aux roses plus tard et...

— Comment le savez-vous ?

— J'ai rassemblé les morceaux, comme...

— Comment savez-vous que c'était avant *moi* ?

— Je le sais, Jackson. J'en suis sûr. Absolument sûr.

— Qui était-ce ? »

En posant cette question, j'eus l'impression que quelque chose de froid et de dur allait foncer sur moi.

« Bon Dieu, mais je n'en sais rien ! Probablement quelqu'un de leur club. Le genre beau mec. Vous voyez ce que je veux dire. Des types qui ne demandent que ça. »

Pour la première fois, je surpris dans sa voix une certaine amertume. Il baissa la tête, ses épaules se voûtèrent encore plus que d'habitude.

« Que suis-je censé faire ? J'aime Paula. Ou plutôt, je l'aimais. J'étais fou amoureux d'elle quand nous nous sommes mariés. C'est différent maintenant, mais... Je crois que tout m'est égal à condition que je la garde auprès de moi. » Il s'exprimait comme s'il quêtait mon approbation. « Et après tout... – cette fois, son sourire fut différent, à la fois penaud et fier, le genre de sourire qu'on extirpe du plus profond de soi-même – c'est la mère de mon enfant. »

Je pris ma voiture et me dirigeai vers l'ouest. Je franchis les collines et descendis vers la côte, passai devant des élevages de chevaux et des exploitations agricoles, traversai des villages de vacances dont les habitants ne semblaient pas se soucier de ce que cette partie du littoral soit perpétuellement ensevelie sous la brume. Le temps d'atteindre la plage et la lumière du jour baissa, se changeant en un crépuscule prématuré dû au brouillard. L'humidité de l'air s'accrochait à mon corps comme des vêtements mouillés. J'entrai dans un petit parking, non loin de l'océan. Il n'y avait là qu'une autre voiture, une vieille Mustang dont l'un des feux arrière avait été cassé et réparé avec du ruban adhésif rouge. Une traînée de fumée bleue s'échappait par la fenêtre du conducteur et remontait le long de la carrosserie rouillée. Le bout rouge d'un joint tantôt brillait d'un éclat vif, tantôt semblait s'éteindre. Le garçon qui se trouvait à l'intérieur était assis face à l'avant de la voiture, les yeux à demi fermés ; de toute façon, ils n'auraient pas distingué grand-chose.

Je me garai de manière à voir l'océan et sortis la copie de l'e-mail que Rossi m'avait passée. Ma lettre à Allie. Dans cette humidité, le papier me parut visqueux ; la surface était mouillée et gluante entre mes doigts. Je ne voulais pas allumer le plafonnier. J'arrivais encore à lire. Une police de caractères différente de celle que j'utilisais d'habitude. Comme si quelqu'un d'autre avait écrit la lettre en se servant de ma vie en guise de matériau. Un en-tête officiel indiquait qu'il s'agissait maintenant d'une preuve pour la police. Une série de numéros suivait, précisant sans doute de quel dossier il s'agissait. Celui de Jackson Maebry, le suspect dont le nom n'avait pas été divulgué. Du moins jusqu'à présent.

Chère Allie,

Tu as dit que ça n'avait pas d'importance, mais si, ça en a, plus que tout au monde. Je t'ai donné tout ce que j'avais à donner, ce qui peut ne pas paraître énorme, d'accord. Mais tu l'as pris, ou accepté, et il n'y a pas moyen de le rendre...

Dieu, que c'était gênant ! Je m'imaginai assis à la barre, déclamant la lettre à haute voix devant le visage de marbre des douze jurés. Je parcourus la suite, m'obligeant à lire des phrases comme : « tranchant des morceaux de mon cœur... fracassant mon amour comme un marteau... » Qu'avait donc dit Lucasian, un style « fleuri » ? Je passai à un autre paragraphe.

Tu as dit que nous pouvions repartir de zéro, laisser derrière nous le passé, nous débarrasser de son cadavre, mais maintenant je sens – mon Dieu, faites que je me trompe ! – que tu veux me laisser aussi, te débarrasser de moi comme d'une erreur en même temps que de tout ce que tu as rejeté. Mais ce n'est pas possible. Je ne te laisserai pas faire. Allie, y a-t-il quelqu'un d'autre dans ta vie ? En aimes-tu un autre ? Est-ce pour cela que tu as refusé ma proposition, que tu m'as rendu la bague ? Est-ce ce type du club qui, le week-end dernier, ne te lâchait pas ? C'était bien sa voix sur le répondeur, dis-moi ? Tu en as tellement, de ces putains d'amis ! Mais nous ne les voyons jamais quand nous sommes ensemble, sauf si nous leur tombons dessus par hasard. Ils doivent penser que je suis un sombre crétin. Tu n'es pas là où tu as dit que tu serais, et tu refuses de me dire où tu as été. Tant de secrets. Est-ce qu'on a des secrets pour quelqu'un qu'on dit aimer ? Peut-être. Peut-être surtout pour ceux qu'on aime. Peut-être aussi étais-je là parce que tu n'avais personne d'autre. Et maintenant, tu n'as plus besoin de moi, mais c'est trop tard. Je ne supporte pas l'idée que tu m'aies laissé ici, tout seul. Je ne peux pas vivre sans toi et tu ne peux pas vivre sans moi. Même si tu crois pouvoir, tu ne le pourras pas. Nombreux sont ceux qui jouent à l'amour, moi pas. Parce que je sais que c'est une question de vie ou de mort, et je me refuse à mourir ici sans toi. Nous sommes liés l'un à l'autre maintenant, nous ne pouvons pas vivre l'un sans l'autre, et je ne mourrai pas seul...

C'est ainsi que se terminait mon message. Je n'avais pas été plus loin. Je ne l'avais même jamais lu. Jusqu'à maintenant. J'avais appuyé sur « Del » et je l'avais regardé disparaître, semblable à tant de choses à propos de nous-mêmes qu'au petit jour nous aimerions voir se volatiliser comme si elles n'avaient jamais existé. L'état dans lequel j'étais ne m'aurait pas empêché de trouver cet e-mail délirant et je ne l'aurais jamais envoyé. Peut-être était-ce ce que plaiderait Lucasian devant les jurés : il n'était pas dans son « état normal ». Il était profondément bouleversé, au bord de la folie quand il l'avait rédigé. Provisoirement, bien sûr.

Je pliai le papier tout mou et le remis dans ma poche.

Brian en était certain : l'homme que Paula et Allie s'étaient disputé était antérieur à moi. Mais comment le savait-il ? Il l'ignorait, de toute évidence. En fait, il ne voulait pas savoir. Il vivait avec son fantasme et ne tenait pas à se compliquer la vie. Dans un sens, je l'enviais. J'aurais aimé pouvoir vivre ainsi, entretenir une illusion qui m'aurait réconforté, dans laquelle je me serais réfugié et d'où je ne serais jamais sorti.

Qui était-ce ? Je me creusai la tête pour trouver des noms. Andy, Bart, Mike – deux Mike. Des beaux mecs, comme les avait appelés Brian. Cheveux blonds, genre minet. Il y en avait partout en Californie, des milliers à San Francisco. Putain, mais d'où venaient-ils donc tous ?

Aucune importance, aurait dit Allie, seulement des garçons qu'elle aimait « fréquenter ». Des barmen qui lui offraient des consommations, des propriétaires qui nous invitaient dans leur « club privé ». Je n'avais jamais pris la peine de retenir leurs noms. C'est tout juste si je distinguais un visage d'un autre dans mes souvenirs. Ils étaient interchangeables. Si bronzés, si jeunes, si gentils et tellement sympas. Ce qui me mettait le plus en fureur, c'était leur gentillesse. Ils souriaient gentiment, ils nous servaient gentiment, ils échangeaient avec Allie des propos décontractés, et je savais que tous attendaient le moment de tenter leur chance auprès d'elle.

Il faisait nuit maintenant, l'océan et la plage s'unissaient pour former un mur de ténèbres derrière la palissade. Comme si rien d'autre n'existait que nos deux voitures – des îles faites des débris d'un monde enseveli.

La fumée qui sortait en abondance de la Mustang ondulait dans l'air marin. Le garçon, à l'intérieur, baignait dans ses propres fantasmes. Il s'appliquait à trouver l'endroit vers lequel il pourrait fuir. Un endroit où, croyait-il sans doute, tout irait de nouveau bien.

45

L<small>E</small> lendemain, j'étais assis à mon bureau quand la secrétaire m'annonça un appel sur l'interphone. Il me fal-
lut un moment pour enregistrer ce qu'elle venait de dire :
Helen Brandt était au bout du fil. Je ne voyais vraiment pas
ce qu'elle me voulait.

« Allô ? Mrs Brandt ?

– Ne faites pas tant de cérémonies, Jackson. Vous tenez
absolument à ce que je me sente vieille ? »

Ce que je marmonnai, et qui voulait dire « non », eut
pour effet de la faire rire.

« Appelez-moi Helen, mon chou. Je crois que je vais
devoir vous féliciter.

– Me féliciter ? demandai-je, croyant à un sarcasme.

– Le "protégé" a été officiellement promu, ou bien il va
l'être. C'est ce que j'ai entendu dire. »

Elle n'était pas au courant.

« Je ne pense pas. En fait, je...

– Ne soyez pas modeste, m'interrompit-elle. Peter m'a
demandé d'organiser un dîner en votre honneur et d'inviter les autres médecins qui travaillent avec lui, aussi bien à
Genederm qu'à l'hôpital, sans compter quelques person-
nalités des médias. Il n'oublie jamais les affaires.

– Helen...

– Helen. Comme ça sonne bien ! Beaucoup mieux que
Mrs Brandt. Que diriez-vous de samedi prochain ? Ici, à
huit heures.

– Helen, je ne pense pas que ce soit une bonne idée.

Parce que... je suis absolument certain que le Dr Brandt a changé d'avis.

– Il ne m'en a pas parlé, avoua-t-elle, gênée.

– Quand vous a-t-il dit d'organiser ce dîner ?

– Il y a une huitaine de jours, peut-être avant. Je venais de faire une cure d'une semaine avec mes amies dans une station thermale. Je me suis mise à leur merveilleux régime, et je dois avoir pris un kilo et demi ! Que se passe-t-il ?

– Les choses ont changé, voilà tout.

– Quelles choses ? Ne soyez pas si réticent !

– Bon. Il ne me proposera plus au poste qu'il voulait m'attribuer. Il ne me l'a pas dit, mais c'est un bruit qui court. Lui et moi... écoutez, nous ne nous sommes pas parlé depuis plusieurs jours, mais j'ai toutes les raisons de croire qu'il ne tient plus à me compter parmi ses collaborateurs. Peut-être devriez-vous aborder cette question avec lui.

– Dites-moi de quoi il s'agit, Jackson. »

Elle avait raison et, de toute façon, elle l'apprendrait tôt ou tard.

« Il m'a retiré le cas Sorosh. » Comme elle se taisait, je supposai qu'elle avait oublié ce nom. « Allie Sorosh. La femme qui a été agressée. Elle travaille chez Genederm aux relations publiques. Il ne vous l'a pas dit ?

– J'ai autre chose à faire que de parler toute la journée de ses sacrés patients, répondit-elle d'un ton sec.

– Désolé. »

Je ne savais pas exactement de quoi je m'excusais.

« Pourquoi vous a-t-il retiré ce cas ?

– Nous avons eu une liaison, Allie et moi, et il m'en a voulu de le lui avoir caché. Il a prétendu que je manquais de professionnalisme, que je n'aurais pas dû opérer cette patiente... Mrs Brandt ? Je veux dire, Helen ? »

Elle s'était mise à rire, mais elle s'arrêta brusquement pour me demander : « Qui est son chirurgien, maintenant ?

– Le Dr Brandt l'a été depuis le début, répondis-je, surpris par sa réaction. Je n'ai fait que l'assister. Il trouvera quelqu'un d'autre, j'en suis sûr... Nous avons fait la première opération la semaine passée. La reconstruction des os de la face. Elle a parfaitement réussi, bien que, euh... »

Je me mis à bredouiller, ne sachant si elle m'écoutait.

« Je suis absolument certaine que ce n'est qu'un malentendu. Nous pouvons résoudre ce problème.

– Je n'en suis pas sûr...

– Faites confiance à tatie Helen, Jackson, reprit-elle en plaisantant une fois de plus comme si nous flirtions. Pourquoi ne venez-vous pas me voir ? Nous pourrions en parler. Êtes-vous libre cet après-midi ?

– Je suis de garde. » Peut-être veut-elle vraiment arranger les choses avec Brandt, me dis-je. Je ne voyais pas qui d'autre pourrait le faire. « Mais je suis libre ce soir, ajoutai-je aussitôt.

– Eh bien, ce soir. Ici. Peter doit avoir une réunion. De toute façon, il ne rentre jamais avant dix heures.

– C'est entendu. Si vous jugez que c'est une bonne idée.

– Venez vers six heures », précisa-t-elle avant de raccrocher.

Les trottoirs de Pacific Heights étaient vides. On entendait seulement le bruit du vent qui soufflait en permanence. Je sonnai, attendis, puis sonnai de nouveau. J'entendis un cliquetis à l'intérieur et la porte s'ouvrit. Helen parut, les bras encombrés de sacs. Elle m'accueillit d'un « Bonjour, Jackson », comme si je revenais d'une réunion de travail.

« Hortensia ! » cria-t-elle à la cantonade, puis elle se retourna et appela sa bonne d'une voix toujours aussi forte. J'empêchai la porte de se refermer sur moi et j'entrai dans le vestibule au moment où une femme d'aspect modeste sortait en traînant les pieds d'une pièce du fond.

« Prenez tout ça, ordonna Helen en déposant ses sacs dans les bras de la domestique. Vous débarrasserez aussi la voiture, elle est dans le garage. Je vais me changer. » C'est à peine si elle donna le temps à la bonne de prendre tous les sacs avant d'ajouter : « Oh, vous apporterez une bière au Dr Maebry, ou ce qu'il voudra. »

Elle sortit d'un pas vif. J'attendis en tournant en rond

dans le vestibule qu'Hortensia revînt avec la bière. Elle l'avait versée dans un verre en cristal qu'elle me tendit sur un plateau d'argent. Elle repartit sans même m'avoir regardé.

La maison vide me parut sinistre : rien que des surfaces brillantes, miroirs et verre. Comme une gigantesque bouteille thermos. Une banquette basse et deux chaises perchées sur le marbre du sol, des plantes qui dépérissaient le long des murs. Comme Helen mettait du temps à revenir, je traversai le séjour et franchis la porte-fenêtre. Je m'appuyai sur la balustrade de la véranda et contemplai la baie.

J'attendis dix minutes, peut-être un quart d'heure. Quand je me retournai, je vis Helen dans le séjour. Elle avait abandonné son tailleur-pantalon et passé une longue robe verte qui tombait verticalement de ses épaules et s'évasait gracieusement à ses pieds. Les bras pendant le long du corps, le visage sans expression, elle semblait se demander pourquoi j'étais là. De toute évidence, elle dut faire un effort pour se secouer quand elle me vit m'avancer vers elle. Elle vint à ma rencontre pour m'accueillir. Le temps de nous approcher l'un de l'autre, et son visage arborait un sourire de bienvenue. Un moment plus tard, j'eus même l'impression qu'il était sincère.

« C'est bien, vous avez votre bière.

– Oui, merci. »

Elle tendit le bras pour arranger le col de mon manteau – ne sachant pas ce qui était prévu, je m'étais habillé en prévision de cette soirée –, puis elle rectifia ma cravate et ne retira pas ses mains.

« J'ai pensé que nous prendrions un dîner léger ici. J'ai passé la matinée à mon centre de remise en forme avec mon sadique personnel, et je suis complètement crevée. J'espère que vous n'y voyez pas d'inconvénient.

– Non, bien sûr.

– Nous allons avoir une soirée bien tranquille à la maison. Rien que nous deux.

– Ce sera parfait. »

Elle pencha la tête de côté comme s'il lui venait une idée amusante. Je la complimentai sur sa robe pour combler le vide.

« Vous l'aimez ? Je l'ai achetée aujourd'hui. »

Elle recula d'un pas et se tint de façon à m'inviter à la contempler. Elle rassembla ses cheveux en une sorte de chignon très souple sur le haut de sa tête, s'éloigna de quelques pas, fit demi-tour et revint vers moi, comme si elle participait à un défilé de mode.

« C'est très... élégant. »

Apparemment, c'était ce qu'il ne fallait pas dire.

« Ça ? dit-elle en riant. C'est un vêtement décontracté. » Elle laissa retomber ses cheveux en un geste gracieux. Ils se remirent parfaitement en place, lui effleurant le cou, comme si elle ne les avait pas dérangés. « Mais c'est gentil à vous d'apprécier ce que je porte. Je pourrais aller toute nue sans que Peter s'en aperçoive.

— Je n'arrive pas à le croire. Que...

— En fait, c'est vrai. Il y a bien longtemps qu'il ne m'a pas remarquée de cette façon. Est-ce que ce que je viens de dire vous gêne ?

— Non », répondis-je, mais je voulais dire oui.

Elle avait pris mon bras et me fit traverser le séjour. Elle poussa la porte battante de la cuisine.

« C'est comme un tableau qu'on accroche au mur et qu'ensuite on ne voit plus. Pour lui, je suis invisible... Merci, Hortensia, dit-elle à la bonne. Vous pouvez disposer.

— Oui, *Señora,* répondit Hortensia, qui mit en hâte son manteau et sortit par la porte de service.

— Pourquoi ne laisserions-nous pas cette bière ? Ouvrons une bouteille de vin. »

Elle sortit d'un tiroir métallique un tire-bouchon qu'elle me tendit. Je pris la bouteille dans la glacière posée sur la table, mais j'attaquai le bouchon sous un mauvais angle et je le déchiquetai.

« Laissez-moi faire », intervint Helen, manifestement contrariée. Elle fit pénétrer de force le tire-bouchon, lui imprima une violente torsion et sortit le bouchon saccagé. Elle enleva les morceaux qui restaient et en débarrassa ses doigts d'une chiquenaude.

« Eh bien ?

— Oh ! »

Je lui présentai deux verres qu'elle remplit.

« Santé ! » dit-elle en guise de toast.

Nous bûmes. Helen finit son verre et, l'air mécontent, avança une main vers moi et fit tomber un débris de bouchon collé à ma lèvre.

« Avez-vous faim ? Je peux vous proposer du saumon, de la salade, des sushis.

– Je n'ai pas très faim.

– Moi non plus. Asseyez-vous ici, près de moi. »

Elle tapotait un tabouret devant le bar. Nous nous perchâmes ensemble ; Helen s'était déjà versé un autre verre de vin avant même que je me fusse installé.

« Peter est un homme très occupé, dit-elle en reprenant la conversation où nous l'avions laissée. Il aime que sa vie soit bien organisée et c'est à cela que je lui sers. » Elle vida son verre et le remplit aussitôt. « Je lui ai aussi servi à autre chose, ajouta-t-elle en riant. Et je continue, une fois de temps en temps, mais rarement. Regardez, ça date d'il y a une semaine. » Elle tendit les bras vers moi et remonta ses bracelets pour me montrer des traces de brûlures provoquées par une corde autour de ses poignets. « Elles sont plus nettes sur mes chevilles. » Elle fit tomber sa chaussure et posa son pied sur mes genoux. « Peter aime être le maître. » Elle se pencha vers moi et fit courir légèrement ses doigts sur les brûlures. « J'ai encore de la chance que ce ne soit pas très souvent. » À demi cachée sous sa chevelure, elle m'adressa un regard, empreint d'une timidité feinte. « Je vous gêne une fois de plus ?

– Non, tout va bien.

– Vous n'êtes pas choqué ? même pas un petit peu ? »

Elle savait parfaitement que je l'étais.

Elle fit remonter son doigt le long de sa jambe jusqu'à sa cuisse, à l'endroit où sa robe était fendue. Je fixai mon verre de vin en cherchant à ne pas la laisser détourner mon attention.

« Peter dit que je cicatrise bien parce que je suis une vraie blonde et que j'ai la peau claire. Moins la peau est pigmentée et moins les cicatrices la marquent. Qu'est-ce que je raconte ? » Elle se mit à rire. « Mais vous le savez, bien sûr ! »

Elle se rassit, baissa la jambe et posa son pied sur la barre transversale en touchant le mien. Elle but d'un trait ce qui restait dans son verre et le remplit en vidant la bouteille.

« Pourquoi n'allez-vous pas chercher une autre bouteille dans le réfrigérateur ? Et ôtez votre veston et votre cravate. Vous me donnez l'impression d'être un professeur en train de séduire son élève. »

Je trouvai Helen la tête appuyée sur la main, le coude sur le comptoir, le verre contre sa joue quand je rapportai la bouteille. Cette fois, je la débouchai facilement et j'emplis son verre. Je ne sais comment, nous étions assis plus près l'un de l'autre qu'avant. Elle leva une main et défit le bouton du haut de ma chemise, lèvres pincées, puis elle déboutonna le suivant.

« Voilà, c'est plus décontracté. Pas besoin de vous en faire, Peter ne reviendra pas avant plusieurs heures.

– Je ne m'en fais pas, mais je ne...

– Je ne quoi ? demanda-t-elle en me jetant un regard brillant, mais elle dut se retenir au bar pour ne pas tomber.

– Je ne me sens pas vraiment à l'aise... ici.

– Ne vous faites pas de souci, Jackson, reprit-elle sans tenir compte de ce que je venais de dire, comme si nous n'avions pas cessé de parler de Peter. Il est comme ça avec tout le monde. Il se désintéresse. Voilà tout. Vous avez entendu son speech sur les artistes ? Ah ! s'exclama-t-elle quand elle lut sur mon visage que j'allais répondre affirmativement. Vous l'avez entendu, bien sûr ! Donc, ce salaud *est* un artiste. Il vous achève et vous êtes foutu. Il vous accroche au mur et il ne vous voit plus. Jusqu'à ce que la peinture commence à s'écailler et que vous ayez besoin d'une nouvelle opération. » Elle pencha la tête en avant et sur le côté, et repoussa ses cheveux derrière son oreille. « Vous la voyez ? La cicatrice ?

– Elle est à peine visible.

– Et ça ? ajouta-t-elle en se faisant une raie au-dessus du front. Vous la voyez, celle-ci ?

– Oui. Un peu seulement. C'est du beau travail.

– Bien sûr, Peter est un artiste ! » Elle prononça ce mot comme si c'était un juron. « Et je suis le modèle parfait ! Si blonde, à la peau si claire. Je pense que c'est vraiment pour ça qu'il m'a épousée. »

324

Elle lâcha ses cheveux qui se remirent en place, puis fit descendre sa main le long de sa joue et dessina du bout des doigts le contour de la clavicule. Elle avait bu une bouteille de vin, mais elle me parut encore plus ivre qu'elle n'aurait dû l'être.

« J'étais belle jadis... »

Sa main glissa vers ses seins.

« Vous êtes belle », dis-je. C'était ce qu'elle attendait de moi.

« Je suis belle », insista-t-elle, comme si je l'avais contredite. Beaucoup d'hommes le pensent. Je pourrais avoir tous ceux que je veux, il me suffirait de dire oui. Et même des jeunes. Oui, je le pourrais !

– J'en suis sûr.

– Va te faire foutre ! »

Elle rejeta la tête en arrière d'un air de défi, puis elle roula les yeux et dut se retenir à moi pour ne pas tomber.

« Je devrais peut-être partir, dis-je quand elle eut retrouvé son équilibre.

– Vous croyez que je suis soûle !

– Je crois que vous devriez vous allonger.

– Je ne suis pas soûle. Ce sont les médicaments... D'habitude, je n'en prends pas, vous savez. »

Je l'aidai à descendre du tabouret et je dus la soutenir quand nous nous mîmes à marcher.

« Je vais m'étendre sur mon lit.

– C'est une bonne idée. »

Sa chambre se trouvait à l'étage inférieur, après le bureau de Brandt où Burton, le chien, était couché en rond sur son fauteuil favori. Je savais, avant même qu'elle m'en parlât, qu'Helen couchait seule ; il n'y avait aucune trace d'une présence masculine dans sa chambre qui, d'ailleurs, n'était pas franchement féminine. Elle me rappela le vestibule : froide, impersonnelle. Un vide de l'esprit. Au mur, de grandes photographies encadrées, des portraits grandeur nature. Tous d'elle.

Elle s'allongea, mais comme elle me tenait le bras, elle me força à m'asseoir près d'elle.

« Ne m'en veuillez pas, minauda-t-elle.

– Je ne vous en veux pas. Tout va bien.

– Je suis vraiment désolée.

– Mais non, tout va bien.

– La vérité, c'est que je prends des comprimés. Tout le temps. Je crois que j'en ai trop pris.

– Sur ordonnance ?

– Bien sûr, gloussa-t-elle. Peter me prescrit tout ce que je veux.

– Et qu'est-ce que c'est ?

– Je les appelle les pilules qui me rendent invisible. Plus j'en prends et plus je suis invisible. Regardez. »

Elle se tortilla pour ouvrir un tiroir. Elle en sortit un flacon en plastique. Sur l'étiquette, Xanax. Deux milligrammes. Le nom du médecin, Peter Brandt.

« Combien en prenez-vous ?

– Deux ou trois par jour, en général. Et la nuit, de l'Ambien.

– Combien aujourd'hui ?

– Des tas. Pourquoi mes pilules vous intéressent-elles, Jackson ?

– Ce n'est pas une bonne idée. Vous le savez.

– Oh ! J'adore quand vous parlez comme un docteur. Quelle autorité ! »

Elle posa sa main sur ma poitrine et fit aller ses doigts entre les boutons. Je mis le flacon de pilules dans la poche de mon pantalon par mesure de précaution.

« Est-ce que vous m'avez dit la vérité ? Pensez-vous que je suis belle ?

– Certainement, répondis-je en cherchant à m'éloigner.

– Vraiment ? » Elle me tenait solidement et me rapprocha d'elle. « Plus près, Jackson. »

Elle se saisit de ma main et la posa sur ses seins.

« Helen... »

Elle m'attira plus fort.

« Helen, arrêtez.

– Tout va bien, Jackson. Approche-toi encore. »

Je donnai une brusque secousse à mon bras pour tenter de me libérer, mais pas assez fort. Elle me saisit la main et avança son corps de façon à l'appuyer contre ma poitrine. Son visage était tout près du mien maintenant, si près qu'elle chercha soudain à m'embrasser. En détournant la tête pour éviter son baiser, mon front heurta violemment son nez. J'entendis un craquement.

Elle lâcha prise ; je me levai, pétrifié.

« Espèce de salaud ! hurla-t-elle. Tu m'as fait mal ! Putain de salaud !

– Je suis désolé. »

Toujours sur le lit, elle s'écarta, le visage enfoui dans ses mains.

« Fils de pute ! Tu m'as fait mal ! Espèce de crétin ! Abruti !

– Faites-moi voir...

– Fous le camp ! »

Son nez commençait à enfler.

« Je n'avais pas l'intention de vous faire mal...

– Pauvre idiot ! Misérable tas de merde ! Tu ne veux pas tromper Allie ? Tu ne sais donc pas que ta précieuse petite amie baise avec Peter ?

– Qu'est-ce que vous racontez ? »

Elle éclata de rire, comme si elle venait de remporter une victoire.

« Je suppose qu'elle ne te l'a pas dit, hein ? Il ne sait rien, le petit protégé !

– Je ne vous crois pas. Vous êtes en colère et...

– Mon Dieu, qu'il est bête ! Où crois-tu qu'il est, Peter, en ce moment ? Il est avec elle. Il la baise, maintenant. »

Elle se mit de nouveau à rire, mais son rire se changea aussitôt en larmes.

« Je m'en vais », dis-je en m'avançant vers la porte.

Elle cessa brusquement de pleurer, la violence de sa colère prenant le pas sur l'apitoiement qu'elle éprouvait pour elle-même. Les larmes séchèrent sur son visage.

« Pauvre, pauvre Allie ! Qu'elle aille se faire foutre ! J'aurais tant voulu qu'elle meure. Elle mérite ce qu'on lui a fait.

– Au revoir, Helen.

– Vas-y, va retrouver ta belle petite pute. Mais elle n'est plus aussi belle maintenant, hein ? »

Je claquai la porte derrière moi. J'entendis un fracas soudain dans la pièce que je venais de quitter et la porte se rouvrit brutalement.

« Elle n'est plus aussi belle maintenant ! »

Les cris d'Helen me poursuivirent dans l'escalier. J'empoignai ma veste et ma cravate dans la cuisine, et je me dirigeai vers la porte d'entrée. Avant de l'ouvrir, je me retournai et vis Helen. Elle était montée et s'agrippait à la rampe, le visage tordu, méconnaissable.

« Elle n'est plus si belle maintenant, la salope ! » hurla-t-elle.

Le bruit de sa voix emplit les pièces vides et l'écho rebondit violemment sur les surfaces lisses de l'entrée, mais, comme tout ici, il fut instantanément absorbé par le vide et mourut. Même une haine aussi farouche ne put le maintenir en vie.

46

APRÈS mon entrevue avec Helen et au cours des quelques soirées qui suivirent, j'attendis chaque fois que je pus m'absenter de l'hôpital devant l'immeuble d'Allie. Parfois, je restais assis dans ma voiture garée de l'autre côté de la rue ; parfois, je m'installais dans une cafétéria, non loin de là, jusqu'à ce que les regards du propriétaire me fissent comprendre qu'il fallait quitter les lieux. Plusieurs nuits de suite, n'ayant pas envie de rentrer chez moi, je regagnai l'hôpital après quatre heures du matin et dormis dans le premier lit inoccupé que je trouvais. Je me levais à sept heures pour faire la tournée des malades, et le soir même, j'attendais, je guettais. À plusieurs reprises, je vis sortir Allie, la tête couverte d'un châle ; elle se mettait à marcher rapidement dans la rue. Je dus me tasser sur mon siège sans pour autant la perdre de vue. Une fois, Krista vint lui rendre visite et passa avec elle une bonne partie de la soirée. Autrement, rien. Rien que des heures vides, des heures sans fin, une voiture sombre comme une petite poche de honte dans laquelle je gisais, comme nu et pétrifié, dégoûté de moi-même et de ce que je faisais.

Elle ne voulait pas que je passe chez elle, disait-elle, les rares fois où elle ne filtrait pas les appels et répondait. Elle était fatiguée, elle ne se sentait pas bien. Elle ne tenait pas à avoir des visites. J'insistais pourtant, je lui apportais ce que je pensais lui faire plaisir, nous bavardions, mais au bout de quelques minutes, je ne trouvais plus rien à lui dire et je la quittais en regrettant d'être venu. Tout ce que je faisais, ou presque, j'aurais voulu ne pas l'avoir fait.

Je regagnais ma voiture et j'attendais. J'ai attendu pendant des jours sans résultat. Jusqu'à ce que, comme si je l'avais souhaité, il arrivât enfin.

Mais, à part le costume et la cravate qui n'étaient pas de mise à Berkeley, et la tignasse de cheveux blancs, trop disciplinée pour appartenir à un professeur, sa présence n'avait rien d'extraordinaire : un homme descend de voiture, sonne à l'interphone, on lui ouvre. C'était peut-être une visite innocente. Il suffisait d'attendre. Je le verrais sortir peu après, une simple visite en passant, pour prendre des nouvelles de sa patiente.

Il n'était pas sorti. Du moins pas pendant que j'attendais. Une éternité. Une heure, peut-être deux. J'étais assis dans l'obscurité, je me souvenais des hurlements d'Helen, des cris d'abandon, de perte, qui venaient d'un endroit plus profond que celui où réside la jalousie. Un lieu vide dans lequel rien ne reste. Rien, sauf la rage.

Je cherchai à joindre Lucasian, mais le message sur le répondeur de son bureau m'apprit qu'il était en déplacement pour son travail. J'appelai sa femme chez lui ; elle évoqua une « affaire de famille » dont il devait s'occuper dans un pays qui me parut situé en Europe de l'Est. Pourrait-il m'appeler à son retour ? En réalité, je n'étais pas pressé de lui parler d'Helen, ce qui allait m'obliger à lui révéler la liaison d'Allie et de Brandt. Je le ferais parce que j'y étais forcé. Et je subirais cette humiliation parce que je n'avais pas le choix. Assez d'humiliations, pensai-je, mais peut-être s'y habituait-on.

L'hôpital avait perdu toute réalité. Pourtant, je parvenais à fonctionner presque machinalement. J'opérais, je suivais mes patients et, comme Brandt ne me prévoyait pas sur son planning, il m'était facile de l'éviter. J'avais été rayé de la consultation des internes. Anderson m'avait succédé à sa tête. Si j'étais allé trouver l'administration, on m'aurait probablement donné une explication, mais, n'ayant rien demandé, on ne m'en offrit aucune. Il ne me fut pas difficile de deviner pourquoi.

Quelques jours plus tard, je passai ma soirée à trier les papiers qui s'étaient accumulés dans mon casier, à remplir sans enthousiasme des formulaires en attendant qu'il fît assez sombre pour me rendre chez Allie. J'étais tellement préoccupé que j'écrivis « zygoma » au lieu de « mélanome » et, de plus, dans la mauvaise case. Mon Tipp-Ex avait durci, je dus aller en chercher une autre bouteille au secrétariat.

Il était dix heures passées, les secrétaires étaient parties depuis longtemps après avoir rangé leur bureau. Je me frayai un chemin dans la pénombre jusqu'à la réserve. Évidemment, le placard était fermé à clé. En revenant sur mes pas, je remarquai un papier sur le plateau du fax. L'en-tête avait un aspect des plus officiels : FDA, la Food and Drug Administration.

D'après le rapport de réception, le fax était arrivé à quatorze heures trente, l'après-midi même, et apparemment personne ne s'était donné la peine de le récupérer. Il n'y avait pas de commentaire de l'émetteur ; c'était simplement la copie de ce qui était – je m'en rendis bientôt compte – le protocole des tests concernant les plaques résorbables. Ce sur quoi j'avais demandé des renseignements par téléphone.

Je retournai dans mon bureau et le lus d'un bout à l'autre, environ sept ou huit pages. Un Xerox de la troisième ou quatrième génération, pas facile à déchiffrer. Même pour un médecin, le langage était technique, presque impénétrable, mais je pus comprendre que les essais avaient commencé cinq ans plus tôt et je parcourus la liste des chefs de service chargés de mener à bien les tests. Certains m'étaient vaguement familiers, sans aucun doute de grands noms de la médecine. Je trouvai également la liste des hôpitaux qui avaient participé à l'opération dans des villes réparties sur tout le territoire, comme Memphis, Baltimore et Madison dans le Wisconsin, ainsi que deux à New York. Il s'agissait d'une liste alphabétique et je crus d'abord que l'hôpital de Sacramento m'avait échappé. C'était celui où, d'après sa mère, Allie avait été opérée. Il était hautement improbable qu'un médecin ait eu la possibilité d'utiliser des plaques résorbables sans faire partie du protocole. Vraiment impossible. Ainsi, à moins qu'il n'y ait eu une erreur de l'administration, Allie n'avait pas été opérée à Sacramento. Deux hôpitaux seulement étaient répertoriés en Californie. L'un était un centre très connu, spécialisé en chirurgie esthétique et situé à Los Angeles. L'autre était St. Mary's Hospital à Palo Alto.

Le siège social de Genederm se trouvait à Palo Alto.

Ce qui ne voulait sans doute rien dire. San Francisco était connue comme la capitale mondiale de la chirurgie esthétique, avec plus de plasticiens au mètre carré que dans toute autre région. Il était naturel de choisir un hôpital dans ce secteur. Tout de même...

Je composai le numéro personnel de Paula et Brian, et demandai à parler à Brian. J'entendis les pas de Paula s'éloigner dans le vestibule, puis une porte qui s'ouvrait sur un bruit de voix.

« Allô ?

– Brian, c'est Jackson.

– Oh, salut ! »

Sa cordialité me parut plus forcée que d'habitude. J'entendis Paula, à l'arrière-plan, demander qui était à l'appareil.

« Qu'est-ce qu'il nous veut encore, celui-là ? » dit-elle après que Brian lui eut répondu. Suivirent alors des sons étouffés quand une main couvrit le récepteur.

« Brian ? J'ai besoin de vous parler.

– Oui, Jackson, qu'y a-t-il ? »

De nouveau, un échange plutôt vif transmis par le récepteur assourdi suivi d'un « Je t'en prie, Paula », et d'un « Excusez-moi », suivi d'un claquement de porte.

« Brian... », commençai-je.

Sur un autre poste, une voix, celle de Paula, m'interrompit :

« Laissez-nous tranquilles, Jackson. Nous ne voulons pas que vous nous appeliez ici. Vous comprenez ?

– Paula... »

Brian chercha à s'interposer, mais maintenant, elle hurlait :

« Laissez-nous tranquilles ! Nous ne voulons plus vous revoir, plus jamais ! Compris ?

– Nom de Dieu, Paula ! Raccroche ! »

Brian n'avait pas l'habitude d'élever la voix. Il fit un tel effort qu'il se mit à glapir et prononça les derniers mots comme un adolescent en pleine mue.

« Brian, je te previens... »

Paula posa violemment le récepteur. Je crus alors que nous n'étions plus en ligne jusqu'au moment où j'entendis la respiration pénible de Brian à l'autre bout du fil.

« Désolé, Jackson. Ce n'était pas le bon moment. » Il respira de nouveau, comme s'il craignait de manquer d'oxygène. « En fait, la semaine a été mauvaise. Paula pense, ou plutôt je crois qu'elle pense que vous m'avez dit quelque chose. Un secret...

– J'ai besoin de vous parler, Brian. On peut se voir ?

– Ah ! Eh bien...

– À propos d'Allie et de son traitement. » Ce qui était plus ou moins vrai. « C'est urgent, autrement je n'aurais pas appelé.

– Ici ? Je ne suis pas sûr que ce soit une bonne idée.

– Non. Donnons-nous rendez-vous chez Genederm.

– Il est tard, Jackson.

– C'est urgent, Brian.

– Qu'est-ce que je peux bien vous dire de si important ?

– Croyez-moi, ça l'est.

– Eh bien... » Il réfléchit un instant et saisit l'occasion de s'échapper. « Pourquoi pas ? Rendez-vous là-bas dans une demi-heure.

– C'est un peu juste pour moi. Je suis en ville.

– Pas de problème. Je vous attendrai dans mon bureau. »

L'immeuble de Genederm était couvert, comme d'une peau brillante, de verre à reflets qu'entouraient des guirlandes de végétaux ponctuées de projecteurs illuminant le logo de la société au-dessus de l'entrée. Le gardien m'ouvrit dès que j'eus décliné mon identité et, après avoir appelé le bureau de Brian, m'indiqua comment m'y rendre. Sa porte était la seule à ne pas être fermée. Brian était assis devant son ordinateur, concentré sur un jeu vidéo.

« Une... petite... seconde. Mince ! »

Je m'assis et je le regardai se bagarrer avec son jeu. Il s'énerva sur la manette et répéta « Merde », « Putain » et « Chier » en chapelet rapide avant de lever les bras au ciel, signe de défaite. Le jeu était terminé, l'écran revint à son état initial, affichant une sorte de créature au visage dissimulé sous un masque de diable, au regard mauvais, qui coupait la tête de personnages vêtus de costumes médiévaux.

« Salut, Jackson ! »

Il paraissait encore plus jeune que d'habitude, les yeux bouffis et injectés de sang, comme un petit enfant si passionné par un nouveau jouet qu'il en aurait oublié pourquoi il avait pleuré.

« Génial, ce jeu. Alors, qu'est-ce qu'il y a ?

– J'ai besoin de jeter un coup d'œil sur le dossier médical d'Allie. J'espérais que vous pourriez m'aider.

– Heu, certainement. Mais pourquoi ? Est-ce à cause de ce qui s'est passé l'autre soir ? Ce dont nous avons parlé ?

– Non, Brian. C'est un problème médical. Allie a subi une intervention de chirurgie plastique il y a quelque temps, j'aimerais connaître le nom du chirurgien qui l'a opérée. Je pense que c'est d'une grande importance en ce qui concerne la façon dont nous allons poursuivre le traitement.

– Allie a déjà eu une opération de chirurgie esthétique ?

– Plastique, insistai-je.

– Oh ! Comme après un accident ? Je ne savais pas. Elle ne peut pas vous renseigner ? »

Bien sûr que si. Mais à condition que je puisse lui poser la question et qu'elle me dise la vérité.

« Brian, elle est amnésique.

– Oh, oui, bien sûr. » Il jouait avec les touches de l'ordinateur. « Le problème, c'est que ces dossiers sont confidentiels. »

J'ouvris de grands yeux.

« À peu près aussi confidentiels que la solvabilité de quelqu'un !

– Oui, d'accord. C'est vrai, dit-il en riant. Est-ce qu'elle a signé une autorisation, ou quelque chose comme ça ?

– Allons, Brian, je suis son médecin. » Je misai sur le fait qu'il n'était pas au courant de mon éviction. « J'ai seulement besoin de jeter un rapide coup d'œil.

– Tout le monde est parti, dit-il en haussant les épaules, et je ne sais absolument pas où se trouvent les dossiers. De toute façon, ici, tout est mis sous clé la nuit. Même dans la journée, le service de sécurité est très strict. Vous ne vous imaginez pas à quel point l'espionnage sévit dans la Vallée.

– Vous n'avez pas toutes les données sur ordinateur ? J'avais entendu dire que vous étiez très forts dans ce domaine. »

Il leva les sourcils et se mit de nouveau à rire.

« Oui. Ou, du moins, nous l'étions. »

Il fit rouler sa chaise vers un autre ordinateur et ouvrit les programmes.

« Celui-ci est connecté à l'unité centrale. Je suppose que les fichiers sont là, quelque part. »

Pendant qu'il cherchait, je vis sur l'écran le diable vidéo brandir sa hache pour en frapper les costumes médiévaux, lesquels, n'ayant rien compris, couraient les uns derrière les autres et se faisaient couper la tête.

« Ça risque d'être long, remarqua Brian. C'est la première fois que j'explore nos fichiers personnels. » Tout en parlant, il tapait rapidement. « Si vous voulez, vous pouvez essayer le jeu vidéo.

– Non, merci, répondis-je, peu tenté par le regard mauvais du diable.

– Vous avez tort. C'est un nouveau jeu. Il s'appelle "L'enfer de Dante". » Il m'annonça ce nom comme si je ne l'avais jamais entendu auparavant. « Le but est de traverser les sept cercles de l'enfer. Les premiers représentent les péchés véniels et les vices mineurs. Ils ne posent pas problème, mais les péchés mortels, c'est une vraie saloperie. J'ai l'impression que je n'y arriverai jamais.

– Il faut s'entraîner, je suppose.

– Oui, me répondit-il, plongé dans sa recherche.

– Que se passe-t-il quand on arrive au dernier cercle de l'enfer ?

– On est battu. Je suppose qu'il devient alors le maître des enfers. Oui ! Je l'ai ! C'était facile. Ce truc n'est pas sûr du tout ! »

Il appuya sur quelques touches et l'imprimante se mit à ronronner. Il en sortit des feuilles qu'il me tendit.

« Nous avons ici une couverture sociale particulièrement efficace, commenta Brian pendant que je lisais. Elle couvre même l'acupuncture, l'aromathérapie et les médecines douces. Vous connaissez la méthode de Rolf ? Ça fait un mal de chien, mais... »

Allie avait un fichier depuis trois ans, époque où elle avait commencé à travailler chez Genederm. L'une des premières entrées concernait une visite au St. Mary's Hospital de Palo Alto. Les soins post-opératoires d'une intervention effectuée environ six mois avant qu'elle n'intègre la société et désignée sous cette appellation : « réduction/ostéotomie d'un rameau mandibulaire sagittal ». Autrement dit, la réduction d'une mâchoire inférieure hypertrophiée. Le médecin remboursé était Peter Brandt.

Ainsi donc, il avait menti. C'était clair. Brandt savait tout des plaques résorbables dans la mâchoire d'Allie parce qu'il les y avait mises. Il avait menti pour étouffer l'affaire. Et il m'avait évincé pour m'empêcher de constater cette évidence. C'était logique, j'étais en présence de quelqu'un qui voulait brouiller les pistes. On ment sur toutes sortes de petits détails parce qu'on ignore quel fait, quelle information même partielle peut déclencher des révélations en chaîne qui finissent par désigner le coupable.

« J'ai trouvé quelque chose d'intéressant ? » demanda Brian, de nouveau posté devant son ordinateur, aux prises avec les vices mineurs.

Je pensai à Helen, à son corps qui avait la maigreur à la mode, à la colère qui lui avait donné une force inaccoutumée, cette colère qu'elle avait emmagasinée pendant trois ans ou plus, jusqu'au jour où elle s'était emparée d'un marteau fendu pour déchiqueter Allie. Peut-être était-ce ce que Brandt voulait cacher. Peut-être qu'au fond de lui-même, il se sentait coupable, il savait qu'il était à l'origine de ce qui s'était passé. Bien que, probablement, il fût incapable de le reconnaître. Après tout, c'était tellement injuste. Qui n'avait pas de liaison à San Francisco ? N'était-ce pas immérité que cela lui arrivât à lui, un notable qui menait une vie exemplaire dans tous les autres domaines ?

Brian donna libre cours à une nouvelle série d'exclamations vigoureuses :

« Encore baisé ! J'ai toujours été obsédé par le sexe, mais dans ce jeu, ce n'est pas ce qui compte !

– Je ne savais pas que Brandt avait travaillé au St. Mary's Hospital.

– Oui, je crois, répondit-il sans trop prêter attention. Il y a quelques années, quand nous avons démarré. Il faisait des recherches. Pourquoi cette question ?

– Je sais que c'est Brandt », répondis-je simplement.

Il s'excitait sur la manette.

« Merde alors ! C'est foutu ! Pourtant, ça devait être facile ! »

Ses mains quittèrent le clavier et se posèrent sur ses cuisses. Il regardait fixement l'écran.

« Brandt avait une liaison avec Paula. C'est lui qu'Allie lui a volé. Voilà la raison de leur dispute. J'ai raison, Brian ?

– Fils de pute ! jura-t-il à mi-voix, les yeux encore fixés sur le moniteur, mais il ne parlait plus du jeu. Qu'est-ce que ça a à voir avec...

– Brian, je sais.

– Jackson. » Il leva les mains en un geste imprécis et les laissa retomber sur ses cuisses. « Merde. Bon, soupira-t-il. Oui. Probablement. Ou plutôt, sûrement. » Il leva les yeux vers moi. « Je vous l'ai dit. C'était *avant*. Avant vous et Allie.

– Je ne pense pas.

– C'est une supposition, je vous l'ai dit. Paula ne me raconte pas ce qu'elle fait. Elle n'est pas non plus du genre à nier. » Il eut un petit rire bref. « Elle refuse simplement de discuter. Elle dit que ce ne sont pas mes oignons. En fait, elle dit que ce ne sont pas mes *putains* d'oignons. Pour insister un peu plus : "Ce ne sont pas tes *putains* d'oignons, Brian." »

Il accompagna ces derniers mots d'un petit mouvement de tête comme l'aurait fait Paula. Une excellente imitation.

« C'est la raison pour laquelle vous vous disputiez, Paula et vous ?

– Eh bien... » Son visage prit une expression sardonique. « C'est, en effet, un de nos sujets de dispute.

– Pourquoi Paula m'en veut-elle tant, à moi ?

– Je ne sais pas. Elle a l'air de penser que vous me confiez des secrets sur elle, ou quelque chose comme ça. Après sa dispute avec Allie, elle est devenue complètement parano. Elle n'arrêtait pas de dire qu'Allie répandait des mensonges sur son compte et que je ne devais rien croire de ce qu'elle me racontait. Et merde ! Comme s'il restait quelque chose à raconter ! »

Je songeai à Allie, le visage tourné vers la vitre noire de ma voiture, à ma promesse de ne pas révéler la vérité au sujet d'Halley. C'était le premier secret. Le premier de beaucoup d'autres.

« Vous me prenez pour le parfait pauvre type, n'est-ce pas, Jackson ? Parce que j'encaisse toute cette merde ?

– Non. » Pas tellement différent de moi, en fin de compte. Sauf que « parfait » était exagéré.

« Mais ce qui me tue, c'est Brandt. »

Il prononça son nom avec toute l'amertume qu'il avait contenue jusqu'alors. En fin de compte, Brian ne s'en moquait pas et c'est ce qui le mettait mal à l'aise. Il se tortillait sur son siège, comme l'écolier cherchant un pré-texte pour manquer un cours.

« Je suis certain, reprit-il, que ça ne le dérange pas le moins du monde de prendre la femme de son, disons, *asso-cié*. Et merde ! »

Je voulais m'en aller. Partir d'ici. J'avais eu la confirma-tion de ce que je savais déjà. Brandt et Allie avaient eu une liaison avant moi. Peut-être aussi après. Et maintenant, je savais pourquoi Allie se trouvait dans un tel état de dépen-dance envers lui. Il lui avait donné naguère une nouvelle vie. Il pouvait recommencer.

Brian parlait encore, mais je n'avais plus la force de l'écouter. Pas maintenant. Je l'avais obligé à parler, mais je ne voulais pas m'en mêler. C'était à lui de se débrouiller avec sa vie merdique. Il me restait à sauver la mienne.

« C'est dégueulasse, Brian, mais... »

Je rangeai les papiers et me levai comme pour prendre

congé. Il ne le remarqua pas. Il était trop absorbé par ce qu'il disait et continua de parler. Je me rassis.

« En fait, comment appelle-t-on ça ? Le droit *du seigneur*[*] ? » Il prononça « senior ». « Comme dans ce film, vous vous souvenez ? Le roi prend toutes les belles femmes qu'il veut, et tant pis pour le mari. Mais savez-vous ce qui m'exaspère ? Sa condescendance. J'essaie de lui parler de recherche et il s'adresse à moi comme si j'étais un informaticien de base, incapable de comprendre. Ce qui est peut-être vrai. Je suis un pauvre type et un débile mental. Mais c'est en grande partie mon argent. Ou, du moins, ça l'était. »

Il sourit. Brian, lui aussi, avait un secret.

« Que voulez-vous dire par "était" ?

– C'est la raison pour laquelle nous avons été nationalisés. Vous ne saviez pas ? Oui, j'avais tellement envie de me sortir de là que je n'ai pas vraiment songé à en tirer le maximum de bénéfices. Que le génie dirige sa société. On verra bien ce qu'il en fera. Quant à moi, j'en ai eu assez.

– Depuis quand ?

– Récemment. J'ai récupéré presque toutes mes parts. » Il haussa les épaules. « Ce n'est pas exactement une vengeance. Rien de personnel. » Il sourit. « D'accord, c'est personnel. Mais il y a d'autres raisons. Nous avons dans nos laboratoires des types vachement compétents, mais nous ne progresserons pas sans investir de nouveaux capitaux. Brandt est une célébrité ; nous ne trouverons pas les fonds nécessaires si nous l'évinçons. Et il s'est montré si... *bizarre* ces temps-ci. On ne peut pas compter sur lui, comme s'il était trop occupé pour se procurer de l'argent. Bon Dieu, nous avons pourtant eu une réunion très importante avec des gens friqués au moment du congrès de biotechnologie, à L.A., et il n'a même pas fait acte de présence. Brusquement, il a été – comment dire ? – *ailleurs*. Je n'ai pas pu le trouver de toute la journée. Et quand il a réapparu, il n'était absolument pas dans le coup. Et plus tard, il s'est enivré. En public. Je ne l'avais jamais vu ivre jusque-là. En fait, ça ne faisait pas une grande différence. Mais il m'a

---

[*] En français dans le texte.

semblé encore un peu plus snob que d'habitude, sauf que sa braguette est restée tout le temps ouverte. Pour rien au monde je ne le lui aurais dit ! »

Il se mit à rire en se souvenant de la scène, puis il hocha la tête avant de reprendre :

« Carrément du sabotage, je peux vous le dire. Et ces derniers temps, je ne sais pas ce qu'il fait. Je ne l'ai pas vu ici, sauf...

– Attendez, Brian. Il n'est pas allé à la réunion ? Quand ?

– Heu... Il y a de cela plusieurs semaines. En août.

– *Quelle* réunion ? À quelle réunion n'a-t-il pas assisté pendant ce congrès ? Quand était-ce ?

– Le deuxième jour. Ou plutôt, le premier. Le congrès avait lieu durant le week-end à L.A. Nous avons commencé le vendredi soir par un dîner...

– C'était le samedi ?

– Oui, je crois. Oui, sûrement. C'était le samedi. »

47

« Allie, c'est moi, Jackson. » L'interphone crépita. « Allie, hurlai-je devant le haut-parleur, ouvre-moi ! »

J'attendais devant la porte de son immeuble, ma voiture mal garée, les ombres mouvantes des sans-abri sur le terrain de jeux derrière moi. Une bouteille en verre s'écrasa sur le trottoir et, aussitôt après, la porte s'ouvrit bruyamment. Je la poussai et grimpai l'escalier quatre à quatre. Au deuxième étage, je frappai vigoureusement à la porte d'Allie. J'attendis ce qui me sembla être une éternité, puis je frappai de nouveau. Toujours rien. Je me mis alors à cogner si fort que la porte en fut ébranlée.

« Qu'est-ce que c'est ? demanda Allie sans ouvrir.

– Allie, il faut que je te parle. Allie ? Ouvre ! »

Il me vint soudain à l'idée que Brandt était peut-être là. Avec elle. Mais j'entendis le bruit sec des serrures et la porte s'ouvrit sur l'appartement obscur. Allie s'éloigna de moi pendant que j'entrais et noua un foulard sur sa tête. Elle était seule.

« Il est terriblement tard, Jackson. »

J'étais si pressé de la voir que j'en avais oublié de penser à ce que j'allais dire, et maintenant, je ne savais par quoi commencer. Je tendis le bras vers l'interrupteur et allumai. Allie se couvrit la tête de ses mains pour cacher ses yeux. Instinctivement, je fis un pas vers elle.

« Non ! »

Je m'arrêtai net.

341

« Veux-tu que j'éteigne ? »

Elle ne répondit pas, mais je revins sur mes pas et j'éteignis. Elle s'assit au bout du canapé, le visage détourné. Je pris place dans le fauteuil, le plus loin possible d'elle. Elle me parut plus à l'aise.

« Excuse-moi de venir si tard. » Je remarquai qu'elle était encore habillée. « Tu dormais ? demandai-je pourtant, pour dire quelque chose.

– J'étais sortie.

– Bien. C'est important de sortir.

– Je suis allée chez Krista.

– Oh ! Comment ça se fait ?

– Que veux-tu dire ? »

Déjà, elle me défiait.

« Je ne sais pas, je...

– Elle est devenue mon amie. Nous nous voyons beaucoup. Elle sait la tête que j'ai. C'est donc sans importance.

– Formidable ! dis-je en essayant d'être sincère.

– Oui, c'est formidable. » J'aurais pu prendre cette remarque pour un sarcasme, mais sa voix le démentait. « Nous bavardons. Tu sais, entre filles. Tu ne m'as jamais dit que vous aviez eu une relation. »

Quelle peste, cette Krista ! J'aurais dû m'en douter.

« C'était avant, Allie. Avant nous.

– Je sais. Elle me l'a dit.

– Une histoire sans importance, qui n'a pas compté.

– Elle ne m'a pas paru de cet avis. »

Je perdis le peu d'estime que j'avais encore pour Krista.

« Tu n'as pas quelque chose à boire ? »

Je m'approchai du réfrigérateur et l'ouvris. Il ne contenait que la bouteille de champagne entamée et le caviar que j'avais apportés. Elle n'y avait pas touché.

« Tu n'as rien mangé ? Ton frigidaire est vide.

– Je n'ai pas très faim ces jours-ci.

– Il faut que tu manges, Allie. Tu ne guériras pas si tu es affaiblie.

– Je suis OK », me répondit-elle comme pour me dire de m'occuper de mes affaires.

Je versai le reste du champagne dans un verre et le goûtai. Il était éventé, mais il ferait l'affaire.

342

« Tu bois trop, Jackson », remarqua-t-elle en voyant mon verre plein.

C'était la première fois qu'elle me critiquait. Elle parlait comme Krista.

« Je sais. Je bois pour oublier. »

Cette phrase était restée gravée dans mon esprit. J'avais voulu la dire en manière de plaisanterie, mais elle était devenue dans ma bouche un cliché lourd de sens et de colère.

« Je n'ai pas ce problème.

– Désolé, Allie. »

Je ne sais comment, nous venions de tomber sur un autre point délicat. Maintenant, tous les points étaient délicats.

Je restai debout devant le comptoir tant que je n'eus pas fini mon verre. J'abordai enfin ce pour quoi j'étais venu. Je parlais lentement parce que je voulais dire exactement ce que j'avais prévu, mais plus ça allait, plus je me rendais compte que c'était d'une dureté difficile à atténuer.

Je lui parlai d'Helen. Ou, du moins, autant que je le pus. Je lui parlai de mon entretien avec Brian. Elle apprit ainsi ce que je savais : qu'elle avait eu une liaison avec Brandt, qu'elle avait été sa maîtresse.

Allie ne répondit rien, elle ne fit pas le moindre mouvement indiquant qu'elle m'avait écouté. Les mots que je prononçais semblaient disparaître avant de traverser la pièce, comme si j'avais parlé au téléphone à quelqu'un qui aurait raccroché.

Je lui demandai ce dont elle se souvenait avant l'agression. Toujours rien. Je lui posai ma question une seconde fois, et cette fois, elle répondit à contrecœur, avec l'air d'y être forcée. Elle se rappelait ce qui s'était passé entre Brandt et elle. C'était une vieille histoire. Elle avait commencé quelques années plus tôt. Environ trois ans. Quelques mois après l'opération.

« Et le docteur de Sacramento ?

– Il m'avait massacrée. » Elle parlait dans l'ombre, son foulard lui cachait presque entièrement le visage. « J'avais treize ans. Je n'ai rien mangé de solide pendant un an. Un bon truc pour perdre du poids.

– Que s'est-il passé ?

– Deux opérations sans amélioration. La deuxième fois, on m'a fermé la bouche avec du fil de fer. On m'alimentait par sonde.

– Mon Dieu ! Allie...

– Oui, j'étais un monstre avec seulement la peau sur les os et j'avais toujours ma mâchoire difforme. J'ai failli mourir. Le docteur disait que c'était ma faute. Que je n'avais pas la volonté de survivre.

– Ma parole, il était complètement nul !

– Ça, c'est sûr, et si nous avions su, nous lui aurions fait un procès et après, il n'aurait plus eu le droit d'exercer. Mais nous n'étions que des petits Blancs pauvres et ignorants. De toute façon, il avait raison. Je n'avais plus envie de vivre. À cette époque.

– Quand... comment as-tu connu Brandt ?

– Un article dans *People*. On l'appelait "le docteur Miracle". Je suis allée à St. Mary's et il m'a reçue. Je n'avais même pas rendez-vous. J'allais en prendre un auprès de sa secrétaire quand il m'a remarquée dans la salle d'attente et m'a emmenée dans son cabinet de consultation. Il... » Elle s'interrompit pour refouler ses larmes. « Il m'a placée devant son écran blanc – tu sais, comme dans un studio de photographe – et il a pris des photos. Il s'est assis près de moi, et il... il m'a *touchée*, Jackson. Il a tenu mon visage dans ses mains et *il m'a regardée bien en face*. Il m'a regardée et il m'a dit qu'il pouvait me rendre belle. »

Je me cramponnais au comptoir, j'aurais voulu boire encore. Mais la bouteille était vide.

« Personne ne m'avait jamais touchée ainsi, poursuivit-elle comme s'il la tenait encore. Je n'avais jamais eu de petit copain. Évidemment ! Mon père... Jamais il n'avait eu ce geste. Et même... Tu sais, une fois je suis tombée et je me suis coupé la lèvre ; instinctivement, il m'a relevée et... » Je l'entendis respirer fort pour contenir son émotion. « Je l'ai vu, quand il a cru que je ne le regardais pas, je l'ai vu se laver les mains.

– Pour enlever le sang ?

– Non, pour se laver. Il n'y avait pas beaucoup de sang. C'était comme s'il avait touché quelque chose de... sale. »

Sa main monta inconsciemment vers sa bouche et tâta ses lèvres. « Maman a dit... » Elle poussa un profond soupir avant de reprendre : « Maman a essayé de minimiser les choses. » Je ne l'avais jamais entendue appeler sa mère « maman ». C'était toujours « ma mère », d'une façon impersonnelle, à la troisième personne. Sa voix me parut différente, elle aussi, comme j'avais imaginé qu'avait dû être la voix de la petite fille sur la photo cachée derrière les autres, dans la caravane étouffante de Vidalis. « Maman disait toujours que c'était parce qu'il se sentait *coupable* qu'il se comportait comme ça. Il pensait que c'était sa faute si j'étais née ainsi. Que c'était pour cette raison qu'il ne voulait pas me regarder. Que je ne devais pas lui en vouloir. » Son accent avait changé, lui aussi. Légèrement plus prononcé, plus rural. « Mais elle se trompait au sujet de papa. Oui, elle se trompait. Papa ne se sentait pas coupable, il était gêné. Il avait *honte* de moi. Il ne supportait pas l'idée d'avoir fabriqué un tel monstre.

– Allie, je suis désolé. » Je ne trouvais rien d'autre à lui dire. « Je suis désolé.

– En fait, je l'avais *entendu* dire ça un jour qu'ils se disputaient. Il disait qu'il aurait mieux valu que je... ne... »

Elle ne put se résoudre à finir sa phrase.

« Tu aurais dû m'en parler, Allie.

– Je ne voulais pas que tu saches, Jackson. De tous ceux que je connais, tu étais bien celui à qui je ne voulais pas en parler.

– Allie, je t'aime, plus que je n'aimerai jamais une autre. Plus que ma vie. Tu n'avais pas confiance en moi ? »

Elle garda le silence. Cette question avait déjà été posée. Et elle avait eu une réponse.

Je n'avais pas envie de continuer, pourtant il le fallait. Je lui demandai encore si elle avait récupéré des souvenirs récents.

« Quelques-uns.

– Dis-moi ce dont tu te souviens, Allie. Te rappelles-tu l'agression ? »

Elle se leva et s'approcha de la fenêtre. Elle tira le cordon des rideaux pour les fermer davantage.

« Non, répondit-elle, le dos tourné.

345

— Sais-tu pourquoi tu te trouvais là-bas, à Marin ?

— Non.

— As-tu une petite idée de qui t'a agressée ?

— Je ne me rappelle rien de ce qui s'est passé pendant les jours précédents.

— Pas la moindre idée ?

— Non !

— Allie, écoute-moi. Brandt n'a pas assisté au congrès de L.A., ce samedi-là. Le jour où on t'a agressée. »

Aucune réaction. Pourtant, elle me parut se redresser, le corps soudain immobile, rigide.

« Il n'était pas à L.A. Il était ici, avec toi. Brandt t'a agressée.

— C'est idiot. »

Je crus seulement qu'elle ne comprenait pas.

« C'est pourquoi il m'a menti au sujet de tes scanners. Tu ne comprends pas ? Il a prétendu qu'il ne savait rien des plaques résorbables. Alors que c'était lui ton médecin. Depuis le début.

— Il l'a fait pour moi. Je voulais que personne ne soit au courant pour l'opération. »

Je pensai à Sandra, à la sculpture qu'elle avait mutilée. Les artistes sont cruels, avait-elle dit. Sauf que, dans le cas d'Allie, c'était elle la matière première. Sans aucun doute possible.

« Lui ! Seigneur ! Il ne me l'a pas dit parce qu'il ne voulait pas qu'on sache ce qu'il y avait entre vous !

— Bien sûr. Il est marié. »

Elle avait parlé d'une voix posée, neutre. Comme si nous parlions de gens que nous connaissions à peine et d'événements que nous avions découverts en lisant le journal.

« Pourquoi ne comprends-tu pas ce que je te dis, Allie ? *Il n'était pas à L.A. le jour où tu as été agressée !* Tu allais le quitter et il ne pouvait pas le supporter. Quand il a appris par Rossi que nous avions une liaison, il est devenu fou. C'est pour cela qu'il m'a évincé. Il était jaloux.

— Je crois que c'est toi qui l'es, jaloux. »

Elle se tourna vers moi et me regarda dans les yeux.

C'était la première fois depuis plusieurs jours qu'elle me

laissait voir son visage. Il n'était plus enflé. Des lignes d'un rose pâle s'entrecroisaient sur sa peau presque translucide, à l'endroit où les points de suture avaient été enlevés. Je retrouvais maintenant ses traits et quelque part, dans un coin resté objectif de mon esprit, j'admirais le travail de Brandt. D'un naturel si parfait. Des pommettes « idéales », qui convenaient si bien à son visage. Et pourtant, si différentes. Un instant, je me revis au bloc opératoire ; Allie les yeux levés vers moi derrière le masque de peau détachée qui couvrait ses os reconstruits. Elle avait été recréée par Brandt. Il me l'avait enlevée. Je fermai très fort les yeux et secouai violemment la tête pour chasser cette vision.

Allie n'avait rien remarqué. Elle était maintenant perchée au bord d'un fauteuil et elle poursuivait calmement la conversation, comme si elle venait de trouver une idée intéressante à me faire partager.

« Je viens d'y penser. Paula était complètement hystérique quand nous avons rompu. Elle a proféré des menaces, des choses comme ça...

– Tu veux dire quand Brandt et elle ont rompu ? »

Je n'étais pas sûr d'avoir bien entendu. Allie garda un moment le silence avant de répondre :

« Je croyais que Brian te l'avait dit.

– Il a dit... Il pensait que Paula était jalouse à cause de Brandt. Parce que tu le lui avais pris. »

Allie me regarda plus intensément.

« Paula n'a jamais couché avec Brandt. »

J'eus l'impression que quelque chose m'échappait.

« Mais Brian a dit...

– Brian ne comprend rien. Il n'a jamais rien vu et ne verra jamais rien. » Elle fit une courte pause. « Paula n'était pas jalouse de Brandt, elle l'était de toi.

– De moi ?

– Jackson ! s'écria-t-elle, exaspérée, comme si j'étais complètement obtus.

– Toi et Paula ? Vous étiez...

– Amantes, Jackson. »

J'éprouvai une telle surprise que je fus incapable d'analyser ce que je ressentais.

« C'était sérieux ?

« – Sérieux ? répéta-t-elle en haussant les épaules. Que veux-tu dire par là ?

– Est-ce que... Bon Dieu, Allie ! »

Sérieux comme nous, c'est ce que je voulais dire. *Sérieux comme deux personnes qui s'aiment. À la façon dont nous, nous étions amoureux.* Voilà ce que j'aurais voulu dire, mais tout paraissait faussé maintenant, altéré d'une façon que je ne comprenais pas. Et soudain, je ne me sentis plus sûr de rien, même plus de ça.

« OK... OK, repris-je en luttant contre mon trouble. Mais quand même, cette histoire est complètement illogique. C'est grâce à Paula que nous nous sommes connus.

– Et alors ? Oh, Jackson... » Elle sourit avec indulgence, comme à un petit garçon. « Ce n'était pas une question de sexe. Paula n'est pas très... exigeante dans ce domaine. Elle voulait m'éloigner de Brandt. C'est pour cette raison qu'elle nous a présentés l'un à l'autre. Sans envisager un instant que je puisse tomber amoureuse de... » Elle s'interrompit. « Que tu puisses être pour moi plus qu'une aventure.

– Je suis heureux de connaître la haute opinion qu'on a de moi, remarquai-je avec une colère que je ne maîtrisais pas.

– C'est Paula, reprit Allie, comme si elle n'était pas concernée. Elle est comme ça. »

Je voulus passer à la vitesse supérieure.

« Est-ce que tu veux dire que Paula t'a agressée ?

– Possible. Pourquoi pas ?

– Tu le penses vraiment ou...

– Bien sûr. Sans Brian, elle crèverait de faim. Elle aime avoir de l'argent, beaucoup d'argent. Et si Brian apprenait que Halley n'est pas sa fille...

– L'as-tu menacée de le lui dire ?

– Je ne sais pas. C'est elle qui menaçait de parler de toi à Brandt. Nous étions furieuses, l'une et l'autre. Nous nous accusions mutuellement. Mais si elle l'a pensé... oui, sans aucun doute, elle en est capable. »

Sa déduction sembla lui faire plaisir.

« Possible, en effet. Mais ça ne change rien. Il faut que

j'aille voir Rossi. Que je le mette au courant. Je dois lui apprendre ce que je sais.

– Non ! » cria-t-elle, détruisant ainsi le calme étrange de ces derniers instants.

Elle se leva et s'avança vers moi. Son corps était agité de tremblements qu'elle ne parvenait pas à maîtriser.

« Je dois...

– Non ! hurla-t-elle. Tu ne le feras pas ! Tu ne feras pas ça !

– Mais il faut que je lui parle de Brandt. Bon sang ! Il a peut-être essayé de te tuer !

– Arrête ! Arrête ! »

Elle leva les mains comme si elle voulait s'en couvrir les oreilles.

« Tu ne peux pas, Jackson. » Elle essayait de contrôler sa voix, sans trop y parvenir. « Tu ne peux pas parler de Brandt à Rossi. Brandt tient terriblement à sa réputation. À la seule idée d'être impliqué dans cette histoire, il cesserait d'opérer. D'ailleurs, il ferait tout pour ne pas y être mêlé.

– Mais...

– Il est le seul qui puisse me rendre la vie !

– Il y a un tas d'autres plasticiens...

– Il est le seul ! Le seul à pouvoir le faire !

– Il n'est pas Dieu, Allie. Nous pouvons trouver quelqu'un d'autre...

– Non ! Non ! Non ! Il n'y a personne d'autre ! » Elle marqua une pause. « Il a dit qu'il utiliserait sur moi la peau de Genederm. C'est mieux que des greffes, il l'a dit, c'est...

– Bon Dieu, Allie, elle n'a même pas été homologuée ! Tu vas lui servir de cobaye ! »

Elle fit un pas en arrière, mettant ainsi plus de distance entre nous.

« Va te faire foutre !

– Excuse-moi, je ne voulais pas...

– Si tu vas trouver ce policier, déclara-t-elle en me lançant un regard furieux, je ne te reparlerai et ne te reverrai jamais.

– Allie, tout ça n'a pas de sens. » Elle donna une secousse à son corps comme si elle était sur le point de répondre. « Attends, attends une seconde, Allie. Écoute,

349

Palfrey a dit... Ce que je veux dire, c'est que tu as subi un énorme traumatisme, que ta tête... Non ! Attends, écoute-moi ! Ta tête a reçu des coups terribles. Tu as passé un bon moment dans le coma. La chimie de ton cerveau a probablement souffert. Le contraire serait étonnant. Ton jugement en est forcément affecté. Oui, Allie ! J'en suis certain. Tu n'es pas toi-même. Tu ne te comportes pas normalement. »

Son regard me brûla tout le temps que je parlai. Quand elle prit la parole à son tour, la froideur de sa voix dénotait une rage folle :

« Si tu vas trouver le lieutenant, Jackson, je te haïrai. Tu comprends ? Tu seras comme mort pour moi.

– Allie...

– Mort ! » hurla-t-elle en levant les bras. Quelques instants plus tard, elle les laissa retomber et se détourna. « Je suis très sérieuse », ajouta-t-elle.

Sans regarder derrière elle, elle entra dans sa chambre et ferma la porte.

Je restai les yeux fixés sur cette porte pendant une vingtaine de minutes. Je me levai alors et frappai. Quand j'ouvris, elle était assise sur son lit. Sa fureur s'était dissipée. Elle me parut toute petite, comme une femme que j'aurais vue de très loin. Je m'assis près d'elle.

« Promets-moi que tu ne parleras pas au lieutenant.

– D'accord.

– *Promets !*

– Je te le promets. »

Elle respira profondément, comme si c'était la première fois. Sa poitrine s'emplit d'air et son corps se détendit quand elle laissa échapper son souffle.

« Et nous, Allie ? » Elle leva la tête, le regard lointain. « Nous nous sommes aimés. D'un amour sincère, n'est-ce pas ? Malgré tout... le reste ? »

Elle fit un signe de tête affirmatif. Une larme se forma au coin de son œil, mais elle ne tomba pas. Je cherchai à lui prendre la main et elle me laissa faire. Je la tins serrée, cette main qui représentait ce que j'avais pu sauver du naufrage.

« Je n'étais pas le seul à éprouver un sentiment aussi fort ? Tu m'as aimé, toi aussi ? »

Les rideaux étaient tirés, les fenêtres bien fermées. Dehors, il était deux heures du matin ; dedans, il était infiniment plus tard.

« Tu m'as aimé. Tu m'as aimé, toi aussi, répétai-je.

– Oui, Jackson, je t'ai aimé. »

Il me fallut un certain temps avant de me rendre compte que nous avions parlé au passé.

48

J'EN avais eu la certitude. Tout collait parfaitement : la liaison de Brandt avec Allie, son ignorance feinte de l'opération précédente et sa colère quand il avait découvert ce qu'il y avait entre Allie et moi. Mais plus j'y pensais, plus ma certitude s'émoussait. C'était comme ces dessins de cubes en deux dimensions dont la perspective change quand on les regarde. Ce qui était devant passait derrière, ce qui était solide devenait aussi irréel qu'un mirage. Brandt n'avait pas assisté au congrès. Mais il pouvait être ailleurs. Il était jaloux, sans aucun doute. Mais Paula l'était aussi, d'une façon que je n'aurais pu imaginer. Et Paula avait une autre motivation qui pouvait être aussi forte. En ce qui la concernait, c'était probablement plus fort – le compte en banque de Brian. En fait, pour ce qui était de la jalousie, le cercle des candidats était extrêmement large. Non seulement Brandt et Paula, mais aussi Helen et Krista que j'avais précédemment suspectées.

Et, comme Allie me le fit remarquer avec insistance, moi, Jackson Maebry.

Lucasian m'appela le lendemain en s'excusant d'avoir été « injoignable » pendant une semaine. Il s'était déjà mis en rapport avec la police : les résultats du test ADN n'avaient pas encore été communiqués et il supposait que Rossi n'avait rien trouvé d'autre, sinon, nous aurions entendu parler de lui.

Je lui demandai si tout ce que je lui disais était confidentiel.

« Vous savez, le privilège du client de l'avocat. Peut-on vraiment compter dessus ?

– En général, oui. Mais en tant que membre du barreau, j'ai l'obligation d'avertir les autorités si je tombe sur des informations ayant trait à des activités criminelles.

– Oh ! »

Il avait changé de ton, comme s'il voulait que je me montre particulièrement attentif à ce qu'il allait dire :

« Docteur Maebry, vous êtes innocent de ce crime. C'est ce que vous m'avez affirmé. Toutes nos discussions ont été fondées sur cette base, autrement dit, sur ce *fait*. Ainsi donc, toutes nos conversations sont considérées comme confidentielles. Vous comprenez ?

– Oui. »

Je comprenais plus ou moins. Je voulais lui relater ce que j'avais appris sur Brandt ; mais, s'il allait trouver la police et lui communiquer ces informations et que, de surcroît, elles se révèlent fausses, Allie ne me le pardonnerait jamais.

« Docteur Maebry, y a-t-il quelque chose que vous vouliez me confier ? »

J'avais besoin de réfléchir. J'avais le temps. On ne m'avait pas encore arrêté. Le test ADN allait me mettre hors de cause. Sans lui, les preuves contre moi étaient insuffisantes. C'est ce qu'avait dit Lucasian.

« Non. Rien. Je me posais seulement des questions.

– Vous pouvez bien sûr me téléphoner si vous avez envie de discuter.

– Oui. Merci.

– Soyez courageux, docteur.

– D'accord. Je le serai. »

Je cessai de monter la garde devant la porte d'Allie. Je dormis à l'hôpital deux nuits de plus, par habitude, et je retournai à la maison pour la première fois depuis que j'avais fait le guet. Il était déjà tard ; pourtant, la lumière était encore allumée chez Sandra. Je m'arrêtai donc pour lui rendre visite. Elle avait déjà largement entamé son cubitainer quand j'entrai, et elle écoutait le vieux disque usé de *White Bird* qu'elle mettait toujours avant de décrocher complètement. Il n'y avait plus trace de la sculpture détruite, plus trace non plus de Danny. Sandra avait cherché à contacter le père de l'enfant, mais il était rarement chez lui – et rarement conscient quand il s'y trouvait – et il ne la rappelait jamais. Elle avait essayé pendant une semaine jusqu'au jour où une femme à la voix endormie lui avait répondu ; elle lui avait dit quelque chose comme « Oh oui ! Le gamin. Il est passé par ici ». C'était la seule information cohérente que Sandra avait pu obtenir et plusieurs jours étaient passés depuis. J'inspectai la chambre de Danny et remarquai le message que j'avais laissé sur son oreiller et auquel il n'avait pas touché.

Mon propre appartement me dégoûta. Non pas à cause du désordre, j'y étais habitué. Il était plein des traces de pas des policiers, du contact de leurs doigts, de leurs idées sur qui j'étais et ce que j'avais fait. Trop plein de souvenirs.

Je retournai chez Sandra et lui empruntai son balai et sa serpillière, une grosse éponge, un liquide ammoniaqué et quelques grands sacs-poubelle. Je rassemblai tout ce qui, dans mon appartement, pouvait être déplacé : la nourriture dans mon réfrigérateur, les carpettes effilochées qui servaient de paillassons, les livres, magazines et journaux, les couvertures et les draps. J'arrachai la housse tachée qui recouvrait le canapé et je trouvai sous les coussins des morceaux de pizza et deux cartes représentant des vedettes du base-ball, elles appartenaient à Danny. Je gardai les cartes. Je vidai mes tiroirs. Je lavai les plats et triai les vêtements dans les placards, ne gardant que ceux qui pouvaient m'être utiles. De toute façon, il y en avait peu. Quand j'eus fini, j'avais rempli six grands sacs que je ficelai et traînai au bord du trottoir.

Ensuite, je lessivai tout, les sols, la cuisine, la baignoire, même les murs, aussi haut que je pus aller. Lorsque j'eus fini, mon appartement était vide et aseptisé autant que faire se pouvait. Quand je rapportai à Sandra ce qu'elle m'avait prêté, je la trouvai profondément endormie. Je revins chez moi, sortis du placard un sac de couchage dont je ne m'étais pas servi depuis un projet de camping avorté qui datait de plus d'un an. Je l'étendis à même le matelas.

C'était bon. Je me sentais bien. Propre pour la première fois depuis des semaines.

Avant de me coucher, j'appuyai sur le bouton de mon répondeur. La lumière avait clignoté toute la soirée, mais je ne m'étais pas donné la peine d'écouter. Je présumais que c'était la réponse de Lucasian à mon appel de l'après-midi. La voix synthétique m'annonça un message, mais il datait de la veille au soir. Et ce n'était pas Lucasian, mais Krista :

« Jackson, où es-tu ? C'est la nuit et je sais que tu n'es pas de garde. » Elle m'espionnait encore, Krista ? me dis-je. « J'ai vraiment besoin de te parler, vraiment. Oh ! » Elle pleurnicha dans le récepteur. « C'est très, *très* important ! »

J'éjectai la cassette, arrachai la bande et la déchirai en plusieurs morceaux. Je sortis, ouvris l'un de mes gros sacs noirs et jetai dedans ce qui restait de la bande, puis je le remis au milieu des autres sacs d'ordures. Je me fichais de ce qu'avait dit Krista. Je ne voulais pas le savoir et je ne voulais plus recevoir de messages de quiconque. Surtout pas d'elle. Si j'avais besoin de parler à Lucasian, je l'appellerais autant de fois qu'il le faudrait pour le contacter. J'étais fatigué, j'avais envie de dormir. Dormir. Un point c'est tout.

Et je dormis, mieux que depuis des mois, comme si mon esprit s'était senti aussi nu que mon appartement. Je me couvris de mon sac de couchage et je restai étendu dans le noir, respirant les vapeurs d'ammoniaque qui emplissaient la pièce. Nettoyage. Désinfection. Rénovation.

Peu après mon arrivée le lendemain matin, Henning s'approcha de moi au vestiaire, l'air de Peter Lorre quand il jouait un conspirateur dans un film muet. Il vérifia tous les casiers, puis les cabines de douches pour s'assurer que personne ne s'y trouvait.

« Sacrée merde, Jackson ! souffla-t-il.

— Qu'est-ce qui se passe ?

— Tu le demandes ? Pourquoi tu ne m'as rien dit ? Putain, on te débarque de la clinique et on donne le boulot à Anderson ! » Il regardait à droite et à gauche en parlant. « On t'encule, mon vieux. Comme un cochon qu'on embroche, par les deux bouts. »

Il accompagna sa péroraison des gestes appropriés.

« C'est à peu près vrai.

— Alors, qu'est-ce qui se passe ?

— C'est une longue histoire.

— Ils te traitent comme si tu avais tué quelqu'un.

— Peut-être croient-ils que je l'ai fait. Ou que j'ai essayé.

— Amusant. » Puis, redevenu soudain sérieux : « À propos, je suppose que tu en as entendu parler ?

— De quoi ?

— De cette infirmière ? Krista quelque chose.

— Krista Generis ?

— Oui. Tu la connaissais ?

— Bien sûr.

— Désolé.

— Désolé de quoi ?

— J'ai l'impression que tu n'es pas au courant. Elle est morte. Crise cardiaque, apparemment. Qu'est-ce qu'elle avait ? Une vingtaine d'années ? En pleine forme, à première vue. Un corps qui devait demander pas mal de préliminaires avant de conclure. Plutôt jolie, d'ailleurs, pour une infirmière. Quelle connerie ! Vingt ans ! Mais ce sont des choses qui arrivent. Un jour tu... Jackson ? »

J'avais la nausée. Je dus m'asseoir.

« Ça va ?

— Une crise cardiaque ?

— C'est ce que j'ai entendu dire. Par hasard. Je traîne pas mal du côté de la salle des infirmières. Sans résultat jusqu'à présent. J'en ai invité une à déjeuner, mais tout ce qui l'intéressait, c'était mes chakras. À son avis, ils sont mal alignés. Je lui ai demandé de les réaligner.

— Quand ?

— N'importe quand. Je suis toujours partant pour qu'on me réaligne.

— Quand Krista est-elle *morte*, Henning ?

— Oh, désolé ! On ne l'a trouvée que tard dans la journée d'hier. On suppose qu'elle est morte la nuit précédente. » La nuit où elle avait laissé un message sur le répondeur. « Elle habitait tout près d'ici, on l'a amenée aux urgences, mais elle était morte en arrivant et ils l'ont envoyée direct à la morgue. Tu es sûr que ça va ?

– Oui, ça va.

– À propos, tu ferais bien de mener la grande vie pendant que tu le peux, parce qu'un jour le Grand Mec là-haut, il va te programmer et, ajouta-t-il avec un claquement de langue qui rappelait le bruit d'un bouchon qui saute, adieu, l'assistance respiratoire ! Salut, Jackson, il faut que j'y aille. Et bonne chance pour tes problèmes. »

Il s'éloigna en hochant la tête et, quand il sortit, il est probable qu'il ne pensait déjà plus à Krista.

Je fis le tour de l'hôpital et descendis la rampe asphaltée qui menait à la morgue. Construite à peu près comme l'avait été l'aire de stationnement des urgences, elle était fréquentée bien plus par des corbillards que par des ambulances.

Finiker, assis à son bureau, mangeait un Egg McMuffin d'une main et remplissait des formulaires de l'autre. Je le saluai du pas de la porte.

« Ah, docteur Maebry ! Qu'est-ce qui vous amène ce matin dans les catacombes ?

– On vous a apporté hier – comment dites-vous ? – une patiente ?

– Un *corps*, docteur. Nous disons "un corps". Parfois "le défunt". "Cadavre" n'est pas mal non plus. "Mort" ou "dépouille", à la rigueur.

– Son nom, c'est Krista Generis. »

Finiker ne parut pas saisir.

« Une femme. Environ vingt-six ans. Elle était infirmière ici, au Memorial.

– Oh ! Oui ?

– Elle est ici ? Je veux dire, son corps.

– C'est la dernière arrivée.

– Vous l'avez déjà autopsiée ?

– Ouais. J'ai même veillé jusqu'à minuit ou presque. On l'a mise dans le sac, elle est prête à partir.

– Est-ce que je peux la voir ?

– C'était une de vos patientes ? » Il fronça les sourcils, creusant ainsi une succession de sillons jusqu'au sommet de sa tête. « Je n'ai décelé aucune trace de matière plasti-

357

que ou de tout autre matériau en rapport avec votre spécialité.

– Je l'avais vue en consultation, mentis-je. Elle avait envisagé une intervention chirurgicale et nous avions prévu des examens, sanguins et autres, en prévision de l'opération. Je veux seulement savoir si nous sommes passés à côté de quelque chose que nous aurions dû voir.

– Quelle conscience professionnelle ! Mais j'ai du mal à croire qu'elle voulait recourir à la chirurgie esthétique. Son corps, comment dire ? Il ne lui manquait rien. Je sais que c'est à la mode de nos jours. Jamais assez gros. Jamais assez ferme. Pourquoi ne pas laisser faire la nature ? Vous n'imaginez pas ce que je peux trouver comme silicone. Mais je suppose que vous l'imaginez. »

Il fouilla dans une pile de dossiers, en sortit un, puis il repoussa sa chaise en raclant violemment le sol, passa devant moi et sortit du bureau. Je le suivis dans le « frigo » et attendis qu'il eût consulté les étiquettes accrochées aux rangées de portes carrées qui garnissaient les murs.

« Voilà, Krista Generis. » Il abaissa la poignée, ouvrit la porte et sortit le tiroir qui glissa sur ses roulettes. « Une femme blanche. » Il lut ce qui était inscrit. « En réalité, elle avait vingt-neuf ans. »

Il ouvrit la femeture éclair et dégagea le corps de son sac en plastique Il n'était pas vraiment blanc, mais plutôt incolore.

Le même grand Y noir remontait de l'abdomen vers la cage thoracique, encore plus mal suturé que d'habitude. On avait l'impression que la calotte crânienne n'avait même pas été recousue à sa place. Malgré le peu d'affection que j'éprouvais pour Krista, il ne m'en parut pas moins indécent que son corps n'eût pas été traité avec plus de respect.

Finiker devait avoir remarqué mon expression.

« La famille a dit qu'elle allait être incinérée, déclara-t-il, sur la défensive. Pas de cercueil ouvert, pas de levée du corps, rien. Il était tard, la fin d'une longue journée de travail.

– Quelle est la cause de la mort ?

– Bonne question. »

Je poussai un soupir.

« Et la réponse ?

– Je devrais dire arrêt cardiaque. Bien sûr, techniquement parlant, l'arrêt cardiaque est toujours la cause de la mort. À moins que le cerveau ne tombe en panne le premier. Ce qui est, comme vous le savez, matière à controverses juridiques. En général, cependant, le cœur s'arrête de battre, ce qui entraîne la mort. » Je subis en silence ce cours de médecine superflu. En conclusion, Finiker ajouta : « La question est de savoir pourquoi son cœur a cessé de battre.

– Alors, pourquoi ?

– Je ne le sais pas vraiment. Ça arrive parfois. Aucune anomalie anatomique. Elle était, comme je l'ai déjà dit, un échantillon d'humanité parfait. J'ai examiné soigneusement son cœur. Un bel organe. Très solide.

– Y aurait-il eu un phénomène électrique ?

– On pourrait le penser. De l'arythmie. Une installation défectueuse, quelque chose qui a foiré dans la transmission des signaux au cœur. Malheureusement, nous n'avons actuellement aucun moyen de le prouver. On ne peut pas faire d'électrocardiogramme sur un cadavre.

– Vous n'avez rien trouvé d'autre ?

– Nous trouvons toujours quelque chose d'autre. Beaucoup de choses, à vrai dire. Mais une question se pose : est-ce qu'une de ces choses suffisait pour la tuer ? La réponse est non.

– Qu'est-ce que vous avez trouvé ? »

Il parcourut le dossier.

« Voyons le contenu de l'estomac. Il semblerait qu'elle n'ait mangé qu'un Big Mac, à moins que ce ne soit du Burger King. Impossible à déterminer. Une petite quantité de caféine dans le sang, elle a sans doute bu un Coca avec le cheeseburger. Ah ! Son taux d'alcoolémie était important, 0,80. Légalement, elle était ivre.

– Cuba Libre », précisai-je.

Il leva les yeux vers moi, surpris par mon manque de suite dans les idées.

« Je suppose que ça arrivera, un jour ou l'autre.

359

– Non, c'est le nom d'une boisson. Sa préférée. Rhum et Coca.

– Oh ! Vous connaissez intimement les habitudes de vos patientes, docteur. » Son front se rida de nouveau jusqu'au sommet de son crâne. « Voyons son sang. Oui. Test positif au Zolpidem, et probablement à l'Ambien, un autre somnifère.

– C'est peut-être la cause du décès, ce mélange de médicaments et d'alcool.

– Pas suffisant non plus. Le seul danger pour un taux d'alcoolémie de 0,80, c'est la police de la route. Et le Zolpidem, elle en avait pris au plus vingt milligrammes. Bien que ce soit difficile à dire parce qu'il passe très rapidement dans le sang.

– La dose conseillée n'est-elle pas de cinq milligrammes ?

– De cinq à dix. Peut-être a-t-elle oublié la première pilule, et elle en a pris une seconde par erreur ? Ce n'est pas ce qui l'a tuée. Des gens ont avalé vingt fois cette dose et s'en sont remis. Même avec l'alcool, ça ne l'a pas tuée.

– Rien d'autre ?

– Nous avons fait les examens toxicologiques habituels. Rien. Voyons un peu son bilan de santé. Hémoglobine, normale. Taux de cholestérol, un peu élevé. Trop de Big Macs, je suppose. Une jeune femme fichtrement bien portante.

– Aucun signe de... violence ?

– Comme, par exemple, des marques de corde autour du cou, des coups de couteau au cœur, des contusions suggérant qu'elle a été frappée avec le fameux "instrument contondant" ? Je crois que je l'aurais remarqué. Non, docteur, rien d'aussi gore. Il y avait, voyons... » Il tourna une autre page de son rapport. « Il y avait une belle inflammation des muqueuses et un écoulement nasal, probablement dus à un rhume ou une grippe ; un bleu sur le tibia gauche, sans doute douloureux ; une infection vaginale, déplaisante, j'en conviens, mais rarement fatale ; une marque d'aiguille sur le bras gauche, une injection hypodermique ou intraveineuse, impossible à dire d'après la taille...

– Qu'en pensez-vous ?

– Ce que j'en pense ? Qu'elle a sans doute donné son sang. Ou qu'elle a subi des examens récemment. Ou qu'elle s'hydratait en s'injectant du liquide par voie intraveineuse pour éviter la grippe, la plupart des symptômes désagréables de cette maladie étant dus à la déshydratation. Les infirmières le font couramment. Je l'ai fait moi-même une ou deux fois. Ce ne sont pas des médicaments. Le Zolpidem avait été digéré, seules subsistaient quelques traces dans l'œsophage.

– Elle me paraît bien jeune pour avoir eu une crise cardiaque, dis-je, pour moi autant que pour Finiker.

– J'ai eu ici un enfant de douze ans, il y a deux mois. Même diagnostic. Comme on dit, ce sont des choses qui arrivent. » Un moment plus tard, il ajouta sur un ton différent : « Cette infirmière était une de vos amies ? »

Je tressaillis.

« Oui, je... je la connaissais. »

Le visage de Finiker changea d'expression. Il me fallut un moment pour me rendre compte qu'il exprimait de la sympathie. « Je suis désolé, Maebry. » Il me parut sincère. « Je ne peux rien trouver d'autre.

– Oui. Bien sûr. Merci.

– C'est le côté frustrant de la chose », reprit-il sur le ton ironique dont il était coutumier. Il remonta la fermeture éclair du sac d'un mouvement maintes fois pratiqué. « Malgré les nombreux progrès de la médecine, nous n'avons pas encore pu influer sur le taux de mortalité.

– Le quoi ?

– Le *taux de mortalité*, docteur Maebry. Il est toujours de un par personne. »

Il remit le chariot en place et referma la porte métallique avec un bruit sourd.

49

J'AURAIS dû me rendre dans le service des internes un peu plus tard ce matin-là pour assister Anderson, mais je me fis excuser, me libérant ainsi pour le reste de la journée.

Une fois dans mon bureau, je fermai la porte en ignorant le regard des secrétaires qui s'étaient rendu compte de ma décadence et voulaient me faire parler pour alimenter leurs bavardages. Mon tiroir était encombré de formulaires dont certains, coincés à l'intérieur, se déchirèrent quand je les en extirpai. J'entassai les papiers sur mon bureau et tâtonnai au fond du tiroir. J'en sortis de vieux stylos, des autocollants, des trombones et d'autres petits objets pour, finalement, tomber sur la clé que je cherchais. Celle de l'appartement de Krista que je n'avais jamais pris la peine de lui rendre.

Même si je n'avais pas détruit son message, il n'aurait pas signifié grand-chose aux yeux de la police. Elle pouvait avoir parlé de n'importe quoi ou de n'importe qui, et personne ne faisait grand cas de mes soupçons ces derniers temps. Je n'avais donc qu'une solution : continuer obstinément de me fier à Krista, capable de se mêler de tout, donc d'avoir découvert quelque chose de vraiment important.

Je pris ma voiture. Après Sunset Heights, je la garai en face de son immeuble, le long du trottoir. Son appartement n'avait guère changé depuis que je l'avais vu pour la dernière fois. Il me parut encore plus encombré de coussins fleuris, d'animaux en peluche (pour la plupart, des versions différentes du chat Garfield), de bibelots (surtout des chats en céramique) et de coupes pleines de pots-pourris qui ne parvenaient pas à dissimuler l'odeur des chats, les vrais, qui se cachaient ou bien avaient été récupérés par un voisin. Ou par ceux qui avaient trouvé le corps.

La journée s'annonçait chaude ; la température, dans l'appartement, était déjà élevée. Je remontai les stores et ouvris les fenêtres pour laisser entrer un peu d'air. Des poils de chat flottaient dans le rayon de soleil reflété par l'immeuble d'en face, à moins de dix mètres du sien. Les empreintes de chaussures laissées par les secouristes sur le tapis blanc menaient directement à la chambre et se rassemblaient autour du lit encore défait. Dans leur hâte, l'un d'eux avait renversé un gros chat en céramique – l'un de ses préférés, je m'en souvenais – qui était tombé par terre. Malgré l'épaisseur du tapis, il s'était brisé en plusieurs morceaux. Je les ramassai et les posai sur son secrétaire.

Elle n'avait pas de bureau, mais sur le tiroir de sa table de nuit étaient posés son téléphone et son carnet d'adresses. Tous les noms et les numéros étaient notés de son écriture enfantine – avec de grandes fioritures et des petits visages souriants –, y compris le mien, barré d'un grand trait noir. Je tins l'agenda par sa couverture et le secouai. Plusieurs bouts de papier tombèrent sur le lit. Un reçu de Victoria's Secret, une ordonnance pour des pilules contraceptives et une note concernant « Benny » avec une date ; le nom lui-même était souligné trois fois et suivi de plusieurs points d'exclamation. Je supposai que c'était son nouveau copain. Un autre papier portait un prénom : Kathy, suivi de « Valparaiso Realty », une agence immobilière ; dessous, deux numéros de téléphone. L'un était sans doute celui de Kathy, l'autre le mien.

Je remis les papiers dans le carnet d'adresses et me rendis dans la salle de bains. L'armoire à pharmacie était aussi encombrée que le reste de l'appartement : Aspirine, Tylenol, une lotion appelée « Éclat jeune », plusieurs bouteilles de crème, de shampooing, de laque, sans compter le maquillage et ce qui servait à le mettre, bref, tout ce dont une femme se sert. Il y avait aussi un flacon de médicaments. Je le pris et lus sur l'étiquette : « Zoloft, 100 mg ». Un anti-dépresseur.

Krista, toujours heureuse et pétillante, qui me disait combien il était important de « voir la vie en rose », de lui « être reconnaissant pour tout ce qu'elle nous donne », comme si on pouvait vivre de clichés ; jamais il ne me serait venu à l'idée qu'elle était dépressive. Mais j'avais raté pas mal de choses depuis quelque temps.

Je regardai sous l'évier. Dans l'armoire. Pas d'autres ordonnances. Pas d'Ambien. Pas même de somnifères en vente libre. Je revins dans sa chambre en me demandant ce que je pourrais bien encore chercher. Elle ne possédait pas de répondeur ; elle utilisait la messagerie vocale et je ne possédais pas son numéro de code. Elle n'avait pas d'ordinateur. Elle n'écrivait que des cartes.

Et un journal.

Je ne l'avais pas remarqué parce qu'il ne ressemblait pas à un livre. Il était recouvert d'un tissu matelassé et de broderies, et bordé d'une frange, comme un petit coussin. Je parvins facilement à forcer le minuscule fermoir à serrure avec la lime à ongles de Krista.

Il n'était pas facile à lire. Des dessins de chats et de petits lapins se mêlaient à l'écriture, et les grandes boucles des lettres les faisaient toutes se ressembler. La ponctuation était hasardeuse – à l'exception des points d'exclamation à la fin de chaque phrase. Quant aux majuscules, elles servaient la plupart du temps pour insister. Il y avait des autocollants – encore des chats – et, parfois, des photos de stars de la télévision ou du cinéma, elles aussi collées. Un tas de notes dans lesquelles les pronoms remplaçaient les noms : « IL dit... » ; elle utilisait aussi des surnoms comme « L'Amant de mes rêves » ou « Le Pauvre Type » (moi, sans doute). Il me fallut le plus souvent déchiffrer la phrase entière pour comprendre ce qu'elle signifiait et de qui elle parlait, sans pour autant en être sûr.

Je finis, pourtant, par découvrir le nom d'Allie. Les notes que Krista avait prises tenaient la plupart du temps sur une seule ligne : *Suis allée chez Allie. Nous sommes empiffrées de sushis et de Häagen-Dazs les sushis ça fait grooossir ???... Allie sortie de l'hôpital avons bavardé longuement elle pense que je l'aime bien mais elle se fait DES ILLUSIONS !* Plus haut, j'avais vu mon nom : *Jackson a appelé JE ME DEMANDE SI... !!!* Cette phrase était précédée d'une date, deux jours après l'agression d'Allie, quand j'avais appelé Krista pour la prier de veiller sur elle.

Je parcourus les pages qu'elle avait écrites quand Allie était hospitalisée. Je lus : *Dr B. est ENCORE passé !!! Il doit travailler TRÈS tard !* Une autre page suggérait que Krista avait écouté les conversations d'Allie et de Brandt sur l'interphone. *COMME C'EST VILAIN !* avait-elle écrit. *Je parie que Jackson NE SAIT RIEN ????*

Je savais maintenant.

Plus je lisais et plus il devenait évident que Krista avait espionné Allie et Brandt de la même façon, du moins le supposais-je, qu'elle nous avait espionnés, Allie et moi. Quelques pages plus loin, l'écriture avait changé, elle était devenue plus anguleuse. L'une des dernières annotations, qui datait de la semaine précédente, disait : *MÉCHANTE avec Allie je lui ai dit qu'elle était un MONSTRE ça lui a fait VACHEMENT mal JE M'EN FOUS c'est une vraie garce et tellement BÊCHEUSE !!! MON DIEU je la déteste ! !* Exactement le genre de femme que le *Pauvre Type aime il en est DINGUE je vaux dix fois mieux que cette nana je me sens tellement mal JAMAIS JAMAIS JAMAIS arrête de prendre la GROSSE DOSE !!!* – ces derniers mots soulignés plusieurs fois – *que ça n'arrive plus JAMAIS.* De l'autre côté de la feuille, il y avait un bonhomme avec un visage comme les faisait Krista, petit et rond, mais cette fois avec un « X » à la place des yeux et un « O » crayonné en noir, une bouche pareille à un trou béant. En travers était griffonné le mot « pute » et le stylo semblait avoir percé le papier en plusieurs endroits. Il était effrayant, cet enregistrement graphique d'une rage incontrôlée. Allais-je devoir ajouter Krista à ma liste de suspects ?

La dernière fois qu'elle avait rédigé son journal, elle avait fait allusion à moi. *OÙ IL EST, CE BRANLEUR ??? Kathy de Valparaiso a appelé ! J'avais raison ! OH MON DIEU !!! OÙ IL EST !!!! Pas chez lui probablement bourré une fois de plus qu'est-ce qu'il va être SURPRIS !* La date était difficilement lisible, mais je supposai que ces lignes avaient été écrites l'avant-veille au soir, quand elle m'avait laissé un message sur mon répondeur.

Au même moment, une ombre s'abattit sur la pièce, comme si un nuage avait effacé le soleil. Et puis une voix de basse, un roulement de tonnerre :

« Docteur Maebry ? »

Je levai les yeux. Une forme énorme emplissait l'embrasure de la porte. Je sursautai si violemment que j'en laissai tomber le journal.

« Docteur Maebry. Désolé, je vais devoir vous arrêter. »

50

Rossi se pencha pour prendre le journal, le referma doucement et le glissa dans la poche extérieure de son pardessus. Mulvane, son équipier, se tenait derrière lui. Au moment où j'allais parler, le lieutenant Rossi porta un doigt à ses lèvres.

« C'est le moment de vous lire vos droits, docteur. Les juges dans cet État considèrent généralement que les aveux spontanés sont obtenus sous la contrainte. Les brutalités de la police, vous voyez ce que je veux dire. »

Il sortit un carton de sa poche et lut ce qui était écrit dessus lentement, en articulant avec soin.

« C'est bon, dit-il en le rangeant. Vous pouvez parler maintenant si vous le souhaitez. Nous sommes prêts à entendre vos aveux. »

Je me levai. La masse imposante de Rossi me dominait, toute proche. Je me rassis sur le lit.

« Des aveux de quoi ? Je n'ai rien à avouer.

– Voyons un peu. Nous avons deux ex-petites amies, l'une battue à mort ou presque, l'autre à la morgue. Sans parler d'une effraction.

– J'avais la clé. »

Mulvane toussota dans sa main.

« Je crois que je ferais mieux d'appeler mon avocat.

– D'accord. Vous le ferez du commissariat. Et maintenant, si vous voulez bien m'excuser... »

Il me prit solidement par le bras, m'obligeant à me lever et à me tourner vers lui. Il fit claquer une paire de menottes sur mes poignets, me demanda si elles ne me gênaient pas trop, puis il me tapota du haut en bas, fouilla rapidement mes poches, examina mon portefeuille et prit mon porte-clés et la clé de Krista.

« Mulvane, fais sortir le Dr Maebry. »

Mulvane s'approcha en haussant les épaules, l'air de dire « Je sais ce que j'ai à faire. J'ai l'habitude », et m'escorta sur le palier. Nous descendîmes péniblement l'escalier et il me força à baisser la tête quand il me fit asseoir sur la banquette arrière de la voiture de Rossi. Il s'installa devant, côté passager.

« Vous avez assez de place derrière ? » me demanda-t-il.

Je lui répondis que j'étais un peu à l'étroit. Aussitôt, il avança son siège. Nous attendîmes une dizaine de minutes, transpirant dans la chaleur. Rossi sortit enfin et se mit au volant en faisant grincer les ressorts.

« Et ma voiture ? demandai-je tandis que nous démarrions. Je ne tiens pas à ce qu'elle soit emmenée à la fourrière. »

Mulvane se tourna vers moi en souriant.

« Ne vous en faites pas, toubib. On ne vous mettra pas de contravention pour stationnement prolongé. »

– Mais...

– Nous allons la saisir aussi. C'est une pièce à conviction.

– Vous savez où elle est ?

– Bof ! répondit Mulvane en me regardant comme si ma question était stupide.

– Ce qui veut dire que vous m'avez suivi ?

– De long en large !

– Depuis longtemps ?

– Assez longtemps », répondit-il en se retournant.

Nous nous dirigeâmes vers le nord et prîmes la 101 à la bretelle du Golden Gate.

« Où allons-nous ? demandai-je, surpris que nous ne nous rendions pas au centre-ville.

– À San Rafael, répondit Mulvane. La prison du comté de Marin. Le crime a été commis à Marin. C'est là qu'on va vous boucler. Vous y êtes déjà allé ? Je veux dire, au Centre administratif ?

– Non.

368

– Vous verrez, c'est très chouette. »

Personne ne parla tant que nous restâmes sur la 101. Au bout de la bretelle de sortie, nous nous arrêtâmes à un feu. Le « Centre administratif » dressait sa masse imposante, une architecture futuriste des années cinquante faite de soucoupes, de flèches, de petites pointes, de hublots et d'échalas. Une sorte de décor pour un film de science-fiction complètement ringard.

Mulvane crut bon de me donner quelques explications tandis que nous redémarrions :

« C'est l'œuvre d'un architecte. Vous savez, un type connu, Frank Lloyd Weber.

– Wright, le corrigea Rossi.

– C'est bien ce que j'ai dit », grommela Mulvane.

La prison du comté, m'expliqua-t-il, se trouvait sous terre, creusée dans la colline que nous contournions. Tout au bout, nous descendîmes une pente raide et attendîmes devant la grille qu'un gardien vînt l'ouvrir.

« Au fait, docteur. » Rossi se tourna sur le siège de façon à me parler par-dessus son épaule. « Je dois vous remercier pour vos conseils. J'ai acheté le spray sans ordonnance que vous m'aviez recommandé.

– Oh ! Il a fait de l'effet ?

– Oui. Les deux premiers jours, j'en ai bavé, mais maintenant... » Il respira par le nez pour m'en donner la preuve, si fort, en faisant un tel bruit qu'il aurait pu aussi bien aspirer la voiture tout entière. Ses épaules prirent encore plus de place que d'habitude, au point de heurter Mulvane. « Maintenant, je peux respirer, ajouta-t-il après avoir soufflé. J'arrive même à sentir les odeurs. Y compris, malheureusement, celle de Mulvane ici présent.

– Très drôle », dit ce dernier.

Rossi se mit à rire, avant de respirer de nouveau à fond et d'expirer.

« Vous savez, mon vieux, c'est bon d'être vivant. »

Le gardien nous ayant fait signe d'entrer, nous pénétrâmes sous la colline et le portail se referma bruyamment derrière nous.

La cellule de détention provisoire dans laquelle on me conduisit était vide. Elle n'avait pas de fenêtre, bien évidemment. D'ailleurs, il n'y en avait nulle part.

Lucasian arriva peu avant midi, une heure environ après que j'eus laissé un message sur le répondeur de son bureau. Je me lançai aussitôt dans une explication, mais il fit aller et venir ses mains de haut en bas et me désigna d'un signe de tête le policier en uniforme qui était encore à portée de voix.

« Oh, désolé !

– Cette fois, vous avez appelé votre avocat avant de commencer à parler ? » demanda-t-il en soupirant. Un sourcil levé, il attendait ma réponse.

« C'est presque ça. »

Ses sourcils changèrent de position, l'un montant davantage, l'autre s'abaissant.

« Eh bien, considérons que c'est un progrès. Docteur, nous aurons tout le temps de discuter quand nous vous aurons sorti de là.

– Est-ce que je vais devoir passer la nuit dans cette cellule ?

– Nous allons voir. Il est encore tôt. Tout dépend de la façon dont les malfrats se sont activés aujourd'hui ou, en d'autres termes, de la conscience professionnelle dont la police a fait preuve en les traquant et en les arrêtant. Si nous avons de la chance, nous pourrons vous ramener chez vous dès ce soir. Entre-temps, ajouta-t-il, pourquoi n'essayez-vous pas de vous nettoyer un peu le visage ? »

Le policier qui avait pris mes empreintes digitales m'avait donné pour m'essuyer un bout de papier, genre papier journal, qui n'avait même pas enlevé l'encre. Je m'étais assis la tête dans les mains et j'avais dû m'en barbouiller le visage.

Lucasian me tendit son mouchoir.

« Peut-être vous laisseront-ils utiliser les toilettes pour hommes. »

Ils m'y autorisèrent ; un gardien se tint près de la porte, ne me perdant pas de vue tandis que je faisais couler de l'eau froide sur le mouchoir – il n'y avait ni eau chaude, ni savon dans le distributeur – et que j'essayais de faire disparaître l'encre de mon visage et de mes mains en les frottant vigoureusement.

« C'est un vrai bordel pour enlever ça, hein ? observa le gardien, plus comme une constatation que comme une marque de sympathie. L'encre est indélébile, bien sûr. Elle pénètre directement dans les pores.

– Oui, acquiesçai-je.

– C'est pas dur à comprendre. C'est le rôle de l'encre, poursuivit-il avec une sorte de détachement. Mais le papier qu'on vous a donné pour vous essuyer les mains, il est sulfurisé. Vous l'avez remarqué ? Comme si on voulait vraiment qu'il ne serve à rien. Après tout, on pourrait vous donner un chiffon imprégné d'alccol ou une simple serviette en papier. D'abord, j'ai cru que c'était un problème d'administration, que personne ne s'en était aperçu. Mais c'est la même chose dans tous les commissariats. Sûr que c'est voulu. Et j'ai fini par comprendre pourquoi. »

Je jetai un coup d'œil dans sa direction. Il se tenait appuyé contre le mur, en grattant négligemment le sol de son pied.

« Pourquoi ? » demandai-je en me tournant vers la glace.

J'avais de l'encre sur mon col de chemise, ce qui, je ne sais pourquoi, me déprima.

« C'est une façon d'humilier les détenus. Nous n'avons pas le droit d'utiliser la torture. On ne peut même plus leur flanquer des claques. Alors, on trouve toutes sortes de petits moyens de les humilier. Histoire de leur serrer un peu la vis.

– Ce n'est pas bien. »

Il haussa les épaules avec indifférence, comme si ce que j'avais dit n'avait aucun intérêt.

Mais ce n'était vraiment pas bien. D'ailleurs, rien ne l'était. Je ne savais pas ce qui était pire, être arrêté et finir en prison, ou être publiquement accusé d'avoir agressé sauvagement la femme que j'aimais. Ces derniers temps, malgré les « entretiens » avec Rossi et les conversations avec Lucasian, la perquisition chez moi, l'attente et l'angoisse, je ne m'y étais pas préparé. Je n'avais pas cru que cela pourrait m'arriver.

J'eus la sensation que mon estomac s'effondrait, comme

si j'avais été à bord d'un avion en chute libre. Je m'arc-boutai des deux bras sur le lavabo et je m'entendis gémir.

Le gardien n'entendit rien ou, plus vraisemblablement, il s'en fichait.

« Je suis innocent, vous savez. »

Il se redressa et tourna vers moi un regard vague.

« Ouais. Alors, c'est fini ? »

Il n'y avait pas de papier hygiénique. Je m'essuyai donc le visage avec mon pan de chemise que je rentrai trempé dans mon pantalon. Je regagnai ma cellule, escorté par le gardien.

Lucasian revint une heure plus tard. Tout était prêt, me dit-il, pour ma mise en accusation. Le gardien nous fit parcourir un long couloir et entrer dans la salle d'audience par une porte latérale. Quelques personnes donnaient l'impression de tourner en rond, bavardant avec leurs voisins sans apparemment prêter attention à la juge, une femme aux cheveux gris d'une cinquantaine d'années, me sembla-t-il.

Lucasian s'avança à la barre et je me postai à ses côtés, guidé par le gardien.

« Avec votre permission, Votre Honneur. Je suis Emanuel Lucasian, l'avocat du Dr Maebry. »

Elle posa sur lui un regard interrogateur.

« Vous n'êtes pas de Marin ?

– Non, Votre Honneur. De San Francisco.

– Bien. Avons-nous le dossier ? »

J'aperçus Rossi qui se penchait vers un homme assis au pupitre voisin. Des papiers changèrent de main. Je me rendis compte que ce devait être le procureur.

« Un instant, Votre Honneur, dit-il. Bien. D'accord. » Il se mit à lire l'un des documents « Nous nous trouvons en présence d'une attaque à main armée. Agression avec coups et blessures. Tentative de meurtre. Ah... » Il suivait le texte du doigt « Incendie criminel. Immixtion... Oh, désolé, j'ai sauté une ligne. Entrave à la justice. Intrusion dans une propriété privée. Immixtion dans le déroulement

372

de l'enquête. » Il tourna la page. « C'est apparemment tout ce dont nous disposons. Pour l'instant. »

– Très bien. Le ministère public accorde-t-il une mise en liberté sous caution ? demanda la juge.

– Il a tenté d'assassiner une jeune femme, Votre Honneur. Il est possible qu'il ait commis un autre meurtre pour effacer les traces du premier. Je demande que la caution s'élève à deux cent mille dollars.

– Un meurtre ! » dis-je à l'oreille de Lucasian.

Il agita la main pour me faire taire.

« Avez-vous des preuves concernant ce meurtre ? demanda la juge.

– Si je comprends bien... » Le procureur regarda Rossi qui fit un signe de tête affirmatif. « Nous sommes en train de les rassembler, Votre Honneur.

– En d'autres termes, non. » La juge se tourna vers Lucasian. « À vous, maître.

– Votre Honneur, le Dr Maebry – il prononça le mot « docteur » avec une déférence exagérée – travaille en tant que premier assistant dans le service de chirurgie plastique du Memorial Hospital de San Francisco. Il occupe un poste à haute responsabilité et rend ainsi un éminent service à notre communauté tout entière. Il a des patients qui, en ce moment même, comptent sur ses soins. Il n'a jamais été ni arrêté, ni reconnu coupable d'un crime. J'ose même dire que, à l'exception d'une ou deux affaires de tickets de parking, il ne s'est jamais attiré les foudres de ceux de nos collègues dont le rôle est de faire appliquer la loi. C'est un esprit cultivé et sa réputation n'est plus à faire dans sa spécialité. Il est né dans une famille honnête et estimée de la ville universitaire de Princeton, dans le New Jersey. Votre Honneur, l'accusation n'est étayée que par des présomptions dont on ne peut même pas dire qu'elles sont indirectes. C'est un amalgame de ouï-dire, de suppositions, de pures inventions...

– Votre Honneur... »

Le procureur tenta, sans conviction, de l'interrompre. Je vis Rossi sourire.

« Je suis certain, enchaîna rapidement Lucasian, que

mon client sera très rapidement disculpé des charges qui pèsent sur lui... »

La juge tendit la main dans l'espoir de l'arrêter.

« Certainement, maître. Cela va sans dire.

– Entre-temps, poursuivit Lucasian, il est de la plus haute importance que le Dr Maebry soit autorisé à retourner auprès des patients qui attendent de lui soins et soulagement au Memorial Hospital de San Francisco.

– Soulagement ? demanda le procureur en hochant la tête.

– Certes. En ce moment même, des malades se languissent dans leur lit d'hôpital en attendant...

– D'accord. J'ai compris, l'interrompit la juge. Et si nous disions cent mille ? Étant donné d'une part la gravité des charges et, de l'autre, le statut social du prévenu, je pense que c'est raisonnable. »

Son regard alla du procureur à Lucasian.

« Oui, merci, Votre Honneur », s'empressa de dire Lucasian.

Le procureur acquiesça d'un signe de tête.

« Bien. Et si nous fixions une date ? » demanda la juge.

Lucasian et le procureur s'approchèrent.

« C'est fini ? demandai-je à Lucasian quand il revint vers moi. Je peux m'en aller ?

– Le temps de prendre certaines dispositions. Il va falloir que vous attendiez encore un moment dans la cellule. Ce ne sera pas long. »

Je parcourus, toujours escorté, le long couloir, mais une demi-heure plus tard, je me retrouvai dans le grand parking en compagnie de Lucasian. Ses cheveux brillaient d'un éclat vif sous le chaud soleil de l'après-midi, comme le macadam qui fondait et collait à la semelle de nos chaussures.

« Qu'en est-il de ma mise en liberté sous caution ?

– C'est arrangé, vous n'êtes pas inculpé pour l'instant.

– Merci.

– C'est d'un usage courant chez les avocats de la défense lorsque nous avons affaire à des clients qui nous inspirent confiance.

– Merci aussi pour ce que vous venez de dire. »

Il accepta mes remerciements d'un air modeste.

« Je suppose que vous avez besoin d'un chauffeur ?

– On a pris ma voiture comme pièce à conviction.

– Eh bien, venez avec moi. Nous discuterons de nos affaires sur le chemin du retour, ce sera plus reposant. »

Il me prit le bras et me mena derrière un grillage vers l'endroit où sa voiture était garée. C'était une Cadillac d'un blanc immaculé qui datait du début des années quatre-vingt, de celles qui avaient encore de minuscules ailerons à l'arrière.

« Nous pouvons remercier le lieutenant Rossi, reprit Lucasian tandis que nous nous dirigions vers l'autoroute, d'avoir expédié la lecture de l'acte d'accusation. Un prévenu comme vous... normalement, vous devriez être le gros poisson dont ils auraient voulu faire leurs choux gras.

– Comment cela ?

– Une profession libérale. *Médecin.* » Une fois encore, il prononça le mot avec un respect exagéré. « Si je peux me permettre, une personne d'origine caucasienne. Accusé d'une tentative de meurtre sur une jolie jeune femme. Un vrai régal pour les tabloïds. Sans parler de la presse locale, si tant est qu'on puisse faire la distinction de nos jours. D'habitude, la police apprécie ce genre de publicité.

– Alors, pourquoi Rossi nous a-t-il donné un coup de main ?

– Aussi étrange que cela puisse paraître, docteur, je crois qu'il vous aime bien. On ne s'imagine pas que des membres de sa profession puissent subir l'influence de leurs sentiments, mais le lieutenant Rossi arrive à un tournant de sa vie où... comment dire ? Où les priorités sont peut-être différentes. » Il soupira et sourit, comme pour lui-même. « En réalité, je crois que vous lui rappelez le fils qu'il a perdu.

– Lequel ? Le militaire ?

– Celui-ci était dans l'aviation. Non, je parle de l'autre. Celui qui a eu un problème de drogue. »

Lucasian conduisait sans hâte. Nous traversâmes le Golden Gate, et je le guidai jusqu'à mon immeuble.

« Docteur Maebry..., commença-t-il après un long moment de silence.

– Je sais, je sais. Il faut que je vous dise ce que je faisais dans l'appartement de Krista... Je voulais seulement... »

Je m'arrêtai. J'avais encore besoin d'y penser. Après Sunset Boulevard, je lui indiquai où tourner.

Quand il comprit que je ne continuerais pas, il reprit la parole :

« Comme je l'ai mentionné précédemment, et si je le juge nécessaire, nous allons peut-être devoir engager un détective privé pour enquêter sur l'alibi de miss Generis, il est préférable de laisser un professionnel faire ce genre de recherches.

– D'accord. Bien sûr. Désolé. Mais est-il mentionné dans l'acte d'accusation que Krista aurait pu être assassinée ? »

Il me vint aussitôt à l'esprit que, à supposer qu'elle l'ait été, cette fois encore je ne possédais pas d'alibi. Je dormais à l'hôpital la nuit où elle était morte. Il était peu probable qu'on m'y ait vu.

« Autant que je sache, reprit Lucasian, le décès de miss Generis est encore officiellement considéré comme une mort naturelle. Je suppose que, étant donné vos... euh... agissements quelque peu suspects à son domicile, le lieutenant Rossi et le procureur ont voulu jouer leur va-tout.

– J'aime mieux ça.

– Je crains fort, cependant, que ce que je vais vous dire ne vous paraisse pas très réjouissant. Le labo nous a enfin communiqué les résultats. Il semble que vous ayez eu raison : le sang sur la veste n'est pas celui de miss Sorosh.

– Alors pourquoi...

– Malheureusement, certains autres objets trouvés dans votre appartement – une serviette, je crois, peut-être des draps, une chemise – étaient tachés d'un sang porteur de son ADN.

– Mais ça ne signifie rien, objectai-je. Elle a très bien pu se couper en faisant la cuisine. Peut-être qu'elle avait, vous savez, que c'était le moment du mois où... Et merde ! Ce que je veux dire, c'est que je ne fais pas si souvent la lessive ! Je me rends compte que ça peut paraître... compliqué...

– Docteur Maebry, intervint Lucasian d'un ton bienveillant, la vie est toujours compliquée. »

376

Nous nous arrêtâmes devant chez moi.

« Merci. J'ai l'impression que vous êtes le seul à me croire.

– Je suis votre avocat, docteur. C'est mon boulot de vous croire. »

51

L A femme qui me répondit à l'agence immobilière Valparaiso Realty – rien qu'à l'entendre, elle me parut
compétente – m'apprit que Kathy était sortie, mais qu'elle
ne tarderait sans doute pas à rentrer. Était-ce urgent ? Fallait-il qu'elle l'appelle ? Je refusai. J'allais prendre ma voiture et j'espérais arriver avant cinq heures. Elle me donna
l'adresse à Mill Valley. Non loin, pensai-je, de l'endroit où
Allie avait été agressée.

Je demandai à Sandra, ma voisine, si je pouvais lui
emprunter son pick-up. Elle me tendit les clés sans me
poser de questions.

« Tu as déjà conduit une bagnole à boîte mécanique ?

– Une fois, et encore, je n'en suis pas sûr. C'est si difficile que ça ?

– Non, mais comme il n'y a pas de seconde, tu dois accélérer rapide en première et passer directement en troisième. Et, pour peu que tu te gares dans une descente, fais
bien attention de la mettre en marche arrière si tu es dans
le sens de la pente et tourne les roues vers le trottoir. »

Je calai aux premiers carrefours, mais je finis par grimper la colline qui menait à Pacific Heights. Le cabinet de
Brandt se trouvait à quelques rues de son domicile et on
aurait pu facilement le prendre pour une résidence privée.
Seule, la plaque métallique discrète sur laquelle était gravé
le nom des médecins indiquait qu'il n'en était rien.

Je connaissais l'emploi du temps de Brandt, je savais
qu'il devait se trouver à l'hôpital cet après-midi-là. Comme

je n'étais jamais allé à son cabinet, j'étais à peu près sûr que personne ne me reconnaîtrait. Je parcourus les cartes professionnelles des médecins posées sur le bureau de l'accueil et je choisis un nom que je ne connaissais pas. J'expliquai à la réceptionniste que ce docteur m'avait été recommandé par un ami. Elle me demanda si je voulais attendre. Je lui répondis que ce n'était pas nécessaire, que je voulais d'abord me renseigner et qu'ensuite, je verrais. Elle me tendit plusieurs brochures contenant les CV et les photographies des différents associés. Elle s'arrangea, avant mon départ, pour me baratiner sur les mérites extraordinaires de ces praticiens.

Je conduisis sans difficulté le pick-up en descendant et, quelques minutes plus tard, je me trouvai sur le Golden Gate. Je quittai la 101 au même endroit que le jour où je m'étais rendu à Mercurtor Drive pour la première fois, puis je traversai Almonte et Hampstead avant d'atteindre Mill Valley. L'agence Valparaiso était une maison aux murs revêtus de bois dans le style colonial, elle aurait pu être inspirée par un tableau de Norman Rockwell. Elle était plantée sur une minuscule pelouse coincée entre une allée d'un côté et un immeuble de l'autre.

À l'intérieur, des femmes et un homme étaient assis derrière des bureaux en faux acajou. Les murs tapissés d'un papier peint au décor floral étaient ornés de portraits d'ancêtres, du genre de ceux qui auraient possédé un manoir et des chevaux, si tant est qu'ils eussent existé.

Je m'arrêtai devant le bureau de Kathy Poolpat (je lus son nom gravé sur une plaque de métal) et saluai la femme assise derrière. C'était une personne minuscule, à peine un mètre cinquante, à en juger d'après ce que je voyais. Elle était impeccablement vêtue d'un tailleur-pantalon bleu pastel et portait un petit nœud couleur crème sous le menton. Elle m'accueillit par un large sourire et me rendit mon salut.

« Vous êtes Kathy, je présume ?

– Oh, oui ! Oui, c'est moi, ajouta-t-elle vivement, comme si elle éprouvait un réel plaisir à ce qu'on le lui demande. Je vous en prie, prenez un siège.

– Je vous ai appelée...

– Oh, oui ! acquiesça-t-elle avec entrain avant même de me laisser me présenter, ce que je fis cependant.

– Mon amie, Krista Generis... » Je m'interrompis, guettant sa réaction en entendant ce nom. « Elle vous a déjà téléphoné.

– Oui, c'est exact. »

De nouveau, elle approuva d'un signe de tête, ou plutôt continua d'approuver.

« Elle n'est pas passée ?

– Non, non, dit-elle en tranformant le mouvement vertical de sa tête en un mouvement horizontal. Je m'en serais sûrement souvenue. Je n'oublie jamais une personne que j'ai rencontrée, ajouta-t-elle fièrement.

– Vous lui avez seulement parlé au téléphone ? »

Sa tête s'immobilisa un instant, ne sachant de quel côté aller, mais elle ne se départit pas de son immuable sourire.

« Oui, je crois. Mais je peux vérifier, si vous voulez.

– Je vous en serais reconnaissant. J'aimerais en être sûr. »

Elle cherchait trop à rendre service pour remarquer que ma demande était plutôt bizarre. Elle sortit un carnet de rendez-vous en cuir et se mit à feuilleter les pages.

« Ce devait être il y a deux jours, peut-être trois.

– Oui ! En effet, elle a appelé. Elle voulait savoir si nous nous occupions des nouvelles constructions de Mercurtor Drive. Je lui ai répondu affirmativement. Elle a dit qu'elle allait passer.

– Elle a téléphoné pour moi. »

Kathy acquiesça d'un signe de tête en attendant la phrase suivante qu'elle pourrait, elle aussi, approuver :

« Pensez-vous que nous pourrions grimper là-haut pour y jeter un coup d'œil ?

– Mais certainement ! » Nouveau signe de tête approbateur. « Oh, vous voulez dire cet après-midi ?

– S'il n'est pas trop tard.

– Oh, non ! Pas du tout !

– Voyez-vous, mon bail arrive bientôt à expiration et... Eh bien, je me suis décidé à acheter. »

Je lui adressai à mon tour un grand sourire.

« Oh, oui ! C'est tellement mieux d'être propriétaire !

On éprouve un tel sentiment de satisfaction... » Elle fut parcourue d'un petit frisson, comme si elle-même ressentait cette satisfaction. « Et c'est un si bel endroit, très tranquille, avec une vue merveilleuse. » Elle poursuivit sur un ton plus confidentiel : « Et il est très rare que nous ayons en vente des maisons neuves ici. C'est seulement parce que l'entrepreneur a été poursuivi en justice à cause d'une histoire de répartition des zones. Les premiers acheteurs ont laissé tomber. Vous arrivez juste au bon moment. Bien, voyons si Marsha peut me remplacer. »

Elle alla trouver sa collègue derrière son bureau et, apparemment, s'arrangea avec elle. Ensuite, elle rassembla en hâte ses affaires et sortit avec moi sans cesser de parler.

« Prenons-nous ma voiture ou préférez-vous conduire ?

— Prenons votre voiture, tranchai-je en jetant un coup d'œil vers le pick-up.

— D'accord, je vais conduire. D'ailleurs, c'est mieux ainsi. Vous pourrez regarder le paysage, la campagne est si belle là-haut. »

Nous montâmes dans sa voiture, une grosse Buick qu'elle pilota pour sortir du parking aussi facilement que s'il s'était agi d'un camion de dix tonnes. Elle ne reprit le contrôle de son engin qu'une fois sur la nationale, quand elle n'eut plus qu'à conduire tout droit. Son siège était repoussé le plus loin possible vers l'avant et elle était assise sur un coussin pour gagner en hauteur. Elle parla sans arrêt jusqu'à ce que nous arrivions à Mercurtor Drive, acceptant avec enthousiasme la moindre de mes remarques les rares fois où je pouvais intervenir.

Nous nous garâmes près des fondations inachevées et grimpâmes la pente boueuse qui menait à l'endroit où les deux autres maisons étaient en construction. Peu de choses avaient changé, sinon que le ruban de la police avait été décroché.

« Un bel endroit, remarquai-je.

— Oh, oui ! Magnifique. » Kathy s'avança vers l'autre maison, un peu plus loin. « Je sais que vous allez en tomber amoureux...

— En fait, celle-ci m'intéresse davantage. »

Je désignai la maison où Allie avait été agressée.

« Oh, oui ! Celle-ci est encore mieux située.

– Est-ce que beaucoup de gens sont venus la voir ?

– Je parie que vous l'aimez déjà. » Elle se mit à rire.
« Oui, pas mal. Certains sont très intéressés. mais vous
savez, avec l'affaire et le retard, et tout...

– Elle vaut combien ?

– Combien ? Oui, oui. Eh bien... » Elle consulta le dossier qu'elle avait apporté. « Elle est vendue deux millions
cinq. » En voyant ma surprise, elle ajouta : « Entre nous, je
pense qu'on pourrait l'avoir à moins. Le constructeur a
hâte de s'en débarrasser et – elle cligna de l'œil avec un
air de conspirateur – je crois qu'on pourrait le convaincre
de faire une belle remise, deux cent mille.

– Je ne pensais pas mettre plus de deux millions, mais
pour quelque chose d'aussi beau – j'agitai ma main en
l'air –, qu'est-ce que quelques centaines de milliers de dollars de plus ou de moins ? »

Nous échangeâmes de grands sourires.

« Pouvons-nous la visiter ?

– Bien sûr. Bien sûr. Vous n'en reviendrez pas de la
vue ! »

Elle m'accompagna jusqu'à la maison et nous gravîmes
la pente jusqu'au parquet inachevé. Nous fîmes le tour du
rez-de-chaussée, puis Kathy me suivit dans l'escalier qui
menait à la grande chambre. Nous nous approchâmes de
la fenêtre et admirâmes le paysage. Le dernier qu'Allie
avait vu avant d'être attaquée. La portion abîmée du parquet avait été remplacée et du Placoplâtre neuf posé sur
les murs. Je me demandai si les parties brûlées ou tachées
de sang avaient été changées ou simplement recouvertes.

Au retour, je posai des questions à Kathy sur ses enfants,
les leçons de danse, l'entraînement du base-ball. Il n'était
pas difficile de la faire parler et je l'y encourageais. En
approchant de la ville, je lui posai une question comme s'il
s'agissait d'une pensée qui me serait venue après coup.

« Quelqu'un à l'hôpital où j'exerce... À propos, je suis
médecin. Chirurgien.

– Ah, vraiment ? N'est-ce pas merveilleux !

– Eh bien, j'ai un collègue qui, si je me souviens bien,

s'intéresse à l'une de ces maisons. Il s'appelle Brandt. Peter Brandt. La lui avez-vous fait visiter ?

— Brandt ? réfléchit-elle. Je ne crois pas.

— Je vous le demande parce que, heu – je me mis à rire – je ne voudrais pas renchérir sur lui pour la même maison, vous comprenez ?

— Non, je ne vois pas, reconnut-elle en riant à son tour.

— C'est un homme plus âgé, la soixantaine.

— Non, non. » Elle fronça les sourcils, désolée de ne pouvoir répondre affirmativement. « Je ne crois pas connaître quelqu'un du nom de Brandt.

— Grand. Des cheveux blancs. L'air distingué. »

Elle secoua la tête d'un air malheureux. Quand nous eûmes regagné l'agence, je lui demandai d'attendre un instant. J'allai chercher dans le pick-up l'une des brochures destinées à la clientèle privée de Brandt, celle dont la couverture s'ornait de sa superbe photo en quadrichromie.

« Oh, oui ! s'écria-t-elle quand je la lui montrai. Je le reconnais. Je n'oublie jamais une personne que j'ai rencontrée. Mais je ne me rappelle pas qu'il ait dit s'appeler Brandt.

— Il est très connu et il préfère être discret, ce qui explique qu'il utilise parfois un pseudonyme. »

D'un signe de tête, elle m'indiqua qu'elle comprenait parfaitement.

« Avez-vous eu l'occasion de parler au lieutenant Rossi ? »

Ma question parut la déstabiliser. Son visage exprima un trouble peu compatible avec son éternel sourire.

« Un Noir à la stature imposante, aux yeux bleus. Vous avez sans doute eu sa visite à peu près en même temps.

— Ouiiii. Je n'ai pas l'habitude de parler à des policiers et je m'en souviens quand ça m'arrive.

— Bien sûr. » Je fis l'effort de rire comme si c'était sans importance. « Est-il passé vous voir récemment ?

— Il y a à peu près un mois. » Son regard se voila et son trouble effaça définitivement son sourire. « Vous savez, Mr Maebry, je voulais dire docteur, si vous avez des questions à poser, peut-être feriez-vous mieux de vous adresser à notre directrice, Mrs...

– Non, non, ce n'est pas nécessaire. Occupons-nous plutôt des papiers. Je désire régler cette affaire le plus vite possible.

– Ce qui veut dire que vous avez déjà pris votre décision ? Vous voulez acheter ? »

De nouveau, elle était tout sourire.

« Je vais sans doute y réfléchir jusqu'à demain. Mais, en attendant, ne pouvons-nous activer les choses ?

– Bien sûr que si ! C'est tout à fait possible. »

Nous commençâmes à marcher vers la porte :

« Encore une question. Est-ce que le lieutenant vous a parlé du Dr Brandt ? »

Elle s'arrêta.

« Il a demandé à qui j'avais fait visiter les maisons, et je le lui ai dit. Mais je ne connaissais pas le vrai nom du Dr Brandt.

– Évidemment ! Quelle question idiote ! » Je me mis à rire ou, du moins, je fis semblant. Kathy m'adressa un sourire contraint. « Allons, c'est sans importance, continuai-je. Merci de m'avoir consacré votre temps. »

Je lui serrai la main et commençai à m'éloigner.

« Mais vous ne voulez pas remplir les papiers ?

– Désolé, je viens de me rappeler que j'ai quelque chose à faire. Je reviendrai bientôt. »

Je lui adressai un geste d'adieu ; à son tour, elle leva sa petite main pour me dire au revoir.

« Oui, oui, d'accord ! »

Elle avait de nouveau l'air perplexe.

J'allais monter dans le pick-up quand elle m'appela :

« Docteur Maebry ! Docteur Maebry ! » Elle s'approcha de ma fenêtre en courant, la main tendue. « J'ai oublié de vous donner ma carte. »

52

Rossi aurait pu prendre des renseignements sur Brandt à l'agence immobilière, pensai-je, comme il l'avait sans doute fait sur tous ceux qui avaient visité la maison, mais il n'avait pas apporté sa photo et il lui était impossible de détecter un faux nom. À supposer qu'il ait essayé. Or il ne soupçonnait pas Brandt. Le suspect, c'était moi.

Mais maintenant, il était en possession du journal de Krista. Je me demandais combien de temps il lui faudrait pour le déchiffrer et rendre une nouvelle visite à l'agence Valparaiso. Ce n'était pas une preuve de la culpabilité de Brandt, mais un lien qui l'unissait au lieu du crime. De toute évidence, il devenait à son tour un suspect. Si tant est que Rossi pût soupçonner quelqu'un d'autre.

Le pick-up, luttant contre un vent contraire, se traînait sur le pont. Je rétrogradai en première pour éviter de caler et je continuai d'avancer lentement si bien que les voitures basses, aux lignes aérodynamiques, me dépassaient en trombe. Quand enfin j'arrivai tant bien que mal à la maison, je trouvai sur ma porte un mot de Sandra me demandant de passer chez elle. Elle était assise dans la petite véranda derrière sa cuisine. Elle tenait dans ses mains un bol de thé et portait un peignoir comme si elle venait de se lever. Le vent, qui hurlait entre les immeubles et transportait les embruns de l'océan, deux rues plus loin, me piqua le visage.

« C'est à propos de Danny », dit-elle tandis que je m'asseyais dans un transat en face d'elle.

Elle avait enroulé ses cheveux en un chignon lâche autour de ce qui me parut être des baguettes. Une rafale de vent nous atteignit, elle serra son peignoir plus étroitement autour d'elle.

« Tu as de ses nouvelles ?

– Non.

– Il est encore chez son père ? »

Elle voulut tirer davantage sur son peignoir, mais elle ne le put pas.

« Je l'ai appelé encore aujourd'hui, pile entre deux cuites. » Elle renifla. « Ce n'est pas à moi de le critiquer. En tout cas, Danny n'est pas là-bas. Et ça fait plusieurs jours.

– Tu as appelé son école ?

– Aucun de ses professeurs ne l'a vu depuis une semaine, et même plus.

– Tu as appelé la police ? »

Elle fit non de la tête.

« Tu aurais dû...

– Je ne peux pas, dit-elle, soudain émue, le visage plissé de rides que je n'avais jamais remarquées. Ils vont me l'enlever. Ils l'ont déjà fait une fois.

– Sandra, il n'est pas ici *maintenant*. Il faut que tu penses à lui. Il n'a que dix ans. Tu ne peux pas le laisser... » Je m'arrêtai. Les rides de son visage se creusèrent davantage et sa bouche s'ouvrit pour crier, mais aucun son n'en sortit. « Écoute, je vais le chercher. Mais il faut que tu préviennes la police. »

Elle retint son souffle et inclina la tête.

« OK.

– Où penses-tu qu'il puisse être ? Où pourrait-il aller ? Ses lieux de prédilection ? Tu vois ce que je veux dire ?

– La plage, peut-être. Tous les endroits où il y a des jeux vidéo. Mon Dieu, Jackson, je n'en sais rien. Il ne me dit pas où il va.

– Des amis qui pourraient le recueillir ?

– Peut-être, avança-t-elle d'un ton dubitatif, mais elle ne connaissait pas ses copains

– Je vais essayer de le trouver. »

Je me levai.

« Jackson. » Elle porta une main devant son visage pour

se protéger des embruns, ou peut-être de mon regard. « Tu ne penses que je suis une mauvaise mère, dis ?

— Peut-être pas. Peut-être que je ne suis pas non plus un très bon ami. »

Je pris le pick-up pour longer la côte ; je m'arrêtai à chaque plage, chaque parking, chaque aire de repos, tout ce qui pouvait être un de ses coins préférés. Parfois, j'apercevais une silhouette blottie sur le sable, la capuche relevée, la tête entre les genoux. Si je lui trouvais un air de ressemblance, je m'en approchais et j'appelais : « Danny ! ». « Excusez-moi », ajoutais-je quand la tête quittait son abri et m'observait, l'œil fixe.

Je passai devant les terrains de jeux, cherchant à voir au-delà des grillages, regardé de travers par les mères qui surveillaient leurs enfants. Je cherchai derrière les écoles les endroits isolés où les adultes ne vont jamais et qui, naturellement, attirent les gamins. Je m'arrêtai devant tous les commerces de proximité, particulièrement ceux où l'on pouvait trouver des jeux vidéo, et je montrais la photo de Danny aux employés. Personne ne le reconnut, pas même dans la galerie de jeux où je savais qu'il devait avoir mis des centaines de pièces de vingt-cinq *cents* dans les machines. Ce n'était qu'un enfant de dix ans parmi d'autres, avec sa casquette de base-ball tournée à l'envers, son baggy et sa chemise écossaise trop grande d'au moins deux tailles qu'il ne rentrait pas dans son pantalon. Ils se ressemblaient tous.

La nuit tombait quand j'arrivai dans le Haight où des enfants à peine plus âgés que Danny traînaient par petits groupes, étaient assis sur le seuil sale de leur porte ou à même le trottoir, se rassemblaient devant les bars et les vitrines éclairées des boutiques hippies. Ils avaient tous des sacs à dos et ils fumaient, des cigarettes généralement, mais parfois des joints qu'ils ne prenaient même pas la peine de cacher. Dans la pénombre d'une petite rue, j'aperçus deux garçons et un homme d'une vingtaine d'années qui échangeaient quelque chose pour de l'argent. Des petits paquets de papier blanc. Peut-être de la cocaïne ou, plus vraisemblablement, du crack, moins cher. Ou encore de l'ecstasy, ou même du LSD, dont j'avais entendu dire par Lieberman qu'il faisait une fois de plus son come-back chez les préados de San Francisco – il en avait vu le résultat aux urgences. Une voiture de police passa près de moi, à moins de trente mètres. Les policiers qui patrouillaient avaient le visage tourné vers l'avant. Ils ne voyaient rien. Apparemment, ils s'en foutaient.

La plupart des enfants répondirent à mes questions avec le regard indifférent, vide, qu'on rencontre souvent les adolescents et chez les usagers de la drogue. Les commerçants et les barmen ne valaient guère mieux. À peine avais-je fini de leur décrire Danny ou de leur montrer sa photo qu'ils étaient certains de ne pas l'avoir vu.

Assis dans un box derrière le bar, je buvais une bière en cherchant ce que j'allais bien pouvoir faire, quand une fille s'approcha de moi et appuya ses hanches contre le bord de la table.

« Salut », dit-elle.

S'il m'avait fallu deviner son âge, j'aurais penché pour seize ans, peut-être moins. Elle n'était pas mince, mais plutôt décharnée. Son short attaché légèrement au-dessus du pubis donnait l'impression de devoir tomber à tout moment. Elle avait des cheveux verts du côté qui n'était pas rasé et qui, lui, s'ornait de poils noirs et courts, pareils à une barbe de trois jours poussant sur son crâne. Trois anneaux lui perçaient le nez et d'autres, semblables à des agrafes, suivaient le cartilage extérieur de son oreille. Elle fit cliqueter quelque chose contre ses dents, puis elle sourit et tira la langue pour que je puisse voir le clou d'argent qui y était enfoncé.

« Vous cherchez quelqu'un ? » me demanda-t-elle d'une voix presque rauque.

Je supposai qu'elle m'avait vu demander après Danny et que, peut-être, elle savait où il était. Je répondis donc affirmativement. Pendant que je fouillais ma poche, elle se glissa près de moi.

« Plus tard, dit-elle en posant sa main sur ma jambe.

– Plus tard ?

– Ouais. Tu sais bien. » Sa main remonta le long de ma cuisse. « Pas ici. »

Je pris la photo et la lui montrai.

« C'est lui que je cherche. Le garçon de la photo. Il s'appelle Danny. Vous l'avez vu ?

– Oh ! » Elle ôta sa main. « Tu aimes les garçons. Si tu veux, je pourrais t'arranger ça...

– Non. Vous ne comprenez pas. Il a disparu. Je le cherche. Je veux le ramener chez lui. » Je lui montrai de nouveau la photo. « Est ce que vous l'avez vu quelque part ? »

Elle prit la photo pour la regarder une seconde fois, secoua négativement la tête et me la rendit.

« Savez-vous où il pourrait être ? Où je pourrais le trouver ?

– Essayez le refuge, me conseilla-t-elle en se tortillant pour sortir du box. Vous savez, celui pour les fugueurs, ajouta-t-elle en remontant son short.

– Où est-ce ?

– À deux rues d'ici en allant vers le nord. Tout près du parc. On l'appelle Clarion House. C'est comme une église.

– Merci. »

Elle fit quelques pas avant de se retourner pour me dire : « J'espère que vous allez le retrouver. »

Clarion House n'était pas une église. Elle l'avait peut-être été autrefois, mais on en avait fait maintenant un « foyer municipal », avec un grand arc-en-ciel au-dessus de la porte et une peinture murale sur le côté. À l'intérieur, il y avait un tableau d'affichage avec des avis concernant des chats perdus, des bijoux faits maison, des cours d'acupuncture et des annonces pour diverses manifestations, dont celles d'une troupe de théâtre « Jours de Rage/Nuits dans la Cage » et d'une association de lesbiennes invitant à la célébration du pouvoir des personnes dotées d'une matrice. Une affichette collée dessous indiquait Clarion House et désignait une porte sur la droite.

J'errai dans le bâtiment sans trouver quiconque à qui m'adresser jusqu'au moment où je tombai sur un homme d'une trentaine d'années, à la queue de cheval triste et à la barbe mal entretenue, qui sortait des toilettes.

« Je cherche Clarion House.

– C'est ici », dit-il en remontant la braguette de son jean.

Il passa devant moi et je le suivis.

« J'essaie de retrouver un jeune garçon. Il a dix ans, précisai-je en m'adressant à son dos. Je pense qu'il a fait une fugue. Est-ce qu'il pourrait être ici ? »

L'homme entra dans une petite pièce et s'assit derrière un bureau. Il semblait ne pas avoir entendu ce que je lui avais dit. J'entrai à mon tour et répétai ma question. Il tira un paquet de cigarettes de la poche de sa chemise, en fit sortir une d'une pichenette et l'alluma. Les poils prématurément gris de sa barbe étaient tachés d'un jaune sale et la cigarette disparaissait presque dans cette broussaille. Il fumait comme un ancien drogué, aspirant la fumée le plus profondément possible sans la rejeter de façon à imprégner son organisme de nicotine. Il cherchait ainsi à compenser son manque.

« Vous avez averti la police ? demanda-t-il enfin en retenant son souffle.

– Sa mère vient de le faire. » Je lui tendis la photo de Danny par-dessus le bureau. « La police n'a pas l'air de s'intéresser beaucoup à ce qui se passe ici, commentai-je.

– San Francisco est une municipalité très tolérante. » Je fus incapable de dire si c'était de l'ironie. Il jeta un coup d'œil sur la photo et me la renvoya d'une chiquenaude. « Depuis combien de temps est-il parti ?

– Environ quinze jours. Je ne sais pas exactement.

– Vous ne savez pas exactement, répéta-t-il d'un ton qui en disait long. Il a déjà fait des fugues ?

– Je ne sais pas. Peut-être. »

Il tira longuement sur sa cigarette dont le bout rougit. Le papier se froissa presque jusqu'à ses doigts.

« Vous savez pourquoi il est parti ? demanda-t-il après avoir lentement soufflé.

– Non. J'imagine... Sa mère est alcoolique et... »

Il me considéra d'un œil morne à travers la fumée.

« Et vous ? »

Il avait posé sa question en y mettant une intention vaguement lubrique.

« Je suis *médecin*, répondis-je absurdement.

« – Le médecin du garçon ou celui de sa mère ?

– Écoutez, je ne suis qu'un ami. Un voisin. Je l'aide à retrouver son gosse. »

Il me regarda de haut en bas tout en tirant une dernière taffe qui acheva sa cigarette, puis il hocha la tête et éteignit le mégot dans une tasse à café sale.

« Je ne l'ai pas vu.

– Peut-être quelqu'un d'autre l'a vu parmi les gens qui travaillent ici ?

– Je vais me renseigner. »

À la façon dont il le dit, j'en doutai. J'écrivis cependant mon numéro de téléphone et celui de Sandra sur un bout de papier que je lui tendis. Quand il le prit, sa main tremblait légèrement. Il le laissa tomber près de la photo et prit une autre cigarette.

« Vous devriez aller jeter un coup d'œil du côté de Castro, ajouta-t-il en l'allumant.

– Castro ?

– C'est le quartier gay...

– Je suis au courant, l'interrompis-je. Il n'a que dix ans.

– Je sais. »

Il haussa les épaules.

– Dites donc, je pourrais peut-être parler au directeur de cet établissement.

– C'est moi. Je suis le père Michael.

– Vous êtes prêtre ? demandai-je, surpris.

– Oui. » Les coins de sa bouche se crispèrent autour de sa cigarette en un sourire douteux. « Le père Michael, pasteur de l'église de l'Aube perpétuelle. »

Ses lèvres s'écartèrent davantage, son visage m'offrit une grimace jaunâtre et, d'un mouvement brusque de la tête, il désigna le mur derrière lui. À côté d'un poster sur lequel on pouvait lire « Le ciel est un état d'esprit », se trouvait un document encadré portant en haut le logo du Vatican et, en grosses lettres, l'indication qu'il provenait de l'archidiocèse de San Francisco. Je ne pus pas lire le reste. Après tout, l'homme était peut-être prêtre. Peut-être aussi cette attestation n'était-elle qu'un faux. C'était sans importance.

Des gouttes de sueur apparurent sur son front. Son visage transpirait. Je compris que je m'étais trompé. Il ne

s'en était pas sorti. C'était bien un junkie. Il tira rageuse-
ment sur sa cigarette et ses doigts tapotèrent le bureau si
fort que je compris son message. Il attendait mon départ.

« Et alors ? » demanda-t-il.

Son autre main jouait avec le tiroir, il se retenait difficilement de fouiller à l'intérieur. Il était salement en manque.

« Je crois que je vous retarde, dis-je en récupérant sans
me presser la photo que je mis dans ma poche. Une dernière question avant de partir.

– Laquelle ? demanda-t-il, énervé.

– Je voulais simplement savoir de quel côté vous étiez. »

Il cracha un brin de tabac qui se prit dans sa barbe.

« Il y a plusieurs côtés ? ricana-t-il.

– Certainement.

– Et je suppose que vous savez quel est le bon ?

– Il arrive que ce soit parfaitement clair. »

Sur ces mots, je l'abandonnai à son prochain fix.

53

IL était plus de cinq heures quand je rentrai chez moi.
Les rues prenaient les couleurs anémiques de l'aube et
un vent désagréable agitait les détritus jetés dans les cani-
veaux. Quelques traînards regagnaient en hâte leur domicile avant le lever du jour. Je les comprenais parfaitement.
Il y a des choses qu'il vaut mieux laisser dans l'ombre.

Je m'étais rendu dans toutes les salles de jeu, dans toutes
les cafétérias ouvertes la nuit, dans tous les cinémas ouverts
ving-quatre heures sur vingt-quatre spécialisés dans les
films porno et de kung-fu, où je naviguai parmi les rangées
en me faisant insulter quand je restais trop longtemps
immobile, cherchant à percer l'obscurité. J'avais gardé Castro pour la fin, mais les tenanciers de bar et les videurs
furent encore moins coopératifs que les autres et je n'obtins aucun résultat.

Sandra m'attendait à la porte quand je revins. Elle était
sobre et me parut si mal en point que je faillis lui conseiller
de boire un verre. Son état empira quand je lui eus dit que
j'avais joué de malchance, je lui donnai alors une version
brève et édulcorée de mon itinéraire nocturne. La police
n'avait rien, me dit-elle, mais elle avait ajouté le nom de
Danny et sa description à ses fichiers. Je lui cachai le fond
de ma pensée : si les flics mettaient autant d'ardeur à
retrouver son fils qu'à rechercher tous les fugueurs aperçus
cette nuit, le premier endroit où ils risquaient de la récupérer serait San Quentin ; Danny y serait emprisonné et

393

purgerait une peine en tant qu'adulte. À condition qu'il vive assez longtemps.

Nous bûmes du café, assis sans parler ou presque. Je dis à Sandra que j'allais continuer mes recherches après avoir dormi un petit moment. Je rentrai chez moi, me glissai dans mon sac de couchage et regardai l'heure. À sept heures et demie, j'appellerais Lucasian à son domicile. Je ne savais pas trop ce que j'allais lui dire. Je n'avais pensé qu'à une chose, lui téléphoner.

Je me réveillai à dix heures, appelai aussitôt son cabinet et lui laissai un message. Il me rappela un peu après onze heures.

« Docteur Maebry, bonjour. »

Une entrée en matière inhabituellement brève et sans entrain.

« Il y a une chose dont je veux absolument vous parler.

— Oui, bien sûr. Je crains fort qu'en ce moment... » La phrase se perdit. Il s'éclaircit la voix et recommença : « Il faut que vous sachiez que je reviens à l'instant du commissariat principal où on m'a informé que le lieutenant Rossi était décédé.

— Mort ?

— Oui, je suis désolé. »

Je perçus de la tristesse dans sa voix.

« Comment ? Quand ?

— La nuit dernière, dans sa voiture. Il s'était garé dans une ruelle, derrière un night-club. Une attaque, comme on dit, ou peut-être un coup de blues. Il n'a jamais plus été le même depuis la mort de ses enfants. Un agent de la circulation l'a découvert ce matin, effondré sur son siège.

— Avait-il des problèmes cardiaques ?

— Je ne connais pas son passé médical, docteur. Mais perdre ses enfants, ce doit être un coup terrible, surtout si celui qui le reçoit est un être sensible. Et, bien sûr, sa femme... Peut-être devrais-je essayer de la trouver, dit-il plus pour lui-même que pour moi. Apprendre la nouvelle de la bouche d'un ami est sans doute moins pénible que d'être informé par le commissaire du quartier.

— Il n'y avait rien... d'autre ?

— Rien d'autre ? Médicalement parlant ? Peut-être. Il

n'était pas en bonne forme. C'est difficile de prendre soin de soi pour un homme seul de cet âge.

– Savez-vous où le corps a été conduit ?

– Apparemment à votre hôpital, docteur. Le night-club se trouve à proximité du Memorial. On l'a d'abord amené aux urgences, mais on m'a dit qu'il était déjà mort. »

Nous convînmes d'un rendez-vous pour le lendemain, et il raccrocha.

« Un autre *ami*, docteur Maebry ? demanda Finiker, le front, comme à son habitude, creusé de rides tel un champ labouré, mais cette fois il se souvenait de mon nom.

– Dans un certain sens. Je le connaissais.

– Vous ne me paraissez pas très heureux dans le choix de vos amis. »

Le corps de Rossi gisait devant nous, les points de suture traçaient des lignes qui remontaient sur sa poitrine. Sa peau noire avait pâli.

« Vous l'avez déjà autopsié ?

– Je viens de finir. On me l'a amené tôt ce matin. La loi impose ce genre de priorité. Vous aimeriez, je suppose, que je vous mette dans le coup ?

– Si possible.

– C'est simple, cet homme était une catastrophe ambulante. Je suis même surpris que du sang ait pu couler dans ces artères, tellement elles sont encrassées. Cirrhose du foie...

– Alcoolique ?

– Je ne pense pas. Ses artères auraient été plus propres. Les alcooliques ont de très bonnes artères. Non, c'est presque certainement le résultat d'une hépatite, sans doute contractée pendant la guerre.

– La guerre ?

– D'après son dossier, il a combattu au Vietnam. Blessé deux fois. Rafistolé sur place, pour ainsi dire. » Il désigna les nombreuses cicatrices sur sa jambe et dans la région de l'aine. « On dirait un champ de fouilles, non ? Il a des nodules sur la prostate, peut-être au premier stade d'un cancer, ce qui est tout à fait courant chez les hommes de plus de cinquante ans, bien qu'il ne me semble pas avoir consulté. Voyons un peu. » Il feuilleta les pages de son rapport concernant le dossier médical de Rossi. « Jamais, si ce que je lis est exact. S'il avait continué à ne pas s'occuper de lui, il aurait eu des ennuis. Quoi d'autre ? » Il revint au rapport d'autopsie. « Une inflammation bénigne des sinus, des cicatrices sur le septum pourraient indiquer l'usage de drogues...

– D'un aérosol nasal.

– C'est de l'argot ou quoi ? J'ai beaucoup de mal à assimiler le jargon de la jeune génération.

– Non. Il a eu un rhume il y a quelque temps et il est devenu accro à son spray.

– Impossible. Il n'y en avait pas dans ses affaires personnelles.

– Il n'y touchait plus depuis quelques jours.

– Bon, ça colle parfaitement avec la grande quantité d'antihistaminique dans son sang.

– Quoi d'autre ?

– Dans son sang ? Pas d'alcool. Une petite quantité de caféine. Une grosse quantité d'Ambien. Et aussi, d'Alprazolam.

– Quoi ?

– Une benzodiazépine. Le nom générique...

– Je sais ce que c'est. Ne trouvez-vous pas étrange qu'il ait pris des somnifères alors qu'il patrouillait au volant de sa voiture ?

– Qu'y a-t-il d'étrange ? Il a peut-être reçu un appel après s'être couché. Peut-être qu'il campait dans sa voiture, qu'il ne voulait pas rentrer chez lui. » Il haussa les épaules. « La plupart des gens qui se retrouvent ici ont une drogue ou une autre dans les veines. Problème de société. Mais ça ne veut pas dire qu'elle les a tués.

– Quelle quantité ?

– Pour l'Ambien, je dirais trente milligrammes. Peut-être un milligramme d'Alprazolam.

– C'est beaucoup.

– Oui, mais c'était un type très costaud. Cent soixante-quatorze kilos à poil. J'ai eu du mal à le bouger, je peux vous le dire. »

Krista aussi avait pris une bonne dose d'Ambien. Et je n'avais pas trouvé d'ordonnance dans son appartement. C'est un médicament d'utilisation courante, mais quand même...

« C'est bien tout ce que vous avez découvert ?

— Non, mais le reste est sans importance. Croyez-moi, docteur, c'est son cœur.

— Je peux jeter un coup d'œil ? »

Finicker me tendit ses notes.

« Faites comme chez vous. Je vous laisse. »

Je parcourus les résultats de l'autopsie. Il les avait dictés au micro pendant l'examen et l'ordinateur les avait transcrits automatiquement. Une fois écrits, ils n'avaient guère de sens et je dus les lire à haute voix et phonétiquement pour les déchiffrer. « Le gland de la prostate » et le « trophée de Vénus » ne me posèrent pas de problème (respectivement, « la glande prostatique » et « l'atrophie veineuse »). Mais il me fallut du temps pour découvrir la signification de certains autres. Lorsque j'en fus venu à bout, je sus ce que c'était.

Je posai le rapport sur la table et sortis du sac le bras droit de Rossi. Sur la face interne, je remarquai trois trous d'aiguille. Ils indiquaient que la personne, quelle qu'elle fût, qui avait fait l'injection avait raté son coup deux fois avant de piquer dans la veine.

De nouveau, je me rendis dans le bureau de Finiker et m'arrêtai sur le seuil.

« Il n'y avait rien de particulier dans son sang ? »

Il abandonna ses dossiers et leva les yeux vers moi.

« Je vous l'ai dit. Rien.

— On lui a fait une injection. Il y a des traces d'aiguille sur une veine.

— Oui, je l'ai remarqué. Alors quoi ? Il a probablement donné son sang, ou bien on lui en a prélevé pour l'analyser. Quelque chose comme ça.

— Rossi n'a pas donné son sang. Il avait horreur des hôpitaux. C'est la raison pour laquelle on ne lui a jamais fait de prélèvement pour contrôler sa prostate.

— Je ne sais que vous dire, docteur. Je ne suis pas de la police. Avez-vous fini d'examiner le corps ? J'ai des cadavres qui font la queue dans le couloir et ce n'est pas poli de les faire attendre. »

Lieberman bavardait au bureau des admissions avec une infirmière. C'était calme aux urgences, cet après-midi-là.

« Maebry ! Qu'est-ce qui vous amène ?

– J'ai besoin de vous parler. Dans votre bureau.

– Suivez-moi. » Il me fit entrer, ferma la porte et m'indiqua un siège. « Que se passe-t-il ?

– Vous avez étudié la cardiologie avant de vous spécialiser dans les urgences. Je ne me trompe pas ?

– Exact. Mais l'ambiance était trop calme et les honoraires trop élevés. Pourquoi ?

– La question que je vais vous poser va vous paraître étrange.

– Je n'en attendais pas moins de vous, répliqua-t-il en souriant.

– Quel serait le moyen le plus facile pour provoquer une crise cardiaque ? Artificiellement, je précise. »

J'étais certain de connaître la réponse, mais je voulais une confirmation.

« Vous avez une dent contre quelqu'un, Jackson ?

– Une personne que je connais est décédée d'une crise cardiaque. » En fait, il y en avait deux, mais il aurait trouvé ça bizarre. « Je suis convaincu que la mort a été provoquée. Mais comment ? Il n'y a rien dans le sang. Rien qui aurait pu le tuer.

– Quel âge avait-il ?

– Une bonne cinquantaine.

– Cette mort me paraît naturelle. Mais bon, admettons qu'elle ne l'est pas. Je pense à l'électrochoc. C'est ce qui se passe quand on vous électrocute.

– Non, il s'agit de quelque chose qui ne laisse pas de trace. Quelque chose qu'on ne voit pas à l'autopsie. Du chlorure de potassium, par exemple.

– Parfaitement, du KCl. Ça marcherait. On peut s'en procurer chez les infirmières, vous savez. Une dose suffisamment importante peut provoquer un arrêt cardiaque.

– Une dose de quel ordre ? »

– Environ 10 ou 20 cc. En une seule injection. On peut l'ajouter très facilement à une perfusion.

– Que diriez-vous d'une grosse seringue hypoder-mique ?

– Tout à fait possible.

– Est-ce qu'une dose aussi importante peut échapper à l'autopsie ?

– Oui, sauf si l'autopsie est pratiquée immédiatement, c'est-à-dire dans les dix ou vingt minutes, *et* si on sait ce qu'on cherche. Le chlorure de potassium est absorbé très rapidement par le corps, on en trouve pratiquement dans toutes les cellules. Résultat : il n'y a rien de suspect.

– Même avec un taux très élevé ?

– Non. Pas suffisant pour être détecté. Les tests ne sont pas assez pointus. Quelque chose me gêne, pourtant.

– Quoi ?

– 20 cc, c'est une dose très importante. Elle doit être administrée par voie intraveineuse. La personne qui a pra-tiqué l'injection devait savoir ce qu'elle faisait. Il n'est pas facile de trouver la veine du premier coup, même si on a l'habitude. Il faut que la victime se soit montrée particuliè-rement docile.

– Et si elle dormait ?

– Bien sûr, à condition qu'elle ne se soit pas réveillée pour demander des explications.

– Il était peut-être drogué.

– Oui. C'est vrai. Deux "beautés noires". C'est ainsi que nous appelions les barbituriques quand j'étais étudiant. Il n'y en a plus beaucoup de nos jours.

– Ou peut-être seulement une bonne dose d'Ambien ?

– J'en prends en ce moment. Vous connaissez ses effets sur le sommeil. Mais il faut d'abord persuader la victime de l'absorber. Et, bien entendu, on en trouverait des traces dans son sang.

– C'est facile. On le mélange à une boisson. Un cocktail, genre rhum-Coca, pour masquer le goût. Ou lait et café. Décaféiné pour ne pas neutraliser les effets.

– Je prends généralement ma dose avec de la bière. Dix minutes après, je m'éteins comme une chandelle.

– Merci, dis-je en me levant.

– Jackson, vous croyez vraiment...

– Je ne sais pas. Ce n'est peut-être rien. Simple curiosité.

– Peut-être y a-t-il un de ces "anges de miséricorde" parmi votre personnel, remarqua-t-il au moment où je me dirigeais vers la porte. Vous savez, on en parle parfois dans les journaux. Elles expédient dans l'au-delà les patients en phase terminale.

– Ce n'était pas le cas. Et la miséricorde n'a rien à voir là-dedans. »

Je glissai un mot dans la boîte aux lettres de Brandt. J'étais certain qu'il le trouverait avant la fin de la journée. Eileen était une secrétaire très efficace, Brandt l'exigeait. J'avais simplement écrit : « Je sais ce que vous avez fait. » À la place de ma signature, j'avais tracé ces trois lettres : « KCl ». Il n'aurait aucun mal à reconnaître l'auteur.

54

JE l'appelai de mon bureau : « Allie, il faut que nous parlions. »

Elle commença à chercher une excuse, comme je m'y attendais.

« Écoute-moi ! » criai-je. Elle se tut, attendant la suite. « S'il te plaît. Les choses ont changé. Il faut que nous parlions.

— Qu'est-ce qui a changé ? » demanda-t-elle, comme si elle ne tenait pas à le savoir.

J'aurais préféré ne rien lui dire au téléphone, mais elle ne voulait manifestement pas me voir.

« D'abord, on m'a arrêté. On croit que je suis celui qui t'a agressé.

— Oh ! »

J'attendais qu'elle me défendît par une phrase du genre « C'est absurde » ou « C'est impossible », mais tout ce qu'elle trouva fut : « Comment ça se fait ?

— Merci pour le vote de confiance.

— Tes sarcasmes n'arrangent rien, Jackson. » Elle avait raison, mais je considérais comme injuste son attitude dans la situation où je me trouvais. « Tu n'es plus en prison maintenant ?

— Je suis en liberté provisoire sous caution. Justement. Il n'y a plus aucun doute sur la culpabilité de Brandt.

— Mais la police n'est pas de cet avis.

— Oui, ils pensent que c'est *moi* le coupable. Moi, je sais que c'est *Brandt* et lui seul. Il a tué Krista parce qu'elle avait découvert quelque chose, et maintenant, Rossi. »

Silence complet sur la ligne.

« Allie, Allie ? Tu sais pour Krista, tu le sais ?

— Oui, finit-elle par répondre. On me l'a dit à l'hôpital. Elle serait morte d'une crise cardiaque.

— C'est ce qu'a dit le pathologiste, mais... Écoute-moi, Allie. D'abord Krista, ensuite Rossi...

— Écoute toi-même, Jackson. Tout ça ne veut rien dire. Krista est morte d'un arrêt du cœur. Et cet homme, Rossi... même si on l'a tué. C'était un flic. Des tas de gens auraient voulu le faire.

— Bon Dieu, Allie !

— Jackson. Tu es bouleversé. Je comprends...

— Tu as raison, bordel ! Je suis bouleversé. Mais ce n'est pas seulement à cause de moi. Brandt est dangereux. Il faut que j'en parle à la police.

— Je t'ai dit que je ne voulais pas.

— Il a tué deux personnes ! Il faut faire quelque chose. Il est fou...

— C'est bien à toi de parler de folie ! »

Ce fut sa façon de le dire autant que ce qu'elle disait — une phrase froide et définitive, comme si elle prenait un couteau pour couper une fois pour toutes les quelques liens qui nous unissaient encore.

« Oui, peut-être que moi aussi, je suis fou. Un schizophrène paranoïaque. Peut-être que tu ne m'aimes plus. Tu as vraiment l'air de t'en foutre. Je voulais... seulement... je... » Lui parler au téléphone, sans qu'elle pût me voir, était pour moi l'ultime humiliation. Je fis de mon mieux pour me maîtriser, pour empêcher ma voix de se briser. Je continuai à bégayer : « Je... je... »

Rien d'autre ne put sortir.

Un moment plus tard, elle répondit d'une voix différente :

« Je me fais du souci pour toi, Jackson, vraiment. »

Je refoulai mes larmes.

« Je m'inquiète pour toi, beaucoup, reprit-elle d'un ton apaisant.

— Mon Dieu ! »

Ce fut comme un gémissement.

« Tu es bouleversé...

– Allie, pour l'amour du ciel ! Oui, je suis bouleversé. Mais ce n'est pas de ça qu'il s'agit.

– Ne crie pas après moi ! m'ordonna-t-elle d'une voix de nouveau cassante. J'essaie d'être ton amie. »

Mon amie. Elle m'avait aimé, puis elle s'était inquiétée pour moi, et maintenant, elle était mon amie.

« D'accord.

– Je comprends que tu traverses des moments difficiles, reprit-elle doucement, pour me calmer.

– D'accord.

– Écoute, Jackson. Ne prends pas de décision maintenant. Nous allons bavarder. Ce soir. Je vais venir chez toi. OK ? En attendant, tu ne parles à personne. »

J'étais profondément troublé et je me sentis soudain très fatigué. Au point que je dus faire un effort pour tenir le téléphone.

« OK, Jackson ? Tu attendras que nous parlions ? »

Bien sûr. J'allais accepter de faire tout ce qu'elle me demanderait.

« Oui, j'attendrai. »

Le brouillard tomba tôt, un mur bas, humide, qui, né de l'océan, monta à l'assaut de la colline et força le chauffeur de taxi à mettre ses essuie-glaces pour nettoyer le pare-brise. De retour à la maison, il était si épais que je ne voyais pas de ma porte celle de Sandra.

J'entrai chez moi sans me faire remarquer. Il faisait encore un peu clair, mais la lumière du jour était prise au piège du brouillard et n'éclairait que lui. Peu après, le soleil se coucha – simple déduction de ma part en voyant le blanc des fenêtres virer au noir – et l'obscurité s'installa aussi bien dehors que dedans.

Je ne sais combien de temps j'étais resté assis, ni quelle heure il était, quand j'entendis la voix d'Allie, comme si elle s'était matérialisée au sortir de la nuit. Ou simplement parce que je l'avais désiré.

« Jackson ?

– Je suis ici. »

Son ombre se tenait devant moi, les bras serrés contre sa poitrine.

« Il fait un froid de loup. Pourquoi n'allumes-tu pas le radiateur ?

– Oui, bien sûr », répondis-je sans bouger.

Elle s'en chargea. Aussitôt, la flamme du pétrole brûla derrière les lames métalliques.

« Et toutes les fenêtres sont ouvertes ! C'est comme si nous étions sous l'eau ! »

Elle alluma le plafonnier. Une lumière violente et soudaine, comme une agression.

« Qu'est-il arrivé à ton appartement ? Il est pratiquement vide.

– Je l'ai nettoyé à fond.

– Je m'en doutais !

– Pourquoi n'éteins-tu pas la lumière ? »

Elle le fit et s'avança précautionneusement vers le canapé. Elle s'assit près de moi, le dos tourné à la flamme du radiateur, le visage dans l'ombre. Sa main toucha mon bras, puis descendit vers la mienne qu'elle souleva et posa sur ses genoux.

« De quoi te souviens-tu, Allie ? Je parle d'un véritable souvenir. »

Je l'entendis prendre une profonde inspiration.

« Tu te rappelles l'agression ?

– Je ne me rappelle pas l'agression elle-même. J'ai quelques souvenirs de la façon dont je me suis rendue là-bas.

– Brandt t'y a conduite ?

– Il a quitté rapidement L.A. et je l'ai suivi dans ma voiture.

– Tu couchais avec lui ?

– Oui, Jackson. Quand nous nous sommes rencontrés, toi et moi, et après... pendant quelque temps.

– Et Paula ?

– Ça n'a jamais été important. Pas pour moi.

– Est-ce pour cette raison que tu as pleuré, ce soir-là ? Chez Brian ?

– C'était à cause d'Helen... de les voir ensemble.

– Tu étais jalouse d'Helen ?

– Oui. À ce moment-là.

– Et moi ?

– Jackson, je venais de te rencontrer.

– Tu l'as vu pendant que tu étais avec moi ?

– Ce n'est pas tout à fait ça.

– Il t'emmenait visiter la maison ? Il voulait te l'acheter ?

– Il ne voulait pas que je le quitte. La maison devait servir à me convaincre.

– Tu allais... le quitter ?

– Oui, c'est pour ça que je l'ai accompagné. Pour le lui dire une dernière fois. Nous nous étions disputés à ce sujet avant son départ pour le congrès. Après, je ne me rappelle plus rien. Seulement que j'ai pris ma voiture pour aller voir la maison. Il tenait à me montrer quelque chose. Il avait insisté.

– Pourquoi le quittais-tu ?

– Tu le sais, Jackson.

– Pourquoi ?

– À cause de toi. Nous allions nous marier.

– Mais tu as refusé.

– Tu n'as jamais fait attention à ce que je disais, n'est-ce pas, Jackson ?

– Tu as dit que c'était trop tôt.

– J'avais seulement besoin d'un peu de temps.

– Et le moment venu ?

– Oui. »

Elle leva ma main et la posa du côté droit de son visage pour me faire toucher sa peau, le bout de mes doigts sur sa joue, sur le coin de sa bouche. Puis elle alla chercher mon autre main et l'amena de l'autre côté, sur le réseau de bourrelets, aux endroits où nous avions recousu la peau lacérée.

« Tu cicatrises bien, Allie, c'est beaucoup mieux. »

Je me penchai vers elle et je l'embrassai à l'endroit où mes doigts avaient touché ses lèvres.

« Pas trop fort, Jacko, j'ai encore mal. Là, c'est bien. »

Elle posa ses lèvres sur les miennes, si légèrement que ç'aurait pu être un rêve, et son souffle m'effleura quand elle poussa un soupir. Je fis glisser ma main sur sa joue. Je voulais sentir sa peau, ses cicatrices, tout ce qui lui appartenait. De l'autre, je suivis la courbe de son cou et les contours de son corps.

« Doucement, me dit-elle, ses lèvres sur les miennes. Mes côtes. »

Je déboutonnai lentement sa robe de haut en bas et glissai une main à l'intérieur. Je lui caressai les seins et descendis vers les traces de brûlures de son ventre et l'arrondi de sa hanche.

« Il faut que nous parlions.

— Demain, Jackson. Demain.

— Il faut aller à la police, Allie.

— Je sais. Nous ferons ce que nous devons faire. »

J'éprouvai une curieuse sensation – vive, presque douloureuse, comme si mes nerfs avaient été lésés et guérissaient après une longue paralysie. J'espérai de nouveau.

« Demain ?

— Oui, demain. »

Elle me conduisit vers le lit et quitta sa robe. Nous nous enveloppâmes dans le sac de couchage. Je sentis la chaleur de son corps contre le mien et je compris que j'étais de nouveau heureux. Pour la première fois depuis ce soir-là, aux urgences. Et je me dis : plus jamais je ne la perdrai. Quoi qu'il m'en coûte. Je ne la perdrai pas. Plus jamais.

« Ça va aller, dis-je avec conviction.

— Ça va aller, répéta-t-elle.

— Nous allons repartir de zéro, Allie. Depuis le début. Comme si c'était nouveau.

— Oui, Jackson, comme si c'était nouveau. »

J'abandonnai. Pareil à un animal blessé, recueilli par un enfant, qui saisit la première occasion pour retrouver sa liberté. J'abandonnai tout, morceau par morceau, pièce par pièce, inventaire de désirs inassouvis, stock de peurs, de ressentiments et d'engagements jamais tenus. J'abandonnai, comme les rêves fondent dans la lumière du jour et la matière dans le feu. Comme le dernier espoir d'être sauvé. Je lâchai prise, conscient que des courants violents m'attiraient vers le vide et m'engloutissaient.

55

DES cris. Quelqu'un criait. Criait mon nom.
C'est Danny, pensai-je. Il criait comme je n'avais jamais entendu crier. Si loin, et pourtant si fort...

Il n'y a pas de quoi s'inquiéter, le rassurai-je. Je ne suis pas soûl. Je n'ai rien. Tout va bien se passer. Pas de problème. Je compris alors que cette conversation se déroulait dans ma tête.

Danny criait encore, il me secouait, tirait mes bras, mes jambes, il me soulevait, me mettait sur un brancard. Je ne l'aurais pas cru si fort. Alors, plusieurs hommes l'écartèrent et il hurla mon nom une dernière fois quand ils fermèrent les portes de l'ambulance. Ils posèrent un masque sur mon visage, quelqu'un me cria de respirer et quelqu'un d'autre parlait dans la radio d'un empoisonnement par le monoxyde de carbone. « C'est le radiateur ! » aurais-je voulu dire, mais j'étais très fatigué, trop fatigué pour parler et, de toute façon, je ne le pouvais pas à cause du masque. Ma tête m'élançait douloureusement, comme si elle allait exploser à l'intérieur. « Respirez ! » hurlait-on, mais c'était trop me demander. Peut-être valait-il mieux me rendormir.

On me secouait, on me criait dans l'oreille, et je ne souhaitais qu'une chose, qu'on me laissât tranquille. Alors, je pensai à Allie, et peut-être ne l'avaient-ils pas vue, il fallait que je le leur dise. J'essayai de prononcer son nom, mais la douleur me tortura le corps. De mes yeux sortit soudain une lumière blanche phosphorescente, et même le gémissement que je poussai me fit souffrir. Je sus que je vomissais ; quelqu'un hurla « Bon sang ! » et je continuai de vomir pendant que l'homme criait : « Bon sang ! Passez-moi la sonde nasogastrique ! TOUT DE SUITE ! » J'eus des haut-le-cœur et je me mis à étouffer. Impossible de respirer. Mes poumons avaient beau se gonfler contre ma poitrine, encore et encore, l'air ne pénétrait pas...

« Qu'on lui pose une perf, tout de suite ! » Un ordre. J'étais aux urgences. On mettait en place une IV. « Tenez-le ! Tenez-le ! » Je me débattais, je voulais m'asseoir, je refusais l'IV, Brandt allait me tuer, mais j'avais quelque chose dans la gorge et je ne pus que dire d'une voix haletante : « Non ! », tandis qu'on me forçait à poser la tête sur le lit.

Je fis un mouvement brusque quand l'aiguille me perça la peau, mais on me maintint solidement le bras. Mes épaules se contractèrent, mes jambes donnèrent des coups dans les sangles qui les maintenaient, mais la main qui étreignait mon bras demeura ferme et je sentis le cathéter remonter dans ma veine, aussitôt immobilisé par une bande. Je me tordis le torse pour tenter de me libérer, je cherchai à me dégager des entraves qui m'immobilisaient. Mais mes forces déclinaient. Tout ce que je pus faire, ce fut de donner des coups de pied. Encore et encore. Jusqu'au moment où, enfin, je n'y parvins plus.

Une nausée se répandit comme une vague dans mes membres et reflua vers ma poitrine et ma gorge. Je m'efforçais une nouvelle fois de dire que je ne voulais pas d'IV quand elle me surprit. Je me soulevai et cherchai à me tourner sur le côté, mais je ne fus pas assez rapide. Mon corps tout entier fut secoué par un spasme, une fois, deux fois, comme s'il essayait d'expulser mes organes internes chacun à leur tour. Puis il y eut un répit et je retombai sur le lit. Mais j'eus à peine le temps de sentir une nouvelle vague se former que déjà mes muscles se nouaient. Quelqu'un me tenait ou cherchait à le faire, mais il ne put que poser ses mains sur mes épaules pendant que j'étais en proie à des haut-le-cœur, longtemps, jusqu'à ce qu'enfin mes muscles fussent trop épuisés pour se raidir. Mes membres furent alors parcourus par des secousses spasmodiques incessantes.

« Ce sont des nausées sèches. » Ces mots me parvinrent à travers le mal de mer qui occupait ma tête et mon corps. Comme une voix sous l'eau. « Détendez-vous, maintenant. Là. »

Une voix familière.

Je restai tranquille tant que les mouvements saccadés qui m'agitaient n'eurent pas disparu. Quand je sentis assez de force me revenir, je tournai la tête sur l'oreiller. Une blouse blanche. Un médecin.

« On m'a dit que vous l'aviez raté de peu. Si ce garçon n'était pas arrivé à temps... Une minute ou deux de plus... »

Mes oreilles tintaient, mes tempes battaient. Maintenant, j'avais du mal à bouger la tête ; je pus cependant voir un costume et une cravate au-dessus du premier bouton. Je ne distinguais pas le visage, mais je reconnus la cravate. Elle appartenait à Brandt.

« Non ! »

Je dus faire un effort considérable pour prononcer ce mot.

« Qu'avez-vous dit, Jackson ? »

Il se pencha vers moi, vers la perfusion.

« Non ! répétai-je d'une voix râpeuse.

– On vous a intubé. Vos cordes vocales sont à vif. Vous ne devriez pas essayer de parler.

– Infirmière ! » Je rassemblai toute mon énergie et j'appelai aussi fort que je le pus : « Infirmière ! Au secours !

– Du calme, Jackson. Ne vous débattez pas. »

Je m'évanouis. Quand je repris conscience, je vis son visage penché au-dessus de moi. Brandt tenait quelque chose sur mon nez et ma bouche. Il m'asphyxiait.

Je voulus respirer. Sans résultat. Une nouvelle fois, ma poitrine se souleva, cherchant de toutes ses forces à s'emplir d'air. Le flot régulier de l'oxygène coula alors dans mes poumons. Il envahit mon cerveau : froid, clair, pur. Je ne sais combien de fois je l'inspirai avant de sentir la pression diminuer dans ma tête et mes extrémités revivre.

Je restai ainsi plusieurs minutes, inspirant profondément

sous le masque, Brandt les yeux baissés sur moi, moi les yeux levés vers lui, occupé à respirer et respirer encore. Lorsqu'il constata que mes muscles se relâchaient, il ôta le masque.

« L'oxygène est un merveilleux antidote contre une intoxication par le monoxyde de carbone », remarqua-t-il.

J'avais retrouvé des forces, presque assez pour parler.

« Pourquoi êtes-vous là ? » parvins-je à dire.

Il se redressa, comme s'il était surpris.

« J'étais inquiet, Jackson. On m'a dit...

– Bien sûr, l'interrompis-je de ma voix rauque. Vous étiez inquiet... » Je cherchai le masque à tâtons, il me laissa le prendre. Je le mis sur mon visage et inspirai goulûment l'oxygène. « Vous étiez... inquiet. » Je suffoquais entre deux inspirations. « Je... pourrais... – je dus inhaler de l'oxygène avant de terminer ma phrase – dire à quelqu'un...

– Dire à quelqu'un ?

– Je sais... ce que vous avez fait. Vous êtes un ass... » Ma gorge se noua autour du mot. J'eus à nouveau un haut-le-cœur et mes tempes se remirent à battre, si grand fut mon effort. « Assassin ! criai-je, et ma voix éraillée retentit comme un marteau dans mon crâne.

– Jackson, de quoi parlez-vous ? Vous délirez encore. »

Quelques bouffées d'oxygène.

« Je sais ce que... je dis. Vous avez tué Rossi... parce que... »

Impossible de continuer. La douleur faisait remonter les nausées dans ma gorge.

« Que voulez-vous dire ? Le lieutenant Rossi est mort ? Je ne le savais pas.

– Bon, et vous... ne saviez pas non plus... – la douleur augmentait à chaque mot – que Krista ... était morte ?

– Krista ? L'amie d'Alexandra ? L'infirmière ? On m'a dit qu'elle avait eu une crise cardiaque.

– Due à... une injection de chlorure de potassium... exactement comme Rossi. »

La nausée fut si violente qu'elle me donna des haut-le-cœur, mes yeux se mouillèrent, mon corps se mit à trembler sous la couverture. J'inspirai désespérément l'oxygène, mais ce seul mouvement envoyait dans ma tête des flèches de douleur qui la transperçaient.

« Jackson, je ne sais vraiment pas... Voyons, vous n'êtes pas en état... Votre cerveau a souffert d'un manque d'oxygène sévère, rien d'étonnant à ce que vous soyez confus.

– Je ne le suis pas assez... pour ne pas savoir... que vous avez essayé de tuer Allie. »

Les coups dans ma tête étaient si forts maintenant que je pouvais à peine voir. J'avais utilisé mes dernières forces pour prononcer cette phrase. Il me fallut un ultime effort de volonté pour maintenir le masque en place.

Brandt me dominait de sa présence menaçante. J'étais incapable de concentrer mon regard sur lui pour lire ce qu'exprimaient ses yeux.

« Vous ne devriez pas parler », dit-il.

J'entendis le signal sonore de la perfusion. Brandt jeta un coup d'œil sur le tableau de contrôle. Il allait prendre une décision.

C'est idiot, me dis-je dans un dernier éclair de lucidité. Je l'ai menacé alors que j'étais si vulnérable. Complètement à sa merci.

Il tendit la main vers l'IV. Aussitôt, je me mis crier pour faire venir l'infirmière. Mais il appuya sur des boutons, le signal se tut et la pompe se remit à fonctionner.

« Vous devriez essayer de ne pas parler. Vous avez besoin de repos. » Il me considéra pendant quelques instants. « Je vous envoie une infirmière. »

Il marcha alors vers la porte et sortit.

56

À la première occasion, je demandai à l'infirmière des nouvelles d'Allie. Je dus lui expliquer que c'était la jeune femme qui avait été amenée à l'hôpital en même temps que moi. Elle aussi intoxiquée au monoxyde de carbone. L'infirmière me répondit qu'il n'y avait personne d'autre. Que j'étais seul.

Je lui demandai de téléphoner aux admissions des urgences pour s'en assurer. J'exigeai de parler à un médecin pendant que l'infirmière me tenait le récepteur. Il confirma ce qu'elle m'avait dit. Il n'y avait personne avec moi. J'étais l'unique intoxication au monoxyde de carbone de la journée. Et même du mois, m'assura-t-il en consultant ses fiches.

Allie était probablement partie après que je me fus endormi. Je posai ma tête sur l'oreiller, mon corps se détendit. Elle se faisait du souci pour l'opération qu'elle allait subir. Elle n'avait sans doute pas trouvé le sommeil. Heureusement, me dis-je en sombrant de nouveau dans l'inconscience. Nous méritons bien d'avoir de la chance de temps en temps. Allie et moi.

Lieberman passa un peu plus tard. J'avais recouvré assez de forces pour m'asseoir. Il examina mes yeux, prit mon pouls et testa mes réflexes.

« Comment va votre tête ?

— J'ai mal, mais moins qu'avant.

— Des nausées ?

— Presque plus.

— J'aimerais vous garder en observation encore quelques

412

heures, mais vous sortirez d'ici probablement dans la soirée.

– Alors, tout va bien ? »

Il se gratta la gorge.

« Hum, sans doute rien de bien grave. Le manque d'oxygène cause toujours des dommages au cerveau, mais dans votre cas, c'est un organe qui, de toute façon, me paraît atrophié.

– Désolé, Lieberman. J'ai l'esprit trop lent pour comprendre vos traits d'esprit.

– Je me demande une chose : qu'est-ce que vous avez foutu, en réalité ? Et une autre encore : quand je vais vous laisser sortir, est-ce que vous allez décider de faire une balade en voiture dans votre garage, portes fermées ?

– Je n'ai pas essayé de me suicider. C'est un accident. »

Je savais que ce ne l'était pas. Pas complètement. Brandt avait dû trouver mon mot et il m'avait suivi.

« Un accident particulièrement con, Maegry. Je vous avoue que je ne suis pas tranquille. Vous venez me trouver avec – comment dire ? – des idées *paranoïaques* concernant quelqu'un qui, discrètement, tuerait des gens, et, un peu plus tard, on m'apprend que vous êtes chez moi, aux urgences, en train de divaguer comme un dingue. Les deux à la fois, un dingue qui divague. En admettant que vous déliriez, je me demande quelle était la part provoquée par l'intoxication au monoxyde de carbone et celle seulement due à... disons, votre état normalement anormal.

– J'ai parlé ?

– Oui, vous avez dit un tas de choses incohérentes. Notamment à propos de l'autre personne.

– Je suis arrivé seul ? »

Je voulais en être sûr.

« Oui.

– On m'a trouvé comme ça, seul ?

– Bien sûr. C'est un gamin qui a appelé. Qui d'autre y aurait-il eu ? »

Il me regardait d'un air dubitatif.

« Personne. C'est sans importance. Je voulais vérifier. Je n'ai rien raconté au sujet de l'IV ?

413

— Non. Seulement au sujet d'une personne qui voudrait vous tuer. Bon Dieu ! Vous pensiez donc que nous allions vous tuer, mettre du chorure de potassium dans l'IV ?

— Pas vous.

— L'ange de miséricorde ?

— Non. Je vous l'ai dit, ce n'est pas ça. »

Son attitude changea.

« Écoutez, Jackson. Avez-vous jamais envisagé de consulter un psy ?

— J'ai déjà donné. Je ne suis pas fou, Lieberman. J'en ai seulement l'air.

— Hum, hum. »

Son grognement exprimait ses doutes et, en même temps, il mettait fin à la conversation. Lieberman n'avait pas choisi la médecine urgentiste parce qu'il aimait se pencher sur les problèmes psychologiques. Nous venions d'atteindre les limites de son attention affective.

« Bien. » Il mit sa lampe électrique dans sa poche, il était prêt à partir. « J'ai dit ce que j'avais à dire. Je veux vous revoir dans deux heures, ensuite il est possible que nous vous libérions.

— Merci.

— Peut-être que vous ne trouvez pas la vie assez excitante, Jackson. Mon offre de vous prendre avec moi tient toujours. De toute façon, il faut être un peu dingue pour bosser aux urgences.

— Je suis devenu persona non grata dans cet hôpital, Lieberman. Je ne pense pas que l'administration veuille de moi aux urgences, ou ailleurs.

— Oui, je suis au courant. Qu'ils aillent se faire foutre. Si je vous veux, je vous aurai. À plus tard. »

Et il sortit. Peu après, j'aperçus Danny qui passait la tête à la porte. Aussitôt après, celle de Sandra se montra au-dessus de la sienne.

« Salut, Jackson ! » Le regard méfiant du garçon fit le tour de la chambre. « Est-ce qu'on a le droit d'entrer ?

— Oui, Danny, entre. »

Sandra s'était habillée spécialement pour venir à l'hôpital, elle s'était même coiffée. On aurait pu la prendre pour une femme, plus toute jeune, membre d'une association de parents d'élèves. Danny avait mis ce qu'il avait de mieux ; il portait un pantalon qui, pour une fois, lui allait. Il courut vers le lit, puis il s'arrêta soudain, à deux pas de moi.

« Approche-toi, Danny, je vais bien. »

Il avança précautionneusement et, quand il fut assez près, je lui attrapai la tête et la serrai très fort dans mes bras. Il rit et se tortilla pour m'échapper.

« Tu m'as sauvé la vie. »

Il haussa les épaules, traîna les pieds, les yeux rivés au sol tant il était gêné.

« C'est vrai, Danny. Tu m'as sauvé la vie. On m'a dit que si tu ne m'avais pas trouvé et si tu n'avais pas appelé aussitôt le 911, je serais mort quelques minutes plus tard. Tu es arrivé juste à temps.

— Tu avais l'air vraiment *bizarre,* Jackson, remarqua Danny en ouvrant de grands yeux, comme s'il avait vécu la chose la plus étonnante qu'il eût jamais vécue jusqu'alors. Comme si tu étais, comme si... » Il était excité au point de ne pouvoir s'exprimer. « Tu étais *rouge, vraiment* rouge.

— C'est l'intoxication au monoxyde de carbone. La peau devient rouge vif.

— Comment c'est arrivé ? Qu'est-ce qui s'est passé ?

— Un radiateur a besoin d'aération, autrement le monoxyde de carbone s'accumule. J'ai dû l'allumer, les fenêtres fermées.

— Merde alors, c'est plutôt con, hein ?

— Oui, Danny, plutôt con. »

J'avais agi stupidement en laissant un mot pour Brandt. Je n'avais pas envisagé la façon dont il réagirait. Je voulais simplement lui faire partager la peur et le désespoir avec lesquels je vivais depuis si longtemps. Apparemment, j'avais réussi.

Sandra, qui s'était tenue à l'écart, s'approcha de mon lit.

« Je t'ai apporté des vêtements, dit-elle en soulevant, pour me le montrer, le sac qu'elle tenait et qu'elle posa sur une chaise. Jackson... je suis vraiment désolée. Je savais que ce radiateur, ce n'était pas une bonne idée.

— N'y pense plus, Sandra. Tu n'y es pour rien. Le problème, ce n'est pas le radiateur, c'est moi. Je me suis conduit comme un idiot.

– Je m'en veux tellement.

– Tout va bien, Sandra. Je vais bien. » Je changeai de sujet : « Hé, Danny, te voilà revenu ! Nous nous sommes fait du souci, tu sais. »

Il baissa la tête et haussa encore une fois les épaules.

« Où étais-tu pendant tout ce temps ? »

Sandra posa la main sur son épaule.

« Il était avec des "copains". Mais il ne recommencera plus, ajouta-t-elle en faisant référence à elle-même plutôt qu'à lui.

– Je couchais chez mes copains surfeurs. »

Il parla comme si ce qu'il disait n'avait pas d'importance, mais il était conscient du contraire.

« OK, Danny. Nous en reparlerons. Mais plus de fugue, d'accord ?

– Ouais, grommela-t-il à mi-voix en faisant chavirer ses yeux comme tous les gamins de dix ans quand on veut les obliger à obéir.

– Ouais ? » Je lui donnai une bourrade affectueuse. « Dis-le mieux que ça !

– Aïe ! OK. Oui ! répéta-t-il d'une voix forte.

– Ça, c'est bien. »

Nous nous mîmes à rire.

« Viens, Danny. Il est temps de partir. »

Elle s'éloignait vers la porte, un bras passé sur les épaules de son fils, quand il lui échappa et revint vers le lit.

« Et Allie, Jackson ? Elle va bien ?

– Oui, Danny. Nous la reverrons bientôt. On a tous passé de sales moments, mais c'est fini maintenant. Tout va rentrer dans l'ordre. Comme avant. »

Son visage s'éclaira.

« Vrai ?

– Vrai, Danny. »

Encore quelques affaires à régler, pensai-je. Un chirurgien sociopathe à livrer à la justice. Ce qui ne devrait pas prendre longtemps.

« Viens, Danny.

– À bientôt, Jackson », dit le gamin.

Il marcha vers sa mère en faisant au revoir de la main.
« À bientôt, Danny !

– Cool, Jackson ! » me cria-t-il.

Sandra le prit par l'épaule et le tira dehors.
« Salut, Jackson ! lança-t-il du couloir.

– Salut, Danny ! »

Lieberman revint plus tard dans l'après-midi et me renvoya dans mes foyers après m'avoir fait aller et venir dans la chambre.
« Vous feriez mieux de ne pas conduire tout de suite, dit-il.

– Je ne suis pas venu en voiture, souvenez-vous. De toute façon, j'ai à faire à l'hôpital.

– À votre place, j'éviterais le bloc, me conseilla-t-il. Et je ne prendrais aucune décision importante. Dans vingt-quatre heures, vous serez complètement remis. Tout au moins, des effets de l'intoxication. En ce qui concerne les autres problèmes, je ne suis pas qualifié pour en parler.

– Compris.

– Allez-y doucement pendant quelque temps. Reposez-vous.

– OK.

– Et laissez les fenêtres ouvertes. »

Eileen sursauta quand elle me vit. Elle ne sut pas comment réagir.
« Il m'attend », dis-je en ouvrant aussitôt la porte de Brandt.

Il était assis dans son fauteuil, les bras pendant mollement de chaque côté, comme s'il avait perdu quelque chose et ne se rappelait pas quoi. Dès qu'il me vit, il tendit la main vers l'interphone, appuya sur un bouton et dit à Eileen qu'elle pouvait disposer. Ensuite, sa main retomba le long de son corps. Il jeta un rapide coup d'œil sur mon visage avant de reporter son attention sur son bureau.
« Je sais que vous êtes l'agresseur d'Allie », déclarai-je.

Il ne le nia pas. Comme il se taisait, je poursuivis ; cette fois je pouvais parler sans suffoquer :

« Vous m'avez menti au sujet de ses scanners. Vous connaissiez l'existence des plaques résorbables parce que vous étiez son médecin. Et que vous les lui aviez posées. C'est vous qui l'aviez opérée.

— Elle m'avait demandé le secret.

— Vous n'étiez pas au congrès de biotechnologie ce samedi-là. Brian me l'a dit. Vous êtes allé acheter cette maison de Marin où Allie a été agressée. »

Il parut s'affaisser sur lui-même, soudain faible, un vieil homme.

« La maison où *vous* l'avez attaquée. Joli cadeau.

— Vous allez sûrement avoir du mal à comprendre, dit-il d'une voix à peine audible, les mains ouvertes, les paumes tournées vers le haut, comme en un geste de supplication.

— Comprendre ! Bon Dieu !

— J'aimais Alexandra. Je l'aime encore.

— Si vous appelez ça de l'amour... Vous la considérez comme votre propriété. Elle est votre création et vous ne pouviez la laisser partir. Quand elle a refusé votre maison – votre présent destiné à l'*acheter* – en vous disant qu'elle allait vous quitter pour un autre, vous avez cherché à la détruire pour que personne ne puisse la posséder. »

Il couvrit son visage d'une main noueuse. Je compris au même instant pourquoi il avait tant souffert. L'agression qu'il avait commise avait été à l'origine d'une poussée d'arthrite.

« C'est comme un rêve. Un rêve terrible, gémit-il, implorant ma compassion, les larmes aux yeux. Il faut me faire confiance, jamais je n'ai eu l'intention... Jamais. J'ai du mal à croire que c'est arrivé.

— Non seulement c'est *arrivé*, mais c'est vous qui l'avez fait ! »

Il se tassa davantage dans son fauteuil et porta la main à sa poitrine.

« Je vous en prie, il faut me comprendre... » Il s'arrêta soudain, respirant péniblement comme si la tension était trop forte pour son cœur. « Jackson, je vous en prie, essayez de me comprendre. Je demande seulement que vous jugiez ce qui est arrivé avec compassion. J'ai subi une terrible épreuve. Vous ne pouvez imaginer par quoi je suis passé. »

Je fus trop abasourdi pour répondre. Il voulait ma compassion pour *sa* souffrance. Comme si *lui* était la victime.

« Jackson, vous devez me croire. Je ne suis pas un mauvais homme. »

Je me mis à rire. Sans pouvoir m'en empêcher. En ce moment même, que lui restait-il d'humain, sinon son narcissisme, sa cupidité, son apitoiement sur lui-même ?

« Ce n'est pas tout, poursuivis-je. Vous avez tué Krista. Elle avait découvert l'affaire de la maison, je suppose qu'elle avait entendu votre conversation avec Allie sur l'interphone. Elle avait fait une enquête pour son propre compte, il fallait donc vous débarrasser d'elle. Et ensuite, Rossi. Lui aussi, vous l'avez supprimé.

– Ce n'est pas moi, déclara-t-il en faisant non de la tête.

– Allons donc ! Je sais que c'est vous. Une fois que Rossi s'est trouvé en possession du journal de Krista, il a compris ce qui s'était passé. À ce moment-là, vous étiez fait. Il lui était facile de vérifier les billets d'avion L.A.-San Francisco. Et seule une personne ayant une formation médicale sait que le KCl peut provoquer un arrêt cardiaque sans laisser la moindre trace.

– Le chlorure de potassium ? Il en était question dans ce mot. C'est donc vous...

– Cessez de jouer la comédie. Vous saviez exactement de quoi il s'agissait. »

Une nouvelle fois, il fit non de la tête.

« Vous croyez que j'ai tué cette Krista ?

– Bien sûr.

– Et aussi ce policier pour cacher... » Il s'arrêta.

« Pourquoi ne terminez-vous pas votre phrase ? lui demandai-je d'un ton hargneux. Vous ne pouvez pas, c'est ça ? Pour cacher le fait que vous avez massacré le visage d'Allie à coups de marteau et que vous avez tenté de la brûler quand elle vivait encore.

– Vous pensez sûrement que je suis un monstre. »

Comme si c'était injuste de le faire !

« Je vais vous dire ce que je pense. Ce que je *sais*. Vous avez essayé d'*assassiner* Allie, et ensuite, vous avez commis deux autres crimes pour effacer le premier.

– Non, non, non, répéta-t-il, comme s'il voulait s'en convaincre. C'est faux. »

J'aurais aimé frapper sa tête arrogante contre le bureau pour l'obliger à admettre la vérité.

« J'ai vu la trace des piqûres d'aiguille sur leurs bras ! clamai-je. Vous leur avez injecté du chlorure de potassium dans le but de provoquer un arrêt cardiaque. Très ingénieux de votre part, mais vous ignoriez que Rossi ne se risquait jamais dans un hôpital...

– *Non*, dit-il encore plus violemment. Quoi que vous pensiez de moi... quoi que j'aie pu faire dans un moment de... passion, je suis incapable d'assassiner de sang-froid. Je n'aurais jamais pu faire ce dont vous m'accusez.

– Non ? Vous avez pu déchiqueter Allie avec un marteau, mais vous ne pourriez pas tuer quelqu'un dans son sommeil ? Assez de conneries sur la "passion". Votre seule passion, c'est vous-même. »

Pour la première fois, il me regarda droit dans les yeux.

« Si j'ai vraiment commis ces crimes, alors pourquoi ne vous ai-je pas supprimé ce matin ? Nous sommes restés seuls pendant presque une demi-heure. Il aurait été si simple d'injecter une dose mortelle de chlorure de potassium dans votre IV pendant que vous étiez inconscient ! De la même façon, j'aurais pu en faire autant avec Alexandra quand elle était dans le coma, si j'étais aussi cruel que vous le dites.

– Je vous en ai empêché le premier soir, à votre retour de L.A. Vous aviez sans doute envisagé de le faire, mais je suis arrivé...

– Il y a eu beaucoup d'autres occasions.

– Comme hier soir.

– Hier soir ? »

Pendant un bref instant, il parut surpris.

« Je sais que c'était vous ! Vous avez trouvé mon mot. Ensuite, vous avez suivi Allie jusqu'à mon appartement et, quand elle est partie, vous avez fermé les fenêtres. »

Ou bien c'était un excellent acteur, ou bien il était incapable en toute bonne foi de suivre ce que je disais. Il me parut y réfléchir. Un moment plus tard, il sourit.

« Vous pensez à votre intoxication, Jackson ? » Il hocha la tête comme s'il mesurait l'absurdité de cette suggestion. « Y a-t-il un seul crime dont vous ne m'accusiez pas ? » Une chose lui vint à l'esprit qui le fit littéralement glousser. Il passa la langue sur ses lèvres avant de poursuivre : « Alexandra était avec vous, chez vous ? C'est bien ce que vous avez dit ? »

Son sourire se changea en celui d'un homme parvenu enfin à renverser les rôles.

« Tout ce que je sais, insistai-je, c'est que vous avez voulu récupérer Allie, la faire vôtre de nouveau, et quand vous vous êtes aperçu qu'elle ne se souvenait plus de l'agression, vous avez pensé vous en tirer à bon compte... »

Il me regarda soudain avec, dans les yeux, une lueur hautaine. Je m'arrêtai au milieu de ma phrase.

« Vous vouliez la récupérer, répétai-je, mais j'avais perdu ma belle assurance.

– Oui. » Son sourire se métamorphosa en un rictus cruel. « Oui, je voulais la récupérer. Et maintenant, c'est fait, non ? »

57

Un peu plus tard, Crockett me trouva dans mon bureau, le téléphone à la main. Je venais de faire plusieurs fois le numéro de Mulvane au siège central de la police, mais j'avais raccroché avant de pouvoir obtenir quelqu'un au bout du fil.

« Jackson, je suis content de vous voir. » Il se laissa tomber dans le fauteuil. « Je viens seulement d'apprendre ce qui vous est arrivé. »

Il me témoigna sa sympathie en quelques mots avant de m'apprendre les dernières nouvelles. Le conseil d'administration avait officiellement décidé d'entériner la nomination d'Anderson. Il me supprimait ma bourse à la fin de l'année. Un an trop tôt.

« Je n'ai rien pu faire. Brandt a insisté. Désolé, ajouta-t-il. Ce n'était peut-être pas le meilleur moment pour vous l'apprendre.

– Pourquoi pas maintenant ? Qui plus est, Lieberman me prend aux urgences si je le souhaite.

– Un bon moyen pour vieillir vite ! » Il poursuivit aussitôt sur un autre ton : « Vous vous souvenez des plaques résorbables ? Avez-vous contacté la FDA ?

– Oui. Brandt était sur la liste. Il a toujours su ce que c'était.

– Je n'en suis pas surpris. Où en êtes-vous avec ce vieux con ? »

Je tâtai le pansement sur la face interne de mon bras, à l'endroit où l'aiguille de l'IV m'avait piqué.

« Je ne sais plus. Je croyais savoir, mais... »

Intuitivement, je savais que Brandt ne mentait pas. Ou, du moins, pas à propos des fenêtres. Il avait réagi trop vivement à mon accusation. J'étais allé trop loin et il avait saisi l'occasion. Son cœur froid et calculateur lui avait, je ne sais comment, assuré la victoire. Sa jubilation était authentique.

« Mais quoi, Jackson ?

– Je ne sais pas. Vous vous rappelez ce que vous m'avez dit à propos de ce vieux moine ?

– Oui, Guillaume d'Occam.

– L'explication la plus simple est toujours la meilleure. C'est ça ?

– Oui.

– Excepté quand elle ne l'est pas.

– Justement. Si l'explication la plus simple ne colle pas pour expliquer tous les faits, alors vous devez envisager le degré de complexité suivant et voir si ça marche.

– Pas bête. »

Malgré mes efforts pour considérer les événements dans leur globalité, je ne parvenais pas à dépasser la première étape. Comme ces problèmes de maths à plusieurs variables qui m'avaient toujours embarrassé au lycée.

« Mais, poursuivis-je, il y a une chose que je ne comprends pas. Comment sait-on ce qu'est le degré suivant ?

– Ça me dépasse, Jackson. Je ne suis que médecin. »

58

J'ABANDONNAI l'idée d'appeler Mulvane. Je supposai que, de toute façon, il me contacterait bien assez tôt. Je téléphonai à Lucasian, soulagé de ne pas le trouver à son cabinet. Je laissai un message disant que je ne pourrais me rendre à notre rendez-vous. Ni ce jour-là, ni peut-être un autre, pensai-je.

Avant de quitter mon bureau, je jetai un coup d'œil autour de moi pour m'assurer que rien de particulier n'attirait mon attention. Seulement des formulaires d'assurance. Rien d'urgent. Rien qu'un autre ne pût faire.

Je rentrai chez moi à pied, ce qui eut pour effet de m'éclaircir les idées. Le temps était chaud, ensoleillé ; de toute évidence, il n'y aurait pas de brouillard ce soir-là. J'apportai une serviette à la plage, je l'étendis sur le sable entre les dunes et me laissai gagner par le sommeil. Si j'ai raison, pensai-je, je ne le saurai même pas et c'est mieux ainsi.

Le froid me réveilla après le coucher du soleil. J'achetai du rhum brun et de la piña colada que je rapportai à la maison. Puis je téléphonai.

« Allie, dis-je au répondeur, j'espérais te revoir. Je sais que tu vas être opérée demain. J'ai pensé que tu aimerais peut-être ne pas être seule ce soir. »

Elle me rappela presque aussitôt, ce que j'avais prévu. Je lui dis que je désirais passer la voir. Elle me répondit qu'elle en avait assez de se terrer chez elle et que c'était elle qui viendrait. Elle arriva une heure plus tard. Elle s'attarda dans l'entrée, on aurait pu croire qu'elle hésitait. Malgré ses blessures, elle se mouvait comme avant. Comme lors de notre première rencontre, à la réception, quand je l'avais regardée traverser la pelouse d'un pas nonchalant, pareille au bel objet qu'on voit en rêve. Cinq mois avaient passé depuis, si peu de temps pour vivre toute une vie.

Je la pris délicatement par le bras et je regardai son visage. Différent et, pourtant, le même.

Je l'embrassai. Elle me laissa faire.

« Faisons l'amour.

– Plus tard, dit-elle.

– Maintenant. »

Nous contournâmes la cloison qui séparait la chambre. Une fois près du lit, elle posa le sac qu'elle avait apporté pour passer la nuit chez moi. Nous nous assîmes. Je l'embrassai de nouveau. Elle mit ses mains sur ma poitrine et me repoussa doucement.

« Plus tard. »

Elle posa une main sur le sac de couchage et le caressa.

« Tu es partie hier soir sans me dire au revoir.

– Je ne voulais pas te réveiller. Et je n'aime pas sortir quand il fait jour. »

Inconsciemment, elle regardait autour d'elle comme si elle cherchait quelque chose.

« Tu veux boire un verre ? J'ai du rhum et de la piña colada. Tu t'en occupes ? »

Elle acquiesça d'un signe de tête et se rendit dans le coin cuisine. Je l'entendis ouvrir et fermer les placards. Finalement, elle m'appela pour me demander où se trouvait la carafe.

« À la même place.

– La même place que quoi ?

– La même place qu'avant.

– C'est-à-dire ?

– Je ne sais pas. »

Elle passa encore un moment à la chercher. Son sac était à mes pieds. Je savais ce qu'il contenait ; pourtant, je me penchai et fouillai à l'intérieur, sous les vêtements. Je trou-

425

vai enfin. Un sac en plastique contenant des ampoules de chlorure de potassium. Il y en avait quarante, de 10 cc chacune. Plus qu'il n'en fallait. Dans la pochette où étaient rangés ses produits de beauté, au milieu de son maquillage, des poudriers et des pinceaux, il y avait une seringue et une aiguille hypodermique. Elle devait avoir avec elle, dans la cuisine, de l'Ambien ou un autre somnifère. Je tirai la fermeture éclair et m'assis sur le lit. J'enveloppai dans le sac de couchage mon corps, envahi par un froid soudain.

Allie revint peu après avec les deux verres et m'en tendit un.

« Il n'y a pas de glace pilée.

– Pas d'importance. » Je bus une grande gorgée. « C'est bon.

– Je vais me changer. »

Elle prit son sac.

« Change-toi ici. Laisse-moi te regarder.

– Non, Jackson. Pas comme je suis.

– OK. »

Elle alla dans la salle de bains et revint, portant un jogging et un sweat extra-large avec une capuche, de grandes poches et une inscription en majuscules : LA PLAGE, C'EST LA VIE. Elle reprit mon verre.

« Tu as été vite, tu as déjà fini.

– J'avais soif.

– Je t'en fais un autre.

– Bonne idée.

– Je suis très fatigué, remarquai-je après avoir bu le deuxième verre. Je vais m'étendre un peu. »

Allie m'aida à disposer le sac de couchage pour que je m'y sente bien, puis elle entreprit de me déshabiller.

« Je t'aime », murmurai-je, tandis qu'elle se penchait sur moi pour déboutonner ma chemise.

Elle commença pendant que je parlais. Elle se mit à sourire, mais d'un sourire si fugitif qu'il s'éteignit avant même d'apparaître, comme une allumette qu'on craque en plein vent et qui laisse une traînée de vapeur. Elle détacha la boucle de ma ceinture et fit glisser mon pantalon sur mes jambes.

« Vous faites ça très bien, miss Sorosh. » Ma bouche s'ouvrit en un large bâillement qui dura longtemps. « Comme une infirmière. »

Son visage était sillonné de larmes.

« J'ai été bénévole dans un hôpital pendant mes études. Trois après-midi par semaine, j'aidais les infirmières. Je ne te l'avais pas dit ? »

Sa voix me parvint au moment où j'étais encore de ce côté-ci du sommeil.

« Vraiment ? J'ai dû l'oublier. »

Je fermai les yeux et basculai de l'autre côté.

59

Mon réveil sonna à six heures. Une sirène aiguë à réveiller un mort. C'était peut-être le cas.

Je le laissai s'arrêter de lui-même et j'écoutai le silence envahir ma chambre. Allie était partie. Comme si elle n'avait jamais été là.

J'avais soif. Je tendis la main vers la piña colada que je n'avais pas terminée la veille. Elle s'était volatilisée. Comme Allie. Nos deux verres, eux aussi, avaient disparu.

Tout cela n'avait aucun sens. J'étais vivant. Ce qui n'avait pas été prévu.

Le soleil s'était levé et la lumière du matin entrait à flots par les fenêtres. Oui, j'étais vivant. Presque sûrement.

Mais je n'étais pas certain de ce que j'éprouvais en présence de ce constat. Aussi restai-je couché un long moment, sans pensées ni sentiments, jusqu'à ce que mon corps et mon cerveau fussent suffisamment réveillés pour me permettre de m'asseoir. Je me laissai aller contre le dosseret, contemplant le pansement qu'on m'avait mis à l'hôpital. Devait-il ou non être là ? Impossible de m'en souvenir. Je l'arrachai. Dessous, il y avait deux ou trois piqûres d'aiguille, entourées par un bleu de belle taille.

Ce qui, en soi, ne signifiait pas grand-chose. Rien de concluant. Le personnel des urgences pouvait s'y être repris à plusieurs fois pour trouver ma veine quand on m'avait mis sous perf. Ce n'était pas inhabituel. Surtout quand le patient est agité. Je ne sais pourquoi, je n'avais pas regardé la veille.

Avais-je imaginé le chlorure de potassium dans le sac d'Allie ? N'était-ce qu'une hallucination de plus ? Je m'en souvenais si nettement. J'avais tenu les petites fioles en verre. J'avais lu les étiquettes. J'avais fouillé dans sa trousse de maquillage. J'examinai mes mains. Il y avait du rouge à lèvres sur mes doigts. Indéniablement. Le rouge d'Allie. Ce n'était pas une hallucination. Allie n'était pas maquillée.

Je me levai et marchai jusqu'à la porte. Dehors, c'était un jour normal. Les vagues déferlaient au loin. Dans le ciel, les mouettes poussaient leurs cris stridents. Une unique voiture passa bruyamment dans la rue. Les rideaux de Sandra étaient tirés. Je ressentais encore les effets des drogues, mais autrement, je m'estimais raisonnablement lucide.

Une fois dans la salle de bains, j'allumai le tube fluorescent au-dessus du miroir et j'examinai mon corps, à la recherche d'autres veines qu'Allie aurait pu utiliser. Mon cou. La région inguinale et pelvienne. Peut-être n'avait-elle pas trouvé la veine ? Peut-être l'avait-elle ratée, injectant ainsi le chlorure de potassium en grande partie dans le muscle, ce qui lui ôtait tout effet ? Même si une infime quantité avait pénétré dans la veine, plus celle-ci était loin du cœur et moins la drogue avait d'effet. Elle ne produisait alors qu'un choc bénin qu'on pouvait facilement confondre avec le choc fatal, mais qui ne l'était pas.

C'était peut-être une explication de ma survie. La plus simple.

Je regardai derrière mes jambes et mes genoux. Entre mes orteils. J'examinai tous les endroits où pouvait pénétrer une aiguille hypodermique. Il y en a tant. Demandez à un junkie. Ils se shooteraient directement dans le globe oculaire s'ils ne trouvaient plus de place dans les autres veines.

J'examinai toute la surface de mon corps. Même l'intérieur de ma bouche. Rien de visible. Aucune sensation douloureuse. Rien du tout. Le pansement sur mon tibia était vieux et sale, il n'avait pas été changé. Je l'enlevai. La plaie se cicatrisait. On n'y avait pas touché.

Allie n'avait pas réussi à me tuer. Ou bien elle n'avait même pas essayé. Si elle m'avait piqué dans une veine du bras, je n'en serais pas à me demander pourquoi j'étais vivant. Si elle avait tenté de m'injecter du chlorure de potassium ailleurs, la piqûre aurait laissé une marque. Il n'y en avait pas.

J'en arrivai à me demander si je n'étais pas déçu.

Je m'étais dit que, si j'avais raison, j'aurais dû mourir. Je ne m'étais pas vraiment penché sur l'autre alternative.

Si l'explication la plus simple ne justifie pas les faits, tu dois alors passer au degré de complexité suivant.

D'accord, mais, putain, qu'est-ce que ça veut dire ?

Peut-être avais-je tort en ce qui concernait Allie. Un instant, je l'espérai. Il devait y avoir une explication innocente...

Sois sérieux, me dis-je. Les femmes ne transportent pas du chlorure de potassium et des seringues pour le plaisir. Allie était arrivée avec l'intention de me tuer. C'est évident. Mais elle ne l'a pas fait. Pourquoi ?

Quelle était l'explication la plus simple ? Le niveau de complexité suivant ?

Allie avait déjà tué, deux fois. Elle avait tué pour protéger Brandt, ou pour protéger ce qu'elle croyait qu'il pourrait lui donner, une vie nouvelle d'où serait exclue l'ancienne souffrance. Si Brandt ne l'avait pas transformée au cours de la toute première opération, elle aurait supporté son état actuel. Mais l'espoir qu'il lui avait donné, il le lui avait repris. L'être humain peut endurer presque tout s'il y est obligé, mais pas ça. Pas la perte du dernier espoir. C'est pour cette raison qu'elle avait tué Krista et Rossi. Et essayé, la nuit dernière, de me tuer en fermant les fenêtres alors que j'avais mis en marche le radiateur.

Mais...

Je refusai de croire à ce que j'aurais tant souhaité. Je m'étais leurré trop longtemps. Il fallait redevenir sérieux. Rassembler tous les faits et comprendre l'explication la plus simple, celle qui résout tout le reste. Qu'importent les souhaits. Seuls les fait comptent. Pourtant...

Qu'y avait-il dans ce qu'avait dit Crockett ? Quelque chose à propos de gens qui bousillent toute l'équation. Ce n'est jamais aussi simple que nous le pensons, en particulier quand des êtres humains sont impliqués.

Notamment lorsqu'il est question d'amour.

Il n'y avait rien de sûr, après tout. Le radiateur. L'intoxication au monoxyde de carbone. L'appartement était plein de courants d'air, même quand la porte et les fenêtres étaient fermées. Qui pouvait être absolument certain que ça marcherait ? Comme ces gens qui font une tentative de suicide et ne prennent que la moitié du flacon de sédatif, ou qui laissent un mot en espérant qu'on le trouvera avant qu'il ne soit trop tard, peut-être qu'une partie d'Allie ne voulait pas que je meure. Ou peut-être voulait-elle me donner une chance ? Et la veille au soir, quand elle a su que son plan réussirait comme il l'avait fait deux fois auparavant, peut-être n'a-t-elle pas pu le mettre à exécution ? Malgré la certitude que c'était son ultime espoir.

Ce n'était pas ce que je voulais. J'avais tant espéré mettre fin à ce conflit, trouver la seule solution possible et irrémédiable dans ce monde, la mort. Mais ce ne devait pas être. Il n'y avait rien d'aussi simple.

J'irais trouver la police. Elle le savait. Je raconterais ce que Brandt avait fait. L'opération programmée ce jour-là serait sa dernière. Et Allie ? Pour elle aussi, ce serait très probablement la dernière. Parce que je dirais aussi ce que je savais à son sujet. Elle en était consciente. Je devais le faire.

Quelques tasses de café m'aidèrent à dissiper les derniers effets du sédatif. Après la quatrième, la serveuse mit la cafetière sur le comptoir, près de moi, et elle me conseilla de me servir. Je commandai un énorme petit déjeuner : œufs, jambon, frites et gaufres au sirop d'érable. Je le mangeai comme si je mourais de faim. Je me rendis ensuite dans les toilettes pour hommes et vomis le tout dans la cuvette. Je me rinçai la bouche comme je pus et me réinstallai au comptoir. Quelques tasses de café plus tard, je commençai à me sentir mieux. Mieux étant un terme relatif.

Le temps de me rendre au bloc opératoire, la première série d'interventions avait déjà commencé. Je me brossai les mains et trouvai une infirmière qui m'aida à revêtir la blouse stérile. Cette fois, il n'y avait pas de public, uniquement le personnel indispensable rassemblé autour de la table d'opération. Brandt leva les yeux quand j'entrai et inclina la tête, presque comme s'il m'attendait. C'était fini pour lui. Il le savait.

Il s'adressa à son assistant et lui dit que j'allais le relayer. Je pris donc sa place à côté de la patiente. Brandt me montra les lignes tracées sur la peau aux endroits où devaient être faites les greffes, et les fragments de cartilage prélevés sur sa cage thoracique.

L'infirmière lui tendit le plateau, mais il fit un geste dans ma direction. Elle me l'apporta. Je pris le bistouri d'une main et, de l'autre, je tâtai les cicatrices sur le visage découvert d'Allie. Calmement, l'instrument se déplaça sur sa peau, la chair s'ouvrit avec grâce, pareille à deux lèvres poussant un soupir de désir.

La lame acérée avait une forme parfaitement adaptée. Ma main était ferme, elle exerçait la pression qui convenait exactement. Elle découpa les couches de tissu et fit de nouvelles blessures sur ce visage si souvent martyrisé. Je taillai dans sa chair pour qu'Allie pût guérir. Mais ni moi ni personne d'autre ne pourrions jamais trancher assez profond.

Épilogue

LES portes d'acier s'ouvrent et se referment avec le bruit que ferait un sas. Il serait trop dangereux de laisser sortir ce qui se trouve à l'intérieur.

Je vois Allie derrière les barreaux. Elle porte encore un châle pour cacher ses cicatrices, elles ont pourtant bien évolué au cours de l'année passée. Extérieurement, du moins. Les gardiens la fouillent. Elle les laisse faire, passive, les bras pendants. Elle ne me voit pas encore.

Il m'arrive de penser qu'elle avait raison. Grattez le vernis de l'humanité, et vous découvrirez un cauchemar d'horreur et de violence. Telle est la réalité qui se cache sous les mensonges réconfortants sur l'amour et la pitié dont nous nous régalons. Cette fosse de l'humanité où les êtres difformes sont ridiculisés, où les faibles sont écrasés, où les personnes seules sont exilées sans espoir de retour. À ceux qui ont déjà beaucoup, on donne encore plus. À ceux qui n'ont rien ou presque, on enlèvera le peu qu'ils possèdent. C'est ce que je pense parfois. Et pourtant...

Il y a quelques jours, j'ai fait un autre rêve. Comme j'étais éveillé, on peut peut-être l'appeler vision. La terre avait été mise à nu, débarrassée de tout ce qui l'avait habitée, comme la peau peut être séparée de l'os. Il ne restait rien qu'un rocher nu, jusqu'à ce que, lui aussi, se désagrégeât dans le néant, ne laissant plus que ce qui s'y trouvait avant : un amour pur, à l'origine de tout. Plus dur que la pierre.

Stern, à sa manière insouciante et égoïste, avait presque

découvert une partie de la vérité. Nous avons une telle soif d'apprendre que c'est à peine si nous pouvons l'endurer. Nous cherchons désespérément à savoir ce que sont les autres, mais nous fuyons la connaissance de nous-mêmes.

Si la police avait cru ce que je lui racontais, il n'y aurait probablement pas eu lieu de poursuivre. Voilà ce que m'expliqua Lucasian en faisant preuve de ce dégoût du monde qu'il supportait avec ce que je jugeais être un bien modeste ressentiment. Brandt avait, en effet, pris l'avion le samedi où Allie avait été agressée. La police possédait les reçus de sa carte de crédit confirmant un vol aller et retour. Il avait demandé à l'agence immobilière des renseignements sur une maison à vendre dans Mercurtor Drive. Mais Allie ne se souvenait pas de l'agression. C'était sans doute définitif. Et il n'existait aucune preuve matérielle associant Brandt au lieu du crime. Il n'avait pas laissé d'empreintes digitales. La poignée du jerrycan avait été soigneusement essuyée, et il s'avéra que les empreintes sur les tapis n'étaient pas suffisamment nettes. Quant au marteau – ou tout autre outil dont Brandt eût pu se servir –, on ne l'avait pas récupéré. Il avait vraisemblablement eu la présence d'esprit de s'en débarrasser dans un endroit où on ne le retrouverait jamais. La mer, peut-être.

La suite de l'affaire, considérée comme uniquement fondée sur des présomptions, me désignait logiquement en tant que coupable, ainsi que me le fit savoir le procureur. Je n'avais pas d'alibi solide pour le jour de l'agression. Je n'en avais pas davantage pour les nuits où Krista et Rossi avaient été tués. J'avais dormi une nuit à l'hôpital sans être remarqué, j'avais passé l'autre à chercher Danny. Certains barmen se souvenaient de moi, mais qu'est-ce que ça prouvait ? La police ne fut jamais convaincue que Krista et Rossi avaient été assassinés, persuadée que c'était une invention de mon imagination enfiévrée, le procès-verbal du coroner n'ayant rien remarqué de louche dans l'un et l'autre cas. D'après le procureur, mon histoire pouvait bien n'être que les soupçons paranoïaques d'un amant jaloux. À ses yeux, j'étais bien plus crédible en coupable qu'en témoin. Tout dépend du niveau de complexité auquel on s'arrête.

L'enquête est définitivement bouclée. Allie vient me voir, elle partage mes vues. Elle me rend visite régulièrement maintenant.

Je voulais guérir les autres ; maintenant, j'ai besoin qu'on me guérisse. Ils ont trouvé un nom pour ma maladie. Plusieurs noms, en fait, tous avec le mot « psychose ». Ce n'est pas exactement de la schizophrénie, selon les médecins. Ils sont presque sûrs que ce ne l'est pas, « bien que les frontières ne soient pas aussi clairement définies qu'on pourrait le souhaiter ». Il semblerait qu'il s'agisse d'une prédisposition génétique, la rupture ayant été précipitée par un traumatisme psychologique. Trop de stress, paraît-il. Pas assez de sommeil. Trop d'alcool. Trop de tragédie.

Finalement, on abandonna la mise en accusation. Lucasian parvint à négocier et à réduire la gravité des charges, le procureur préférant ne pas donner suite à une affaire facilement réfutable, compte tenu de la personnalité psychotique de l'accusé, confirmée par ses propres médecins. Stern s'empressa de proposer les notes qu'il avait prises au cours de nos séances, prouvant que je pouvais être considéré comme légalement aliéné depuis le début. Le fait que Stern me croyait coupable, du moins en étais-je presque certain, le rendait encore plus désireux de me venir en aide, et il avait insisté pour poursuivre ici nos séances. Je n'avais pas le choix. Je finis donc par renoncer à le faire changer d'avis, ce qu'il tint pour un signe de progrès. Nous en arrivâmes à une sorte de pacte tacite selon lequel nous n'allions plus parler d'innocence et de culpabilité. D'après les explications de Stern, c'était négligeable eu égard à nos « buts thérapeutiques ».

J'acceptai d'être interné dans une structure médicale de l'État jusqu'à ce que les médecins me déclarent guéri. Il s'agissait d'un emprisonnement « sans préjudice », précisa Lucasian. Une fois libéré, je pourrai reprendre une « vie normale », en supposant qu'il y ait des débouchés pour un chirurgien atteint précédemment de troubles psychologiques sévères. Dans combien de temps vais-je être relâché ? La réponse des médecins est encourageante. Les anti-psychotiques semblent faire de l'effet. Encore un mois ou deux. Peut-être plus.

Brandt a pris sa retraite. L'enquête du procureur a été trop pénible pour quelqu'un qui, après tout, a une conscience. Ou qui, plus simplement, ne pouvait supporter l'embarras qu'il ressentait vis-à-vis de la société. Il a déménagé dans un endroit où il vit obscurément au milieu d'autres gens riches. Pas de culpabilité, pas de châtiment. Pas pour lui. Pas dans cette vie.

Je me lève en voyant Allie s'approcher. Nous nous étreignons. Le traitement que je suis me rend maladroit, comme si je me déplaçais à l'intérieur du corps d'un autre, mais je peux encore la sentir me toucher. Nous nous asseyons tranquillement, elle enlève le châle qui lui couvre la tête. Ses cheveux, strictement tirés en arrière, parviennent cependant à s'échapper en boucles irrésistibles. Je vois l'oreille que nous avons refaite. Elle semble presque naturelle. Lors d'une précédente visite, Allie m'a dit qu'elle aurait peut-être recours à d'autres interventions, mais pas maintenant. Peut-être parce qu'elle ne veut rien entreprendre sans Brandt, à moins que ce ne soit plus aussi important pour elle.

Son comportement me semble différent cette fois. Je le sais même avant qu'elle ait parlé. Elle veut m'entretenir d'une chose qu'elle a envisagée depuis longtemps, me dit-elle. Son visage exprime une grande tristesse. Elle est triste pour moi. Triste pour ce qu'elle va être obligée de faire.

« Raconte-moi, Allie. »

Nous sommes tout près l'un de l'autre maintenant. Sans illusions désormais, nous nous sentons plus proches. Deux êtres qui ont subi ce qu'ils craignaient le plus au monde. Ma folie. Son visage défiguré. Le pire était arrivé. Et nous étions encore vivants.

« Je t'aime, Jackson.

— Je sais.

— Tout ce temps... Le croirais-tu ? Toujours. Même quand...

— Oui, Allie, je te crois. »

436

Elle courbe la tête. Elle me prend la main et l'approche d'elle. Je sens ses larmes chaudes tomber sur ma peau.

« Je suis désolée...

– Je vais sortir bientôt. D'après les médecins, je serai même raisonnablement normal.

– Je t'aimerais de toute façon, Jackson.

– Nous pouvons tout recommencer, repartir de zéro. »

Elle appuie sa tête contre ma main et pleure.

« Pardonne-moi, chéri. J'aimerais pouvoir. De tout mon cœur, j'aimerais...

– Allie. Écoute...

– Je ne peux pas vivre comme ça, Jackson. Je ne le peux pas. » Elle pleure doucement, puis elle essuie ses yeux de nos mains jointes. Elle s'oblige à continuer : « Je vais aller trouver la police. Je vais tout leur dire pour Krista et Rossi. Je leur dirai ce que j'ai fait.

– Allie...

– Ils ne méritaient pas de mourir. Je... » Les mots lui viennent difficilement. Elle a du mal à parler : « Je les ai *tués*.

– Je t'en prie, Allie. La police a fait son travail. Elle a laissé tomber. Tu n'as pas à...

– Mon Dieu, Jackson ! J'ai essayé de te tuer, toi...

– C'est fini, Allie. C'est du passé.

– Oh, non ! Ce n'est pas fini. » Elle me serre la main si fort qu'elle me fait mal. « Ce n'est pas fini. »

Je lui répète ce que je lui ai déjà dit. Elle avait subi un choc terrible à la tête. La chimie de son cerveau était complètement perturbée. C'est un fait médical établi, même avec des blessures moins graves. Une sorte de légitime défense. Aucun tribunal ne la reconnaîtrait coupable. C'était un cas de folie passagère.

Elle s'essuie les yeux avec ma manche. Elle porte sur moi un regard triste.

« Je sais, Jackson. Mais tant pis.

– Tout ce que je t'ai dit est vrai, Allie. Tu n'étais pas dans ton état normal. Tu ne savais pas ce que tu faisais... »

Elle fait non de la tête.

« C'est ma faute. J'ai été trop loin ce soir-là. Quand j'ai dit que j'irais trouver Rossi.

– Et que pouvais-tu faire d'autre ? »

Je n'ai pas de réponse.

« Sois patiente, Allie.

– Je ne peux pas », gémit-elle. Elle s'entoure de ses bras et se balance lentement d'avant en arrière, elle respire à petits coups brefs. « Je ne peux pas », et elle ajoute d'une voix faible : « Oh, Jackson ! Pardon ! »

Mon cœur se serre.

« Pardon, Jackson. Je ne pouvais pas supporter ce poids plus longtemps. »

Je comprends alors qu'elle l'a fait. Elle est allée voir Lucasian. Elle s'est livrée à la police.

Les médicaments que je prends me donnent une expression figée ; pourtant, je sens qu'elle se craquelle. Je me rapproche d'Allie, je mets mes mains sur son visage brûlant de larmes. La dernière chaleur dans un monde glacé et bientôt, elle aussi va m'être enlevée.

« Il est si *gentil.* » Elle parle de Lucasian comme si elle ne méritait pas sa gentillesse. « Il est si bienveillant, si *bon.* »

Elle s'émerveille de ce qu'un homme si bon puisse envisager de lui venir en aide.

« Oui, dis-je, c'est vrai. Il est tout ça. »

Lucasian, m'explique-t-elle, l'a conseillée comme je l'avais fait : étant donné « l'extrême gravité de ses blessures » et « le choc psychologique et physiologique sévère » qu'elle avait subi, elle aurait intérêt à invoquer la folie. Elle a, cependant, pris la décision de ne pas le faire, dit-elle d'une voix décidée, craignant sans doute que je le lui reproche.

Son entrevue avec Lucasian a eu lieu la veille. Rendez-vous a été pris cet après-midi pour qu'il l'accompagne quand elle se livrera à la police. L'avocat pense qu'elle s'en tirera bien. Compte tenu de ses blessures et du fait qu'elle s'est constituée prisonnière. Douze ans. Peut-être dix. Moins avec la liberté conditionnelle.

Allie me regarde et son visage devient encore plus triste. Infiniment triste. Elle parle d'une voix tendre. Elle exprime ce que je pense au même moment.

« Et toi, mon Jackson ? Que vas-tu devenir ? »

Malgré les médicaments, les larmes ruissellent sur mon visage.

« Jackson chéri. C'est terrible, ce que je fais !

– Non, dis-je en secouant la tête.

– C'est comme si je commettais un autre meurtre. Comme si je tuais le seul homme que j'aie jamais aimé. »

J'aurais voulu qu'elle le fît.

« Pardonne-moi, ajoute-t-elle en pleurant elle aussi, en implorant mon pardon pour ce qu'elle ne peut s'empêcher de faire. Je t'en prie. Prends-moi dans tes bras, Jackson, prends-moi dans tes bras. »

Ce que je fais.

Stern voulait que j'écrive ce que j'ai vécu et je l'ai fait. Tout ce dont j'ai pu me souvenir. Tout ce que j'ai pu comprendre.

Tout ce que j'ai rapporté dans ces pages est vrai, autant que je puisse le savoir. Mais je sais quelque chose de plus vrai encore : que tout ce que nous aimons sur cette terre mourra, que tout ce qui est intact sera anéanti et que tout ce que nous croyons avoir nous sera retiré. Certains peuvent vivre avec ce fardeau, sans espérer que quelque part, d'une manière ou d'une autre, il y ait une justice, mais moi, je ne suis pas assez fort.

C'est une chose terrible quand la justice est bafouée, mais si nous sommes honnêtes avec nous-mêmes, nous admettons que c'est encore plus terrible quand elle parvient à ses fins. Allie va aller en prison. Comme elle le doit. Elle le comprend mieux que moi. Il n'y a pas d'autre solution.

Et moi ? Comment pourrai-je vivre ?

Je regarde par ma fenêtre grillagée et je pense à l'autre cage, celle qui maintenant va nous séparer, l'enfermant dedans et moi dehors. Deux prisonniers avant l'inondation, demandant à grands cris qu'on ait pitié d'eux. Mais qui donc nous entendra ?

Tout ce que j'ai écrit est vrai, mais je sais aussi que ce que nous appelons la vérité, comme la justice, n'est qu'un faible écho d'un très ancien commandement, et que nos

439

approximations humaines, aussi nécessaires soient-elles, ne sont que cela, des approximations. Comme la beauté de la musique ou des voix d'enfants. Comme nos passions humaines. Que des approximations. Elles seront toujours incapables de réaliser nos désirs, car elles sont le désir.

Je l'aime encore. Et je l'attendrai comme elle m'a attendu. Elle est mon désir. Elle est mon espoir.

Je l'aime malgré – ou à cause de – ce que je sais. De la même façon, j'aime ses cicatrices. Parce que je sais que, quand le monde disparaîtra et qu'il éclatera comme les fragments d'un rêve, il y aura là, au centre de tout, une blessure plus profonde. Et seul l'amour pourra la guérir.

REMERCIEMENTS

J'ai tenté de rendre toute la partie médicale de ce roman, en particulier celle qui touche au domaine de la chirurgie esthétique, aussi précise et réaliste que possible. Si tant est que j'aie pu y parvenir, j'ai une dette immense envers les nombreux et excellents médecins qui m'ont généreusement offert leur temps et leur expérience professionnelle. Je voudrais tout particulièrement remercier le Dr Stephen Hardy, maître de conférences en chirurgie esthétique à l'université du Wisconsin, dont le remarquable travail en chirurgie cranio-faciale chez les jeunes enfants fut pour moi une source d'inspiration personnelle et littéraire, de même que le furent les remarques perspicaces du Dr Jeffrey Fischman, chef de service en chirurgie esthétique au Mt. Sinai Hospital de New York. Le Dr Jim Zafier et le Dr Bruce Champagne ont accepté de me montrer ce qui se passait l'un aux urgences et l'autre dans l'unité de soins intensifs. Bruce m'a rendu un inestimable service en corrigeant les nombreuses erreurs médicales de mon premier jet. Thomas Chippendale, M.D., Ph.D., m'a été d'un grand secours pour ce qui est de la neurologie. Je me suis aussi largement inspiré de plusieurs ouvrages médicaux, parmi lesquels : *Clinics in Plastic Surgery : Oculoplastic Surgery, Vol. 15/12*, et d'une vidéo-conférence, *Management of Craniomaxillofacial Trauma* (Joseph S. Gruss, M.D.). En ce qui concerne la loi et le domaine médico-légal, j'ai eu recours aux sages conseils de mon cousin Eddie Hayes, de mon excellente amie Victoria Pittman-Waller et de Jimmy Harkins, appartenant au Police Department de New York. Je voudrais aussi remercier les membres de la police de San Francisco, ainsi que leur très efficace bureau des affaires publiques. Inutile de préciser que s'il reste quelques erreurs concernant la médecine, la justice ou tout autre domaine, elles ne sont dues qu'à moi.

Une multitude d'amis m'ont offert leurs encouragements et leurs suggestions lorsque j'ai commencé à écrire ce roman. Mes vieux alliés politiques, Peter Robinson, Tony Dolan, Bob Reilly, Mark Klugmann et Ralph Benko, ont fourni à cette entreprise la somme de leurs connaissances et de leurs talents. Parmi les autres lecteurs qui m'ont accordé leur aide inestimable, citons Mark Davis, Patricia McNeill, Milari Madison, Carsten et Britta Oblaender, Ned et Petey Perkins, Simon et Penny Linder, Andreas Gutzeit, Michael Dobson et les nombreux membres, particulièrement enthousiastes, du club de lecture de ma femme. Mes très vifs remerciements à ma mère, Mary Ellen Gilder, une lectrice insatiable, remarquablement perspicace, et à mon frère, David, qui possède une immense culture.

En ce qui concerne le côté professionnel, le roman a subi des améliorations notoires grâce aux conseils avisés, aux suggestions incisives et au soutien affectif de mon agent, Matt Williams – responsable en grande partie de la découverte du romancier novice que je suis –, de même que de sa collègue, Betsey Lerner, et de leur patron, David Gernert. J'ai eu la grande chance de rencontrer chez Simon and Schuster, mes deux éditeurs, Nicole Graev et Jon Malki, ainsi que la secrétaire d'édition, Beth Thomas.

Enfin, bien que ces mots ne me semblent pas vraiment convenir, je tiens à remercier ma femme, Anne-Lee, présente à mes côtés depuis le début, à chaque stade de la création, collaboratrice fidèle qui m'a transmis sa foi, réconforté de son amour, et qui n'a jamais, jamais perdu courage, même lorsqu'il arrivait à l'auteur de désespérer. Ce roman n'aurait jamais été écrit sans elle.

« SPÉCIAL SUSPENSE »

Composition Nord Compo
Impression Bussière, en mars 2007
Editions Albin Michel
22, rue Huyghens, 75014 Paris
www.albin-michel.fr
ISBN 978-2-226-17698-1
ISSN 0290-3326
N° d'édition : 25102. – N° d'impression : 070989/4.
Dépôt légal : avril 2007.
Imprimé en France.